叶舒宪 著

金枝玉叶
—— 比较神话学的中国视角

The Golden Bough VS The Jade Leaf:
A Chinese Perspective of Comparative Mythology

复旦大学出版社

图书在版编目(CIP)数据

金枝玉叶——比较神话学的中国视角/叶舒宪著.—上海：复旦大学出版社，
2012.10(2025.5 重印)
(当代中国比较文学研究文库)
ISBN 978-7-309-09187-8

Ⅰ．金… Ⅱ．叶… Ⅲ．神话-文学研究-中国-古代-文集 Ⅳ．I207.7-53

中国版本图书馆 CIP 数据核字(2012)第 202889 号

金枝玉叶——比较神话学的中国视角
叶舒宪　著
责任编辑/余璐瑶

复旦大学出版社有限公司出版发行
上海市国权路 579 号　邮编：200433
网址：fupnet@fudanpress.com　http://www.fudanpress.com
门市零售：86-21-65102580　团体订购：86-21-65104505
出版部电话：86-21-65642845
上海新艺印刷有限公司

开本 787 毫米×960 毫米　1/16　印张 19.25　字数 299 千字
2025 年 5 月第 1 版第 3 次印刷

ISBN 978-7-309-09187-8/I·712
定价：52.00 元

如有印装质量问题，请向复旦大学出版社有限公司出版部调换。
版权所有　侵权必究

"当代中国比较文学研究文库"总序

当代中国比较文学作为有建制的学科,复兴至今已历三十余年。三十年间,既有已故前辈大师筚路蓝缕在前,又有老中青几代学人薪火相续、孜孜矻矻在后,为当代中国文学学术创获了可喜的成就。为了系统回顾当代中国比较文学发展的三十年历程,呈现三十年间一批学科中坚的代表性成果,总结中国比较文学在学科理论的推进、学术领域的拓展、研究方法的探索以及经典个案的阐释等方面所取得的经验与有待改进的问题,以期为当代中国比较文学的发展留下历史见证,为推进学科研究的进一步发展,为比较文学专业人才的培养提供有益的参考,在复旦大学出版社的大力支持下,特编辑出版这套"当代中国比较文学文库"丛书,以飨相关文史专业的科研教育工作者、高校学生及广大普通读者。

博纳外来文化,又立足东方本土,独立思考,这是百年来中国现代学术的根本精神,也是中国比较文学的积极传统,是这一年轻学科得以迅速发展的根本原因。自20世纪初叶对欧洲比较文学理论的早期迻译和开拓性研究开始,尤其是70年代末以来,中国比较文学界相继接纳了法国学派的影响研究、美国学派的平行研究与跨学科研究的理论与方法,更突破了两者的西方中心论的狭隘性视野,致力于沟通东西古今的文学与学术文化,为共同构建世界比较文学学术做出了可贵的努力。

中国具有悠久的文明历史,深厚的文化积淀,为异质文化之间的文学研究提供了不尽的源泉;自古以来,中国外有与印度、日本、波斯等国的深远的文化交往,内有多民族文化长期融合并存、协同发展的历史,从而培育生长出一种四海一家、和而不同的包容性文化价值观念;近代以后的屈辱历史,激发了百年来对外国文化、语言和文学的勤奋学习,在阵痛中促成了中国文化与学术的现代转型。而中国比较文学学科的萌芽、产生,正与中国社会、中国文学由传统向现代的转型密切相关,它从一开始就在中西两种异质文化之间展开,跨越了人类文化的区域界限,在古今中外的坐标上进行深入的文学研究,具有更广阔的世界文学视野。在这个意义上,不论是悠久的历史文化,还是屈辱的近代经验,都是包括比较文学在内的中国人文学术的丰富资源。而作为现代化的后发国家,中国的比较文学研究更有理由和责任坚定地促进多元文化的对话、发展,推动世界文学在平等对话和交流中互识、互补、互动,和而不同,融而不一,为把各种文化与文学的特点发展到各自的极致,为丰富全球多元文化和世界文学做出中国学人应有的贡献。

三十而立,意味着既有所成,亦有所立。中国比较文学三十年来的成就,在学科理论、国际文学关系、比较诗学、华人流散文学、译介学、文学形象学、文学人类学、文学与宗教的跨学科研究等领域都取得了一批重要成果。而比较文学的活力,始终来自于与其他相关学科的相互交流,相互启发,它们包括传统的文艺学、中外国别文学、翻译学、海外中国学(国际汉学)、文化研究、影视研究以及中华多民族文学的比较研究等领域。收入本丛书的诸位学人,有中国本土学者,也有的长期在海外知名大学任教工作,他们都以中国文化与文学作为根基,放眼世界文学的广阔时空,从不尽相同的学科背景出发,以各自的理论方法切入,探讨东西方比较文学的诸多问题,从不同的角度参与并推进中国比较文学的学术发展。他们不仅为学科复兴与体系建设做出了卓有成效的贡献,也在价值立场、问题意识、理论阐释、方法探索和范式建构等方面为比较文学的未来发展打下坚实的基础。

三十而立,同时应立有所向,开启新的学术发展可能。丛书在回顾与总结的同时,有意关注并接纳中国比较文学未来三十年发展与提升的原创性成果,在这个意义上,丛书又具有开放性的特点。本丛书首批先行推出十四位学人在学科各发展时期具有代表性和影响力的论文结集,但也将关注具有完整结构性的论著:系统性论述同样是一个时代学术发展的表征,可以更加充分地对相关论题进行深入探讨。

英国著名比较文学学者和翻译理论家苏珊·巴斯奈特曾说过:虽然比较文学在它的发源地似乎已经衰落,但在其他地方却是一派欣欣向荣。我们期待有更多更好的比较文学论著加盟"当代中国比较文学研究文库",一起见证并进一步推动这种欣欣向荣的局面,为未来三十年或者更长时间的学科发展,为世界比较文学繁荣做出中国学人的贡献。

谢天振　陈思和　宋炳辉
2011 年 4 月 8 日

目　录

引言：中国文化再认识
——从解读神话编码开始　　1

上编　神话历史的编码与解码

从"金枝"到"玉叶"：玉石神话与中华认同的形成　　7
中国文化的大传统与小传统　　34
中国的神话历史
——从"中国神话"到"神话中国"　　39
从女娲到女蛙
——中国的蛙神创世神话及信仰背景　　48
新原道
——从考古新材料看道家思想的神话起源　　63
西王母神话：女神文明的中国遗产　　79
熊图腾与东北亚史前神话　　90
中国虎文化图说　　104
狮神的全球化与熊神的蜕变
——欧洲访学的视觉日志　　113

中编　玉器时代与玉石神话

从玉教神话观看儒道思想的巫术根源　　123
从"太初有熊"到"太一生水"
——四重证据探索儒道思想的神话起源　　140

苏美尔青金石神话研究 164
伊甸园生命树、印度如意树与"琉璃"原型通考
　　——苏美尔青金石神话的文明起源意义 183
金声玉振：儒家神话再发现 204
金缕玉衣何为 226
玉凳、玉几、玉枕 229

下编　文学人类学与文化再启蒙

文学中的灾难与救世 235
从"世界文学"到"文学人类学"
　　——文学观念的当代转型 251
再论新神话主义
　　——兼评中国重述神话的学术缺失倾向 260
《阿凡达》与文化寻根思潮 270
文化再启蒙：文化产业学科的观念基础 298

引言：中国文化再认识
——从解读神话编码开始

综观现代中国学术史，影响最大的学派是古史辨派；影响人们对中国传统文化认识最具震撼力的新学科是考古学。从学术超越与创新的意义看，古史辨派的重要缺陷是将上古史还原成神话传说，判定为后人伪造的"伪史"，却没有对神话意象和神话帝王谱系进行有效解读，割裂了神话与历史的血脉关联。自1921年安特生发现仰韶文化以来，中国考古学的发掘成就举世瞩目，几乎完全改写了上古史和史前史，但是大量考古文物的年代虽然得到确认，其神话意义却大都隐蔽着，欠缺一种有效解读的方式方法。

改革开放以来，国内新兴的文学人类学研究群体，将克服以上两方面缺陷作为自己的学术重任，借助于西方新兴的显学——文化人类学的知识视野，开启对中国上古文化的重新认识与再解读工作，推出"中国文化的人类学破译"丛书(湖北人民出版社，1991—2008年)，并关注新的方法论探索，在20世纪90年代提出"三重证据法"的理论，到21世纪初拓展为"四重证据法"，并于2009年获中国社会科学院重大项目A类课题"中华文明探源的神话学研究"，2010年又获国家社会科学基金重大招标项目"中国文学人类学理论与方法研究"立项。二十余年来，中国的文学人类学研究，从以神话、文学和历史解读为主的跨学科研究，逐渐走向新兴交叉学科的建构方向。2010年8月，中国社会科学院比较文学研究中心、上海交通大学文学人类学研究中心和广东省合作，参与广东省文化强省项目，推出"神话历史丛书"(广州：南方日报出版社)，计划将《尚书》、《春秋》、《周礼》、《礼记》、《仪礼》、《淮南子》、《穆天子传》等上古经典作为"神话历史"建构的典型案例，给出重新解读的系统尝试，同时列入比较文明视野的《希腊神话历史》、《苏美尔神话历史》、《韩国神话历史》、《日本神话历史》等。2011年新推出的两部书是《儒家神话》和《宝岛诸神——台湾神话历史的古层》，希望借助于"神话历史"和"大传统"的新视角，结合考古发现和田野调研的资料，还原性地进入

"神话中国"的编码过程,探求一种以往所未知的中国古史信息。

四重证据法的多年应用实验表明,中国文化和历史的突出特征就是神话性。哲学界讲的"天人合一"、"内圣外王"等,本来都是神话观念。构成华夏文明的一些最基本的关键词,如"中国"、"神州"、"九州"、"四海"、"太一"、"道"、"太极"、"伏羲八卦"、"河图洛书"、"汉"等,均为神话编码的观念,都需要从神话思维中找到其符码原型。笔者自1992年的《中国神话哲学》一书以来,一直在尝试以神话概念重新打通文史哲和宗教等人文领域的研究。如今的侧重点放在打通文学与历史,探寻华夏文明发生的观念特质。

为配合这种打通学科界限的研究,2003年芝加哥大学出版社出版的 Mythistory(《神话历史》)一书,是课题组参考和讨论的主要理论著作。作者是以色列籍的历史学教授约瑟夫·马里(Joseph Mali),他将英文的"神话"和"历史"两个词拼合为一个新词"神话历史",作为书名,不仅恢复出西方历史学之父希罗多德《历史》本有的神话面貌,而且对现代史学形成的神话思维背景,做出系谱学的梳理,将乔伊斯等现代派文学大师的作品,作为还原认识"神话历史"的经典案例。《神话历史》序言中说:"近些年,我重新定向和限制我的思考于史学中的神话材料和持续性。""神话历史的批评的任务是重估这些必不可少的和具有根本价值的个人和群体认同的故事。比如共同祖先和领土的神话,就确认和捍卫了国家共同体的意识。或者,更为基本的出生与死亡的原始神话,丰产和赎罪,诅咒和拯救等,这些共同形成人类道德文化的禁忌。就如这本书的标题所暗示的,神话历史是构成现代史学的要义,这就像所有的现代艺术和人文科学一样,都存在于对神话的认知中。"[①]马里对历史叙事的神话性认识,标志着当代新史学拓展的前沿方向和研究范式变革,这和西学东渐以来,我国古史辨派所效法的西方现代性的历史科学范式,形成极为鲜明的对照。顾颉刚等历史学者之所以把神话传说视为"伪史",是因袭现代科学理性的二元对立模式,将历史与神话判为事实与虚构的对立两级。无法有效洞察历史的神话性,也无法从神话中辨识出真实的历史信息。按照"神话历史"观的提示,传统西方史学之所以忽视神话的意义,是从修昔底德诘责希罗多德开始,就将神话作为虚构同历史相对

---

① Joseph Mali, *Mythistory-The Making of a Modern Historiography*, Chicago and London: The University of Chicago Press, 2003, pp. XI-XII.

立,一直到兰克的客观主义史学及其现代追随者,将这种对立极端化。马里强调"从历史回到神话就是为了作为'神话历史'的重新开始"。我们译介新史学的以上见解,意在改造20世纪以来中国人所熟知的神话观,即将神话视为虚构文学,归入民间文学一种体裁。这可称为文学本位的神话观。历史系和哲学系拒不开设神话学课程,就因为观念牢房支配下的学科分家制度,其负面作用已经十分严重,积重难返。倡导神话历史研究的积极意义,就在于开启重新认识华夏文明特质的一种有效途径,对我们熟知已久的经典和观念范畴给出神话学视角的解读。

以作为中华民族主体的汉族之得名为例,都知道这个族名源于刘邦所建的汉王朝。但汉朝为什么以"汉"命名,却是神话学问题。《诗经·小雅·大东》云:"维天有汉,监亦有光,跂彼织女,终日七襄。"注释家以"天河"解释"汉",给出的是这个字的本义。李太白诗的名句"黄河之水天上来",间接地暗示出中国地理上汉水(陕西)和西汉水(甘肃)得名的神话编码因素。西汉水所在的甘肃地名"天水",就是此种神话编码的最佳证明。仅此一例足以说明:对中国文化和历史的当代新认识,需要从解读神话编码开始。这种学术探讨的新范式与文学界研究的神话故事相比,显然有明显的不同。期待有更多同仁们的批评和讨论。

1908年,鲁迅在《破恶声论》写道:"倘欲究西国人文,治此(指"神话")则其首事。盖不知神话,则莫由解其艺文,暗艺文者,于内部文明何获焉。"百年之后,当神话从现代教育制度分科的狭小视野中释放出来,从文学拓展到整个文化和意识形态的编码原型时,完全有理由重申并改造鲁迅的说法:倘欲究中国文化的奥秘,比较神话学应该是研究者入门的一道津梁。不熟悉神话编码的原理和原型,则无法体认华夏文明之由来,在当今世界上弄不清为什么我们叫自己"中国人"、"汉人"或"华人";为什么我们要号称"龙的传人",为什么华人电视台取名要称"凤凰";为什么文人墨客至今还喜好"琼瑶"、"玲玉"或"圭璋"一类美名符号。即使在面对无法挽回的失败与毁灭时,国人也会慷慨说出"玉碎"之类非常具有文化特质的话。甚至还通过文化传播作用,让"玉碎"这样典型的华夏专有语词,堂而皇之地进入东邻的日文辞典中。

华夏之华,既可以指大自然的花;也同样可以指人为想象中的神圣之花,即玉华玉荣玉叶。《尚书·顾命》记述的西周王室大典上用的道具,称

"华玉仍几";《楚辞·远游》中说的"怀琬琰之华英";等等。皆以玉为华,或以玉比华。这就是认识中国文化,为什么要从神话编码的解读开始,而且还要找出这个文化中最早、最具有根本性的神话编码。

(原载《中华读书报》2010 年 10 月 26 日)

上 编

神话历史的编码与解码

- 从"金枝"到"玉叶":玉石神话与中华认同的形成
- 中国文化的大传统与小传统
- 中国的神话历史
- 从女娲到女蛙
- 新原道
- 西王母神话:女神文明的中国遗产
- 熊图腾与东北亚史前神话
- 中国虎文化图说
- 狮神的全球化与熊神的蜕变

从"金枝"到"玉叶":玉石神话与中华认同的形成

> 现实是由社会建构的,知识社会学必须分析这种建构的过程。
>
> 在一个社会与另一个社会之间,被一般人视作理当如此的"现实"存在着很大差异。
>
> ——彼得·伯格、托马斯·卢克曼:《现实的社会构建》

世界上仅存而未曾中断的古老文明传统即中华文明,历数千载而自石器时代绵延至今,其文化生命力持久不坠的奥秘何在?虽然历经政治军事磨难与分合变迁、改朝换代,依然能够异常顽强地在亚洲东端的广大地域里长久地将诸多不同族群与民族的庞大人口维系在一个大国的行政体制之内,其原因何在?一种由来非常久远的文化向心力即多方共享的文化认同,应该是求解以上难题的主要因素。当今学界遵从文化研究的焦点话语,称之为"中华认同"。这一术语带来的学术视角,是通过文化认同性的研究来求解中华文明构成和延续的原理。什么是文化认同性?一种较为简略的解答是:

> 文化认同性基本上是指民族性。民族性是指一个集团的特征,这种特征表现为其成员有着共同的历史或起源以及一种特殊的文化遗产,尽管其历史和起源经常被神话化,其文化遗产从未是完全同质的。根本的问题在于这些共同要素是有关的集团所表现出的鲜明特征,而且其他人也认为如此。[①]

萨利姆·阿布的上述解说虽然没有顾及文化认同性所包含的诸多方面,如语言文字的、政治的、经济的、宗教和习俗的等,而是简单地在它与民

---

① 萨利姆·阿布:《文化认同性的变形》,萧俊明译,见《第欧根尼》中文精选版编辑委员会编:《文化认同性的变形》,商务印书馆,2008年,第11页。

族性之间画上等号，但是毕竟把握住思考认同问题的核心要素——某种被神话化的历史或共同文化遗产。当这种神话性的文化遗产被众多民族的庞大集团共同拥有时，文化认同性为"民族性"的解释就有必要跳出单一民族的界限，升格到"国族"层面上来。本文即从"国族"认同着眼，通过玉石神话这一观念性的文化遗产来考察中华认同的形成，由这一独特视角解析从史前的多元文化到中原文明统一格局的向心性和凝聚力所在。阐释中华文明在"多元"与"一体"之间的结构奥秘及其生成脉络。

现代社会科学的奠基人之一马克斯·韦伯，继承狄尔泰和李凯尔特的"精神科学"和"文化科学"说，认为社会科学研究能够培育出一门有别于自然科学的"文化科学"，其基本特点是不像自然科学那样寻找事物的普遍规律，而是探寻特定文化的价值观以及由此价值观所支配的文化现象或社会实在的"意义"。韦伯在1904年的论文中指出："一切关于文化实在的认识始终是依据于一种特别独特的观点的认识。当我们要求历史学家和社会研究者具有的基本先决条件是他们能够把无关紧要的东西与重要的东西区别开来，而且具有为这种区别所必需的'观点'时，这仅仅是说，他们必须懂得，把实在的事件——有意识的或无意识的——与普遍的'文化价值'联系起来，然后抽象出对我们有意义的联系。"①对于多数研究者而言，文化现象纷纭复杂，困难就在于不易做到有效地区分至关重要的东西与无关紧要的东西。许多人还醉心于无关紧要的东西，始终纠缠不休，无法自觉地探寻文化无意识底层潜含着的价值观要素。或者虽有这方面的意向，却缺少穿透现象层面迷障的洞察力，较难把握到特定文化系统中最为核心的关键元素。对此，韦伯的上述提醒，可以成为我们研究实践的方法性指引。本文希望从被主流学界忽略已久的文化现象——华夏的玉石神话入手，探寻伴随华夏文明发生的核心价值观的由来，解释其对中华认同的形成所发挥的信仰与观念纽带作用。

一、引论：从"金枝"到"玉荣"

在19世纪至20世纪之交，有一部英文的人类学巨著问世，它日后所产

---

① 〔德〕马克斯·韦伯：《社会科学方法论》，韩水法等译，中央编译出版社，1999年，第32页。

生的文学和文化影响力远远超出作者和出版者的预期。20世纪中最著名的诗人和小说家如T·S·艾略特、詹姆斯·乔伊斯等,无不深受这部巨著的影响。它就是人类学家弗雷泽的《金枝》①。笔者的问题是:一位西方学者撰写的研究西方及世界各古老文化的宗教与习俗之书,全本长达12巨册,为什么要取一个"金枝"这样文学性的书名?既然现实中根本不存在金质的树枝,相关的文学想象是怎样在金属与植物之间嫁接出诗性的"金枝"意象呢?

第1版12卷本《金枝》第1卷第1章提到:古罗马内米湖畔的狄安娜女神祭司有"森林之王"之称。女神的神庙中生长着一株非凡的树,祭司要守护它,不让它的一根树枝被人折下。只有一位逃亡的奴隶能够成为他的继任者。如果这位奴隶能够折下一根树枝的话,就获得与祭司举行一次单打决斗的资格。若能在决斗中杀死前者,就接替他而获得"森林之王"(Rex Nemorensis)的称号。按照古代公众的看法,这神秘的树枝就是所谓的"金枝"。维吉尔史诗主人公埃涅阿斯为了去阴间下届,在先知西比尔的引导下拿到这一金枝②。

1924年,弗雷泽的夫人为《金枝》第4版(即精编一卷版)改写的简编故事本取名叫《金叶》,依然不忘因袭这个流传久远的神话典故。按照西方社会的圣诞节礼俗,圣诞那天,凡在槲寄生树枝下走过的女子,人人都可以亲吻。弗雷泽夫人撰写的《金叶》前言,就从这个人们更加熟悉的圣诞礼俗写起:

> 当我们在一丛丛槲寄生下悠然闲步或相互亲吻的时候……我们中间有多少人知道——这些槲寄生就是维吉尔笔下的"金枝",埃涅阿斯就是拿着它而进入幽暗的冥间的呢?③

在此问题的提问方式中,表现出对西方文化礼俗的一种溯源求本的认识要求。圣诞习俗背后的金枝典故,就出自古罗马最著名的文学史诗作品《埃涅阿斯纪》的第六卷。该作品中讲述的古罗马人文初祖与金枝的神话,通过大诗人维吉尔的文学影响力传播,成为西方文学中家喻户晓的重要主题。

---

① 〔英〕弗雷泽:《金枝》,徐育新等译,中国民间文艺出版社,1987年。
② Frazer, J. G. *The Golden Bough*. Vol. 1, London: Macmillan, 1955, pp. 11.
③ 〔英〕丽莉·弗雷泽编:《金叶》,汪培基等译,上海文艺出版社,1997年,第1页。

在一棵枝叶茂密的树里,藏着一条黄金的树枝,它的叶子和权柯也是黄金的,据说它是冥后普洛塞皮娜的圣物。整片森林护卫着它,幽谷的阴影遮盖着它。谁要想下到地府的深处,必须先把这黄金发一般的枝条从树上采撷下来。美丽的普洛塞皮娜规定这金枝摘下之后应当献给她。这金枝摘下之后,第二枝金枝又会长出来,枝上长出的新叶也是黄金的。因此,你必须抬起眼睛,去搜索它,当你按照吩咐把它找到了,就把它摘到手里;如果命运同意你摘,这金枝会很情愿地很容易地让你摘到,否则的话,不论你用多大力气也征服不了它,即使用钢刀,你也不能把它砍下来。①

  Pascentes illae tantum prodire volando,
  Quantum acie possent oculi servare sequentum. 200
  Inde ubi venere ad fauces graveolentis Averni,
  Tollunt se celeres, liquidumque per aëra lapsae
  Sedibus optatis gemina super arbore sidunt,
  Discolor unde auri per ramos aura refulsit.
  Quale solet silvis brumali frigore viscum 205
  Fronde virere nova, quod non sua seminat arbos,
  Et croceo fetu teretes circumdare truncos:
  Talis erat species auri frondentis opaca
  Ilice, sic leni crepitabat bractea vento
  Corripit Aeneas extemplo, avidusque refringit 210
  Cunctantem, et vatis portat sub tecta Sibyllae.
  Nec minus interea Misenum in litore Teucri
  Flebant, et cineri ingrate suprema ferebant.
  Principio pinguem taedis et robore secto
  Ingentem struxere pyram, cui frondibus atris 215

---

① 〔古罗马〕维吉尔:《埃涅阿斯纪》,杨周翰译,人民文学出版社,1984年,第138页,该译本注所标示的原著行数为98—155行有误,应为原著第六卷第200—217行。英译本参看:*Virgil. Aeneid*. Translated by Rorbert Fitzgerald, New York: Vintage Books, 1983, pp. 164-165. 拉丁文本参看: Henry S. Frieze, *Virgil's Aeneid: with explanatory notes*, Professor of Latin in the state University of Michigan, second edition, New York: D. Appleton & Company, 1876, pp. 126-129。

Intexunt latera, et ferales ante cupressos
Constituunt, decorantque super fulgentibus armis.

作为一种神秘的法宝,金枝本不属于人间俗世,而是属于冥府女神的。神话想象让金枝被摘下后就有自我生长的能力,这隐约喻示着某种生命再生的神力。生命不死是一切史前神话信仰系统的基本主题[①],它以文学的形式继续传承在文明之中,并且与青铜时代以来新产生的金属神话相结合。黄金这种随着文明的到来而得到大规模开发的稀有金属,就承前启后地担当起象征神性与不死性的符号功能。炼金术,将追求不死的史前神话希望和追求黄金的文明欲望整合起来,成为一种持久而不衰的实践活动。植物世界的树木都是有生有死,并且体现出一岁一枯荣的生命循环现象。可是罗马神话构想的金枝金叶则超越生死界限,成为指引和照亮冥府之途的神奇光源。

《埃涅阿斯纪》接下来讲述主人公为下冥府寻找父亲的亡灵,在神的指引下终于摘得金枝的过程:

> 他(埃涅阿斯)眼望着这无边的林木,独自怀着抑郁的心情在思忖,不知不觉地祝愿道:"如果那树上的金枝能在这样大一片树林里自己显现在我们面前该多好啊!米塞努斯啊,女先知所说的关于你的每一句话都丝毫不爽啊!"他的话刚说完,只见一对鸽子从天上飞来,展现在他的眼前,落到了绿草坪上。伟大的英雄埃涅阿斯认出这是他母亲的鸟,十分喜悦,祝祷道:"请你们做我的向导吧,如果前面有路的话,你们在天上飞着引路,把我引到林中那株遮盖着沃土的吉祥金枝吧。还有你,我的母亲、女神,在这前途未卜的时刻,不要把我抛弃吧。"他说着,停住了脚步,看那两只鸽子发出什么信号,继续向什么方向去。两只鸽子一路啄食一路向前飞,但是用眼睛追着它们的人一直能看见它们。当它们来到恶臭难闻的阿维尔努斯的入口,它们急速飞升,然后从澄澈的天空降下,在一棵双体树的树巅找到了一个落脚的地方,落了下来,在这里,在枝叶丛中,有一道金光闪烁,颜色与其他枝叶不同。就像严冬的树林里,檞树上的寄生枝常常长出新绿的叶子,这绿叶并非它所寄生的

---

① 参看弗雷泽《不死的神话与死者崇拜》一书。Frazer, J. G. *The Belief of Immortality and the Worship of the Dead*. London: Macmillan, 1922, pp.3-21.

树本身长的,它的杏黄色的小浆果却缠绕着那树的浑圆的躯干,同样在那浓密的栎树上那挂着金叶的金枝也显得很突出,在轻风中那金叶片被吹得丁当作响。埃涅阿斯立刻把它攀住,它很坚韧,但埃涅阿斯用力把它折断了,把它带到西比尔先知的庙堂。①

"金枝"一词的拉丁文为 aureus ramus。理解这个典故的关键是要关注希腊罗马神话中黄金与神性的必然联系。《埃涅阿斯纪》第六卷开篇写到狄安娜女神的庙宇,就是"以黄金为顶"的(under roofs of gold)②。天神宙斯曾化身黄金雨同公主达纳厄幽会。赫西俄德《神谱》讲到天后赫拉称为"脚穿金鞋的女神"(πότνιαν Ἥρην Ἀργεῖην, χρυσέοισι πεδίλοις ἐμβεβαυῖαν);讲到其他神祇时还说"金冠的赫柏"(Ἥβην τε χρυσοστέφανον)、"金冠福柏"(Φοίβην τε χρυσοστέφανον)等③。黄金是本属于神的圣物。在维吉尔笔下,金枝生长在栎树上,枝上挂着金叶。其外在特征不只是视觉上的金黄耀眼色泽,而且还有听觉上的叮当作响。具有半神血统的主人公是在神的使者——双鸽指引下找到宝物的。这个细节表明金枝是神明恩赐人间的圣物,绝非一般人可以得到。鸽子在基督教神话中是圣灵的化身④。据《新约·约翰福音》,约翰见证说:"我曾看见圣灵,好像鸽子一样从天降下,留在他(耶稣)的身上。"⑤鸽子在西方神话信仰中的神人中介象征作用,在此表达得显而易见。分析罗马国家初祖与圣物之间相关的故事情节,可以得出如下一种由神话观所支配的叙事模式:

> 王者或英雄主人公在一位能够传达神意的中介者(先知)指导下,获取一件代表神意的符号性圣物(宝),藉此来完成凡人所无法完成的事业。

神奇法宝的母题在一切民族的叙事文学中都是必不可少的,不论是金

---

① Ibid., p.140. 杨周翰中译本注标示原著第六卷第 183—211 行,有误,实际应为 263—300 行。

② Virgil. *Aeneid*. Translated by Rorbert Fitzgerald, New York: Vintage Books, 1983, p.159.

③〔古希腊〕赫西俄德:《工作与时日·神谱》,张竹明等译,商务印书馆,1991年,第27、30页。希腊文版参看:Hesiod, *Theogony*, Edited with Prolegomena and Commentary by M. L. West, Oxford: Clarendon Press, 1978, p.111, p.117。

④ 详尽的解说参看 Gaskell, G. S. *Dictionary of Scripture and Myth*. New York: Dorset Press, 1988, pp.229-230。

⑤《新约·约翰福音》第1章32—33节。

苹果、金羊毛、阿拉丁的神灯,还是储藏着秘密的宝葫芦,还有魔法石、如意树、神奇戒指等。甚至中国中古以来的玉雕带版也常见"胡人献宝"一类图像叙事,将带来罕见珍宝的任务假托给来自异国他乡的胡人使者。

  法宝主题在中国上古有关英雄和圣王的神话叙事中同样出现,可是显然不同的是,早期华夏叙事中的宝物不是金质的法宝,而是玉质的法宝。究其原因,这和华夏文明发生过程中曾经历过为期数千年之久的"玉器时代"有关。黄金作为稀有物质进入华夏文明视线的时间,约在距今 4 000—3 000 年前①。而玉石进入华夏文明视野的时间,约在距今 8 000—7 000 年前②。两者的差距是倍数的差距。笔者借用人类学的术语,将金属和汉字作为标志的文明传统称为"小传统",将前文字、前金属和前国家时代的文化传统称为"大传统"③。希望借助于大传统的再发现,重新解读小传统的文化基因与文化编码,从而认识华夏文明的国家意识形态生成的源头和特点。

  下文展开依照大传统知识解读汉字小传统记录的神话叙事之案例。第一例是《山海经》中黄帝播种"玉荣"的神话,可以视为中国版的"玉枝玉叶"神话的经典案例:

> (峚山)丹水出焉,西流注于稷泽,其中多白玉,是有玉膏,其原沸沸汤汤,黄帝是食是飨。是生玄玉。玉膏所出,以灌丹木。丹木五岁,五色乃清,五味乃馨。黄帝乃取峚山之玉荣,而投之钟山之阳(郭璞注:"以为玉种。")。瑾瑜之玉为良,坚粟精密,浊泽而有光,五色发作,以和柔刚。天地鬼神,是食是飨。君子服之,以御不祥。④

  这一段玉石神话叙事显得瑰丽而神奇,由于和华夏人文初祖黄帝直接联系在一起,所以其中蕴含着华夏文明的核心价值理念,值得深入探究。根据郭璞等人的注解可明确这一段的中心意思,讲的是在华夏大地西部不周山西北的峚山,有一条叫丹水的河流,向西流入稷泽,该河流中不仅出产白玉,还有像泉源一样沸沸扬扬向上冒出来的玉膏,从玉膏中又生出一种黑

---

① 李京华:《冶金考古》一书认为中国金银冶炼开始于商末周初,文物出版社,2007年,第26页。
② 中国社会科学院考古研究所、香港中文大学中国考古艺术研究中心编:《玉器起源探索》,香港中文大学中国考古艺术研究中心,2007年,第232页。
③ 叶舒宪:《探寻中国文化的大传统》,《社会科学家》2011年第11期。
④ 袁珂:《山海经校注》,上海古籍出版社,1980年,第41页。

玉。在玉膏的浇灌下,生长出的一种玉树叫丹木,这玉树五岁时显现为五种颜色,发散出五种馨香气味。华夏始祖黄帝在玉石神话中扮演着主人公的角色:他先是像享用美食一样享用玉膏;然后做出类似播种玉树的举动:将峚山出产的玉树丹木之玉花(郭璞以"玉华"解释"玉荣")作为玉种,播撒到钟山的南面。其结果是生长出天下最优质的玉材,称之为"瑾瑜之玉"①,其特点是玉质坚硬,密度高,比重大,外表有温润之光泽,并如同其原种丹木那样,呈现为五色发作的绮丽状态。这种瑾瑜之玉的高贵品质和外观感觉,充分体现着后世儒家以玉比德的观念之本,以及由此引申出来的"以和柔刚"的价值思想、"君子必佩玉"的传统礼俗等。黄帝播种出的"瑾瑜之玉",和西方神话中的"金枝"一样,具有神奇法宝的意义。《山海经》叙事中简略提到它的两种用途:一是让天地鬼神享用为美食,以增加其神力;二是让人间的君子佩戴,借助其神力达到驱邪避害,抵御不祥的目的。华夏美玉的两种用途,在天人之际和神人之间,架设出一座联系和沟通的桥梁。这一层意义非比寻常,因为它明确无误地将华夏民族崇拜玉石、酷爱玉文化的源头,直接上溯到华夏国族共祖黄帝的神圣行为,堪称民族记忆中有关华夏文明肇始的"创世记"。

于是乎,美玉,明确成为本土文化中神人关系的现实纽带和"天人合一"的中介圣物。这当然也成为历代文人墨客青睐有加的文学主题。众多的作品围绕着此类法宝圣物而展开想象和幻想的空间。先看有关"玉膏"的想象再造。郭璞注引《河图玉版》说:"少室山,其上有白玉膏,一服即仙矣。"此一条叙事将玉膏称为白玉膏,对应的是白色玉材相对稀有的现实情况。"一服即仙"说中的"服"字,可有两种理解:服食和服饰。这里宜作服食解。不论是吃的还是穿戴的,获得白玉膏者即刻就有立地成仙的神奇效果。汉张衡《南都赋》云:"芝房菌蠢生其隈,玉膏滵溢流其隅。"这是将玉膏与华夏医学神话中另一仙丹妙药——灵芝草相提并论的例子。晋张华《博物志》卷一云:"名山大川,孔穴相内,和气所出,则生石脂、玉膏,食之不死。"陶渊明《读〈山海经〉》诗之四:

---

① 《左传·宣公十五年》:"谚曰:'高下在心,川泽纳污,山薮藏疾,瑾瑜匿瑕。'"孔颖达疏:"瑾瑜,玉之美名。"唐欧阳詹《瑾瑜匿瑕赋》:"玉之美者,其曰瑾瑜。"《楚辞·九章·怀沙》:"怀瑾握瑜兮,穷不知所示。"《山海经·西山经》:"翰山神也……瘗用百瑜。"郭璞注:"瑜,亦美玉名。"

> 丹木生何许？
> 乃在密山阳，
> 黄花复朱实，
> 食之寿命长。
> 白玉凝素液，
> 瑾瑜发奇光。
> 岂伊君子宝，
> 见重我轩黄。①

陶渊明不仅喜欢歌咏黄帝食玉膏故事，还把玉膏想象为白玉凝成的液体，激发着后人有关琼浆玉液的种种想象②。以上各位作者提到黄帝玉宝，都是把对自然物的观察引向生命不死的核心观念。与其说这是古代文学家们的发明创造，不如说是直接承袭自史前时代的玉石神话想象。从"瑾瑜发奇光"的特征描述看，是发光的矿石种类差异，造成中西文明间的原生神话观差异：拜金主义和拜玉主义。黄金的光泽与色彩能够让希腊罗马作家痴迷的程度③，也就相当于瑾瑜、玉膏、玉荣等让中国作家痴迷的程度。

《山海经》讲述黄帝播种玉荣的地理范围，是从峚山取玉种，到钟山之阳去播种。"自峚山至于钟山，四百六十里。"黄帝是怎样跨越这一距离的，后人不得而知。在峚山本地的白色玉膏如何能够生出黑色玉来，更显得神妙奇幻与变化莫测，能够引发的色彩对比联想物是太极图。玉石神话将现实中不可能发生的种种事物界限都一一打破，建构出自成一体的传奇世界。从其扑朔迷离的外表可以引出的基本理念是：玉代表神灵，代表神秘变化，也代表不死的生命。这三者，足以构成一个文化的核心价值。

在《山海经》成书的战国时代，黄金已经完成从西域进入中原文明的千年历程④。该书中最为常见的叙事模式是金玉并重的山川物产资源报告。例如同在《西山经》记录中的䮮山："无草木，多玉，凄水出焉，西流注于海，其

---

① 《陶渊明集》，逯钦立校注，中华书局，1979年，第135页。
② 《列仙传》云："赤松子者，神农时雨师也，服水玉，教神农能入火不烧。"《十洲记》："瀛洲有玉膏如酒，名曰玉酒。饮数升辄醉，令人长生。"
③ 参看〔美〕彼得·伯恩斯坦：《黄金简史》（修订版），黄磊译，上海财经大学出版社，2008年，第1—6页。
④ 关于我国冶金起源与河西走廊地区的特殊关系，参看叶舒宪：《河西走廊：西部神话与华夏源流》，云南教育出版社，2009年，第7章第3节。

中多采石、黄金,多丹粟。"①再如数历之山:"其上多黄金,其下多银,其木多杻橿,其鸟多鹦鹉。楚水出焉,而南流注于渭,其中多白珠。"②又如龙首之山:"其阳多黄金,其阴多铁。苔水出焉,东南流注于泾水,其中多美玉。"③又如众兽之山:"其上多㻬琈之玉,其下多檀楮,多黄金,其兽多犀兕。"④在这些金属资源与玉石资源并重的报告模式中,金银铜铁皆在其中,其对人类生活的经济价值不言而喻。但是,《山海经》中却没有哪一种金属能够像玉那样和华夏人文始祖的叙事密切结合,生成传奇性的法宝故事。玉荣玉华、玉枝玉叶对于华夏的重要意义,远非世间所有的其他矿物所能够比拟。

行文至此,我们已经在不知不觉中完成了从西方"金枝"过渡到东方"玉叶"的神话之旅。如果要问:世人理想中的"生命之树",究竟像玉石一般长青而温润呢,还是像黄金一般金光灿烂呢?显然不同的文化价值观对此会有截然不同的答案。玉石神话所蕴含着的文化价值,通过以上案例比较研究和分析,已经大体上和盘托出。若加上"宁为玉碎不为瓦全"和"化干戈为玉帛"之类的众多华夏成语,玉石神话深入中国人精神深处的价值意义,就会更加明晰起来。

二、玉宝:夏商周的神话历史

玉石神话的第二个分析案例,来自《尚书》和《史记》中有关大禹的一段神话历史叙事。大禹是华夏治水建国的第一功臣。在他之前的尧舜时代,继承黄帝崇玉传统,有所谓"辑五瑞"和"班瑞于群后"的历史记载,相当于用玉礼器作为国家政权的标志信物⑤。从尧舜崇玉到夏代国家的统治者崇玉,古史上的早期王朝国家几乎没有一代不是以玉为圣物宝物的。仅从夏朝着眼,"从文献看,可以说夏代君王成于玉,也败于玉。玉的储备与需求,对夏代统治者的重要性,似乎就是伊拉克的石油对美国总统布什的重要性。《书·禹贡》云:'禹锡玄圭,告厥成功。'⑥《史记·夏本纪》:'帝锡禹玄圭,以

---

① 袁珂:《山海经校注》,上海古籍出版社,1980年,第32页。
② 同上书,第34页。
③ 同上书,第35页。
④ 同上书,第37页。
⑤ 参看叶舒宪:《班瑞:尧舜时代的神话历史》,《民族艺术》2012年第1期。
⑥ 《尚书·禹贡》,《十三经注疏》本,中华书局,1980年,影印版,第153页。

告成功于天下。'可见大禹王天下靠的就是所谓玄圭——一件神秘的玉礼器!《墨子·非攻下》:'禹亲把天之瑞令,以征有苗。'瑞为天赐玉信。在礼乐征伐自天子出的时代,掌握瑞玉圣物者就足以号令天下"①。夏禹得到玉器法宝的神话在后世还有一些情节变体,如讲述大禹获得玉简或玉书。相传是羲皇授予大禹的玉简书。晋王嘉《拾遗记·夏禹》:"又见一神,蛇身人面,禹因与语。神即示禹八卦之图……乃操玉简授禹,长一尺二寸,以合十二时之数,使量度天地。禹即执持此简,以平定水土。蛇身之神,即羲皇也。"这个变体的叙事虽然产生的时代稍晚,却也吻合英雄神话与史诗时代的叙事原型模式:主人公在神意的中介者指导下,获取一件代表神意的圣物(宝),借此来完成凡人所无法完成的事业。引导埃涅阿斯获得金枝的神圣中介者是先知和鸽子天使,引导夏禹获得玉简的是化为蛇身的伏羲大神。

汉赵晔《吴越春秋·越王无馀外传》对夏禹得到宝玉一事有不同的描述:"庚子,(禹)登宛委山,发金简之书,案金简玉字,得通水之理。"这一个神话异文将神秘的玉器置换为金玉组合的圣书,显然出自汉代人的想象。它虽不符合夏代初期中原文明既无汉字也无黄金器物的现实情况,却与春秋战国之后"金声玉振"的宝物并列组合理念(《孟子》)大体吻合,因此更能激发文人的想象。如梁朝沈约的《桐柏山金庭馆碑》一文说:"金简玉字之书,玄霜绛雪之宝,俗士所不能窥,学徒不敢轻慕。"黄金与玉石的两种色泽相互辉映,成就了汉语成语"金碧辉煌"的境界想象。《后汉书·张衡传》云:"永元中,清河宋景遂以历纪推言水灾,伪称洞视玉版。"李贤注引《遁甲开山图》云:"禹游于东海,得玉珪,碧色,长一尺二寸,圆如日月,以目照,自达幽冥。"②华夏文学对第一王朝始祖夏禹的历史记忆中,就这样与一件神秘的玉器宝物联系在一起,历代文人津津乐道,反复咏叹,与罗马国家之祖埃涅阿斯与金枝的故事,相映成趣。

玉石神话第三个案例是夏启得玉璜而升天的神话。启作为禹的儿子,华夏王权"家天下"(即政权交接的父子相传)的始作俑者,同样以玉礼器为最高统治标志物。不过夏禹的神圣礼器标志为玉圭,夏启的则是玉璜。《山海经·海外西经》云:

---

① 叶舒宪:《玉的叙事与夏代神话历史》,《中国社会科学报》创刊号,2009年7月1日。
② 王先谦:《后汉书集解》,中华书局,1984年,影印受虚堂刊本,第668页。

大乐之野,夏后启于此儛九代,乘两龙,云盖三层。左手操翳,右手操环,佩玉璜(郭璞注:"半璧曰璜")。在大运山北。一曰大遗之野。①

一位万人之上的王朝统治者,其形象为何被描述为右手拿着玉环,身上佩戴着玉璜呢?从8 000年玉文化大传统看,玉圭的出现要大大晚于玉璜。换言之,与夏禹的标志物玉圭相比,夏启的标志物玉璜有着更加深厚的历史渊源,其文化蕴含自然也非同小可。2007年在安徽含山县凌家滩发掘出土的第23号墓(M23),给出5 300年前一位部落领袖佩玉的盛况实录:包括左右手各十个玉镯和身体上大量玉璜在内的共计300多件玉器,为一位逝去的统治者陪葬。此情此景,表明《山海经》对夏代统治者的佩玉描绘,显然是有其深远历史依据的,绝非想象创作出来的神话文学。4 000年前的国家统治者佩玉之俗,肇端于五六千年前的部落统治者佩玉的史前礼俗,需要进一步探究的是佩玉礼俗背后的神话观。和良渚文化、凌家滩文化的高等级墓葬动辄上百件玉器的数量相比,文献叙事中夏禹和夏启只以一两件玉器为标志物的情况,大约体现着玉文化发展的鼎盛期过后的情况,或者说是已经从巅峰状态趋向衰落的表现。此种原因是新的圣物金属器(青铜器)已经伴随中原国家政权的兴起而逐渐流行,以玉独尊的华夏大传统必然向金玉并重的小传统转变。

统治者佩玉礼俗背后的神话观主要和巫觋王或祭司王的通神通天的职业需求相关。关于夏启乘龙升天一事,在注解《山海经》的各家说法中,还可看到其他版本的描述。如郭璞注:"《归藏·郑母经》曰:'夏后启筮:御飞龙登于天,吉。'明启亦仙也。"郭璞认为能够升天的夏启本人已经具备仙人的身份。这是以西晋的道教升天信仰去解读远古帝王事迹。清代郝懿行的注疏又引用另一条材料:《太平御览》八十二卷引《史记》曰:"昔夏后启筮:乘龙以登于天,占于皋陶,皋陶曰:'吉而必同,与神交通;以身为帝,以王四乡。'"

以上三条材料都说到夏启乘龙或御龙升天的特异能力,后一条还点明了他之所以要升天就是为了"与神交通"。《山海经》的夏启升天叙事不光讲到乘龙,还特意交代玉礼器的神秘作用:他右手持玉环,身上佩戴着玉璜。这里的叙事带有事物起源神话的意义——说明礼乐歌舞的由来和掌握者,

---

① 袁珂:《山海经校注》,上海古籍出版社,1980年,第209页。

就是能够乘两龙的夏后启。他能够乘龙,为什么还要手操玉环和身佩玉璜呢?文本中没有解释。参照《山海经》的另一处叙事,可知玉环玉璜皆为沟通天人之际的神圣媒介物,与龙的功能类似。《大荒西经》云:"西南海之外,赤水之南,流沙之西,有人珥两青蛇,乘两龙,名曰夏后开。开上三嫔于天,得《九辩》与《九歌》以下。"①把人间的礼乐歌舞之来源,解说成夏启三次上天取来的。其升天工具,照例还是乘龙。将这两个神话文本组合分析,可归纳出天人合一神话观的基本范式,以三个相关母题为表达,即:

升天者—乘龙—佩玉璜(或操玉环)

在晋代郭璞所作《山海经图赞》中,这三个相关母题再度得到强调:"筮御飞龙,果舞九代。云融是挥,玉璜是佩。对扬帝德,禀天灵诲。"玉器为什么会和通天通神的母题结合在一起?《竹书纪年》卷上也讲到夏启举行礼仪活动的一个特殊场所是玉石装饰的高台:"帝启,元年癸亥,帝即位于夏邑。……大飨诸侯于璇台。""璇台"亦作"璿台"或"琁台"。不论是璇字,还是琁字,本义皆为美玉。看来夏代君王的升天通神本领与其拥有的神秘玉器存在某种相关性。《文选》王元长《曲水诗序》云:"至如夏后二龙,载驱璇台之上。"李善注引《易·归藏》曰:"昔者夏后启筮享神于晋之墟,作为璇台于水之阳。"②

璇台指饰以美玉的高台,既然本为夏朝天子的台名,商周以后的帝王们多少与此有所牵连。皇甫谧《帝王世纪》:"(武王)命原公释百姓之囚,归璇台之珠玉。"晋张协《七命》:"云屏烂汗,琼壁青葱。应门八袭,琁台九重。"后世文学将传说中仙人的居所也称璇台。郭璞《游仙诗》之十:"璇台冠昆岭,西海滨招摇。"这是将中原想象中的西部产玉之大山昆仑,构想为带着璇台之冠的形象。上溯本源,古人对璇台的原型记忆,从文献中的情况看,尚没有超出夏启时代的。这样看来,玉台、玉璜、玉环等神秘母题不断出现在关于夏启的历史叙事中,当与乘龙或御龙母题一样,带有早于商代的神话信仰之历史信息。换言之,神龙和神玉的母题,皆以史前大传统的神话观为其深远背景,并非有文字以后的文人凭空创作出来的虚拟。

---

① 袁珂:《山海经校注》,上海古籍出版社,1980年,第414页。
② 方诗铭等:《今本竹书纪年疏证》卷上,《古本竹书纪年辑证》,修订本,上海古籍出版社,2005年,第213页。

玉石神话的第四个案例是商代的末代帝王纣携美玉而自焚的叙事。《逸周书·世俘》云：

> 商王纣于商郊。时甲子夕,商王纣取天智玉琰缝身厚以自焚,凡厥有庶告焚玉四千。五日,武王乃俾于千人求之,四千庶(玉)则销,天智玉五在火中不销。①

对于接替殷商王权而受天命统治中原的周朝王者来说,前朝统治者遗留下来的所有宝玉,皆可作为天命转移和权力转移的有效物证,所以有必要照单全收,藏之王室,而不必像处置异族的神像、图腾、牌位那样加以取缔或销毁。《逸周书·世俘》篇讲完商王自焚一事,接着叙述的就是周王继承宝玉一事："凡天智玉,武王则宝与同。凡武王俘商旧玉亿有百万。"这里上亿件的玉器数量让后人百思不得其解,有各种不同的解释。黄怀信依照各类书的引文校注说:这一句话在"俘商旧"后面脱落了"宝玉万四千佩"六字。"百万"当做"八万"。翻译成现代汉语应是："凡属天智玉,武王就与宝玉同等看待。武王一共缴获商朝的旧宝玉一万四千枚、佩玉十八万枚。"②

不论认为这是历史还是神话,《逸周书》的叙述至少可以表明殷周革命之际有一笔巨大数量的宝玉更易主人。即使不采用有夸张之嫌的上亿之说,也还有近二十万枚玉器③被纳入周王室宝藏。在其财富和奢侈品的后起意义之前,宝玉在文明初始期的更高价值是代表神圣和天命。值得我们从跨文明比较的视角思考的是:为什么史籍上要特别强调商周革命时惊人数量的宝玉继承情况,却对金银器、青铜器等其他贵重物品不置一词呢?对于记述三代史实的著作者而言,是怎样一种独特的、来源于大传统的文化价值观发挥作用,在暗中支配着史官叙事的取舍和关注焦点呢?

商纣王自焚之际烧掉了除天智玉之外的宝玉。玉石可以熔炼的观念也见于女娲炼石补天神话。这一意义上的"炼石"又称"炼丹",成为后世道教信仰和实践中的重要法术。其基本操作是将朱砂放在鼎炉中炼制。后来派生出内丹与外丹之分:以气功修炼人体称为内丹,以火炼药石称为外丹。比较宗教学家伊利亚德提示人们,需要关注炼金或炼丹的神话观念,如何在物

---

① 黄怀信:《逸周书校补注释》,三秦出版社,2006年,第203页。
② 黄怀信:《逸周书校补注释》,三秦出版社,2006年,第204页。
③ 杨升南:《商代经济史》,贵州人民出版社,1992年,第538页。

质和精神两个方面相互作用的。"这种神秘技术使得矿物'成熟',金属'净化',这种神秘技术的延续是炼金术,因为它加速了金属的'完满'。"①对应伊利亚德的重要提示,台湾学者杨儒宾试图解析五行之"金"的原型意义,同样提示冶炼与不朽信仰之间的神话关联②。

来自"二重证据"的甲骨卜辞表明,殷商人心目中的玉石神话不是虚幻的文学幻想,而是体现为确凿无疑的信仰和仪式叙事。王宇信《卜辞所见殷人宝玉、用玉及几点启示》一文对此做出有益的探索。他指出,甲骨文中有"玉"字,也有双玉并列的"珏"字。甲骨文"弄"字写作以手持玉之形,对应的实物证据是殷墟出土的不少玉鱼、玉鸟、玉龟、玉蝉等动物形象和装饰品,即为当年的"弄玉"。甲骨文"宝"字从玉从贝,反映着商代奴隶主贵族以玉为宝的明确意识。"在商代,由于人们宝玉、爱玉,形成了对玉的拜物教和神秘化。贵族们连做梦都想着玉。"③商代的王室贵族们还用玉作礼献神明的祭祀。这种玉礼上承史前玉文化礼俗,下启西周至汉代的玉礼制度传统④,奠定华夏礼乐文化的核心内容。

第五个案例是西周姜太公得玉璜神话。《尚书大传》卷一:"周文王至磻溪,见吕尚钓。之王拜。尚云:'望钓得玉璜,剡曰:姬受命,吕佐检。德合于今昌来提。'"后即用"玉璜"一词为典故,指吕尚佐文王一事。庾信《周大将军赵公墓志铭》云:"地属先登,时逢下武;玉璜拨乱,金縢光辅。"刘禹锡《浙西李大夫述梦四十韵斐然继声》诗云:"门承金铉鼎,家有玉璜韬。"清孙枝蔚《渔家傲·题徐电发枫江渔父图》词中写道:"钓得玉璜心自喜。时至矣,掷竿早为苍生起。"这些古诗文用典,足以说明与姜太公相关的这则玉璜神话在后世文学中的喜好和再造情况。不过,如要真实地了解西周玉器的实际功能,还需要诉诸史书的记述。《尚书·金縢》一篇讲到周公用玉礼器祭告祖神的情形,可作为当时的礼仪素描图看:

> 既克商二年,王有疾,弗豫。二公曰:"我其为王穆卜。"周公曰:"未

---

① 〔美〕以利亚德(即"伊利亚德"):《不死与自由》,武锡申译,中国致公出版社,2001年,第323页。
② 参看杨儒宾:《刑—法、冶炼与不朽:金的原型象征》,台湾《清华学报》第38卷第4期(2008年12月),第677—709页。
③ 香港中文大学中国考古艺术研究中心编:《东亚玉器》第一册,1998年,第18—25页。
④ 参看孙庆伟:《周代用玉制度研究》,上海古籍出版社,2008年。

可以戚我先王。"公乃自以为功，为三坛同墠。为坛于南方，北面，周公立焉。执璧秉圭，乃告太王、王季、文王。史乃册，祝曰："惟尔元孙某，遘厉虐疾。若尔三王，是有丕子责于天，以旦代某之身。予仁若考，能多材多艺，能事鬼神。乃元孙不若旦多材多艺，不能事鬼神。乃命于帝庭，敷佑四方，用能定尔子孙于地下，四方之民罔不祗畏。呜呼！无坠天之降宝命，我先王亦永有依归。今我即命于元龟。尔之许我，我其以璧与珪，归俟尔命；尔不许我，我乃屏璧与珪。"乃卜三龟，一习吉。启钥见书，乃并是吉。①

姜太公从天赐的玉璜中得知天意与天命，淡定而从容。周公以玉礼器为厚重贿赂品，和周朝的先祖之灵们讨价还价，祈求保佑。当时的那种人神（祖先）对话、沟通的场景，虽过了三千载，却依然历历在目。

第六个案例是周穆王访问黄帝之宫并获得玉枝玉叶的故事。《穆天子传》卷二云："吉日辛酉，天子升于昆仑之丘，以观黄帝之宫。"这里描述的黄帝之宫，与第一个案例所举《山海经·西山经》所称的黄帝食玉膏和播种玉荣的地点大体一致，可引发琼楼玉宇的神幻建筑想象。黄帝之宫或许就是以玉祭神之宫，所谓"天地鬼神，是食是飨"之地？周穆王不远万里去昆仑山拜谒黄帝之宫，带有十足的史前玉文化回归的意蕴。如果把《穆天子传》中穆王用玉祭祀河神等情况和《尚书》周公用玉祭神事迹相比，大体可体谅出西周帝王们以玉礼神和问祖的毕恭毕敬心态。玉石神话体现在这些庄重的祭祀场合，是信仰和观念，不是纯文学和故事。

穆王是从哪儿得到最宝贵的所谓的玉英玉叶呢？

曰："春山之泽，清水出泉，温和无风，飞鸟百兽之所饮食，先王所谓县圃。"天子于是得玉策枝斯之英。（卷二）

旧注："英，玉之精华也。《尸子》曰'龙泉有玉英'，《山海经》曰'黄帝乃取密山之玉荣，而投之于钟山之阳'是也。"桂馥曰："《诗诂》云：'凡玉之始生，有荣、有英、有华。'荣谓玉之始生，如草木之荣也；英谓一玉之中最美者，如草木之英也；华谓玉之方成，如草木之华也。"②穆王于昆仑山取得的宝贝

---

① 阮元：《十三经注疏·尚书正义》，中华书局，1980年，第196页。
② （清）桂馥：《说文解字义证》卷二，齐鲁书社，1987年，第29页上。

同样是得之于水。

产于水中,可以像农作物一样种植的玉荣、玉英、玉树,它寄托了先民最为纯真的理想。所谓一岁一枯荣,春风吹又生,在春山之上,玉树琼花,成为青春不老、生生不息的象征。玉之所以在古人心目中享有崇高地位,正因为它自石器时代起就已成为永恒生命的象征。那么,为什么玉能成为不死药呢?

玉的医疗保健功能早已为古人津津乐道。《淮南子》云:"钟山之玉炊以炉炭,三日三夜而色泽不变,得天地之精也。"葛洪《抱朴子》曰:"服金者寿如金,服玉者寿如玉。"称玉为"玄真",服之令人身飞轻举,故曰服玄真者其命不极。宋唐慎微《证类本草》曰:"玉屑味甘平,无毒,主除胃中热喘息烦满,止渴,屑如麻豆服之,久服轻身长年,生蓝田,采无时。"并引述《宝藏论》《青霞子》《天宝遗事》《叶天师枕中记》《马鸣先生金丹诀》《丹房镜源》等书中所载方剂①。明代李时珍《本草纲目》记玉类十四种药效,玉气味甘平无毒,主治除胃中热、喘息、烦满、止渴,屑如麻豆服之,久服轻身长年。引别录:润心肺、助声喉、滋毛发。面身瘢痕:可用真玉日日磨之,久之则自灭②。

以上六个玉石神话案例分析,从传说中的华夏共祖黄帝,一直贯穿到夏商周三代圣王谱系中,其历史的时间跨度约有2 000年。联系起来看,大体可以透视从史前大传统到文明小传统,玉石神话观的不断延续和演进过程。

三、玉宝:物神崇拜与文明发生的社会整合

倘若追问文学中的法宝观念是怎样产生的,其解答一定会超出文学知识范围,进入到宗教学领域:法宝之所以为宝,是由于它本身包含着法力、魔力或神力。认为某种东西拥有超自然的神力,即可称之为"神物"或"物神"。神物是各种各样具体可感的对象物,它甚至比抽象的神的观念更早地发生。这就是一位18世纪法国思想家德·布罗塞斯(1709—1777)的《神之偶像崇拜,或埃及古代宗教与尼格罗人现存宗教的相似性》一书提出的观点。这部1760年出版的书使得"神物"和"拜物教"的宗教学术语从此流行于学界,甚

---

① (宋)唐慎微:《证类本草》卷三,四部丛刊初编本。
② (明)李时珍《本草纲目》卷八,《石之二·玉》,见《景印文渊阁四库全书》772册,台湾商务印书馆,1986年,第626—629页。

至产生出覆水难收的广泛传播效果。布罗塞斯不满意当时流行的关于神话起源和宗教起源理论,希望借助于非西方的未开化民族的信仰材料,来解释神话产生的奥秘,揭示希腊神话背后的原理和法则。该书提出的人类宗教发展史普遍模式由三阶段模型来表示:

拜物教—— 多神教—— 一神教

有关拜物教的崇拜对象,布罗塞斯写道:

> 异教神学的这两个组成部分,或者有赖于对天体的崇拜,称为星辰崇拜;或者有赖于一种同样古老的对某种世俗事务和物质对象的崇拜,它可称作"神物",如在非洲黑人中间,因此我称之为"神物崇拜"。我想习惯地运用这个词,虽然在其本来意义上它专指非洲黑人的宗教,但我事先指出我在运用它时,还指其他崇拜动物或无生命事物的民族。这些事物被变化为神,甚至在这些物体就严格意义上说还不是神的时候,也已赋有某种神的品格,诸如神谕、护符、法宝之类。可以肯定,这些思想形式有共同的起源,它属于一种普遍性的宗教,早先曾遍及整个世界,它只能通过自身说明自己,在异教世界的各种宗教中它是一个独立的类别。①

就中国文化史前期情况而言,从《越绝书》中风胡子与楚王对话中关于"夫玉亦神物也"的判断,到许慎《说文解字》对汉字神灵的"灵"字之解说:"巫以玉事神。从玉霝声。灵,或从巫。"可知此类用途的玉,基本上符合物神崇拜的宗教学定义。对华夏史前玉礼俗背后的神话观做简明扼要的再命名,可用两个字称之为"玉教"。由此出发,或有助于理解华夏文明价值观为什么一开始就和西方文明的"拜金主义"截然不同。简言之,对华夏而言,玉的神圣价值是本土原生性的、自发的,金的神圣价值是在玉石之后派生出来的,并且多少受到外来文化(包括冶金技术和金属神话观)传播的影响。

比较宗教学的创始人麦克斯·缪勒在撰写《宗教的起源与发展》时,不得不专门安排一章(第二章)来讨论拜物教是不是宗教的原始形式问题。缪勒考察了自布罗塞斯以来近一个世纪有关拜物教的研究著述,归纳出四个

---

① 转引自〔英〕麦克斯·缪勒:《宗教的起源与发展》,金泽译,上海人民出版社,1989年,第40—41页。

要点:

1. 神物一词的意义从它最初使用直到现在一直不明确,而且一直为大多数学者广泛应用,因而它包括了宗教崇拜对象的几乎所有的象征性或模仿性的形象。

2. 在有历史的民族中,我们发现归之于神物的范畴下的一切,都有其历史的和心理上的起因。因而我们没有理由认为哪个民族可以例外,不能认为只在我们不了解其宗教发展情况的民族中才有神物崇拜。

3. 没有一个宗教完全与拜物教无关。

4. 没有一个宗教完全只是拜物教。①

缪勒承认拜物教存在的跨文化普遍性,但是他不同意将拜物教看成宗教的起点或原始形式,提示人们寻找先于物而存在的神力观念。相对于神力观念,神物只不过是派生的表现罢了②。借鉴这一意见,需要进一步解释神灵或神力的观念是怎样渗透到玉石和黄金等物质之中。关于黄金的神话化过程,人类学家神话思维的类比原则,将天的色泽与玉的色泽相互认同,将天宇想象为玉质的。这就是天与天命等神圣意蕴"比德于玉"的基本道理。需要辨析的是,夏商周以来的"德"概念也是神话概念,与神圣天命密切相关,后来经过儒家的再造才成为伦理概念。如《诗·秦风·小戎》:"言念君子,温其如玉。"郑玄笺:"玉有五德。"孔颖达疏引《聘义》:"君子比德于玉焉;温润而泽,仁也;缜密以栗,知也;廉而不刿,义也;垂之如坠,礼也;孚尹旁达,信也。"《五经通义》中的"五德"说略有不同:"玉有五德,温润而泽,有似于智;锐而不害,有似于仁;抑而不挠,有似于义;有瑕于内必显于外,有似于信;垂之如坠,有似于礼。"

从玉神说到玉德说,是大传统神话观进入小传统后被改造的结果。虽然其观念取向从宗教信仰方面演化为道德人品方面,但是玉德说的实质依然没有脱离神话观念。玉石神话作为华夏大传统固有的深层理念,对于构成华夏共同体起到的统合作用不容低估。在广大的地理范围内整合不同生态环境、不同语言和族群的广大人群,构成多元一体的国家认同,这是华夏文明发生和延续的关键要素。这样庞大的社会共同体是怎样形成的?日本

---

① 〔英〕麦克斯·缪勒:《宗教的起源与发展》,金泽译,上海人民出版社,1989年,第82页。
② 同上书,第84页。

学者栗本慎一郎从经济人类学视角看历史解释问题,推介波朗尼的"社会整合模式"(the patterns of integration)三范型说:即互酬(reciprocity)、再分配(redistribution)和市场交换(market exchange)。

> 在互酬与再分配的场合下,以"社会整合模式"为基础形成的社会制度,是同礼仪、宗教行为密不可分地嵌合在一起的。因此,这些社会制度在共同体内部就起到了协调和整合人们的社会交往方式、稳固社会结构的作用。……进而,"社会整合模式"绝不是一组限于物质活动的经济领域中的范畴,而是决定一个共同体在其社会边界和地理边界以内的所有社会行为的东西。正因为这样,所以在前二者的场合下,只要能够确定互酬行为与再分配行为,就能够明确地区分共同体的内部与外部,即找到它们的社会临界线。①

在前青铜时代到来的前夜,玉器生产是当时华夏社会建构精神权威的主要生产对象。围绕各地的玉矿资源进入中原文化的贸易互动过程,展开着上述三种范型的社会整合。青铜时代的到来,在老资源的地域间再分配活动之上,增添新的金属资源(金、银、铜、锡、铅等)空间配置活动。人类学家张光直认为商代政权的八次迁都与寻找铜矿资源有关。在《穆天子传》中也可以看到,周穆王在漫长的西游旅途中与异邦社会领袖们发生的经济关系,基本上是赏赐玉器、金属器和求取玉材一类的互酬(reciprocity)或"市场交换"行为。由此看出,中原王权与周边部落在经济社会整合方面,如何以神话信仰所支配的神圣宝物奢侈品生产需要为根本的驱动力。这样,参照波朗尼所谓的"社会整合的三种模式"理论,有助于打开华夏国家认同研究的一个新视阈,探寻一种分析模型:即在踏进文明门槛之际的玉礼器生产,如何充当着将中原与周边广大地区联系起来的整合性纽带作用。这种纽带既是物质的(从玉矿资源探寻、开发、运输、交换到加工和分配),又是精神的(玉石神话观的跨地域传播与统合)。物质需要和精神需要的长期相互作用,终于铸就华夏文明发生前夜(即金属时代到来以前)的核心价值观:以玉为圣,以玉为宝,以玉礼器为天人沟通(即神人沟通)的符号。

---

① 〔日〕栗本慎一郎:《经济人类学》,王名等译,商务印书馆,1997年,第49—50页。

四、中华认同的神话基因

以玉石神话观即物神崇拜的四面传播为特点的社会整合过程,既然铸塑出华夏文明发生根脉上的核心价值观,那么此种核心价值观对中华认同的形成起到怎样的作用呢?顺着比较宗教学的物神研究思路,可以找到上述问题的求解线索。麦克斯·缪勒提出:"如果我们不仅想知道,而且想理解未开化民族的古代风格,就一定要努力辨别清楚。有时,一根树干或一块石头受到崇拜,因为它是个废弃的祭坛,或是古代进行审判的地方;有时由于它代表着某一伟大决战或凶杀的地点;或者它是某个王的墓地;有时则因为它警卫着氏族或家族的神圣边界。有些石头可以用来制作武器;有些石头则可以用来磨砺武器;有些石头,如在斯威斯湖发现的玉石,从遥远的地方搞来,作为传世之宝;还有些石头是从天上落下来的陨石。由于形形色色言之有理的缘故,古人甚或现代人对它们全都持以尊敬的态度,我们能简单地称之为神物吗?"①缪勒希望研究者从物的表象中找到使物神成为物神的理念因素。这种探寻需要诉诸比较神话学的细致分析。《左传》讲到"夏后氏之璜",带着后代人对早已逝去的夏代及其圣王的文化记忆。玉石神话在建构核心价值观方面起到怎样的作用?此种作用又是怎样通过玉与人一体的圣王记忆,引向"华夏一家"式的历史认同和文化认同的。

通过上文分析的六个玉石神话的叙事个案,充分认识神话的意识形态作用。此处可借用宗教学家斯特伦的表述:"神话是什么?为何它有如此强大的魅力?神话,是关于超自然存在的故事。它以象征的创造力把人的存在秩序化,并成为一个意义的世界。神话,还有一种观念,对于生活于其规范作用中的人们来说,它具有终极的价值。"②斯特伦所强调的是,神话的意识形态作用,通过特定文化群体创造出某种具有终极价值和意义的现实秩序,从而暗中支配着共同体中的每一成员的观念和行为选择。这正是人们通常所要探寻的"核心价值观",也就是韦伯希望社会科学研究能够达到的——"把实在的事件——有意识的或无意识的——与普遍的'文化价值'

---

① 〔英〕麦克斯·缪勒:《宗教的起源与发展》,金泽译,上海人民出版社,1989年,第69页。
② 〔美〕斯特伦:《人与神——宗教生活的理解》,金泽、何其敏译,上海人民出版社,1991年,第66页。

联系起来",从而辨识和确认该文化的独特意义编码程序。以上的比较研究说明：黄金神话对于西方文明价值世界建构的原型编码作用,大体上相当于玉石神话对于中华文明价值世界建构的原型编码作用。将寻找金枝和金羊毛的希腊罗马神话主题同寻找美玉的中国神话历史故事(如穆天子远游昆仑探访黄帝之宫、瑶池西王母；卞和的荆山之玉璞；秦昭王梦寐以求和氏璧；秦始皇创作传国玉玺)对照起来看,中西文明初始期在神话意识形态上不同的价值取向,可以获得清晰的比较式解读。借用当代知识社会学的代表人物彼得·伯格《现实的社会构建》之说法,这是不同神话体系所建构出的不同的社会现实。

>知识社会学不仅必须处理人类社会中多种多样的经验"知识",而且必须处理所有"知识"被社会地建构为一种"现实"的各种过程。①

关于神话能够建构现实并改造社会生活的原理,宗教学家斯特伦有精辟的分析和论述。他提示研究者关注神话与仪式共同体作为符号象征,其文化意义的生产机制：借助神圣象征实现根本的精神转变,其表现形式可用五阶段图式来概括：

(1) 人类境遇的不完美：世俗世界的缺陷。

(2) 终极实体——神圣王国：是秩序和永恒价值的本源。

(3) 意在根本转变：神圣力量借助神话的语言和行动在存在(创造)中展现,可由人为的(男女祭司或巫师)神圣秩序复制出来,成为日常生活的模式。

(4) 个人的表现方式：通过崇拜仪式等,从神圣王国获得生活的意义和行动的力量。

(5) 社会的表现方式：个人生活与他人生活整合为一而构成社会共同体,展现共同体成员存在的真髓,其方式是有规则地重复庄严的神圣语言和姿态,按照神圣故事与道德说教中的理想与神圣秩序过日常的生活。②

---

① 〔美〕彼得·伯格、托马斯·卢克曼：《现实的社会构建》,汪涌译,北京大学出版社,2009年,第3页。

② 〔美〕斯特伦：《人与神——宗教生活的理解》,第67页。引者对原文的五阶段图式说明做了适当压缩提炼。

玉石神话铸就的意识形态,包括以玉为神、以玉为天体象征、以玉为生命永生的象征等概念要素,以玉祭祀神明和祖灵的巫教仪式行为;崇玉礼玉的传说故事;由玉石引申出的人格理想(玉德说)和教育学习范式(切磋琢磨);以佩玉为尚的社会规则(君子必佩玉);围绕玉石的终极价值而形成的语言习俗——以玉(或者玉器)为名为号(从玉女、颛顼,到琼瑶、唐圭璋);以玉为偏旁的大量汉字生产,以玉石神话为核心价值的各种成语、俗语等。以上方方面面通过文化传播和互动的作用,不仅建构成中原王权国家的生活现实,而且也成为中原以外诸多方国和族群的认同标的[①],从而形成整个中华文化认同的基本要素,先于秦始皇统一中国数千年,就已经在发挥着或隐或显的文化认同作用。这可以在东部的大汶口文化、西部的齐家文化、北方的红山文化、南方的凌家滩文化、良渚文化和石家河文化等玉器生产繁荣情况,以及玉璜、玉璧、玉琮等礼器系统的普遍存在中,得到求证。

商周以降,文明国家的意识形态之所以不同于史前部落社会的口传神话,其基本媒介形式的变化升级起到关键作用。借助于文字书写,讲述和表演中的神话被固定为经典,可以分发给广大的社会成员随时阅读,这就大大拓展了神话的社会传播范围与规模,在广大的地域(而不是部落领地的狭小范围)中通过文字书写的联系纽带,将原本不同的方国文化统合起来,形成总体性和概括性的认识。《说文解字》中124个从玉旁的汉字,其中有不少源于来自天南地北的地方玉石种类专名,这种情况对应着《山海经》记录的140座产玉之山的广阔地理分布。受到《说文》一书极度突出从玉之字的启发,南朝梁顾野王等撰写的新字书三十卷干脆就直接题名为《玉篇》[②]。后人也顺水推舟,或用"玉篇"一名泛指汉字的所有字书。唐罗隐《升平公主旧第》诗云:"乘凤仙人降此时,玉篇缱罣到文词",就是这样的例子。还有元杂剧之董解元《西厢记诸宫调》卷七:"文章全不会后,'玉篇'都记彻。"所有这些与玉相关的汉字和人文地理报告,都可以从中华认同的视角展开分析研究。这方面的尝试,目前尚未开始,有待于神话学界今后的努力,特别是神话学研究进入中国思想史领域的拓展性工作。如斯特伦所提示:"为此,我们要讨论神话、崇拜仪式,以及神圣语言的重要性,因为它们创造了共同体,并给

---

① 参看杨建芳:《从玉器考察南中国史前文化传播和影响》,《东南文化》2008年第4期。
② 《南史·齐豫章文献王嶷传》:"先是太学博士顾野王奉令撰《玉篇》,简文嫌其书详略未当,以恺(萧恺)博学……使更与学士删改。"

予人们力量,使人摆脱持久而又徐缓变化的混乱,其表现是畏惧,找不到原本的和最深刻的源泉,看不到无价值与无意义等问题。"①

以上所论,是笔者通过本土特有的神话资源探寻中华文化大传统与核心价值观的尝试。这方面的研究之所以显得缺失和薄弱,主要因素是文物考古和收藏界受到新时期以来史前玉器的考古新发现,对华夏玉文化的认识热情高涨,而主流学界(文史哲,特别是哲学史和思想史方面)却限于学科的隔膜和知识的壁垒,对这方面关注不足,甚至不屑一顾。另外一方面的因素在于,西学东渐以来西化的学科建制对本土文化现实造成的巨大遮蔽作用:那些学习过西方哲学理论,回过头来在本没有"哲学"一词的本土文化建构"中国哲学"学科的从业人员那里,玉石神话几乎被完全地忽略掉了。哲学即形而上学的纯抽象思维习惯,逼迫着从业者在古汉语典籍中寻找与西方哲学范畴相对应的概念,作为探寻中华思想遗产的不二法门,结果却被文字牢笼所拘困,无法逃出汉字书写的小传统的狭隘视角,难以洞悉文字小传统背后深藏着的无文字的文化大传统,也就不能从时间跨度是小传统一倍以上的大传统中找到文化基因和原型编码的神话信仰。

一部多卷本《中国思想通史》,从西周官学讲起,对周代之前的文明脉络敬而远之。时至 21 世纪,一部新问世的集体大著《中国观念史》,给出"中国古代哲学范畴总表"(单一范畴),共列出概念范畴 78 个②,涵盖从天道到人事的方方面面,可是其中居然找不到一个"玉"字。这可以说是自兴隆洼文化的先民创造出体现崇拜及审美精神的早期玉器,到曹雪芹写出玉石神话大寓言式的长篇小说《石头记》为止,8 000 年来一直没有中断和失落的神话历史传统,在西学东渐后的现代语境中终告失落的表现!中华文明的核心价值理念之所以被现代学院派人士失落掉,与其受到西学的学科范式宰制而迷失了本土文化自觉的思考方向有关。研究者不熟悉玉文化的"编码语言",也不从汉字编码的价值体系本身去寻找,而是刻舟求剑一般依照外来的范畴体系去对号入座,什么"本体论"、"认识论"、"唯物主义"、"唯心主义"等,其结果类似于缘木求鱼,沉陷在一堆外来的"主义"之争中,遗失了洞见本土文化核心的可能性。

---

① 〔美〕斯特伦:《人与神——宗教生活的理解》,金泽、何其敏译,上海人民出版社,1991 年,第 66—67 页。
② 张岱年等:《中国观念史》,中州古籍出版社,2005 年,第 13 页。

检讨使得华夏核心价值在现代失落的原因,需要从跨文化认识的理论方法方面有所反思,并达到充分自觉,避免再度陷入张冠李戴式的认识误区而不能自拔。像许慎《说文解字》这样充分体现华夏核心价值体系的字书,可以参照大传统遗留的文物——出土玉器实物——的丰富性和多样性,重新加以审视、权衡和评估,梳理出自夏商周至秦汉间的玉礼实践之完整脉络。许倬云先生提出,上古礼制有郊禘与祖宗两套祭祀模式,在性质上大有区别:

郊禘祭祀神祇。在郊外的圜丘举行,有巫为媒介,礼器用玉。

祖宗祭祀祖灵,在宗庙举行,有子孙为媒介(公尸——引者注),礼器由日常器用转化。根据以上的差异,红山与良渚两个文化的礼仪中心,当为郊禘祭神传统,而仰韶文化的氏族组织及其相关的灵魂信仰,则是祖宗祭祀传统。两个传统的第一次结合,或可以襄汾陶寺为代表;商人的先王先妣祀典,是祖灵信仰的极致;周人则又一次兼采神祇与祖灵西亚,合并为郊禘与祖宗的大祭系统(直到明清,犹有太庙与天坛、地坛两类遗存)。①

这种将神祇与祖灵的祭祀方式截然划分开来的做法,妥当与否,似还有商榷的余地。因为前引《尚书·金縢》篇记述的周公以玉礼器为媒介与祖灵讨价还价的情形,生动而具体,堪称历历在目,似给许倬云的祭神用玉而祭祖不用玉之说提供出反证。不过,许先生能够将商周至明清的国家祭典系统与出土的史前文化礼仪中心联系起来考察,这无疑是超越小传统局限而深入大传统的深刻洞察之表现。尤其是敏锐地捕捉到华夏礼制渊源中的玉魂之传承,远远早于汉字及青铜器的传承,实属难能可贵。

在解释史前时代玉石神话与玉器生产的因果关系方面,物质主义与观念主义两种立场,相持不下。争论的焦点是孰先孰后,孰因孰果?争论的调解,寄希望于揭示观念与物质的互动过程。在没有黄金的地方,拜金主义无从谈起。就此而言,是物质决定精神。反过来看,没有黄金为神圣的崇拜心理,本有金矿储备的地方也不会开始开采金矿的行为,就此而言,又是观念决定行为。"玉为神物"这一观念的产生不是文学性事件,而是社会集体信

---

① 许倬云:《神祇与祖灵》,见费孝通主编:《玉魂国魄——中国古代玉器与传统文化学术讨论会文集》,燕山出版社,2002年,第18页。

仰的事件,该类信仰所波及的范围几乎到了华夏以外的东亚地区。

五、结　论

第一,文明起源研究不光是梳理年表,排列各种文化发明事项,更重要的是探寻伴随着这一文明的诞生而形成的核心价值观,特别是独此一家式的文化特色所在。玉石神话成为解开华夏文明发生的特色的一道有效门径。

第二,玉石神话的存在之久,可以从出土的史前玉器生产实物得到求证。这就给限于文字文本的神话研究带来拓展性的变革契机,值得从考古学、宗教学、人类学等多学科视角的参与及互动研究。

第三,神话与文化认同的关键联系在于铸塑意识形态的特定文化元素。向文化的基因层面进行开掘,可从物质与观念互动过程中把握特定社会的核心价值观,由此探求将多元整合为一体的认同因子。

第四,地中海文明的认同基因方面,有从黄金崇拜引发的一系列神话观念,如黄金时代、金与神的认同、金质法宝等。文明起源研究新视野包括将圣物神话与文化认同的形成联系起来,描述出核心价值观建构的过程。当代学者对出土的文物金器研究,形成一个穿越民族国家界限的文化共同体——"地中海文明";同样,通过华夏史前玉器研究,也已得出一个穿越民族国家界限的文化共同体,以华夏文明为主体并衍生于周边地区的"东亚文明"。

第五,华夏文明认同的文化基因分析,归纳为五种神话观,依照发生时间的先后顺序排列:

(1)玉神话的发生:以北方的兴隆洼文化和中原的裴李岗文化为代表。玉石为天为神的信仰,催生出华夏认同的根本。核心价值理念的雏形期,约在距今8 000—7 000年。以上述两个文化的玉器和绿松石器生产为标志。

(2)以天人沟通为前提的天人合一神话观。借助玉或玉礼器实现天人沟通、神人沟通,构成礼乐文化之起源。距今7 000—6 000年,以《周礼》六器之一的玉璜之出现为标志。如河姆渡文化、仰韶文化、大溪文化、红山文化早期等。

(3) 以龙、凤、龟、麟、蛇、蛙、蝉、蚕等为代表的神话动物——图腾崇拜,虹龙神话,距今6 000—5 000年。以红山文化中期的双龙首玉璜为标志。

(4) 以"天下"观为特征的神话地理观,距今5 000—4 000年。体现在后世典籍中,为"禹迹"(《书·立政》)或"禹甸"(《诗经·小雅·信南山》)、"九州岛"或"神州"一类观念的原型(《左传·襄公四年》:"芒芒禹迹,画为九州岛")。

(5) 以尧舜禹为代表的圣王—圣人神话:距今5 000—4 000年。其前身为玉雕神人像所代表的通神者。商周以后派生和重构出以黄帝为首的五帝神话——祖先神话。以陶寺文化和龙山文化为代表。

在《山海经》《诗经》《楚辞》产生的时代,文字叙事小传统迅速崛起,其作为编码依据的大传统因素异常深厚而显著,玉石神话观的遗留现象比比皆是。上文举出的诸多文献实例,均可由此得到深度审视。

从大小传统划分,还可以对史前中国玉石神话的发生做出层次性的分析梳理,大致简化为三个依次叠加的史前文化层:

前仰韶时代(玉神崇拜期:玉玦玉璜)——仰韶时代(玉礼神话孕育期:玉钺玉璜玉璧)——龙山时代(玉礼神话形成期:玉琮玉璋玉圭)。

马克斯·韦伯指出:"社会科学的最终目的不是追逐新观点和新概念的建构,而是致力于认识具体历史联系的文化意义。"[①]

本文将中华认同的根基上溯于大传统玉石神话观,尝试寻觅的就是隐藏在华夏文明基础层次中的文化价值观之原型,希望有助于重新认识汉字书写小传统(包括字书、文学与历史叙事)的文化意义。

(2012年6月9日在中国文学人类学研究会第六届学术年会宣读)

---

① 〔德〕马克斯·韦伯:《社会科学方法论》,韩水法等译,中央编译出版社,1999年,第60页。

中国文化的大传统与小传统

　　两千多年前的孔子曾经用一分为二方式来划分现实社会中的人群,说出"唯上智与下愚不移"(《论语·阳货》)这样的名言。在20世纪流行阶级分析的"批林批孔"时代,孔子的这一区分被片面地解读为论证奴隶社会合法性的辩护词:"上智"指奴隶主,"下愚"指奴隶。今日可以将"上智"解释为代表社会统治阶层的知识分子,将"下愚"理解为被统治的平民百姓。

　　1956年,美国人类学家罗伯特·雷德菲尔德(Robert Redfield)在《乡民社会与文化:一位人类学家对文明之研究》(*Peasant Society and Culture; An Anthropological Approach to Civilization*)中提出一对类似于"上智下愚"的概念,叫做"大传统和小传统"(Great tradition and little tradition)。前者指代表着国家与权力的,由城镇的知识阶级所掌控的书写的文化传统;后者则指代表乡村的,由乡民通过口传等方式传承的大众文化传统。他希望借助于对现实的社会空间的内部划分,来说明社会中同时并存的有两种不同的传统。雷德菲尔德的这一区分很快被学术界所接纳,有时又改称"精英文化与通俗文化",成为相当流行的文化分析工具。

　　大传统与小传统的视角如何有效地应用到中国文化的认识呢?倘若剔除孔子二分法的价值判断色彩,也不拘泥于人类学家的定义,针对中国文化源远流长和多层叠加、融合变化的复杂性具体情况,有必要从反方向上改造雷德菲尔德的概念,按照符号学的分类指标来重新审视文化传统,将由汉字编码的文化传统叫做小传统,把前文字时代的文化传统视为大传统。这样,这一对原本是共时性的概念,现在足以兼具历时性的和发生学的意义。从历史的角度判断中国文化的大传统与小传统,有一个容易辨识的基本分界,那就是汉字书写系统的有无。生活在文字编码的小传统中的人,很不容易超越文字符号的遮蔽和局限,所以一般无法洞悉大传统的奥妙。中国学术传统以经学为圭臬,往昔的钻研学问者被文字牵着走,只知道从文献中去寻找知识和传统,所谓"皓首穷经",久而久之形成了唯文本马首是瞻的习惯定式,以及书本主义的崇拜倾向,无法在书本知识的铁牢之外洞见任何天地。古人将这种情况比喻为"人生识字糊涂始"。

新兴的文化人类学和民俗学等学科倡导实地考察的田野作业方式,打开了突破小传统局限的知识新格局。960万平方公里的山河大地也可以当做一部大书来看和读。孔子虽主张区分上智与下愚,但是他也希望超越文字的遮蔽和欺瞒作用,利用非文字的口头传授方式将大传统的信息传递下来。《论语》中有一句话叫做"何必读书,然后为学",一语道出原始儒家知识观轻视小传统而牵挂大传统的初衷。至于孔子本人一再表示的"述而不作"和"文献不足征",更是非常明确地表达出他在两个传统之间的偏爱和选择。《论语》中充满着"子曰诗云"的教育方式,却没有"子写子著"一类的表述,这就清楚地显现出儒家思想的发生与基于口头文化的大传统息息相关。孔子对文字以外的礼乐诗歌活动的极度偏好,以及"不学诗无以言"的著名训条,都透露出他与前文字时代的大传统有着难以割舍的联系。孔子本人唯一可信的传世之作《论语》并非出于他的手笔,而是出自他的再传弟子的追忆性记录。这个耐人寻味的事实足以推翻将孔子打扮成六经撰写人的一切后代假托者的企图。从孔子到司马迁,对文献小传统之外的大传统文化信息的关注和采纳,使得《史记》开篇讲述的"五帝本纪"成为可能。而这部分的传说时代历史,原是孔子、孟子等儒家圣人所不讲的。司马迁贵为汉朝皇家史官,吃的就是文字写作的饭,却能够超出官方记录的小天地,到民间口碑传说的大天地中采集更加古老的素材。《五帝本纪》堪称在小传统中抢救和保存下来的大传统的消息。从司马迁的经验可以看出,对于以"读万卷书"为荣的中国知识人来说,"行万里路"的民间调研功夫,是摆脱小传统书本主义知识观限制,多少能够洞悉小传统之前的大传统的关键。从方法论上归纳,当代学人将文献之外的田野调查的口传活态文化传承叫做"第三重证据"。包括从《说文解字》、《尔雅》、《方言》中的解说文字的民间智能方式,到蒲松龄和徐霞客的民间口碑采集。

在有效区分大传统和小传统之后,该如何看待两者间的关系?这样的二分视角对于认识中华文明会有哪些启迪呢?这里需要做出双向的审视。简单讲,大传统对于小传统来说,是孕育、催生与被孕育、被催生的关系,或者说是原生与派生的关系。反过来讲,小传统之于大传统,是取代、遮蔽与被取代、被遮蔽的关系。换一种说法:后起的小传统倚重文字符号,这就必然对无文字的大传统造成遮蔽。举例来说：女娲炼石补天，是小传统讲述的神话故事。从西汉的官修子书《淮南子》到清代小说《红楼梦》的开篇，女娲补天一事可谓家喻户晓。可是被后人所熟知的神话情节却遮蔽了炼石补天观念的古老信仰渊源：史前先民将苍天之体想象为玉石所打造而成的，玉不仅代表神明，也代表一切美好的价值和生命的永恒。道教所言"玉天"或"玉清天"，天帝所居被称为"玉宇"或"玉京"，都表明天与玉的相互认同。陶弘景《真灵位业图》："玉帝居玉清三元宫第一中位。"陆游《十月十四夜月终夜如昼》诗："西行到峨眉，玉宇万里宽。"董解元《西厢记诸宫调》卷五："是夜，玉宇无尘，银河泻露。"毛泽东《七律·和郭沫若同志》："金猴奋起千钧棒，玉宇澄清万里埃。"这些措辞皆以玉比喻天，此类比喻观念也延续了两千年而不变。女娲用来补天的材料之所以选中"五色石"，因为这类美石隐喻着万般吉祥的玉石。宋代张孝祥《浪淘沙》词云："楼外卷重阴。玉界沉沉，何人低唱醉泥金？"此处所言玉界，就是以天为玉石所制成的观念之体现。考古发现表明，华夏先民正是凭借精细琢磨的玉器、玉礼器来实现通神、通天的神话梦想，并建构出一套完整的玉的宗教和玉的礼仪传统，它先于汉字而存在和传承。从出土玉器的取材、造型和传播线索，即可以考察前文字时代的文化史信息。笔者将这一渠道的非文字信息称为"第四重证据"，主要包括实物和图像。用叙事学的术语，可称为"物的叙事"和"图像叙事"。例如北方西辽河流域的红山文化，南方环太湖地区的良渚文化，西方甘青地区的齐家文化等，皆发现有一定规模的玉礼器体系，其年代皆在4 000—5 000年以前。那时汉字还没有出现，这些物体本身所能传达的大传统信息，因为其年代异常久远，所以更加显得珍贵无比。若要上溯玉器制作这种"物的叙事"在华夏文明中的最早开端，有内蒙古东部一带的兴隆洼文化玉器出土，其年代距今大约8 000年。与最早实用的汉字体系——甲骨文所承载3 000多年历史相比，大传统的年代悠久程度是小传统的一倍以上。

再举一例，来说明大传统的新知识对于解读小传统的古书，会有怎样一种柳暗花明的启悟效果。《说文解字》这部书，公认为古汉语的第一部字典。但是只要仔细阅读第一卷开篇的几个最重要的部首下面的字，就不难看出，这不是随意编排的工具书，其9 000多字的编排顺序始于"一"而终于"亥"，分明体现着神话宇宙观的时间和空间秩序。至于为什么要将一、上、示、三、王、玉这六个部首的字排在字典的首要位置，这其间的奥秘只能从华夏大传统的信仰基础和神话根脉上才能看得清楚,绝不是按照笔画顺序就能够解释的。从一部、上部到示部,显示出神圣信仰和礼仪方面的所有汉语概念体系;而从三部(只有一个三字)、王部(王、闰、皇三个字)到玉部,同样显示出贯通"天地人之道"的意思。玉部共收录从玉的字124个(外加从珏的字三个),成为《说文》前六个部首中拥有字数最多的一个,这难道会是偶然的吗?了解到华夏史前文化就普遍出现玉的崇拜和信仰,方知道《说文解字》如何在工具书的表象背后透露出大传统的真实与厚重。今日学者有充分理由推测,当华夏初民尝试造字时,他们的日常语汇中早已充满了大批来自切磋琢磨攻玉生产实践的概念。124个从玉的字既可以表明它们在汉字产生的年代占据着怎样的重要的认知地位,也可以从语义学和语用学的古今变迁中,看出大传统被小传统替代之后的失落和遗忘情况。因为这些玉旁的字如今多数已经不用了,对于不了解华夏玉文化的现代识字者来说,它们自然显得十分冷僻,乃至不可思议:古人怎么会造出这么多无用的字呢?

如果没有现代考古学对华夏史前玉文化的大发现,《说文解字》的部首现象恐怕无法得到完满的解释。同样道理,没有成都平原在20世纪后期的一系列发掘报告,三星堆、金沙遗址的辉煌文明成就,永远也不可能进入世人的视野。依据小传统所留下的文献,根本找不出关于它们的一点点记述!哪怕连一个名字也没有留下来。三星堆和金沙不仅出土巨大而风格迥异的青铜器和玉礼器,还有不见于中原文明的精美金器——如黄金面具和权杖。中华文化内部的多样性与丰富性,原来就是这样被中原中心和汉字中心的小传统所遮蔽。由四重证据的新知识所带来的大传统之再发现,给我们提供出反思中国文化整体的有效概念工具,足以引领今日学人重新进入中国历史,看到孔子和司马迁想看而无法看到的重要实物材料和符号信息。在此基础上,重新梳理出被小传统的"常识"所遮蔽的真相:如神龙如何压抑和替代了神熊(黄帝有熊),神凤崇拜如何随着周人"凤鸣岐山"神话的兴起而埋没掉殷商以前的鸮鹗崇拜。从鸮鹗到凤凰的置换和演变过程,也是我们考察新兴的小传统借助于文字暴力而丑化、妖魔化大传统的活化石一般的生动教材。

面对红山文化新出土的一批玉雕鸮鹗,以及陕西华县出土仰韶文化陶鸮鼎,甘肃青海齐家文化鸮面陶罐,今人终于可以看清:大传统的神圣猫头鹰崇拜,在时间上大大早于新神话动物凤凰的出现,在空间分布上也大于夏商周三代的中原势力范围。感慨之余,不少人自己会悟出"人生识字糊涂始"的古训之真谛吧。

图1　陕西华县出土仰韶文化陶鸮面

图2　辽宁阜新出土红山文化玉鸮

(2010年6月12日在国家图书馆文津讲坛讲座提纲;讲座全文参见《光明日报》2012年8月30日)

中国的神话历史
——从"中国神话"到"神话中国"

一、后现代的神话学转向:"神话"贯通文史哲

早在19世纪中期,由德国学者麦克斯·缪勒开创的比较神话学,第一次将西方历史的由来同东方的印度文明相联系,开启了西方人对印欧语系、印欧人种和印欧文化的新认识。自此以后,比较神话学获得突飞猛进式的发展,伴随20世纪的后现代思想潮流,"神话"概念发挥着引导学术变革的重要转向作用。神话如今早已不是仅仅局限在民间文学课堂上的早期文学体裁了,它真正成为引领人们重新进入所有文明传统之本源和根脉的一个有效门径。研究实践表明,神话作为跨文化和跨学科的一种概念工具,它具有贯通文、史、哲、宗教、道德、法律诸学科的多边际整合性视野。从这种整合性视野看,神话是作为文化基因而存在的,它必然对特定文化的宇宙观、价值观和行为礼仪等发挥基本的建构和编码作用。因而,不光是学习文学要从神话开始;要进入历史,首先面对的就是神话历史;要进入哲学史,首先就要熟悉神话哲学和神话思维。

怎样才能掌握比较神话学整合性视野的打通优势呢?这需要有一个认识上的前提,那就是:把神话概念从现代性的学术分科制度的割裂与遮蔽中解放出来。具体来说,严重束缚着我们今人神话观的主要窠臼,就是貌似合法并且权威的将文、史、哲割裂开的现代性学科制。这种伴随西学东渐历程而来的学科划分制度,在我国流行了近一个世纪,至今没有得到本土文化自觉立场的深切反思。其结果是让今日的学人只能从自己所熟悉的学科本位立场去思考问题,落入了知识碎片化的可悲境地而不自知,甚至还会以某一学科的专家自居,沾沾自喜。借用《庄子·天下篇》的说法,叫做"道术皆为天下裂"。

从文学本位看,神话原来仅被看做是文学想象之源头,乃至被归类为

"幻想"、"虚构"、"子虚乌有"的同义语;在文学学科内部,则被归入与作家经典文学相对的、下里巴人的、不登大雅之堂的所谓"民间文学"。从历史本位看,神话相当于科学的历史观之对立面——"伪史"。因此之故,严谨的学人唯恐避之不及。从哲学本位看,神话是非理性的孪生兄弟,因而成为哲学思考和理性的对立面。要建立"逻各斯"(logos)的权威,必须从哲学王国中将"秘索思"(mythos)和诗人幻觉等统统驱逐出去。通过以上对文、史、哲三学科的简略扫描,作为文化和文明基因的神话,如何被历史学和哲学两科所放逐,仅仅被文学一科所收容的情况,以及流离失所的神话被文学招安以后屈尊归属"民间文学"的荒谬局面,已大致可见。

神话虽然被收编到了"民间文学"的子学科里,作为一种世俗文学的体裁,和史诗、歌谣、故事、谚语等平起平坐,但是其超学科的潜在能量却不能永久地被人为的学科设置所遮掩,会在恰当的时候显山露水,甚至会腾龙升天。这种情况在中国20世纪80年代的"神话热"就有所体现[1]。在神话—原型批评这一西方文学批评理论流派的著述中也有非常不俗的表现:加拿大批评家弗莱认为,整个的文学也无非是古老神话生命体的一种变相的延续或"置换"。因此,不了解置换之前的原型,就无从理解文学。就如同在遇到李鬼之前没有见过李逵,很难对变形的模仿者有所识别。按照弗莱的看法,文学从属于神话,而非神话从属于文学。若考虑到神话与宗教信仰和仪式活动的原初关联,则神话的概念要比文学的概念宽广多了。这就是在文学一科里所看到的情况:神话如何从"潜龙勿用"状态,发展到腾龙升天的局面。

神话在20世纪的哲学中所扮演的凤凰涅槃效果,突出表现在结构主义思想的代表人物列维-斯特劳斯那里。他通过对一批罕为人知的南美印第安神话的研究,要证明人类野性思维与科学思维具有同样重要的价值。神话故事作为思维编码的一种符号方式,对于探究人类文化的普遍性规则,能够作出基础性的贡献。

在21世纪的今天,神话的腾龙升天景观将会更加让人刮目相看。其重要的新动力背景是网络、影视、动漫等新媒体对神话的情有独钟,以及符号经济对品牌的推崇必然要借助古老神话原型的巨大传播力量。一代年轻的

---

[1] 参看萧兵:《中国大陆的神话热》,见《黑马:中国民俗神话学文集》,时报出版公司,1991年。

网络人比他们的父辈和祖父辈都更加熟悉神话,因为他们早在"网吧少年"时就和奥林匹斯上的众神、埃及法老王邂逅了,根本不用等到大学的文学课堂。后现代神话观给人文学术带来的一大突破口,就在人类学对文、史、哲三科的嫁接与会通,以及由此带来历史观念的根本变革方面。从求同存异的角度看,能够将文学人类学、历史人类学和哲学人类学三大新兴边缘学科贯通起来的共有概念工具,一是"语言",二是"神话"。现代学术史上的语言学转向,已经是人文学界大家耳熟能详的常识。而神话观变革所带来的神话学转向,却远远没有得到多数人的重视。文、史、哲三科的重要变革不仅和语言学转向密切相关,同样和神话学转向密切相关。例如,在哲学方面,德国哲学家谢林首创的"神话哲学"理论在 20 世纪发展为"启蒙辩证法"和"神话思维"的大讨论,目前方兴未艾。不论是卡希尔的神话思维说、列维-斯特劳斯的野性思维说,还是荣格的集体无意识原型说、纽曼的人类意识起源神话说,都还具有广阔的探讨空间。文学方面,弗莱首创的"神话文学观"已经催生出文学人类学的新学科理念与实践;史学方面,"神话历史"说正在风起云涌:新历史主义要求把历史从所谓的"历史科学"的所罗门瓶子中释放出来。其结果就是历史不再以标榜"科学"为荣,不再狐假虎威式地屈从于权力叙事,专门为战胜者描述其头顶上的赫赫光环。剥去了"科学"和"客观"一类吓人虎皮的"历史",将原形毕露。借用法国史学家米歇尔·德·塞特的说法:"历史可能是我们的神话。"①

在弗莱和列维-斯特劳斯那里,我们已经看到神话接管文学和认识论的情况,现在,神话又显露出接管历史的苗头,人文学的三驾马车难道会重新统一在神话的大旗下面吗?对此,具有后现代特色的新历史主义领军人物海登·怀特的著述,给出了相当肯定的回答。他一方面充分吸收列维-斯特劳斯的《神话学》与罗兰·巴特的《神话学》中的叙事学思想,另一方面则突出论证历史叙事与神话叙事具有同样的虚构和比喻性质。在此基础上,怀特提出将"历史科学"变为"历史诗学"或"历史叙事学"的革新目标②,给整个史学研究带来地震般的影响。近年来史学理论界关于"神话历史"的讨论热

---

① Michel de Certeau, *The Writing of History*. translated by Tom Conley, New York,1988, p.21.

② 海登·怀特:《后现代历史叙事学》,陈永国等译,中国社会科学出版社,2003 年。

情日渐高涨①,为我们反思"神话中国"及华夏的神话历史带来有益的理论参照系。

二、中国的神话历史

坚持科学历史观的人对上述学者关于"历史是神话"的论断当然会有不同看法,也许还有人认为他们在说梦话吧。但是当我们从有关"历史"的抽象理念和定义之争,转入实实在在的中国历史,面对自《尚书》《春秋》至《史记》这一批华夏经典史书时,情况就会变得对米歇尔·塞特、列维-斯特劳斯、海登·怀特们有利一些。原来中国的历史叙事就发源于一种"神话式历史"。

当你用所谓科学的、实证的眼光面对中国的历史素材时,总是会碰到非常尴尬的局面。当年的史书撰写者们所惯用的历史因果解释的方式,通常是由"究天人之际"互动互感关系的神话式思维所支配的。这种支配不仅非常明显地体现在《春秋》所讲的孔子西狩获麟神话,或司马迁叙述的刘邦斩大蛇、班固《汉书》所讲的"五星分天之中,积于东方利中国"等奇闻逸事方面,也较为隐蔽地体现在古书的文本编纂结构模拟神话宇宙观的时空循环性结构上,甚至也体现在"东方红太阳升"一类妇孺皆知的现代神话政治歌谣中。意识到古老神话隐喻的这种持久性和文化穿透性,神话作为文明基因的编码作用才容易得到理解。与20世纪初期的文学家们拥有了西方传来的神话概念,就在古籍中寻找"中国神话"的做法不同,经过神话学转向之后,打通理解的神话概念,可以引导我们对中国文化做追本溯源式的全盘理解。其直接结果即是认识到整体性的"神话中国"。

所谓"神话中国",指的是按照"天人合一"的神话式感知方式与思维方式建构起来的5 000年文化传统,它并未像荷马所代表的古希腊神话叙事传统那样,因为遭遇到"轴心时代"的所谓"哲学的突破",而被逻各斯所代表的哲学和科学的理性传统所取代、所压抑。唯其如此,神话思维在中国绝不只是文学家们的专利。从屈原到曹雪芹的本土文学家群体固然都是再造神话

---

① 关于"神话历史"一词的讨论,较早的观点参见〔英〕弗朗西斯·麦克唐纳·康福德:《修昔底德:神话与历史之间》,孙艳萍译,上海三联书店,2006年;较新的讨论参见〔美〕凯利《神话历史》,陈恒译,见陈启能等主编:《书写历史》,上海三联书店,2003年。

感知与神话叙事的行家里手,不过,由老子、孔子开启的儒道思想传统同样离不开神话思维的支配。道家理想中的神仙们和儒家推崇备至的圣人和圣王,无不是最具有本土特色的"神话中国"之体现。全国各地的道教宫观里的瑶池西王母和至尊玉皇大帝,无非是有8 000年历史的玉神话的一种道教人格化变体;而儒家的"君子比德于玉"之信念,以及上古帝王们生前如痴如醉地礼玉、佩玉、食玉,死后还要钻进特制的金缕玉衣,甚至不惜用玉制的"九窍塞"将身体上所有同外界相通的孔窍统统封闭起来。凡此种种,都是神话观念支配下的行为密码及文化奇观,需要像解读文学作品一样仔细诠释其所以然的深层奥秘①。如果以为对玉这种物质的崇拜和痴迷只是上古人的荣耀,那就大错特错了。从汉唐到明清,古老的丝绸之路上向中原王朝运送新疆和田美玉的商队从来就没有停息过。在明代,"西域诸地与明朝之间的朝贡贸易中,玉石贸易是分量仅次于马驼贸易的第二大项"②。从二里头出土的夏代王室贵族墓葬中镶嵌绿松石铜牌饰,到《红楼梦》演绎再造的"金玉良缘"神话,再到2008年北京奥运会奖牌的"金镶玉"设计理念,国人的玉神话之梦不但依然在延续,而且借助于国际体育盛会而将梦想的种子远播到全世界。

"神话中国"的新视野,有助于我们在纯文学以外的古代经典中体认神话编码的逻辑。例如,被儒家理性主义推崇为中国上古史圭臬的《尚书》,早在20世纪初就被拥有神话学知识的法国汉学家马伯乐剥去了"史"书的灵光。他著有《书经中的神话》一书,主张"应该在冒牌历史的记叙中寻求神话的底子"③。新历史主义学派的诸位如果看到马伯乐先生半世纪前的这些高论,或许会将"神话历史"这一新观念的渊源上溯到中国汉字书写的第一部史书《尚书》吧。

下面列举《尚书》以下包括史书在内的六种上古经典,试析其共同遵循的神话编码结构情况。

第一,《春秋》始于"元年春王正月"所隐含的创世神话观,终于"西狩获

---

① 对古代玉文化的专题研究在近年获得重要进展。可参看:杨建芳《长江流域玉文化》,湖北教育出版社,2006年;孙庆伟《周代用玉制度研究》,上海古籍出版社,2008年;蒋卫东:《神圣与精致:良渚文化玉器研究》,浙江摄影出版社,2008年;叶舒宪:《河西走廊:西部神话与华夏源流》,云南教育出版社,2009年。

② 张文德:《明与西域的玉石贸易》,《西域研究》2007年第3期。

③ 马伯乐:《书经中的神话》,冯沅君译,商务印书馆,1936年,第1页。

麟"的日落隐喻神话。

第二,《庄子》内七篇始于第一篇《逍遥游》第一段鲲化鹏神话的自北冥向南冥的运动,终于第七篇《应帝王》第七段浑沌君七日开七窍而死于南海之帝与北海之帝之手的神话。外篇则终于《知北游》篇,让人格化的主人公"知"完成一种对应鲲鹏神话的自南向北运动。将内篇第一篇和外篇末篇的神话运动方向组合起来,刚好是一个圆圈①。就像乔伊斯的现代主义经典小说《芬尼根的觉醒》,其第一句话和末尾一句话都只是半个句子,两者合起来才构成一个完整句子。

第三,《周礼》始于天官地官,终于以春夏秋冬四季循环为完整周期的冬官,全书结构潜含宇宙四方六合的时空运转大法。

第四,《礼记》今传本为七七四十九篇,全书以《曲礼》开始,意在以其委曲说吉、凶、宾、军、嘉五礼之事,故名"曲礼"(参看《礼记·曲礼上》孔颖达疏);以《丧服》为终,表明生命循环的一个完整周期。综观全书旨意,"因依天地之道,比顺鬼神之德,用成礼乐、道德之规范,以为政治教化之依归"②。

第五,《吕氏春秋》是号称统一贯合百家之说的大著。其结构以十二纪为纲目,统合八览六论。十二纪则以"孟春纪"开始,到"季冬纪"结束,其效法天道运行的含义非常明确。其每一纪都是五篇,凡六十篇,也是体现六十甲子进位制循环的明证。其每一纪的第一篇,同于《礼记·月令》。全书效法天地之道的循环运动。八览每览八篇,八八六十四篇(今本脱一篇,为六十三篇),以吻合八卦之理。始于《有始览》,叙述的是天地开辟和万物发生的秩序。终于《恃君览》,说的是如何为君的道理,将人事与天道对应。六论每论六篇,六六三十六篇,始于《开春》,终于《士容论》,再次凸显天道与人事的统合对应结构。

第六,《说文解字》收录汉字9 353个。全书的编纂框架暗含着天干地支的循环数码:始于"一"字而终于"亥"字。这就像乔伊斯写《尤利西斯》一样给全书赋予了表层叙事与深层象征相互对照的象征性整体结构。不信的话就读一读许慎先生对"一"字的解说吧。所谓"惟初太始,道立于一;造分天

---

① 叶舒宪:《庄子的文化解析》,湖北人民出版社,1997年,第79—86页。
② 方俊吉:《礼记之天地鬼神观探究》,文史哲出版社,1985年,第95—96页。

地,化成万物"。这哪里是在写字典呢,这不是在演示创世神话的叙述主题吗?有老子《道德经》宇宙发生论的数字模式可以为证,曰:"道生一,一生二,二生三,三生万物。"清代小学家桂馥为说清《说文》释"一"的十六字真言,引经据典地写了几千字专论,如同基督徒解读《圣经·旧约·创世记》开篇的上帝创造神话:

> 本书,二从偶一,地之数。然则一者,天之数也。《系辞传》:"天下之动,贞夫一者也。"虞注:"一谓干元万物之动。各资天一阳气以生,故贞夫一。"《春秋元命包》:"阴阳之性以一起,人逼天道,故一生子。"《老子》:"有物混成,先天地生。"……又云:"昔之得一者,天得一以清,地得一以宁,神得一以灵,谷得一以盈,万物得一以生,侯王得一以为天下贞。"阮籍《通老论》:"道者法自然而为化。《易》谓之太极,《春秋》谓之元,《老子》谓之道。王弼注《老子》:"一者数之始也,物之极也。"《鬼谷子·外篇》:"道者天地之始,一其纪也。物之所造,天之所生,包宏无形化气,先天地而成。"……①

再看许慎对其字典的最后一个字"亥"的解释:"亥而生子,复从一始。"我们如同读到现代派诗歌的代表作《荒原》所演示的"水中的死亡"。从子到亥,从数字十二返回数字一,是典型的死而复生神话观念,其本土的思想源头在于老子的"反(返)者道之动"和庄子的循环回归文本。从世界文学大视野看其文学表现的原型,则可以上溯到古埃及的《亡灵书》和苏美尔神话史诗《升起来吧,像太阳一样》。

唯有从"中国神话哲学"的立场去领会这一套历史编纂法则的天人合一奥秘,再去看后世小说开场和收场相呼应的神话,如《三国演义》、《说岳全传》、《红楼梦》等,历史循环往复的逻辑如何同个体生命或命运的升降轨迹相互吻合对应的情况,就会一目了然。用庄子的话说,叫做"和之以天倪"。或曰:"卮言日出,和以天倪。因以曼衍,所以穷年。"把天即宇宙的运动比喻为一个大磨盘(天倪),磨盘的旋转循环是周而复始原理的最佳表象之一,它不仅成就了庄生的卮言表达模式和齐生死、等贵贱的价值观,也给后世小说戏剧的大循环或者大团圆结构预设了毋庸置疑的合理性。

---

① 桂馥:《说文解字义证》,齐鲁书社影印道光本,1987年,第1页。

三、结语:从"中国神话"到"神话中国"

以上案例分析表明,"神话中国"所要揭示的不是单个作品的神话性,而是一种内在价值观和宇宙观所支配的文化编码逻辑。更加有效的透视可以从祭神仪式的结构中体悟出中国叙事的编码原理:《楚辞·九歌》及北方萨满教、南方傩仪、地戏等所表现的那种先请神后送神的仪礼程序,是先民之巫觋和圣王们调和、沟通天人之际的符号媒介工具。仪式和神话的互动互阐就这样奠定和开启了华夏的神话历史。早期史书和金文开篇常见的"王若曰"与"曰若稽古"一类套语,绝非毫无意义的发语词,而是巫史宗祝们进入通神状态的符号标记,也是给叙事话语带来降神背景和神圣权威性的标记①。在中国文化中,从口传的神圣叙事传统延续到书写文本,季节性仪式所体现的周而复始的规则性变易,既是文学叙事的逻辑,也是历史叙事的逻辑,甚至还是礼书、工具书和类书等典籍编撰的基本结构原理。

表达的符号形式和思想观念的统一,为中国式神话历史留下了书写的见证。但是探寻其根源或现实原型,则需要解读文字文本之外的文化文本。

为了有效地重新进入中国的多民族互动融合的文化大传统,有必要从文学本位的"中国神话"单一视角走出来,开辟更加广阔和通透的"神话中国"视角。"中国神话"概念曾经驱动现代人文学者到楚辞和《山海经》一类汉文古籍中寻找足以匹配希腊罗马神话的叙事作品;"神话中国"的概念以其打通文学、历史、哲学、思想史、宗教学、心理学等诸多学科的整合性视野,将重新引领我们进入敞开的中华文化史。"中国神话"概念因受制于汉字书写的历史,目前充其量仅能上溯到甲骨文时代,距今三千多年而已;"神话中国"概念则突破文字的局限,在活态文化传承

山西黎城出土的新石器时代神面纹玉戚,摄于山西省博物馆

---

① 臧克和:《释"若"》,《殷都学刊》1990年第1期。

的民间叙事与仪式礼俗中,在禳灾和治病的讲唱表演活动中,在考古发现的图像叙事和实物叙事中,解读出神话思维,辨识出神话叙事,发现神话意象。如此看来,可以将红山文化的熊龙玉雕及良渚文化玉器上的兽面神徽,石家河文化玉神人面具,齐家文化的玉璧石璧陪葬礼俗,以及2007年安徽含山凌家滩文化新出土的88公斤巨型玉猪,统统联系在一起考察,找到在秦始皇统一之前两三千年就已经实际统一了东亚大陆史前先民们的玉神话意识,以及建立在神玉礼玉观念基础上的圣人—圣王神话观。总之,"中国神话"的概念对应的是文学文本,"神话中国"的概念则对应着文化文本(culture as text)。后者对前者而言,既是现实的原型,也是文化编码的支配性规则所在。

(原载《百色学院学报》2009年第1期)

从女娲到女蛙
——中国的蛙神创世神话及信仰背景

一、百变蛙神：从图像叙事到文本叙事

如果将五千年前的世界视为史前时代，那时人类还没有建立起纯粹世俗的世界观，他们看待周围的宇宙万物都难免充斥着神与精灵的体现。换言之，初民的精神观念之中根本不存在一个不要神灵看顾的客观世界。所以，考察史前艺术造型的最大益处就是可以直观地进入先民的视觉意象世界，从而洞悉其丰富多彩而又千变万化的神话世界观。从大地湾的蛙纹彩陶，到马家窑文化上下千年的蛙人纹造型传统，我们看到西北彩陶文化所体现的蛙神信仰的连续性和持久性。那是一个不受文明人的逻辑思维掌控的世界，是一个根本不顾，更不会讲究矛盾率和逻辑排中率的神幻空间。在蛙—蝌蚪—人—精灵的相互认同信念支配下，神灵形象以半人半兽的方式出现，或者以几何图形的象征方式出现。在彩陶图案中，信仰对象的因素要远远大于美术、装饰的因素。因此，来自史前宗教传统的图腾、巫术，万物有灵观，咒祝心理和以出神（灵魂出窍和离体）及魂游为特质的萨满教信仰，都是今人回溯性地理解那个史前人类精神世界的基础和门径。

中国史前艺术中常见的蛙人形象，和十字架上基督一样，曾经也是崇拜的对象，具有宗教和神话的意蕴。回答这个"中国式的斯芬克斯之谜"，最好的途径显然不在于纯文献上的探讨，而是要诉诸出土的和传世的各种蛙人实物图像，并且尽

图 1 马家窑文化马厂类型彩陶壶蛙人形象，摄于青海柳湾彩陶博馆

可能地还原出其形而下的谱系的历史。本文从图像叙事材料入手,试图给文明史上出现的文字叙事找出深远的史前源头,并且将图像叙事和文字叙事联系成为同一种神话信仰传统的不同表达方式,在此宏观的纵深视野中重新解读少数民族的蛙神创世神话,将其视为史前图像叙事的蛙神神话信仰在后代口传和文本中的遗留形式。

二、辛店陶器"蛙人—太阳"图式解

在马家窑文化半山和马厂类型蛙人模式之上,辛店文化的先民又添加了太阳符号。这样的对应符号背后,有没有一种神话观念的支持呢?

从神话学常识可知道,青蛙—蟾蜍是月亮神话的重要象征物。那么蛙人与太阳的对应,是否反映着辛店先民的阴阳变化观念呢?对于没有文字记录的辛店文化,此类疑问从汉语的传世文献中是难以找到答案的。可以参考的是境内少数民族关于日月出现与消失的神话。

如在广西壮族神话中,有作为天神使者的青蛙角色。《布洛陀和密六甲》讲述女神布洛陀帮助人类对抗雷神的意图——用屠杀老人的办法来减少地球上日益增加的人口。她教人用马皮造鼓和

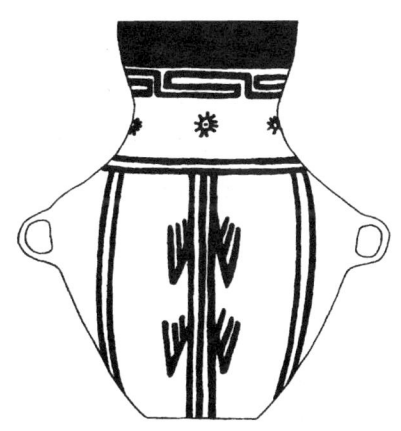

图 2　青海民和核桃庄辛店文化 M255 墓陶瓮:太阳与蛙人图像

雷神的雷鼓比赛,人间的马皮鼓以数量优势压倒了雷鼓的声音。雷神派他的儿子青蛙来人间探查究竟。没想到青蛙同情人类,教人造出配备着六只青蛙的大铜鼓,其声音远远超过雷鼓。从此被打败的雷神只好放弃屠杀人类的计划。

从壮族祭祀青蛙的蚂拐节习俗看,新春的季节性背景非常明确。而壮族观念中青蛙的神性是自古以来就一直流传的。在民间想象中,蛙神的超自然力甚至能够直接干预天体的变化。土家族的《张果老、李果老制天地的神话》就提供了这样的实例:

张果老去造天的时候,地上被洪水淹没。于是,张果老就造了二十

从女娲到女蛙　49

四个太阳,昼夜不停地照着大地。没想到惹怒了青蛙,它跳到地上仅剩的一棵马桑树梢上,把二十二个太阳一个一个吃光了。正当它要吞食剩下的两个太阳时,被观音菩萨看见。观音很生气,拿起棒子去打马桑树。所以,才形成今天的马桑树很矮小并且扭曲着身子那样一种树种。而青蛙也就不能再去吞食太阳了。因为太阳是个姑娘,她跟观音说:"白天大家来看很羞愧。"观音就给了她五根缝东西的针,并对她说:"若是有人想来看你,就用针去扎他们好了。"这样才留下两个太阳,白天出来的叫太阳,晚上出来的叫月亮。①

根据以上非汉族的神话故事所体现的观念看,可以总结出两点:

青蛙是雷神的儿子。(蛙、蟾蜍=神灵)
青蛙吃太阳。(蛙、蟾蜍=太阳的对立面)

神话中太阳对立面往往就是太阴即月亮,青蛙—蟾蜍和月亮神话的关联在此由于吃太阳的情节而得到另类的旁证。朝出夕落的太阳和昼伏夜出的月亮,同样是神话思维中死而复活的象征。青蛙作为神话中与水(雨)和月亮相关的生物,被视为是阴性的。由太阴的象征青蛙来吞食太阳,和人格化的形象——月神嫦娥从日神后羿那里窃走不死药一样,都是对阴阳交替的宇宙循环节律的某种故事化的诠释。神话所要说明的就是为什么会有月出日落、昼夜交替、黑暗和光明轮转这样永恒的自然变化。由此不难推测:辛店文化出土陶器的蛙人对太阳的图形,蕴含着阴阳转化的宇宙生命节奏之意。土家族的《张果老、李果老制天地的神话》以天灾和救世的母题来演示创世神话:将二十四个太阳的宇宙异常状态作为开天辟地时的灾异场景,让青蛙来行使恢复阴阳调和正常状态的救世使命。这里的青蛙其实和汉族神话中炼石补天、恢复宇宙秩序的大神女娲,承担着同样的神话功能角色。可以说,土家族的神话中遗留着来自远古的蛙神话记忆,隐约透露着蛙、蟾蜍一类神物同创世主题的关系。

20世纪70年代,陕西临潼姜寨的仰韶文化出土陶器上有蟾蜍图像,引起了一个重新解说女娲原型的尝试:女娲就是女蛙。按照古汉语词义同音

---

① 引自百田弥荣子:《中国传承曼荼罗——中国神话传说的世界》,范禹译,民族出版社,2005年,第130页。

假借的规则,这一推测当然有其合理的一面①。有待于深入挖掘的问题在于,如果认可"蛙"与"娲"的假借关系,那么为什么石器时代的人会崇拜蛙?对此,象征学家的著作已经有了现成的答案,足以帮助我们解读新石器时代以来屡见不鲜的蛙—蟾蜍符号的神秘底蕴:

> 青蛙有许多象征意义,其中最主要的意义与水,它生活的自然环境有关。在古代中国,人们利用或模仿青蛙来求雨。青蛙的形象出现在青铜鼓上,因为鼓声使人想到雷电,人们用铜鼓呼唤雨水。青蛙有时和癞蛤蟆区别不清,是与水和"阴"一致的太阴动物。人们认为,鹌鹑,即火鸟(属阳),会在春分和秋分时节变成水栖的青蛙(属阴);然后,按照大自然基本的有规律的运动,它又重新变回鹌鹑。在印度,"巨蛙"背负着整个宇宙,它是混沌的、未分化的物质的象征。所以,人们有时把六十四格的曼荼罗称为青蛙。据说,曼荼罗是某个战败的阿修罗的遗体。在西方国家,由于青蛙的变态过程,它曾一度被看成是复活的象征。②

藏传佛教的神话象征图案中,在纳西族的巴格图中,也有类似的蛙形宇宙图模式。这究竟是受到印度文化影响的结果,还是本土自生的神话观念,有待于进一步探究。如果诉诸文字记载,则古印度的梵语文献提供了最早时期的证据:

> 在吠陀教诗歌中,青蛙是因春雨滋润而受孕的土地的象征。此起彼伏的蛙鸣是感谢上天的合唱,感谢它答应给大地带来果实和财富。青蛙是唱经班的歌手,是地母的祭司。《梨俱吠陀》中献给青蛙的诗是这样结尾的:
> 但愿青蛙保佑,
> 在我们挤奶的时候,
> 奶汁源源不断,
> 如有成千成百的奶牛,
> 但愿青蛙延长我们的生命。
> 在冬季和旱季,大地沉寂萧索。突如其来的蛙鸣,是大地完全复苏

---

① 叶舒宪:《千面女神》,上海社会科学院出版社,2004年,第147页。
② 〔法〕谢瓦利埃、海尔布兰特:《世界文化象征辞典》,《世界文化象征辞典》编写组译,湖南文艺出版社,1994年,第731页。

的标志,是每年大自然苏醒的信号。①

由此可见,比较神话学揭示的青蛙、蟾蜍所拥有的季节物候的符号指示功能,是它们在神话思维时代获得普遍神性的关键。通过物候的定期出现来确认季节的更替,把握农业和畜牧业生产的时节,这就可以大致显示出青海民和核桃庄史前文化墓地出土陶器上太阳与蛙人图案的观念背景吧。不仅如此,各地的史前期文化中一再出现的蛙神、蛙人一类图像的神话底蕴,也可以由此得到整体上的通观解读。再参照波罗的海民间信仰的女神拉佳娜,对此会有更加确切的认识。

> 拉佳娜是一个危险的巫婆,不断搞破坏。……在宇宙中,她能把满月变成半月,或者引起日食。拉佳娜能够预言自然的轮回、平衡宇宙之间的生命力。她怕月亮、植物永远成长,就不让他们生长、开花。拉佳娜能够控制男人的生育能力,经常让他们彻夜狂欢,筋疲力尽。她扼杀生命为的是保证生命能量的循环更替。她对一切草药的魔力了如指掌。她用草药治愈病人、重塑生命、起死回生。
>
> 她在履行死亡与再生女神的职责时,主要以蟾蜍的形象出现。但是她也会以其他形象显灵,比如鱼、蛇、豪猪、母猪、母马、狗、喜鹊、燕子、鹌鹑、蛾子或是蝴蝶。在早春的时候,拉佳娜变做一位美丽的裸体女性,在湖中或小溪里梳理自己金色的长发。②

死亡与再生女神拉佳娜的主要化身是蟾蜍,但也能够化为其他动物。她所拥有的巨大法力能够引起日食,这就和青蛙吃太阳的中国神话吻合对应。两种神话叙事相互参看,表层叙事差异背后共通的象征法则就和盘托出了。

关于蛙或蟾的神话象征意蕴,瑟洛特(J. E. Cirlot)《象征词典》是这样介绍的:青蛙代表着土元素向水元素的转换,或者是水元素向土元素的转换。这种和自然生殖力的联系是从它的水陆两栖特征引申而来的,由于同样的理由,青蛙也成了月亮的动物(a lunar animal),有许多传说讲到月亮上有一

---

① 〔法〕谢瓦利埃、海尔布兰特:《世界文化象征辞典》,《世界文化象征辞典》编写组译,湖南文艺出版社,1994年,第731—732页。

② M. Gimbutas, *The Living Goddesses*, Berkeley: University of California Press,1999, pp. 205-207.

只青蛙,它还出现在种种求雨仪式上。在古埃及,青蛙是赫瑞忒(Herit)女神的标志,她帮助伊西丝女神为奥西里斯举行复活仪式。因而小蛙出现在泛滥之前几天的尼罗河上被认为是丰殖的预兆。按照布拉瓦斯基的看法,蛙是与创造和再生观念相关的主要的一种生物。这不只因为它是两栖动物,而且因为它有着规则的变形周期(这是所有的月亮动物的特征)。古人曾将蛙神放置在木乃伊之上。蛤蟆是蛙的对偶,正如胡蜂是蜜蜂的对偶。荣格在此之外还提出他的见解说,在解剖学特征方面,蛙在所有的冷血动物中是最像人的一种(因而可以代表进化的最高阶段:Ania Teillard 在他的画《圣安东尼的诱惑》中,放置一只蛙,长着老人头)。因此,民间传说中常常有王子变形为青蛙的母题①。

那么,蛙蟾类变形动物是在什么时代、怎样进入人类的神话思想的呢?限于有文字记载的史料的年代界限,考察此类问题的唯一重要线索只能到书面文学出现以前的史前考古学中去寻找。已故美籍学者金芭塔丝认为当时普遍崇奉的神灵不是男性而是女性。这种女神文明由于覆盖空间广大,持续时间久远,形成了在整个欧亚大陆通用的象征语言,表现为各种常见的象征生命赐予、死亡处置和再生复活的原型意象。后者也就是月亮"死则又育"功能的体现,其中的一种象征模式被称为"再生性的子宫"(regenerative uterus),分别以动物形象或拟人化形象出现。象征再生性子宫功能的动物形象是以下八种:牛头、鱼、蛙、蟾蜍、豪猪、龟、蜥蜴、野兔。象征同一功能的拟人化形象则主要是鱼人、蛙人和猪人三种。②由于蛙、蟾蜍和蛙人意象在此模式中占有较大的比重。从金芭塔丝在《女神的语言》和《古欧洲的女神与男神:6 500—3 500BC》等大著中列举的图像资料来看,蛙蟾之类的造型相当普遍。对照中国考古学近年的发现,特别是甘青地区彩陶图像,相似的情形显而易见。

关于女神文明及其象征语言产生的原因,包括金芭塔丝在内的许多学者都有相当成熟的看法。一般认为,女性特有的生育功能和月经现象是使史前人类产生惊奇感、神秘感,进而导致敬畏和崇拜的主因。当代的比较神话学家鲁贝尔在她的《包玻女神的变形:女人性能量的神话》一书中指出:

---

① J. E. Cirlot, *A Dictionary of Symbols*, pp. 114 – 115.
② Marija Gimbutas, *The Language of the Goddess*, Sanfrancisco: Happer & Row, 1989, p.328.

"女阴是旧石器时代的女性能量和再生能力的一种象征。其时间从公元前3万年开始,它冲破各种压抑的界限,作为一种意象遗留后世。"艾纹·汤普森(W. Irwin Thompson)注意到:"女阴的这种神奇的特质似乎主宰了旧石器时代人类的想象力。……但是女阴又是巫术性的伤口,它每个月有一次流血,并能自我愈合。由于它流血的节奏与月亮的亏缺相同步,因而,它不是生理学的表现,而是宇宙论的表现。月亮死则又育,女人流血但是不死,当她有10个月不流血时,她便生出新的生命。我们据此不难想象,旧石器时代的人是怎样敬畏女性;而女性的神秘又怎样奠定了宗教宇宙观的基础。"对女性神圣性和其神秘性的理解,以及由此引发的高度敬畏和崇拜,贯穿于整个旧石器时代晚期、新石器时代和铜器时代①。从史前进入农业文明,女神信仰时代传承下来的最重要神格,除了大地母神,就是月亮女神。巴比伦的月神辛、古希腊的阿耳忒弥丝、古罗马的狄安娜、中国的西王母等,均可视为远古女神宗教的后代遗留形象。而蛙—蟾蜍、鱼、龟、蛇、兔、蜥蜴等女神的动物化身形象也基本不变地流传后世,只是它们的原始象征意蕴逐渐变得复杂和模糊了。信仰和巫术性的色彩日渐消退,文学性和装饰性则日渐增强。

三、图像叙事溯源:蛙神信仰八千年

从藏族文化以及藏族的亲缘民族纳西族文化所特有蛙神宇宙图、巴格图模式看,青海民和出土辛店文化蛙人图式提示了文化源流的线索。体质人类学的头骨研究表明:"核桃庄组与藏族A、B组之间也存在不同程度的联系,其函数值无论在全部项目上,还是角度指数项目上都表现出其与核桃庄组有程度不同的接近关系。这或许有助于我们进一步了解现代藏至少是一部分藏族居民的种族渊源问题。"②我们知道,构成汉藏语系中与汉族对应的藏族,这个名称是现代才有的,藏族在汉族古书中叫做吐蕃,上古时期则泛称羌人、西羌或者氐羌。

考古学方面已经认定:"辛店文化居民的族属应属于羌戎系统,更具体

---

① Winifred Milius Lubell, *The Metamorphosis of Baubo: Myths of Woman's Sexual Energy*, Nashville & London: Vanderbilt University Press, 1994, pp.6-7.
② 青海省文物考古研究所等编:《民和核桃庄》,科学出版社,2004年,第292页。

一点说,是羌人。"①也就是说,三四千年以前在青海甘肃一带生存的古藏民,在它们的图像叙事中应用的蛙人以及蛙人对应太阳的图案模式,是考察汉藏语系藏语支各民族神话宇宙观来源的新素材。

如果把追溯蛙神由来的视野从彩陶图像扩展到玉石雕塑,那么迄今可以看到的最早的实物证据出自北方草原:内蒙古林西县出土兴隆洼文化"蟾蜍石雕像",距今7 800年。这尊石蟾蜍揭开了我国图像叙事中青蛙—蟾蜍造型表现的序幕。这种诉诸视知觉的图像叙事,要比文献叙事中的大女神女娲的登场早了足足5 000多年。

兴隆洼文化"蟾蜍石雕像"是1984年在内蒙古林西县西山出土的,长11.5厘米,高25厘米。与之同时期的文物还有石雕女神像两尊,从造型特征看,也呈现出较为明显的蛙人形。

2007年12月甘肃省博物馆参观的"红山玉韵"展上,由海外收藏家收藏的一个兴隆洼文化的石雕青蛙形象,可以同林西出土的石蟾蜍对照起来看。至于各地古玉收藏家所收藏的红山文化玉蛙,散见于各种书刊之中②,虽真伪有待鉴别,却仍然透露出红山玉器中的圆雕蛙形象应该不是个别特例。这些玉蛙形象显然是石蛙—石蟾蜍的直接后继者。而殷墟妇好墓出土的玉蛙,是否来自红山文化的同类神圣雕塑,还需要做出中介联系的发掘和分析。

6 000年前的姜寨遗址陶器图案"鱼—蟾蜍",分别将死而再生女神的两种动物符号并列在一起。而大约5 000年前的甘肃马家窑陶器图案则有将蛇与蛙并列展示的现象。若根据金芭塔丝归纳的女神象征物谱系,蛇在石器时代也同样是女神的重要化身。可是进入父权制文明以后,原来作为女神符号的各种动物发生了性别蕴含方面的分化,一部分动物仍然保留着史前期的女性、母性或阴性身份,而另一部分动物则转化成了男性、父性或阳性的身份。熊与蛇就是这种性别转换的突出代表。而蛙—蟾蜍则基本上延续着其古老的阴性身份,没有转换性别。黄河上游地区蛙蛇祭祀礼俗,就清楚地体现出图腾象征谱系的性别演变情况:

在黄河上游盛行过蛙蛇祭仪式:每年端午前夕,人们认为是蛙蛇出

---

① 同上书,第305页。
② 参看柳冬青:《红山文化》,内蒙古大学出版社,2002年。

行之日,常常于河泉设香案表示祭祀。这一天,男女老幼有到河里洗身的习俗。其间,若男子遇蛙,女子遇蛇者,被视为吉兆。

……

与蛇蛙祭相伴随的另一风俗是"野合"。此日,男人见到女人就说:"掏出我的黑麻蛇,要咬你的癞蛤蟆。"这是两句暗语,黑麻蛇是指男根,癞蛤蟆是女具。"咬"暗示性交。这时,若女人点头不语,则可实施野合之要务。蛇蛙祭含有对蛙多子的崇拜意义。蛙腹圆大,与妇女之形态成类比,蛇体长而立,暗喻男人为强力者。西北人说:"蛙栖月宫,蛇伴日室。"月为阴,日为阳。阴阳相合,则万物出。所以,蛙蛇祭象征着阴阳相合生万物的信仰。①

与此类民俗相应的民间叙事,有世代生活在甘肃的东乡族蛙精故事。在历史上,随着"铸鼎像物"的图腾制度之沿革,图像叙事方面的蛙—蟾蜍女神传统仍然不绝如缕,只是其性别特色不再彰显。如商周青铜器上的平面蛙纹造型,包括蛙的写实造型,和蛙的写意造型,后代南方民族神圣铜鼓上的立体蛙神造型,等等。与之对应的文字文本的神蛙叙事也发生了根本的性别转化情况。

四、蛙图腾与蛤蟆创世

父权制社会的意识形态以男性为中心和主体,史前的蛙女神信仰到了后代父权制文明,其性别面貌会发生改变,其原初的母神、生育神身份或者依稀保留,或者逐渐模糊化,而其生命再生产的神性功能却依然存留下来,转化为死而复生的神话象征,或者祖先神—图腾神(蛙神铜鼓作为祖先象征),以及创世之时的初始性神圣生物。

图3 殷墟青铜卣提梁蛙纹

先看蛙神演变成图腾—祖先神的情况。我们在讨论史前彩陶纹饰符号时已经熟悉

---

① 武文:《东乡族蛙精故事探考》,《民族文学研究》1998年第2期。

了蛙人形象,其背后的神话基础就是以蛙为人的信念。这信念里透露着远古图腾崇拜的信息。青蛙图腾在世界许多地方的图腾信仰中并不陌生。比如,我国台湾省的原住民赛夏族有一则神话说:古时候有一个名叫 Saivala 的人在河边钓鱼,一直未获。正觉疑惑之际,突然有物上钩,结果一看是只青蛙。他不耐烦地将青蛙丢下,但蛙却化身为人。他深感讶异,遂将此人带回家去抚养长大。成为 Taputaberasu 家的祖先[①]。神话之所以要把蛙和人看成同类,主要有外形上的相似和声音上与人类婴儿的酷似。至今我国西北方言普遍把小孩叫做"娃",其字形结构和发音都和"蛙"极为相近,耐人寻味。

生存在云南和缅甸一带的刀耕火种民族佤族的猎头起源神话说:

> 他们的祖先是叫做杨涛木和杨黛的夫妇。这对夫妇本来是蝌蚪,但后来变成了青蛙和妖怪,深居于洞窟之中。为了求食,经常从洞中出来到处捕捉鹿、猪和山羊一类的动物。一天,他们夫妇远出到人们居住的村子里捕食了一个人,而且还把头盖骨带回了洞窟。
>
> 本来,他们夫妇一直没有小孩。但是自从杀人以后,生了许多孩子,这些孩子都具有人的形象。于是,他们二人把那个头盖骨放在柱子上,以示敬奉。当他们感到自己的死期迫近的时候,把子孙们都集合起来,说明了他们二人的起源,并留下遗言要子孙们为他们供献人头。从此以后,佤人就忠实地执行祖先的遗言。直到近代,还盛行着猎头的习俗。

佤族人每年重复的猎头习俗是在春季农耕开始时节。猎取的人头象征着农作物的丰收。被砍下的人头要小心翼翼地安放在圣地鼓屋里。在很多地方,鼓屋里横放着用木头做的大小成双的鼓,这就是神话中的始祖夫妇的体现。佤族的猎头习俗表明这样一种神话观念:死和杀害乃是生的前提。为了祈求作物的丰收,杀生是不可缺少的;而且还证明:死者尤其是祖先在佤族人世界观念中起多么大的作用和如何规定他们的行动[②]。

值得注意的是,这个神话确认了人类始祖夫妇为蝌蚪—青蛙,也就是说

[①] 尹建中:《台湾山胞各族传统神话故事与传说文献编纂研究》,台湾大学人类学系印行,1994年,第282页。

[②] 〔日〕大林太良:《神话学入门》,林相泰译,中国民间文艺出版社,1989年,第94—95页。

人来源于这种水生的小动物,多少透露着蛙图腾的信仰消息。始祖猎头的功绩能够保证生育后代,这是将谷穗被收割后仍然可以用来播种的农耕经验,直接类比到人类生命再生产现象的结果。佤族纪念蛙祖先的象征物为神圣鼓屋里的木鼓,这自然让我们想到西南少数民族惯用的铜鼓,鼓面上常见到多只青蛙的造型,这莫非也是类似的图腾记忆的表征?

在我国的民间传说里,蛙—蟾蜍可以和创世大神女娲相联系。例如:

> 在黄河上游广泛流传着蛙神话,母题是创世与造人。其中一些还与女娲大神相联系,或成为女娲神话的变异。最典型的一则说:昔传,伏羲和女娲结婚三年,一日女娲对伏羲说:"蛙吐泡了,洪水将临"。不久,女娲生肉团于水中,取名"蛙人"。在这则神话中,娲与蛙表现为一种同构的意义。蛙不仅是"娲"的隐喻,而且是娲性具的象征。甘肃农谚云:"蛙吐泡,大雨到",实际上它包含着蛙的神话属性和自然属性的双重涵义。

在基诺族创世母亲神话里,蟾蜍—癞蛤蟆充当着宇宙始基的作用。

> 古时天地茫茫,一片汪洋,只在水面上露出蚂蚁堆大小的星星点点的土地。这时世界上只有巨人阿摸母亲一人生存。母亲在天水之间活动时,远远看见水中有一个两眼发光的庞然大物——大癞蛤蟆。母亲向这庞然大物走去,临近时它竟突然张开大口,欲将母亲吞下。她急中生智,乘势跳进它的口内,并用双手撑、两脚蹬,把癞蛤蟆的大口撑住,它的口被母亲越撑越大,它的庞大肚子也随之越胀越大,待它的大口和大腹胀到极度时,怦然一声巨响,疯蛤蟆爆裂开来,其肢体便飘落四方。它的一只眼珠飘上空中变为太阳,另一只眼珠落在水中,被母亲捞起用绳子拴挂在天上变成月亮(它因为落在水中所以不如太阳热和亮)。母亲把癞蛤蟆爆裂后,落在水中的细小物体集拢在一起,就拼凑成大地;她把飘在空中的散裂物并在一起就成了天。为了维持天地之间规整,母亲用癞蛤蟆身上的九根骨骼顶在天地之间,又用它身上的九根筋作绳拴在天地之间。母亲在造地时所挥的汗,竟变成了雨。接着母亲用身上的污垢造动物,首先造的是野牛,其次是造人,各种动物相继造出。[①]

---

① 吕大吉主编:《中国各民族原始宗教资料集成》基诺族卷,中国社会科学出版社,1996年,第879页。

基诺族虽然人口极少,但是其神话叙事却显示出非常古老的信息:宇宙万物的由来都要追溯到一种原初的生物——蛤蟆。这样的信念可以帮助我们理解藏族、纳西族"青蛙宇宙图"的原始构思要素。

除了以上几类神话,蛙女神崇拜还会在诸多族群记忆之中保留着五花八门的印记。尤其是在曾经拥有世界上最丰富灿烂的蛙纹彩陶的黄河上游地区。这里略举数例,以观其变化情况。

图 4　广西岑溪出土西汉五铢钱铜鼓:六神蛙巡行

案例一:在甘肃民间流传的伏羲女娲神话,分别将男女主人公二人与太阳、月亮相互认同。而月女神女娲的核心象征动物则是一只玉蛤蟆!

大洪水过后,伏羲和女娲结了婚,繁衍了人类。可是他们的子孙见不到光明,日子照样很艰难。一天,从天上飞来一只金鸟,从河里走来了一只玉蛤蟆,它们叫伏羲女娲各自骑在它们的背上。想不到伏羲一跨上金鸟,女娲一跨上玉蛤蟆,都腾空飞起来了。到了天空,伏羲便化为一轮金太阳,女娲便化为一轮玉月亮,他们不停地飞,不停地跳。于是有了白天和黑夜,子孙们既看见了光明,也有了温暖。①

案例二:世代生活在陇原大地的裕固族(上古时期称为"鬼方")创世古歌《沙特》:

金癞蛤蟆身上长着88根柱子支撑着天地。月亮公主和太阳王子婚配繁衍了人类。②

这个细节使人联想到出土的马家窑文化陶罐上特有的模仿癞蛤蟆身上耸起的屹垯的造型,猜测其是否隐喻着初民关于天柱的神幻想象?与上述基诺族神话相似的是,蛤蟆形象隐约地透露出与创世主神的关联:既然它是天地开辟之初就已经先于宇宙秩序而存在的原初动物神,那就显然不属于

---

① 武文:《甘肃民间文学概论》,甘肃人民出版社,1996年,第5页。
② 武文:《裕固族文学研究》,甘肃人民出版社,1998年,第2页。

从女娲到女蛙　　59

创世以来后造出的凡间动物系统,具有宇宙发生论上的生命本源之象征性。模拟"太初有道"的哲理表达方式,可以称为"太初有蛙"或"太初有蛤蟆"。此裕固族神话想象将癞蛤蟆这种神秘动物与最贵重的物质——"金"——相联系,显然还没有将远古的女神化身形象妖魔化。而下面一个来自中原的例子恰好相反,给我们呈现出一位被扭曲为反面角色的蛤蟆精形象。

比较神话学研究表明,神话的角色不仅经常变化身份和职能,而且还会变化成各种不同的动物形象。俄罗斯民间故事中的芭芭雅嘎(Baba Yaga)女神就是如此。她在古斯拉夫的宗教中的原初身份是死亡女神和繁育女神。在后来则有了双重的身份和特征。如前引金芭塔丝著作指出:

> 芭芭雅嘎住在森林深处黑暗无光的地方,远离人世。民间故事对她的描述不一:有说她是一个邪恶的吃人的老巫婆,尤其爱吃小孩;也有说她是一位有智慧的女预言家。她身材高大、瘦骨嶙峋、杵形脑袋、鼻子细长、头发蓬乱。鸟是她的主要动物形象,但是她可以瞬间变成一只青蛙、蟾蜍、乌龟、老鼠、螃蟹、雌狐、蜜蜂、母马、山羊或是其他无生命的物体。

在 20 世纪早期,埃及学家马格瑞特·穆瑞(Margaref Murray)提出一种假说:鲍珀女神是从埃及经过克里特岛和希腊而来到欧洲的。然而,在阿纳托利亚地区,早自公元前 7 000 年左右就出现了暴露女阴的蛙女形象,足以证明鲍珀女神的起源要早于古埃及人的记载。金芭塔丝评价说:穆瑞生前未曾接触到新石器时代的蛙女形象,所以她只能通过神话、工艺品和其他从埃及或近东地区传来的新奇事物来建立她的观点。现在的考古证据大量积累,蛙人的表现模式可能上溯至旧石器时代末期,因为早在马格达林时期的骨雕上就出现了蛙女形象。语言学方面提供的证据也有利于鲍珀女神的欧洲地方起源说。有些欧洲的语言用"鲍"(Bau)或"珀"(bo)的词根来命名蟾蜍、女巫或磨菇。在立陶宛语中,baubas 和 bauba 指称一位可怕的女巫或妖怪。我相信这些语词反映了死亡与再生女神尚未被妖魔化以前所用的名字。在法国,bo 一词(在 Haut Saone 省),botet 一词(在 Loire)和 bot 一词都意指"蟾蜍"①

---

① M. Gimbutas, *The Living Goddesses*, Berkeley: University of California Press,1999, p. 217.

这样的打通式眼光帮助我们超越学科专业的局限,借助于广阔地域中新出土的大量图像资料,反观语源词根中潜藏的神话信息,透视到前人无法洞悉的蛙神信仰传承的整体情况。新的图像资料不仅有用各种材料制作的蛙女—蛙人偶像,还有建造成为巨大蛙形的神庙图片,这就有效地帮助今人体会到男性主神统御的文明社会教堂出现之前,初民在什么样的人造神圣空间里崇奉他们心目中的青蛙—蟾蜍女神。评述至此,我们可以进一步发问的是:对照我国仰韶彩陶上常见的鱼纹、人面鱼一类形象,马家窑彩陶上常见的蛙纹、蛙人纹,在"蛙"与"娲"之间、"蛙"与"娃"之间的语源学联系已经逐渐明朗的条件下,透过古今中外各种现象和素材的归纳,能够清晰地看到的蛙神信仰底蕴,透露出人类神话思维的普遍性法则。

热贡土族在农历十一月举行"於菟"舞仪式,吴屯上下庄扮演蛤蟆形象,跳"蛤蟆"舞,行禳灾纳吉之事,又表明了这些村子的人们保留的另一种图腾崇拜遗俗。蛙类崇拜及其相关的艺术形式,同样也见之于其他地区。譬如,在大通县黄家寨乡黄西村流行的蛙舞(又称"四片瓦舞"),也具有祭祖虫王、乞愿丰年的傩祭特征:蛙舞在"社火"中演出,四个男子头戴蓝布缠沿草帽,面部画上黄、白、绿几种不同颜色的青蛙形图案,两手各捏一片骆驼骨制作的瓦状片,边跳边模拟青蛙的扑跳动作,击打手中的驼骨瓦片,发出"呱、呱"的蛙声。据民间传说,当地庄稼曾遭虫害,后来出现了很多青蛙消灭了蝗虫。人们为感念青蛙,同时也为了免遭虫害,跳起了蛙舞。这出舞蹈在演出时还唱"五更调"、"十二月"等民间小调,民乐伴奏,载歌载舞。这种情形,显然是为了适应"社火"中大众欣赏心理的需要而加以补充和丰富的。但蛙舞的原始形态仍得以保留。"社火"起源于古代的社祭,祭土地神,祭火神,为的是祈求风调雨顺,国泰民安。其祭典仪式与我国周代时就举行的大型傩祭密切相关。土族的一则神话叙述:一位天神想在茫茫海洋上面造就陆地,他看到一只蛤蟆浮在水面,往它身上丢下一把土,蛤蟆沉入水深处,土被水冲走了。天神于是张弓搭箭,一箭射穿了蛤蟆的躯体。蛤蟆痛得翻过身来,天神趁机又丢下一把土,蛤蟆将土紧紧抱住,阳世(地球)形成了。天神往蛤蟆的肚脐眼插上一根烧火棍,并告戒蛤蟆:"你要丢掉阳世,除非烧火棍发了芽。"蛤蟆等得不耐烦了,扭动身躯看那烧火棍,于是就发生地震。土族的婚礼歌中唱述天地形成后,"四八三十并二天,内中空虚差一天"。于是,女娲

图5 纳西族巴格图(青蛙宇宙图)

娘娘"割下金蛤蟆的舌头,补了一座黄金天"。这种叙述,也显然与他们的神话传说故事和原始信仰观念相联系。

有关蛙人原型的变形想象,在民间文学中有许多生动案例。以下举出满族的《蛤蟆儿子》一篇:

很早很早以前,有一对夫妻结婚十年没有孩子。有一次,他们一齐跪在西墙祖宗板前祈求。听有蛤蟆的叫声,便随口说,就是给个蛤蟆儿子也不嫌弃。果然,妻子不久怀孕了,临产时生下一个肉弹子。这肉弹子在地上崩的一声裂开,从里面跳出一只小蛤蟆。父母也只好养活它。一直等到蛤蟆长到十八岁时,脱掉了蛤蟆皮变成一个小伙子,并与一位姑娘成了亲。①

从民间故事母题分类看,这个满族故事属于典型的"怪孩子"故事。其情节大体相同:一对老夫妻无孩子,积德行善,在老天帮助下,终于得到一个孩子。但这孩子却与众不同,或者是青蛙变的,或者是竹子里面变出来的,或者是枣核一样的。藏族的《青蛙骑手》,瑶族的《青蛙结亲》,满族的《枣核儿子》等,均为此类,可视为古老的蛙图腾信仰在后世口传叙事中滋生演化出的作品。

(2008年10月16日在召开于北京竹园宾馆的"中国创世神话比较研究国际学术研讨会"上宣读,英文版刊载于 *China's Creation and Origin Myths*, Brill, 2011)

---

① 季永海、赵志忠:《满族民间文学概论》,中央民族学院出版社,1991年,第72页。

新原道
——从考古新材料看道家思想的神话起源

一、引论：道家思想起源研究之回顾

德国汉学家费南山在《现代西方人为什么对庄子感兴趣》中说道："我们很欣赏《庄子》的富有比喻，富有神话传说的文体。这种写法在西方文学中很难找到，它的启发作用给我们留下很深刻印象。"道家文本之中的神话传说和比喻，如果仅仅从文体、个人写作风格（写法）方面去理解，那是很可惜的。因为我们认识到，神话思维传统乃是道家思想发生的重要渊源。《庄子·天下》篇申明的"以谬悠之说，荒唐之言，无端崖之辞"来表达的策略，是在儒家理性主义已经全面压制神话思维的战国时代语境中，道家作者以自嘲自谑的口吻提出的反叛性的文化政治立场。正如福柯所揭示的，西方历史上对"疯狂"的压制是理性主义确立自身不二权威的必须。反观中国思想史上的轴心期，在儒者看来是"谬悠"和"荒唐"的东西，其实正是道家思想来源之本，是庄子等人要坚持和发扬光大的东西。这就预示了后人真正理解道家话语的一个思想史前提：把握中国本土在儒学兴起之前的深厚异常的（所谓"无端崖"）神话思维传统。笔者在20世纪90年代撰写的《庄子的文化解析》一书中提出："道家哲学的创始人老子以神话式的类比推理传达思想，庄子将类比推理改造为叙述性的故事说理，再造古神话为喻示性的寓言。构成庄子思想体系的基本概念如'道''一''气''化''游'等，均可在神话思维时代找到形而下的原型。"[①]本文拟针对"道"与"化"这两个关键观念，参照考古学、文物学的新材料，从形而下的方面探讨其远古经验中的实物原型，希望获得一点道器通观的认识效果。

20世纪以来的现代学人，借助于随着西学东渐而传来的"神话"等新概

---

① 叶舒宪：《庄子的文化解析——前古典与后现代的视界融合》，湖北人民出版社，1997年。

念,开启了此类探索。王国维1906年的《屈子文学之精神》以道家文学为例,提出"南人想象力之伟大丰富,胜于北人远甚。彼等巧于比类,而善于滑稽"的命题,遂将儒与道的思想分野转换为地理空间的分野。开辟中国神话研究格局的茅盾,也呼应这种空间分野划分,认为现存古籍中保留神话材料最多者几乎全是南方人的作品。郎擎霄1934年出版的《庄子学案》,试图从庄书中寻觅出更多的神话传说之线索,并提示人们注意保留在庄子书中的神话传说之艺术价值①。闻一多在《道教的精神》《神仙考》等文中提出"古道教"的说法,认为它与"神秘思想"有关系,并认为庄子所说的神人、至人、真人之类都不是寓言,而是真心相信确有其"人"的②。从本源上看,神人或真人乃是"人格化的灵魂"。原始宗教中的灵魂不死信念构成庄子神秘思想的基础。再同儒家思想相对照,推考其地望,他又说:"这古道教如果真正存在的话,我疑心它原是中国古代西方某民族的宗教,与那儒家所从导源的东方宗教比起来,这宗教实在超卓多了,伟大多了,美丽多了,姑无论它的流裔是如何没出息!"③这就把王国维等人的南北方空间分野转换为东西方空间分野了。闻一多从西部民族的迁徙流变推测古道教的由来和传播过程,还从灵魂观念的有无来划分儒道分野的宗教背景框架。

20世纪后期学者受到新兴的萨满教研究的启发,开始探询道家思想发生与巫术-萨满教的关系。张光直《考古学专题六讲》认为,中国古文明中由巫觋为代表的萨满教精神构成深层的基础,从新石器时代彩陶上的人形或者人面,到商周青铜器上的动物纹样,再到道教的经典传承,乃是巫师-萨满们沟通天人之际的法术传统的一脉相承之表现④。日本学者井简俊彦从比较宗教的立场上研究道家思想与苏斐教的对应关系,著有《苏斐教与道家》。该书后半部分论述老庄思想,提出"从神话术到形而上学"的命题。井简俊彦认为,在漫长的中国思想传统中流行着一种思维模式,可称之为"一种萨满教思维模式"(a shamantic mode of thinking)。以老庄为代表的道家哲学便是此种萨满教思维的理念化成果。"一方面,从其世界观的经验基础看,

---

① 郎擎霄:《庄子学案》,商务印书馆,1934年,第207—208页。
② 闻一多:《神话与诗》,《闻一多全集》,三联书店,1982年,第1卷,第144页。
③ 同上书,第151—152页。
④ 张光直:《中国古代史在世界史上的重要性》,见《考古学专题六讲》,文物出版社,1986年,第5—10页。

创作出《道德经》和《庄子》一类著作的道家哲人乃是'萨满';另一方面,他们又是不满足于停留在民间萨满教原始水平上的智者和思想家,运用其智慧去提升和扩展原初的萨满视点,形成能够解说存在(Being)之结构的形上概念系统"[①]。在井筒俊彦氏看来,老子所称之"圣人"和庄子所称之"真人"、"至人"、"神人",无非是一种"哲学化的萨满",与远古的圣王(巫师王)传统一脉相承。

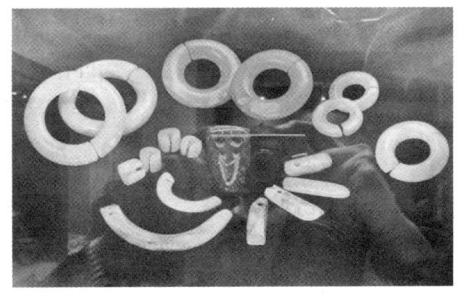

图1　兴隆洼文化出土玉玦,距今8 000年

从理论依据上看,井筒俊彦关于萨满教和神话术的见解主要来自比较宗教学家艾利亚德的经典性著作《萨满教:古代的迷幻技术》。日本学界引入萨满—巫教视野研究楚辞的种种观点已引起相当的争议,井筒俊彦将这种视角用于道家思想的研究,也引发出不同的反应。王煜先生评论说:"陈荣捷《中国道家》首节谈道家起源,检讨了八种学派——王官、隐者、阴阳家、儒家、墨家、黄帝、杨朱、老子,而未及'巫师主义'或'巫教'或'黄教'(shamanism),也许巫教说可充第九说吧。美国宗教家 Eliade《论巫教》一书(即艾利亚德《萨满教》掀起太多余波了!"[②]萨满—巫教说能否成为道家起源的第九说,今天看来已不成问题了。白川静先生试图从文化源流方面论证庄子神话思维的来源在于东方的殷商的传统,与闻一多、顾颉刚等的西部民族说形成对照。

新的问题在于,既然道家—道教的思想渊源与史前的萨满—巫师的礼仪活动密切关联,那么能否找到当时的萨满—巫师们所常用的法器和礼器,从实物原型方面推考其观念的发生源头呢?现代考古学和文物学确实提供了这种可能。本文拟在纯形而上的研究层面之外,做一个形而下探索的初步尝试,希望能把"道"与"器"两方面的信息整合起来,获得某种通观效果。

---

① 〔日〕井筒俊彦(Toshihiko Izutsu):《苏斐教与道家》(*Sufism and Taoism*), Iwanami Shoten Publishers, 1983年,第300、301页。

② 王煜:《井筒俊彦:〈苏斐教与道家思想中主要哲学概念之比较研究〉》,香港中文大学《中国文化研究所学报》第7卷,1974年第1期,第361页。

二、道的形而下表象

我们从早期道家的文本中看到,关于道的种种论说虽然呈现为聚讼纷纭的局面,引发出古今学人在形而上层面的无数推理式探讨和思辨,但是对道的形而下方面的、发生学的探讨却几乎没有多少人去关注。以《道德经》为基点,如果从老子描述的道之运动的基本特征——"反"(返)或者"归"着眼,不难理解为一种周而复始的循环运动规则[①]。宇宙自然的这种的循环运动规则一旦被道家思想的鼻祖们抽象概括为一个词"道",其原有的深厚的史前宗教信仰的和神话思维的原型表象,也就随之被后世的人们逐渐地忽略和淡忘掉了。这里拟根据近年来陆续出土的史前文物,从"物质文化"(material culture)角度来探究道的范畴获得哲理抽象之前的形而下表象。根据古人"形而上者谓之道,形而下者谓之器"的划分,可以在史前人所尊崇的圣物之中,寻找那些足以体现形而上之道的具体表象。根据《说文》"以玉事神谓之巫"的重要提示,史前玉礼器就可以提供非常重要的潜在信息。对此,下文拟分几个层次来加以阐发:

1. 环中:环状表象的形而上蕴涵

用圆环的形状来象征循环往复的运动,以及由此种运动表象抽象出来的意蕴——回还、回归、回返,确实是很普遍的现象。爱伯哈德著《中国文化象征词典》对"环"表象的解说是:"环与轮一样,都是永恒的象征,它无始无终,永无终止。"[②]这样无始终的永恒运动象征最适合充当道的表象。这位美国汉学家还敏锐地注意到:"在中文中,'环'与回还的'还'同音。"难怪圆环的形状适合做永恒回归神话的视觉意象。原来还有汉语思维的谐音联想在背后发挥着隐喻牵引作用。古文献资料表明,这样的双关思维是早在先秦时代就已经流行的。《荀子·大略》:"绝人以玦,反绝以环。"杨倞注:"古者,臣有罪,待放于境,三年不敢去;与之环则还,与之玦则绝。皆所以见意也。"后人常常用"环玦"来表示官员的内召和外贬,也是从谐音隐喻上着眼的。《后汉书·袁谭传》:"愿熟详吉凶,以赐环玦。""环玦"一词也可以只用为

---

① 叶舒宪:《老子与神话》,陕西人民出版社,2005年,第17页。
② 〔美〕爱伯哈德:《中国文化象征词典》,陈建宪译,湖南文艺出版社,1990年,第281页。

"还"的谐音,喻指招还、还归。刘禹锡《望赋》诗句"望如何其望最伤,俟环玦兮思帝乡",说的就是这种盼望回归的意思。

从"还"的隐喻背景上去看各种宗教仪礼上的法器性的身体装饰物,还会有触类旁通的效果。如北方萨满教的"还魂"或者守魂信仰也以佩戴环状饰物为萨满身体的必要符号①。古汉语中"环复"一词的出现,就专指这种循环往复式流动的现象。《淮南子·主术训》:"环复转运,终始无端。""无端"就意味着没有穷尽,也就意味着永恒。韩愈的《吊武侍御所画佛文》所说:"人死则为鬼,鬼且复为人,随所积善恶受报,环复不穷也",显然是把古老的灵魂信仰发挥成生命的永恒轮回说了。

环状器物的这些隐喻和联想,使它在各种静止的物像中最能体现"道"的旋转运动。而"环"从名词转化为动词,即用来形容转动。《山海经·大荒北经》:"共工之臣名曰相繇,九首蛇身,自环,食于九土。"郭璞注:"言转旋也。"又由旋转运动的表象引申出"环宇"、"环天"、"环中"等具有宇宙论含义的概念,给道家的话语增添出富有本土特色隐喻性概念。

隐喻性概念直接来自神话思维的想象,因而不同于西方哲学思维的纯粹形而上概念。这是我们把握道家思想的重要的前提性认识。在《庄子》中,"环中"的隐喻性概念,即相当于玉璧之"好"的中空部分,被当做是对"道"的最好的说明之一。从认识论上,"环中"被比喻为理想的无是非之境地。理由很明确,那就是圆环之上的任何一点,距离圆心都是等距离的。同时,任何一点都既是起点与终点的吻合处。庄子对这种环的表象可谓心领神会,

图 2 红山文化玉环

津津乐道。如《庄子·寓言》所说:"始卒若环。"《庄子·齐物论》又云:"彼是莫得其偶,谓之道枢。枢始得其环中,以应无穷。"郭象注:"夫是非反复,相寻无穷,故谓之环。环中,空矣;今以是非为环而得其中者,无是无非也。无是无非,故能应夫是非。是非无穷,故应亦无穷。"《庄子·则阳》又云:"冉相

---

① 富育光等:《环饰》,见刘锡诚等:《中国象征辞典》,天津教育出版社,1991年,第123页。

氏得其环中以随成,与物无终无始,无几无时。"①成玄英疏:"冉相氏,三皇以前无为皇帝也。环,中之空也。言古之圣王,得真空之道,体环中之妙,故道顺群生,混成庶品。"这就把对环中的体会,理解为得道之高人的特有境界了。《旧唐书·李德裕传论》:"泯是非于度外,齐彼我于环中。"续范亭《自慰》诗:"未竭长弘血,且住比干心。忘年并忘义,逍遥任环中。"不难看出,"环中"成为这些渴望精神自由的后来人所表达理想境界的比喻。

环中这个来自远古玉文化的隐喻概念,在后来又被文人墨客们借来比喻一种神奇而空灵的超脱境界。唐人司空图《二十四诗品·雄浑》:"超以象外,得其环中,持之匪强,来之无穷。"这是古人通过诗歌想象世界的建构而达到体道、悟道之境界的极好说明。

如果从实物原型的角度看,宋人高承就尝试追溯玉环一类法器的远古来源。其《事物纪原·衣裘带服·环》云:"《瑞应图》曰:'黄帝时,西王母献白环,舜时又献之。'则环当出于此。"这是将环的神圣化溯源于中华人文初祖的黄帝时代。其时略晚于现代考古学所命名的红山文化,而比出土年代最早玉玦的兴隆洼文化,则要晚了近3000年。《左传·昭公十六年》:"宣子有环,其一在郑商。"王国维《观堂集林·说环玦》:"余读《春秋左氏传》'宣子有环,其一在郑商',知环非一玉所成。岁在己未,见上虞罗氏所藏古玉一,共三片,每片上侈下敛,合三而成规。片之两边各有一孔,古盖以物系之。余谓此即古之环也……后世日趋简易,环与玦皆以一玉为之,遂失其制。"这里辨析的是远古玉器形制的细微区别到了后代逐渐模糊的情况。近一个世纪的考古发现足以证明王氏的辨析并非画蛇添足。

2. 道之循环的形而下表象:兴隆洼玉玦与良渚玉璧

萨满教一类的环状装饰物由来甚古。其中至今还在沿用的玉玦类缺口环的意象,就可以一直上溯到内蒙古发现的石器时代的文化遗址出土物。兴隆洼文化是我国北方新石器时代早期的文化类型,其出土器物之中最引人注目的就是青玉制的玉玦。迄今为止,考古和文物界公认这是已知最古老的玉器。换言之,这些8000年前的晶莹的玉雕饰品标志着源远流长的中国玉文化的初始时期,也是世界范围内发现最早的人工磨制的玉制品之一。据赤峰文物部门新近编出的《红山玉器》(2004年)一书公布的材料看,从早

---

① 郭庆藩:《庄子集释》,中华书局,1961年,第885页。

期兴隆洼文化到夏家店文化,仅赤峰地区出土的玉玦与玉璧的环状形象就有50多件,加上玦形的玉龙9件,数量上几乎占了全书所收玉器总数的三分之一①。这个现象充分表明环形意象在史前人的信仰世界观中占据着怎样一种至关重要的位置。天道循环的观念绝非道家的发明,它是如何借助于这些形而下的表象而得到代代传承的。

在北方的红山诸文化衰落之后,南方的江浙一带崛起的良渚文化再度显示出对玉器的极度尊崇现象。而环形的玉璧已经发展成为良渚文化中最有代表性的玉器形制②。所谓"璧",是一种扁平而圆的环状器,《尔雅》根据中央之孔的大小,又划分为三类:"肉倍好,谓之璧。好倍肉,谓之瑗;肉好若一,谓之环。"这里说的"肉",指扁圆的实体部分,"好"指中间凿空的圆孔部分。肉倍好,就是中空较小的圆环;好倍肉,就是近似于手镯形中空较大的圆环;肉好若一,就是孔径等于环实体宽度的圆环。由于20世纪的考古发掘在诸多新石器时代文化遗址中发现了大量的石制、玉制的璧,著名考古学家夏鼐先生于1983年提出修正《尔雅》命名的说法,主张将三类统称"环璧类",简称为"璧"③。

环璧类玉器在上古社会中的尊崇程度,仅从"完璧归赵"的成语故事就可大致有所了解。古代王室和贵族以环璧类玉器用作朝聘、祭祀、丧葬时的礼器,也作佩戴的装饰。《诗经·卫风·淇奥》:"有匪君子,如金如锡,如圭如璧。"《荀子·大略》:"聘人以珪,问士以璧。"道家文本中也用璧来泛指异常珍贵的美玉。如《庄子·山木》中说的:"子独不闻假人之亡与?林回弃千金之璧,负赤子而趋。"这些说法点明了古人用璧的场合,以及玉璧在那时价值千金的贵重程度。如果注意一下4 000多年以前的墓葬中大量陪葬玉璧的情况,就会对这个传统的深厚久远有直观的体验。在浙江余杭的良渚文化遗址中,仅反山墓地的11座墓葬中就出土了玉璧125件。而反山第23号墓,或许是埋葬着当时的部落领袖,居然堆放着54件玉璧!如此集中的使用玉璧,已经超出了任何文献的记载。其所用的玉材以青玉居多,有少量黄玉。一般十余件堆放成一叠,分布在墓主的头或脚边上。面对此种情景,良

---

① 于建设主编:《红山玉器》,远方出版社,2004年,第44页。
② 参看周膺、吴晶:《中国5 000年文明第一证:良渚文化与良渚古国》,浙江大学出版社,2004年。
③ 夏鼐:《商代玉器的分类、定名和用途》,《考古》1983年第5期。

渚先民在玉璧中所寄托的生命再生一类观念,虽然今人已经无法确知,但还是可以根据后代人对环状圣物的特别推崇上体会出一个大概。

从玉璧在中国史前礼仪行为中至高无上的地位看,后代道家文本中同样具有至高无上地位的形而上范畴——"道",显然可以依据其"周行而不殆"和"始卒若环"的特征,追溯其实物原型到文字和概念推理发生以前的环状玉礼器。这一类的玉环和玉玦,在进入文明时代以后虽然依然用于墓葬和仪礼场合,但也作为古代官员礼服的佩饰,其道德和身份象征的意义,以及审美的意义也就开始取代原有的宗教神圣意义。在这种文化断裂和变迁的背景下,循环运动的"道"与"始卒若环"的玉璧一类的内在联系,也就随着政教分离的世俗化过程而被多数人所淡忘了。只有在道家思想创始人留下的文本中,还依稀可以见到"环中"与"道枢"的隐喻关联。

环形玉器作为古人祭祀用的圣物,古书中有许多记载。《墨子·天志中》:"若国家治,财用足,则内有以洁为酒醴粢盛,以祭祀天鬼;外有以为环璧珠玉,以聘挠四邻。"这里的"环璧"还没有失去其礼仪的神圣性。到了汉代,《汉书·隽不疑传》:"不疑冠进贤冠,带櫑具剑,佩环玦,褒衣博带,盛服至门上谒。"颜师古注:"环,玉环也。玦即玉佩之玦也。带环而又着玉佩也。"如前所述,在史前的萨满—巫师那里,环状玉"佩"绝不是审美的装饰物,而是承载着法术能量的仪式道具。在兴隆洼文化墓葬中出土的玉玦也是同样具有神圣性的礼器。我们不妨将它们视为当年的先民追求"道"之境界的实物佐证。

3. 天道观念的形而下原型:天倪与天均

永恒回环运转的神话信仰在新石器时代的制陶生产实践中获得一个重要意象,那就是在旋转中运作的陶均。《庄子》中所说的"天钧"或"天均",《吕氏春秋》所说的"钧天",《墨子》所说的"员钧"和《管子》所说的"运均"等,皆取象于陶均的实物原型。

《齐物论》在朝三暮四之寓言后总结说:"是以圣人和之以是非而休乎天钧,是之谓两行。"成疏:"天均者,自然均平之理也。"只就义理层面发挥,忘却了"钧"之原型意象。《释文》引崔云:"钧,陶钧也",总算保留了"钧"之本相。"天钧"之喻在《寓言》篇再度出现时又假作"天均"。正因为"钧"与"均"皆可指陶均。

陶均又叫陶轮,是制陶技术演进过程中的重要革新之结果。早期道家思想者对古代社会生产生活有丰富的知识,对于制陶术的发展也了如指掌,并时常从制陶术之生产实践中选取某些意象作为说理的比喻例证。《逍遥游》有"其尘垢秕糠将犹陶铸尧舜者也"的比喻措辞;《马蹄》说到"伯乐善治马而陶匠善治埴木";《达生》说到"飘瓦",《知北游》说到"瓦甓",《让王》说到用破瓮为窗户,《德充符》用巨大陶器比喻形体上的肉瘤,《天地》讲到抱着大陶瓮去灌溉田地的寓言……至于取象陶均的天均之喻,更为庄书所津津乐道,一共在三篇中出现了四次。陶均或陶轮在技术上有怎样的特点可以为庄子提供多边之喻的原型呢?回顾制陶术的发展历程便不难找到解答。

西方的人类学家公认,制陶术之发明是人类进入新石器时代之后的一项伟大功绩。处在狩猎采集的游动性社会中,并没有使用陶器的必然需求。而伴随着农业生产的来临,存储和加工粮食的日常需求,是催生制陶术的现实因素。澳洲原住民始终没有懂得制陶术,另外一些原始民族也是如此。从初级的手工制陶到采用陶轮技术,这是公元前 3 000 年由埃及人发明的,后传到西亚地区,又进而传播到了中国。英国人类学家泰勒也根据埃及法老陵墓壁画中的陶工图像,论证了陶轮出现于古埃及的情形。可以想象发明陶轮技术在当时的古埃及像是创造之峰巅,以致人们把一位神表现为躺在车床上的陶工模样[①]。

近年中国考古学发现对于上述制陶术传播说提出了根本性的挑战。从年代上看,1977 年江苏溧水县白马回峰山发现红陶片的测定年代为距今 10 000 年左右。类似的早期陶片还见于江西万年县仙人洞遗址下层。均表明长江流域万年前已使用陶器。距今六七千年的河姆渡文化,陶器制作已相当成熟,在手工制作的基础上发展出慢轮修整技术,陶器造型规整均匀,圆度好,器壁厚薄适中。其弧度自上到下也有较为一致的中心轴。河姆渡文化后期遗层中发现"木筒",似乎就是转轮之下的"套筒",有一种推测认为这就是原始陶车的雏形[②]。如果这个推测准确,那么中国的陶轮技术先于文明而产生,比古埃及早数千年。另外,在太湖地区的良渚文化中,所出土陶器已普遍采用了轮制工艺。北方的大汶口文化显示,从早期遗存到晚期遗存,轮制陶器的比例逐渐增大,以致能够制出薄胎磨光黑陶器,胎厚仅 1—2

[①] 〔英〕泰勒:《人类学——人及其文化研究》,连树声译,上海文艺出版社,1993 年,第 247 页。
[②] 参看林华东:《河姆渡文化初探》,浙江人民出版社,1992 年,第 89 页。

毫米,"均"的程度已相当惊人,稍后的龙山文化,制陶技术上又超过大汶口文化晚期。"典型龙山文化,其陶器特征是:轮制极为发达,故使器形浑圆、胎壁厚薄均匀,器身各部比例匀称、和谐,造型规整、优美;陶色纯正,表里透黑,火候高。"①以上材料说明,中国南北方新石器时代文化普遍发展出陶轮技术,并从其生产经验中派生出有关"旋转"、"运行"、"均匀"、"匀称"等相关的观念,成为后人取譬连类的基型。

《诗经·小雅·节南山》有"秉国之均,四方是维"的比喻,即用操纵制陶之转轮来类比执掌国政。陶器胎壁制作上要求均平、均匀,这也成为"均"和"钧"二字常用的引申义。《小雅·北山》二章:"大夫不均,我从事独贤。"《集传》:"王不均平,使我从事独劳也。"

直接取象于陶轮而用于比喻说理,也不仅有庄子一家。《管子·七法》云:"不明于则而欲错仪画制,犹立朝夕于运均之上。"郭沫若《集校》:"丁士涵云:'运均',《墨子·非命中篇》作'员钧',音相近。《广雅》'运,转也'。运均转移无定,故尹《注》以为陶者之轮。《集韵》'钧,一曰陶轮是也'。"②同一个比喻在《墨子》中更是连续使用过三次,可见这一形而下之器对于先秦思想家来说具有取象设喻的充分吸引力。

制陶的工艺发展中有一个始终不变的旋转运动的操作模式,对于由蒙昧走向文明的初民心理来说,这种人工转动的操作模式经过数以千年计的重复而得到不断的经验性强化。而当陶轮技术发明之后,就更成为人类视觉可感的直观世界中最为典型也最为常见的旋转表象。据人类学家的报告,世界各地迄今可见的古老制陶器方式约有五种:分别为旋转拍打法、泥条盘筑法、泥圈叠加法、底加边拼合法和陶轮法。不论哪一种制器方法都需要环绕性的旋转操作,只不过前四种原始方法具有纯手工的性质,而陶轮法却多少具有了机械转动的雏形,其意义之深远并不限于制陶术方面。陶轮的机械转动特征是环绕着一个不动的轴心的旋转,它给神话思维所带来的启示是富有创造性和生成性的。《庄子》所使用"道枢"、"天均"、"天钧"、"天伦"、"天行"、"天道"、"天运"等一系列隐喻可以说都同这个旋转运动的原型有关。古人宇宙观中的"浑天"说与"钧天"说亦取象于此。把均匀旋转、永

---

① 张之恒:《中国新石器时代文化》,南京大学出版社,1992年,第149页。
② 郭沫若:《管子集校》(一),《郭沫若全集·历史编》第5卷,人民出版社,1984年,第159页。

不停息的天宇设想为一个大陶钧,这是人类中心主义的类比想象,把人工活动的尺度赋予天体自然。《庄子·天运》篇开端设问云:

> 天其运乎?地其处乎?日月其争于所乎?孰主张是?孰维纲是?孰居无事推而行是?意者其有机缄而不得已邪?意者其运转而不能自止邪?①

如果陶钧之运转是靠人力之推动,那么同样旋转不停的天又是以什么为动力源的呢?难道也有某种伟大的生命力量在暗中推着天体转动?或者是有某种永动机类的装置促使"天钧"做往复循环的旅行?或者是它一经发动后的惯性作用使自己停不下来了?在《天运》作者的这一连串问题背后,不难看出陶钧旋转的类比想象发挥着怎样的作用。今人或有从中悟出牛顿万有引力说之先声者,亦有与"动者恒动之原理"②相默契之处。

《淮南子·原道训》所云"是故能天运地滞,轮转而无废……钧旋毂转,周而复",可以视为对庄子的"天钧"、"天倪"、"天运"说的注释和发挥。高诱注云:"钧,陶人作瓦器法,下转旋者。一曰,天也。"《吕氏春秋·有始》亦云:"中央曰钧天,其星角亢氐;东方曰苍天,其星房心尾……"注云:"钧,平也,为四方主,故曰钧天。"并未揭示出取象于陶钧之轴心的"钧天"之喻的底蕴。

从隐喻概念的发展看,庄子所起的作用可说是承前启后,他把新石器时代以来的陶钧表象改造为天道运行的哲理象征,又特意效法天钧的运转回旋特性创制出蔓衍无穷的卮言形式,让人们通过他的文章而体悟天钧之道即是永恒回归、永恒均平。这就将《老子》所说的"天之道,损有余而补不足"的抽象道理化为可联想的意象了。易佩绅《老子解》云:"道在天下均而已,均而后适于用。此有余则彼不足,

图3　牛河梁出土红山文化玉龙

---

① 郭庆藩:《庄子集释》,中华书局,1961年,第493页。
② 朱季海:《庄子故言》,中华书局,1987年,第63页。

新原道　73

此不足而彼有余,皆不可用矣。抑其高者,损有余也,举其下者,补不足也。天之道如是,故其用不穷也。"①这种"不足"与"有余"经过"损"和"补"而达致"均"的观念,不用远求,其实就是从制陶做器的实验中抽象而来的。正是陶钧技术的发明使得器皿胎壁的加工达到了"均匀"和圆整的新境界,比单纯用手捏盘绕的制器效果大大提高了一步。

图 4　春秋玉雕熊龙

把"天钧"损有余而补不足的原理应用到认识论和价值判断上,自然就有了等贵贱、齐万物、和是非的效应,这就是《齐物论》篇所说的"是以圣人和之以是非而休乎天钧,是之谓两行"。冯友兰先生解说此句:"'钧'是一个运转着的盘子。盘子绕着它的轴心转。这个轴心就叫'枢'。自然界和社会的制度在变动之中,好像一个钧,称为'天钧'。这个'天钧'的轴心称'道枢'。'圣人'站在'道枢'的立场上,不随着彼、此的是非打圈子。这就叫'休乎天钧'。那些彼一套、此一套的是非,不过是猴子们的喜怒。听其自然好了。这就叫'和之以是非',这就叫'两行',也就是《天下》篇所说的,'不谴是非,以与世俗处'。"②此"转盘"说虽略嫌含混,未切入"钧"之语义背景,但毕竟把握了旋转这一核心意象,比所谓"自然均平"(成玄英疏)一类泛泛解释要具体而明晰。用赫拉克利特之言,就是"上升的路的下降的路是同一条路"。可知从静止的意义上是无论如何不能理解"两行"或"道通为一"之理的。换

---

① 转引自朱谦之:《老子校释》,中华书局,1984年,第299页。
② 冯友兰:《中国哲学史新编》第2册,人民出版社,1984年,第117页。

句话说,"天钧"、"天道"一类概念都必须首先从"天运"的角度才易于理解。

与陶钧的运转回旋之表象极为类似的另一种日常生活表象是磨轮。《寓言》篇的作者在连续三次说到"卮言日出,和以天倪"之后,特意将"天钧"与"天倪"牵合在一起,做出简明的判断,作为卮言说的小结:"天均者,天倪也。"旧注以"自然有分"或"天然之倪分"来释"天倪",未得确解。倪,即俗语所说磨盘。与陶钧一样,早自新石器时代农业社会中就已使用磨盘加工作物了。磨盘的转动也呈现为回旋往复之状,也有不动的轴心作为"环中",所以庄子把天体之运转又类比为"天倪",就是天磨的意思。在庄书以外自有旁证表明此种类比联想具有一定的普遍性。从西文中也可看到类似的比喻说法,如英语中有俗谚曰:The mills of God grind slowly but sure,直译便是"上帝之磨轮虽转动缓慢,却不会疏漏"(或可意译成"天网恢恢"的汉语成语)。又有 Run of the mill 一成语,可译为"如磨之旋",喻指正常运作中的事物或秩序[1]。这也使我们想起《庄子·天下》篇评述慎到等人齐物观时所用的三联比喻:若飘风之还,若羽之旋,若磨石之隧;全而无非,动静无过,未尝有罪[2]。此处"磨石"之喻盖与"天倪(研)"之想象相通。"旋"与"还"也都是道家所乐道的主题词。若从形而下的实物原型着眼,今人尚可以从传世的高古玉器中看到此类循环运动的生动表象,那就是老庄那个时代的"玉磨"。古玉收藏家徐梦梅的《古玉新经》中就展示了一件据说是战国时代的玉磨:磨盘直径 14 厘米,青绿色。"上磨盘四周饰以浮雕,为连体双凤戏珠图案。磨盘上面有一凶悍的神兽。"据判断,这不是实用的器具,而是战国贵族镇宅避邪的重器,故又称"时来运转磨"[3]。

笔者在西安也曾收藏这样一件玉磨,据当地民间藏家的说法,这种"时来运转"玉磨的象征意蕴既对应着道家的世界观,也非常符合逢凶化吉的民俗心理。由于宇宙观、人生观上的差异,我们中国人的命运升降是可以期待的;绝不像古希腊命运悲剧所揭示的那样无可奈何的绝对和悲惨。在遭逢不幸和不顺的时候,国人可以从天倪(宇宙磨盘)或者"时来运转磨"的旋转运动表象中体悟到天道与人事的双重可变性,对所谓"否极泰来"有所期待,从而消解悲情和挫折感,恢复精神上的和谐与情绪上的平衡。

---

[1] *Brewer's Dictionary of Phrase and Fable*, London, 1975, p.945.
[2] 郭庆藩:《庄子集释》,中华书局,1961年,第1088页。
[3] 徐梦梅:《古玉新经》,上海三联书店,2005年,第138页。

这种预设的治疗学功效,也许就是以陶钧和磨盘为原型表象的中国天道观的人性化特色吧。

三、熊龙之"化":道与器的通观
——从熊女神神话看龙的原型

道家思想以"道"的循环运行为宇宙论基础,其中也交织着生命的或存在论的意旨。而其宇宙论与存在论之间的中介性范畴是另一个得自神话思维的隐喻性概念——"化"。如《鬼谷子·内揵》云:"环转因化,莫之所为,退为大仪。"在突出宇宙之道的运行时,"道"是最好的概括;而在突出生命循环变易之理时,"化"则承担起生命形态变化的意指功能。最具有辩证性质的是,古汉语的"化"兼指生与死的悖反语义,张力十足。与"化"最接近的语词"生",也可以和"化"组合成一个词"化生"。这个词的出场,就把生命和存在的语境建构起来了。自从老子《道德经》中标示出"万物将自化"的原理,庄子对此心领神会,用鲲鹏之"化"的神话来给自己著作的第一篇《逍遥游》开篇,可谓意味深长。《庄子》全书中居然 71 次使用"化"这个极富张力的关键词,从存在论方面呼应本体论的"道",实在用心良苦。这里仅就神话思维中"化"的形而下原型——龙,提出新的发生学关照。

1. "道成肉身"的神话生物:卷龙说

"化"与"化生"本是神话信仰时代最常见的叙事母题,也是充分体现神话生死观在哲学思考兴起之初的重要作用之例证。哲学抽象的"道"范畴,还原到史前神话中去理解,就可以追溯到那些体现"化"的生命体。应验古人所谓的"道成肉身"。中国神话中最神秘的生命体是龙,其能上(升天)能下(潜渊)、穿行于幽明两界的神异能力,足以使它充任体现道之"化"的最佳生物标本。

从红山文化出土的玦形玉龙和 C 字龙,到后代造型艺术中模式化的"卷龙",考古学家提出从龙的起源看文明起源的当代课题①。玦形龙和卷龙那首尾回环的圆圈造型既体现道的循环运动,也体现生命在"化"的过程中无始无终的永恒性。笔者曾提出,红山文化出土玉龙造型与太阳的生命循环

---

① 郭大顺:《龙出辽河源》,百花文艺出版社,2001 年,第 64 页。

形成象征对应,这表明在五千年前已经有了循环运动的观念模式①。从《周易》"亢龙有悔"说的话语背景看,亢龙即直形的龙能往而不能返,当然不是古人心目中的理想生物。而体现循环之道的卷龙正好给"化"提供了神话意象的标本。

2. 从"史前女神宗教"看熊龙的发生

神话思维的生命循环信仰如何体现在考古学发现的史前文物上,欧洲史前考古权威学者金芭塔丝提出的"女神宗教"说给予了新的透视角度。她指出,石器时代文物上出现最多的一些以生命变形为特征的动物,如熊、猪、蛙、蛇、鹰鸮等,都是充当了有近万年悠久历史的女神宗教的神圣化身②。与此相应的是,中国的考古学家根据红山文化牛河梁女神庙发现熊偶像的情况,提出牛河梁积石冢出土玦形玉龙为"熊龙"的新观点。

《抱朴子》:"《玉策记》称熊寿五百岁,五百岁则能化。"这里所说的"化",意味着死而再生的神异能力。由于熊的冬眠现象被初民理解为死亡,而熊在春季的复出就被想象为死后的"化"即新生了。龙的神话起源与熊这种具有周期变化的动物密切关联,显然不是偶然的。对此,笔者已参照欧亚美大陆北方普遍流行的熊图腾信仰和熊祖神话,给予专文探讨③。这里需要补充提示的是:红山文化的熊神冬眠玉雕像的双臂环抱头部的圆团形象,可为道家理想中的"圣人抱一为天下式"的说法提供形而下的生动表象,而《庄子》书中说的"熊经鸟伸",也应当是具有万年传承的女神信仰在文明时代的遗留经验。而红山文化留下的最为神秘难解的玉雕造型之一———"双熊首三孔器",也可以在《道德经》提供的数字生成式的宇宙发生论(1-2-3-N)中求得一种合理的解释。如此看来,象征生命自我更新能量的熊女神,有条件充当"道生一,一生二,二生三,三生万物"的创生本源之表象。而"双熊首"一体的神话象征也可以按照金芭塔丝对西方史前同类艺术形象的解说,当做生命再造能量的神圣符号。难怪古汉字中的"熊"与"能"二字具有音义兼通的性质④。

---

① 叶舒宪:《英雄与太阳》,上海社会科学院出版社,1991年,第170页。
② M. Gimbutas, *The Language of the Goddess*, San Francisco: Haper & Row, 1989, pp. 55-57.
③ 叶舒宪:《猪龙与熊龙》,《文艺研究》2006年第4期。
④ 刘桓:《释能罴》,《殷契存稿》,黑龙江教育出版社,2004年,第116—118页。

在刚刚问世的文物图册《春秋玉器》中,我们相信看到了表现循环之道的"肉身"与玉璧合一的表象——熊龙璧①。那卷体的龙形一方面被刻画为玉璧的造型,另一方面还清楚地呈现出熊的头颅。这种精美而奇特的造型所突出表达也就是"化"的神话理念吧。

四、方法论小结——物质文化研究

本文对道家思想渊源的探究,借鉴文化人类学在20世纪90年代发展起来的"物质文化"研究方法,尝试打通隔膜已久、历来互不相干的道与器两个方面,强调考古学和文物收藏界所能够提供的珍贵新材料的潜在信息价值,对道家思想的核心性范畴"道"与"化"进行还原性的理解与阐释,揭示史前至上古时代环形玉礼器的神圣蕴涵及龙的神话表象发生的动物原型,及其同北方史前女神宗教的联系。并希望通过知识考古的跨学科研究,获得形而上与形而下通观的认知效果。本文在研究方法上的尝试,如果进一步从现象学的方法论上获得一种认识的提升,可以适当地回避一下越走越玄的形而上思辨之"牛角尖",避免思想史研究中屡见不鲜的沉溺于抽象概念之中而不能自拔的现象,倡导一种回到"事实"和"事物"本身的理性直观。

(原载《诸子学刊》创刊号,上海古籍出版社,2006年)

---

① 王文浩等:《春秋玉器》,蓝天出版社,2006年,第79页。

西王母神话：女神文明的中国遗产

华夏上古神话中有三位重要的女神，她们依次为女娲、西王母和嫦娥。三位女神最主要的神话事迹分别是女娲补天、西王母掌不死药和嫦娥奔月。从比较神话学的视角看，中国女神神话的这三大叙事母题有一个共同的信仰背景，可概括称为玉石崇拜与玉石神话观，即以美玉为神圣性和永生不死的象征。女娲补天所用的"五色石"就属于古人理解的玉石；西王母所居之地为昆仑"玉山"（又称"群玉之山"）；嫦娥化为月宫仙子的象征物为白玉盘和玉兔等。为什么华夏上古女神神话都围绕着神圣玉石信仰呢？因为这正是中华大传统的精神根脉所在，源于新石器时代数千年的琢磨玉器实践经验，以及在此基础上形成的一整套"玉教"意识形态[1]。本文探讨西王母神话中潜含的历史性因素，将这一女神形象放置在整个欧亚大陆的史前"女神文明"背景中来审视，从中解析出源远流长的女神信仰和玉石崇拜传统，考察该传统的中国化表现特色，以及后起的儒家神话对其改造与遮蔽的情况。

一、玉崇拜：西王母神话的拜物教因素

关于西王母的文献记载，以《山海经》中的几段叙述文字最为古老和周详。其中《西山经》的说法如下：

> 又西三百五十里，曰玉山，是西王母所居也。西王母其状如人，豹尾虎齿而善啸，蓬发戴胜，是司天之厉及五残。有兽焉，其状如犬而豹文，其角如牛，其名曰狡，其音如吠犬，见则其国大穰。有鸟焉，其状如翟而赤，名曰胜遇，是食鱼，其音如录，见则其国大水。[2]

长期以来，《山海经》因其内容上的怪诞特色而被当做文学想象的产物，

---

[1] 叶舒宪：《玉教——中国的国教》，《世界汉学》2010年春季号，第74—82页。
[2] 袁珂：《山海经校注》，上海古籍出版社，1980年，第50页。

乃至中国神怪小说的鼻祖。像上文所述西王母的奇异形象以及和她相伴的两种珍禽异兽形象，确实给历代作家诗人们带来巨大的诱惑力和影响力。自20世纪初期"神话"概念假道日本传入中国以来，学界又流行将《山海经》看做神话之书。在富有时代特色的今日之电脑游戏中，《山海经》被开发者用来直接给神话怪兽命名。这是它的喜抑或是悲呢？现代人对古书中的叙述已经如此疏离，以至于游戏制作方只看到字面描述的奇异获得造型灵感，游戏玩家亦只有陌生化的新鲜感，全然不知神话形象之究竟。当然，现代以来学界更多关注《山海经》中的地理、物产、民族与生物记录。这是在科学考古的名义下进行的对古代地理分布与生物种类的考察。要回到《山海经》记录的年代去体会当时编著者的初衷，最为适合的眼光不是今人的学术分科视野如"文学"或"科学"，而是史前玉石信仰支配下的"神话历史"视野。理由很简单，两三千年之前，华夏先民不可能有今人的文学观和科学观，他们那时以为最重要的东西，当然离不开他们古老信仰的真实语境。信仰下的真实，才是我们需要获得还原性认识的目标。上引《山海经》对西王母的描述虽然看似离奇古怪，却有两个重要细节透露着真实信仰的历史信息，值得深究：西王母所居的地点"玉山"和她头上的标志物"戴胜"。

  文学想象中的"玉山"未必全然出于虚构。现实中的产玉之山，才是此类名山的原型。对于华夏文明初始期而言，先民在发明和使用金属器物之前数千年，就开始用美玉打造神圣偶像和通神法器。当今学界称为玉器时代。大约在公元前3 500年至公元前3 000年之际，玉器时代达到发展的峰巅，有红山文化、凌家滩文化和良渚文化的大量出土玉器为证。不过那时新疆和田玉尚未出现在这些史前玉文化之中，就地取材的地方玉是玉器时代的主流玉材。在玉器时代向青铜时代过渡的夏商之际，新疆昆仑山特产的和田玉逐渐在中原王权建构中超越所有其他地方玉材，获得首屈一指的统治象征意义。关于昆仑"玉山"的想象就是在此中原王权崛起的真实背景下形成并流传久远的。

  西王母神话首先确认女神与西部、昆仑山、玉山的地点关系，显然不是偶然的幻想。至于西王母形象的重要标志"戴胜"，《山海经》叙述者是当做无需解说的常识来讲的，到了汉代以后就不大明白究竟了。著名的西晋博物学家郭璞解释说："胜，玉胜也。"郭璞的说法去古未远，保留下珍贵的历史信息：先秦女神形象以头上的玉器为特殊标志。玉胜是怎样的玉器呢？郝懿行笺疏:"郭云'玉胜'者,盖以玉为华胜也。"按照郝懿行的推测,华即花,华胜即花胜,是一种花形首饰。《释名·释首饰》:"华胜:华,象草木之华也;胜,言人形容正等,一人着之则胜,蔽发前为饰也。"《汉书·司马相如传下》记载西汉文豪司马相如《大人赋》云:"覩西王母,暠然白首戴胜而穴处兮。"唐颜师古注:"胜,妇人首饰也;汉代谓之华胜。"看来汉代时如下神话观已经十分普及流行:在地处西极的昆仑玉山,有一位掌管着世间唯一的不死药奥秘的女神,以白首和玉雕头饰为其标记。后代干脆用"戴胜"一词来隐喻借指西王母本人。《文选·张衡〈思玄赋〉》:"戴胜愁其既欢兮,又诮余之行迟。"李善注:"戴胜,谓西王母也。"不过更多的古书记载提示着郝懿行解说的反证:玉胜未必是玉花形状,可能是玉鸟。所以戴胜又写作"戴鵀"、"戴任"、"戴纴"。鵀或任,指鸟,状似雀,头有冠,五色如方胜,因此得名。《礼记·月令》:"(季春之月)鸤鸠拂其羽,戴胜降于桑。"《尔雅·释鸟》:"戴鵀。"郭璞注:"鵀即头上胜,今亦呼为戴胜。"《吕氏春秋·季春》:"戴任降于桑。"高诱注:"戴任,戴胜。"《淮南子·时则训》:"鸣鸠奋其翼,戴鵀降于桑。"《孝经援神契》:"戴纴下,蚕始生。"这些古籍中的说法,一致将戴任(鵀)鸟视为春天到来的一种物候。而《海内北经》所述为西王母取食的"三青鸟",也可联想到春季的物候。上古官名中有"青鸟氏"一项,为历正的属官,掌管立春立夏。《左传·昭公十七年》:"我高祖少皞挚之立也,凤鸟适至,故纪于鸟,为鸟师而鸟名……青鸟氏,司启者也。"孔颖达疏:"立春立夏谓之启。此鸟以立春鸣立夏止,故以名官,使之主立春立夏。"良渚文化和红山文化都出现玉鸟造型,这就给"青鸟氏"的官名提供出史前原型。

具有春天物候作用的戴任鸟,其突出的外形特征就是头上好像带着冠。西王母之"戴胜"特征,莫非是出自仿生学的联想:模仿象征生命萌生的戴任

图1　徐州汉画像西王母戴胜

鸟？就连佩戴华胜的民间礼俗之由来，也和戴任鸟的报春有着神话想象的联系？南朝梁宗懔《荆楚岁时记》："正月七日为人日……又造华胜以相遗，登高赋诗。"唐王建《戴胜词》："可怜白鹭满绿池，不如戴胜知天时。"梁刘孝威《赋得香出衣》："香樱麝带缝金缕，琼花玉胜缀珠徽。"了解到戴胜象征春天来临和生命萌生的意蕴，史书中的如下女性神话叙事就不难理解了。《南齐书·皇后传·高昭刘皇后》："后母桓氏梦吞玉胜生后。"从图像叙事的证据看，在距今约两千年的汉代画像石中所刻画的西王母，常常就是头顶戴着玉冠饰的形象。考古发现所提供的玉雕头饰实物，从五千年前的良渚文化出土玉冠，到四千多年前的山东龙山文化出土玉簪，不一而足。这些出土玉器实物可以表明，史前的部落社会领袖以玉冠之类头饰为通神和统治地位的标记，已经不是个别的偶然现象，而且年代之早甚至流行于文明史以前。这足以给早期文献记录的西王母戴胜特征提供更加深远的历史背景说明。至于陕西神木新出土汉画像石中牛头西王母形象，笔者已做出较为系统的比较神话学解读[①]，于此不赘。

二、欧亚大陆的女神文明传统

比拜物教传统更加古老的人类精神传统是女神崇拜。旧石器时代后期以来批量出现的女性偶像，如被称为"史前维纳斯"的巨腹丰乳雕像，是这一人类精神传统的化石般的证据。

据前引《西山经》，西王母女神的职能是"司天之厉及五残"，按照郭璞的注解，是"主知灾厉五刑残杀之气也"。其对应的形象特征是"蓬头乱发"（郭璞注）和"豹尾虎齿"，带着一股凶禽猛兽的杀伐气息。笔者在《中国神话哲学》中曾经将西王母定位为秋季的刑杀女神。这样的判断就和她头戴玉胜象征报春鸟戴任的现象，形成鲜明的矛盾张力。同样道理，汉画像中出现的牛头牛角西王母形象，也是突出表现生命再生意蕴的原型性象征，而与文献所述刑杀之神的形象标记不符，这究竟是怎样一回事呢？

比较神话学提示的母神具有双重面具理论可以为此提供合理的解释：史前人类的生死观不能理解一种静止的死亡，而是将死亡视为再生的准备阶段。在母神或者地母信仰支配下，生死转换的重要职能统合在女神身上。

---

① 叶舒宪：《牛头西王母形象解读》，《民族艺术》2008年第3期。

20世纪后期,美国考古学家金芭塔丝提出"女神文明"的理论。当她在1999年逝世时,女神文明论已经成为国际学界争论的热点。进入21世纪,一位名叫丹·布朗的美国小说家出版了全球最畅销书《达·芬奇密码》,一下子将"女神文明"的观点,从学术界拓展到整个大众文化领域,再经历好莱坞的哥伦比亚电影公司拍摄的同名影片之推波助澜,基督教传统背后还潜伏着被遮蔽的女神崇拜传统,如今已是家喻户晓。

从知识考古意义上看,金芭塔丝的《女神的语言》和《活着的女神》等考古学著作,是在父权制文明小传统中如何发现大传统的成功典范,这必将给全世界的神话学研究者带来巨大的启迪效果。研究希腊神话的20世纪学者,早已经不是单单以荷马、赫希俄德等希腊人留下的文本叙事为核心。现代考古学提供出失落已久的史前文化文本,成为重新梳理希腊神话知识谱系由来的重要参考。在这种前无古人的新材料面前,学者们意识到,希腊半岛之外的海岛——克里特,在催生希腊神话与宗教信仰方面的作用,在催生公元前2000年之前的地中海文明方面的奠基作用,要早于和大于希腊本土。克里特岛的米诺斯文明之再发现导致西方神话起源研究的重心转移。书写的文献记录之传统如何同地下发掘出的传统相互对接,成为新一代学者的主要课题。克里特社会的第一次繁荣是公元前2000年伊始,标志就是旧宫殿的建造。最大的城市和宫殿在克诺索斯。参照文献记载,今人倾向于认为这就是米诺斯的所在,故又称"米诺斯文明"。公元前1700年至公元前1600年间,以地震为主的天灾人祸给克里特文明第一期带来灭顶之灾。此后,亚该亚人的海上霸权入侵克里特,本土文明与外来文明之间的冲突与融合,成就了克里特文明第二期。到公元前1400年之后,亚该亚人确立了殖民统治,米诺斯文明在繁荣六个世纪后终于灰飞烟灭,从此退出地中海历史舞台。

> 母权制的米诺斯文明由一位女神来统治,她的功能近似于东方万神殿里的神祇。她显灵为大母神(后来希腊人的瑞亚或德墨忒尔),或显灵为处女布里玛托耳提斯(Britomartis),与神联姻。集母亲与女儿于一身,这与男神集儿子与情人于一身,是遥相呼应的。[①]

[①] 〔美〕埃里克·沃格林:《城邦的世界:秩序与历史》卷二,陈周旺译,译林出版社,2009年,第124—125页。

从西王母所处的西极玉山放眼西望,将进入新疆以西的中亚地区。当地的考古学家们多年的发掘表明,中亚史前社会也曾经历过崇拜女神的文明阶段①。目前学术界已经掌握中亚旧石器时代遗址中多例尼安德特人的遗骸情况,它们都是经过刻意的和明确的宗教仪式之后才埋葬的。苏联考古学家奥克拉德尼科夫在乌兹别克斯坦南部的捷西克-塔什山洞中发现了尼安德特儿童的墓葬,墓葬中尸身周围摆了一圈山羊角。他和谢苗诺夫等解释为图腾崇拜的产生。在奥德萨州伊里因克村的山洞中,苏联考古学家A·B·杜勃罗沃里斯基找到了800多具熊骨,这些熊骨藏在山洞的墙体中,并用石灰石将其围起。按照金芭塔丝的女神文明理论,史前女神神话的主要化身就有熊女神,这一信仰贯穿在整个新石器时代的欧亚大陆北方。假如还没有足够的理由把数万年前的熊骨堆积视为女神崇拜的话,那么在进入新石器时代的中亚遗址中,女神崇拜的迹象已经较为明确。如公元前6000年至公元前5000年的中亚聚落,出现在土库曼斯坦南部,属于哲通文化。出现定居房屋,由土坯建成,正方形结构。房屋中出土女性塑像②,还有与女性崇拜相关的器皿形式及图案。

既然欧洲、西亚和中亚都曾经历女神文明阶段,那么中国文明发生之初,是否也曾经历过一个崇拜女神的远古时代呢? 20世纪80年代在辽宁建平牛河梁发现的红山文化女神庙,为此一问题提供出肯定的答案。笔者在《高唐神女与维纳斯——中西文化中的爱与美主题》一书中,试图复原出中国本土的女神发生和变形改造历程,描述从地母神向丰产生殖神及爱神演变的农耕文化观念背景:从知识考古角度发掘华夏远古文化的大母神——社与高媒崇拜,以及她的男性配偶稷神、谷神。在"社稷"这一象征国家政权的神秘符号中,解析出类似维纳斯与阿都尼斯生死恋的神话观念基础:作为男神的谷物种子播撒到地母神的土地子宫之中,生产出新的谷物。这种农耕文化的类比想象,既是西方爱与美女神及其情人神话的发生基础,也是中国"社稷"这对组合性观念的由来③。随后又在《千面女神》一书中,参照西方

---

① 〔乌兹别克斯坦〕扎巴罗夫(I. Djabbarov)等:《中亚宗教概述》修订版,高永久等译,兰州大学出版社,2004年。

② 同上书,第12页。

③ 叶舒宪:《高唐神女与维纳斯——中西文化中的爱与美主题》,中国社会科学出版社,1997年,第五章。

学界重新发现女神文明的新材料情况,通过众多新出土文物,初步揭示中国史前女神文明的时间跨度和空间分布。

现在从中华文明发生的大背景上,可将《山海经》中描述的昆仑山西王母形象,作为远古的女神信仰保留到商周以下父权制文明记载中的稀有案例来看待,尝试从中洞悉前汉字时代的大传统的更多奥秘。我们生活在父权制文明的小传统中,已知的汉字记录的神话中已经是男神为主角,女神为配偶的现状。需要探究的是,如何超越后起的东王公与西王母、伏羲与女娲、嫦娥与后羿相配对的夫妻配偶模式,确认华夏远古女神独立不羁的初始面貌。这一任务提示在汉字文献之外,探寻更早的女神神话表现之线索。

图 2　兴隆洼文化石雕女神像

汉字的象形字结构本身就提示出这样的线索。就拿炎黄子孙所信奉的始祖之姓氏来说:炎帝姜姓,黄帝姬姓,两者都从女字旁。就连汉字"姓"也是从女旁的!这里的汉字造字现象中呈现出重要的符号之根问题,强烈暗示出一种上古姓氏传播的女性中心文化的特色。对照《山海经》、《天问》、《淮南子》中多次讲到的独立大女神西王母和女娲,有如下问题可以追问:作为玉教信仰滋生的女性偶像,西王母是怎样伴随着新疆和田玉的发现和应用过程,被中国式的神话想象依次建构而成的?

如前所述,《山海经》等书的记述的确给出两个要点:西王母所在之玉山、瑶池,以及她头戴玉胜作为神圣标记。两要点透露出华夏先民心目中神圣观念的两大原型——玉与女神。这恰恰是在后代父权制文明中日渐失落的华夏史前文化大传统要素,有必要利用一切可能的材料加以探讨。从神话符号的象征意义上去辨析,可以说这位处于宇宙西极玉山的西王母女神,乃是新疆昆仑山脉出产的特等玉矿即和田玉的人格化和神话化之结果。西王母在《淮南子》中开始和"瑶池"相联系,而"瑶"虽可泛指美玉,其在造字之初就是用来指代和田玉的专有名词。瑶池西王母被省称为"瑶母"或"玉母",在后代的道教神谱传承中再度变化出"瑶池金母"的名号。

总结以上讨论,从古书《山海经》中提示的线索,寻觅早已失落的华夏文明的发生要素,结合考古学新发现的大视野,可辨识出两大文化基因,那就是由玉的信仰和女神信仰所共同编织而成的一整套神话观念。相对而言,女神信仰是人类经历史前的石器时代和农业起源时期的较普遍信仰,而玉的神话化和神圣化则是华夏文明特有文化基因,其对文明史展开所造成的深刻而持久的作用,从秦始皇开国玉玺传奇,到元代和清代的开国玉玺历史叙事中,乃至著名小说《西游记》、《红楼梦》中,都可以看得格外分明。

三、华夏女神神话与玉教神话的同源异流

玉石曾经是人类文明发生期的一种普遍信仰之对象。具体而言,在早期的金属冶炼技术发明之后,人类各个主要文明大都经历过一个"铜石并用时代"。这一时代的基本观念特色在于,青铜时代初期的人们依旧沿袭青铜时代之前的传统价值观,将某种美丽的石头看成天神之恩赐,是具有精神性和神圣性的活物,因而成为神性统治权和至高财富的双重象征。从各大文明早期的考古发掘实物看,伴随着文明的出现,一种用金属镶嵌玉石的圣物、宝物,成为文明王室最高权力者所特有的符号象征物。在苏美尔文明中,此类圣物的最主要形式是黄金镶嵌青金石器物:现存大英博物馆的黄金加青金石神树与羊雕塑。在古埃及,是黄金和白银镶嵌绿松石、青金石,如著名的图坦卡蒙法老面具等。在被称为中国第一王都的二里头遗址,则出土有铜镶嵌绿松石神兽牌饰。二里头遗址的一期文化距今约3 800年,可惜那里还没有发现使用汉字的迹象。珍稀的青铜与绿松石器物代表着古老的"金玉组合"礼乐传统之发端。

商周以来,在远古的玉器制作传统与文字书写传统相结合的情况下,出现一种特殊的玉质符号物,古书中称为"玉版"(亦作"玉板")。那是刻写着汉字的一种玉片。因为玉石代表天神赐予之圣物,玉版之书当然属于圣经一类非凡文字。这个词后来也泛指珍贵的典籍,与"瑶编"一词对应。这又暗合象征西王母的瑶池之"瑶"字。《韩非子·喻老》云:"周有玉版,纣令胶鬲索之,文王不予;费仲来求,因予之。是胶鬲贤而费仲无道也。周恶贤者之得志也,故予费仲。文王举太公于渭滨者,贵之也;而资费仲玉版者,是爱

之也。"①这是先秦诸子中对商周之际玉版圣书传承情况的依稀追忆。司马迁《史记·太史公自序》云："周道废，秦拨去古文，焚灭《诗》《书》，故明堂石室，金匮玉版，图籍散乱。"裴骃集解引如淳曰："刻玉版以为文字。"②从这个解释中可知玉版曾经作为汉字书写的神圣载体。在更早的前文字时代，可指刻有图形或符号，象征祥瑞或预示休咎的玉片。王嘉《拾遗记·唐尧》把玉版的存在上溯到夏代以前："帝尧在位，盛德光洽，河洛之滨，得玉版方尺，图天地之形。"《晋书·慕容儁载记》："初，石季龙使人探策于华山，得玉版，文曰：'岁在申酉，不绝如线。岁在壬子，真人乃见。'及此，燕人咸以为儁之应也。"李商隐《为河南卢尹贺上尊号表》："至化潜融，事光于玉版，元机独运，理溢于瑶编。"这些文学色彩浓厚的表达中究竟有没有真实的成分呢？

过去，由于没有实证材料能够提示答案，人们只能将古籍中对玉版、瑶编的描绘理解文学幻想的传奇产物。1902年陕西岐山出土"太保（召公）玉戈"，经后人考证为周成王时代文物，上刻有类似甲骨文的27个小字③。由此，《韩非子》所述"周有玉版"之说，才第一次从文学寓言的迷雾中显现出真实的历史原型。1987年安徽含山凌家滩文化87M4出土公元前3000年前的玉版，雕刻着以八角星形为主的十二玉圭符号系统，这就将华夏玉版的实物从3000年前一下子拓展到5000年前④！

与玉版传说类似的西周神秘典籍神话还有"河图洛书"说，后世儒家关于《周易》卦形来源的传说与此密不可分。在此值得注意的是河图与周王室秘藏宝玉同在一起的情况。《尚书·顾命》说到周王室东厢房中藏有四件密宝："大玉、夷玉、天球、河图，在东序。"刘勰《文心雕龙·正纬》回应说："昔康王河图，陈于东序。"陆游《读书》诗亦云："天球及河图，千古所共秘。"《尚书》郑玄注云："大玉，华山之球也。""天球，雍州所贡之玉，色如天者。"又引马融曰："球，玉磬。"陆德明释文："夷玉，马云：东夷之美玉。《说文》：夷玉即珣玗琪。"周王的四件宝物中居然有三件为玉质，如果河图刻

---

① 陈奇猷：《韩非子集释》，上海人民出版社，1974年，第417页。
② 〔日〕泷川资言等：《史记会注考证附校补》，上海古籍出版社，1986年影印版，第2076页。
③ 庞怀靖：《跋太保玉戈》，《考古与文物》1986年第1期。
④ 安徽省文物考古研究所：《凌家滩——田野考古发掘报告之一》，文物出版社，2006年，第47—49页。

图3 良渚文化玉冠饰:神人手操两鸟龙

写于玉版上,则四件全都是玉的。这充分说明史前玉教信仰在西周时代是怎样得到延续的。《穆天子传》一书,写周穆王前往西极昆仑山拜见西王母,这就将女神崇拜传统与玉教传统水乳交融地结合在一起。闻一多先生曾在《给梁实秋先生》的信中说:"河图则取义于河马负图,伏羲得之演为八卦,作为文字,更进而为绘画等等,所以代表中华文化之所由始也。"如今依据出土的玉器圣物情况,需要补充闻一多的说法:代表中华文明之所由始的应是比河图年代更久远的玉教神话和女神信仰。而且"出图"的黄河本身也在上古神话叙事中和产玉的昆仑山联系在一起,即所谓"河出昆仑"。昆仑玉山又和掌管永生奥秘的西王母女神互为象征。华夏的圣人传统与君子传统,一方面以河图洛书为效法榜样,另一方面也以"怀玉"(《道德经》)为符号标记。《易·系辞上》:"河出图,洛出书,圣人则之。"清代学者黄宗羲在《万公择墓志铭》写道:"河图洛书,先儒多有辨其非者;余以为即今之图经、地理志也。"这些王室流传的远古图经如果像安徽凌家滩文化出土玉版那样的形式,黄宗羲的判断就是有道理的。《汉书·翟义传》:"河图雒书远自昆仑,出于重壄,古谶著言肆今享实,此乃皇天上帝所以安我帝室,俾我成就洪烈也。呜呼,天用威辅汉始而大大矣。"①这是汉人明确将河图之本源追溯到昆仑的看法。王先谦注引颜师古曰:"昆仑,河所出;重壄,洛所出。皆有图书,故本言之。壄,古野字。"昆仑神话就这样成为华夏文明发生中的三大精神要素的归宿:女神、美玉、河图(洛书)。相比之下,女神和美玉的崇拜更为悠久,河图洛书则属于西周以来伴随儒墨学派而勃兴的新神话②。经过汉代儒生们的大肆渲染,

---

① 王先谦:《汉书补注》,中华书局,1983年,影印清光绪本,第1460页。
② 除了儒家一系著述,墨子也提到河图神话。《墨子·非攻下》:"河出绿图,地出乘黄。"孙诒让间诂:《北堂书钞·地部》引《随巢子》云:'姬氏之兴,河出绿图。'"《吕氏春秋·观表》:"圣人上知千岁,下知千岁,非意之也,盖有自云也。绿图幡薄,从此生矣。"现代学者以为绿字为箓字同音假借;而先秦之绿图类似于汉代谶纬之类的图书。

将河图牵合《尚书·洪范》之"九畴"①,后起的儒家神话随着父权制的男性中心意识形态之强化作用,继承和改造美玉崇拜传统,同时也排斥和遮蔽了女神崇拜传统。女神西王母的神话只有被道教传统所接纳和再造,并与东王公、玉皇大帝等后起的男性神祇相配合。

收藏周天子密宝圣物的"东序"一名,相传源自夏代,是夏朝官方举办的大学之名,兼为国老即知识界领袖们的养老之所。《礼记·王制》:"夏后氏养国老于东序。"郑玄注:"东序、东胶亦大学,在国中王宫之东。"孔颖达疏:"《文王世子》云:学干戈羽钥于东序。以此约之,故知皆学名也。养老必在学者,以学教孝悌之处,故于中养老。"东序一词在后代的应用中逐渐演变为国学的通称。如《三国志·魏志·管宁传》:"诚宜束帛加璧,备礼征聘,仍授几杖,延登东序,敷陈坟素,坐而论道。"杜甫《寄裴施州》诗云:"金钟大镛在东序,冰壶玉衡悬清秋。"东序作为国家礼乐文明的最高体现,就这样流传后世。从人文地理方面看,周人和夏人均起源于中原以西的地区,他们和河西走廊所代表的玉石之路关系密切。换言之,甘肃陇山一带是产自昆仑的和田玉进入中原王朝的必经之地。在以《山海经》和《穆天子传》为代表的夏文化和西周文化传统的昆仑神话体系中,女神西王母和美玉信仰都占据着突出位置。到了东周和秦汉,以《易传》为代表的儒家神话再造运动中,河图洛书的地位后来居上,大传统的历史信息逐渐被改造和失落。这就是透过西王母神话所能探查到的上古文化流变的兴衰脉络。也是今人凭借多重证据法视野,重新进入华夏文明之源的新认识。

(原载《百色学院学报》2011年第5期)

---

① 《三国志·魏志·文帝纪》裴松之注引《献帝传》:"河图洛书,天命瑞应。"汉代儒生孔安国、刘歆等解说华夏文化源起,提出伏羲时有龙马出于黄河,马背旋毛如星,称作龙图。伏羲取法以画八卦生蓍法。夏禹治水时有神龟出于洛水,背上裂纹如字,禹取法而作《尚书·洪范》"九畴"。这是儒家新神话大行其道而史前古神话被遮蔽的契机。关于"以洛书为《洪范》"的说法始于刘歆父子,后儒不查而盲从之的辨析,见清儒王先谦对《汉书·五行志上》的补注,《汉书补注》,中华书局,1983年,影印清光绪本,第593页。

熊图腾与东北亚史前神话

一、黄帝有熊氏与华夏熊图腾
谱系的考古学重构

笔者在2007年出版《熊图腾：中华祖先神话探源》一书，将8 000年至4 000年前在中国北方史前考古中新出土的神熊崇拜偶像做了初步的系统整理，得出华夏文明发生期存在深厚的熊图腾传统之结论。并将考古学重构的史前熊图腾资料作为基础，进而重新审视古文献中有关黄帝有熊氏、有熊国传说，以及夏代开国君王鲧禹启的化熊神话模式，顺延至楚国25位王以熊为号的现象，秦嬴族熊崇拜现象等，结合大量出土的实物和图像资料，得出一个中华祖先神话谱系中熊图腾的完整脉络线索。

在中国古汉语记述的神话叙事中，有一类以"人化熊"为特色的变形母题。自夏代始祖鲧开始，不断演出各种化熊叙事的"变形记"故事，延续到鲧的儿子禹，以及夏代后期君王后羿。此类化熊母题在神话时代终结之后也并未消失，在后代的传奇小说中依然延续。早期的例子如下：

第一例：鲧化熊。

鲧，亦作"鮌"。传说中的上古酋长，号崇伯。作为夏代开国者大禹之父，其主要事迹也是治水，但却是一位失败的治水者。因为用筑堤方式堵水，九年未治平，被舜杀死在羽山。《书·洪范》："我闻在昔，鲧陻洪水。"《楚辞·离骚》："曰鲧婞直以亡身兮，终然殀乎羽之野。"关于他死后化熊的说法，古书有多处记载：

《左传·昭公七年》："昔尧殛鲧于羽山，其神化为黄熊，以入于羽渊，实为夏郊，三代祀之。"

《国语·晋语八》："昔者鲧违帝命，殛之于羽山，化为黄熊，以入于羽渊。"

《山海经·中次山经》所叙青要之山，"南望墠渚，禹父之所化"句郭璞注:"鲧化于羽渊,为黄熊。"

《述异记》卷上:"尧使鲧治洪水,不胜其任,遂诛鲧于羽山,化为黄熊。"

以上多种叙事年代不同,杀鲧的主体不同,但是鲧化黄熊一事及其地点(羽山、羽渊)却是一致的。对此,古代注解一般语焉不详,更无法说出所以然。不过至少表明鲧化熊是自先秦就流行的神话。另外还有一种说法,是鲧死化为黄龙。《山海经·海内经》郭璞注引《开筮》:"鲧死三岁不腐,剖之以吴刀,化为黄龙也。"①可见化黄熊也好,化黄龙也好,都是强调鲧的生命自我再生能力,或曰"化生",即以变形方式完成死后的复活。龙和熊作为复活的象征,是自史前石器时代以来的神话观念遗产。"化熊"或者"化龙",也可以理解为神话人物单性生殖的象征性表达。鲧死后所化之熊或者龙,其实就是鲧独自生育后代的一种隐喻。将上文引用的《开筮》鲧化龙神话,同下面一条相似的叙事相互对照,就很清楚了:

《全上古三代秦汉三国六朝文》卷十五辑《归藏·启筮》:"鲧殛死,三岁不腐,副之以吴刀,是用出禹。"

儿子禹是父亲鲧的不腐烂的尸身所化,可见化熊或化龙,实质在喻指父亲的单性生育,其原理如同希腊的男神宙斯独自从头上生育出雅典娜。从这种象征叙事的意义上理解,鲧的化熊情节也就意味着禹的出生是熊(龙)所化。这样一来,当我们在传世文献中看到禹化熊的神话叙事时,也就容易得到贯通性的整体把握。

第二例:禹化熊。

禹是中国历史第一王朝夏代的开国大英雄,也是华夏治水神话第一大英雄。关于他的化熊叙事,有如下两种出处:

《绎史》卷十二引《随巢子》:"禹娶涂山,治鸿水,通轩辕山,化为熊。"

《楚辞·天问》洪兴祖注引《淮南子》:"禹治鸿水,通轩辕山,化为熊,谓涂山氏曰:'欲饷,闻鼓声乃来。'禹跳石,误中鼓。涂山氏往,见禹方作熊,惭而去。"

---

① 袁珂:《山海经校注》,上海古籍出版社,1980年,第473页。

后人不明白鲧与禹父子两代均有"化熊"事迹的底蕴,也就无法做出理性的解释。今天我们借鉴文化人类学和比较宗教学的图腾理论,可以显而易见地找到人化熊母题的由来——熊图腾信仰观念。根据这种观念,人既然由某种动物所生,死后化为该种动物,也就是自然而然地再托生。人在困顿或者危难之时,化为图腾动物,也是获得超凡神力的形式和手段。鲧死化熊和禹开山化熊,正是演绎的图腾叙事模式。如果追溯这两位夏朝始祖的血统来源,很容易找到熊图腾的明确线索。《山海经·海内经》:"黄帝生骆明,骆明生白马,白马是为鲧。"据此,鲧和禹分别是黄帝的孙子和重孙。黄帝号有熊,且以熊虎为最具有神威的战斗力量,这表明黄帝一族是熊图腾的嫡传后裔。鲧和禹的化熊,当然不是偶然的幻化变形。《礼记·祭法》云:"夏后氏亦禘黄帝而郊鲧,祖颛顼而宗禹。"可知夏人自认为是黄帝族后代,也是我们推测鲧、禹化熊母题源于黄帝族熊图腾的旁证。

第三例:羿化熊。

夏代的君王神话中,还有一位化熊的主角,那就是以善射著称的华夏第一大英雄羿。屈原《天问》是上古文学作品中难点最多,解说分歧最大的一部。其中有"阻穷西征,岩何越焉?化为黄熊,巫何活焉?"两问,给注解家们留下无休止的争辩。对这问句的理解,主要疑难有二:一是化为黄熊的主人;二是黄熊的身份认定。前一个问题有两种说法:鲧说;后羿说。后一问题也有两种答案:那就是陆生动物熊说和水生动物三足鳖说。由于把化黄熊的人看成鲧,而鲧、禹是治水英雄,所以作为水生动物的三足鳖一说就应运而生。从《天问》的上下文看,化为黄熊者是去宇宙山寻找不死药的英雄后羿,而非鲧。羿化为黄熊,经历一次变形再生,体现着原始的化身变形仪式,同"巫—萨满"的功能密不可分,因为他们是复活之神、再生女神的直接代表。准此,屈原时代的先秦理性主义者的疑问,即化熊与"巫何活焉"有什么必然联系的问题,也就很容易得到神话大背景中的恰当解释。笔者在《英雄与太阳》一书中提出,可以从"仪式性死亡与复活"这个角度理解羿化为黄熊的情节:

> 羿在拿到不死药之前还有一次神奇的经历,这就是《天问》中所说的:化为黄熊,巫何活焉?古今学者众口一词地说,夹在羿神话中间的这一问是指鲧事而言的。但从叙述顺序上来判断,自"帝降夷羿"至"岩何越焉"的所有问题都是针对羿事而发问,接下来并未改换主语,那么

"化为黄熊"的还应是羿才合乎逻辑和文理。

……羿的变形情节正是人类学上所说的"仪式性改变身份"的象征表现,其实质是让来自尘世的、犯有罪过的即污秽不洁的羿"象征性"地死去,而由主持这仪式的神巫所"复活"了的则是焕然一新的、洁净的羿。①

这里需要补充说明的是,由于不理解熊这种动物在史前石器时代就确立了其主要象征蕴涵是女神,所以自古以来注家的争论难有突破,而是各执一词,不见全体。熊作为季节性出没的动物,和《周易》的动物原型蜥蜴,月亮神话的动物原型蟾蜍、兔子等一样,也是初民神话思维中的死而复生的象征,而此类象征的终极根源来自旧石器时代末期就出现的关于再生女神的信仰。各种各样的动物形象实际是同一位再生女神的不同化身形式②。

自史前的新石器时代开始,欧亚大陆的文化遗址中较普遍地出现了女神偶像,以及女神的各种动物象征。这些象征大多围绕着能够体现出周期性变化或者循环变形的意象而展开。比如,体现圆缺变化的月亮,能够蜕皮复生的蛇、蜥蜴,身体循环变易的青蛙—蟾蜍,按照季节的节奏而新陈代谢的鹿角-牛角等③。熊罴这样的大型猛兽,居然也能够成为再生女神的一种化身,加入到死而复活的神话原型系列中来,原因就在于熊的冬眠习性。那是一种非常类似蛙、蝉的周期性生理变化特性,其变化周期恰好是一年一度的。中国古人对此的认识就具有神话性质,如《太平御览》卷五十四引《山海经》曰:

熊山有穴曰熊穴,恒出神人,夏启而冬闭。是穴若冬启夏闭,乃必有兵。

与今本《山海经·中山经》的对照,文字略有差异(如"熊穴"作"熊之穴"),基本意思完全一致。值得注意的是,熊山的熊穴是按照冬夏的季节交替而开启和关闭的。这种循环变化正是围绕着熊的季节性冬眠习惯而展开

---

① 叶舒宪:《英雄与太阳》,上海社会科学院出版社,1991年,第136页。
② 参看 M. Gimbutas, *The Civilization of the Goddesses*, San Francisco: Haper & Row, 1991。
③ M. Gimbutas, *The Language of the Goddess*, San Francisco: Haper & Row, 1989, pp. 18-23.

的。熊穴的"冬闭",说的就是熊在冬季入洞冬眠。熊穴的"夏启",则表示熊在春夏之际从冬眠中醒来,重新走出洞穴。《中山经》把熊在熊穴中出入现象,说成是"恒出神人",这就无异于把熊看成拥有死而复生能量的神灵。按照新石器时代宗教神话的通则,大凡具有再生特征的神灵都被视为女神——母神。在初民朴素的经验观察中,是母体而非父体,单独承担着生命再生产的职能。

第四例:熊化:启的诞生与得名。

熊穴在春夏的开启,就意味着新生命的诞生。禹的儿子"启"的名字,原来暗藏着由熊神化生出来的意思。夏后启在《山海经》和《墨子》等先秦古书中又叫"夏后开"。"开"和"启"是同义词,命名背后隐藏着的是熊穴冬闭夏启的神话观念。为了区别于启的父亲禹和爷爷鲧的"化熊"母题,可以称之为"熊化"。而启的母亲涂山氏,则是直接上演熊穴开启和新生命诞生的角色。

班固在《汉书·武帝纪》中记载,汉武帝说他在中岳嵩山亲眼看见了"夏后启母石"。颜师古给汉武帝的话加注解说:"启,夏禹子也。其母涂山氏女也。禹治鸿水,通轘辕山,化为熊,谓涂山氏曰:'欲饷,闻鼓声乃来。'禹跳石,误中鼓。涂山氏往,见禹方作熊,惭而去,至嵩高山下化为石,方生启。禹曰:'归我子。'石破北方而启生。事见《淮南子》。"汉武帝的一句话,引出注释家一个完整的神话故事。不过今本《淮南子·人间训》对此只说到"禹生于石",没有详细的描述。高诱注:"禹母修己,感而生禹,拆胸而出。"这就引出了另一个大禹母亲如何生禹的故事。与此对应的,先秦古籍中还有禹的父亲鲧化熊的情节,以及鲧单独从腹中生育出禹的情节(《山海经·海内经》和《归藏》)。

把祖、父、子三代的出生神话合起来看,可以看到一种前后交错呼应的连环叙事情节。禹是石头母亲裂开胸所生出的;禹的儿子启,也是石头母亲涂山氏所生出的;禹的父亲鲧有化熊的特异变形能力;禹自己也拥有化熊的特异变形能力。禹的母亲修己有化为石头的变形能力;启的母亲涂山氏也有化石的变形能力。在三代人五个角色中,作为祖父母和父母的四位长者居然都表演出在人与熊之间"变形记"的神话场景。

综上所述,可知石头开启而生人的神话,其实是熊罴类冬眠动物的周期变化所转换生成的一种象征性表述:初民观察到熊进入石头洞穴冬眠的现象,通过幻想催生出人化熊化石的情节,在神话叙事中喻示个体生命的一个周期的结束和关闭;而冬眠结束重新走出石洞,则是一个新生命周期的开始,神话思维通常理解为死而再生、复活,当属春天的神话。

第四例由熊所化的主人公"启",其名字就意味着在冬眠期结束之后熊穴的开启。《梁书·元帝纪》云:"凿河津于孟门,百川复启;补穹仪以五石,万物再生。"熊穴的冬闭夏启意味着一年中最重要的季节转换。启和闭,就这样顺理成章地成为比喻季节关口的符号。比如,启就可指立春、立夏。《左传·僖公五年》:"凡分、至、启、闭,必书云物,为备故也。"杜预注:"启,立春、立夏;闭,立秋、立冬。"夏后启作为标准的熊之传人,他的名字"启"就是其出生神话的提要。蛰虫在冬藏后的春出,被古人比喻为打开生命门户,有所谓"启户"一说,在特指语境中表示打开洞穴之口。《礼记·月令》:"蛰虫咸动,启户始出。"孔颖达疏:"户,谓穴也。"陈澔集说:"谓始穿其穴而出。"在此,可以明白:像"鲧复生禹"的情节,或者修己"拆胸而出"而生禹的说法,以及《淮南子》"禹生于石"的说法,是同一个冬眠春出神话"启户"或"穿穴"原型的不同表述。

二、熊图腾与韩国建国神话解读

类似于《山海经》中"熊山"、"熊穴"的神话信仰地名,在华夏以外的东北亚洲文化中也非常明确地存在。日本的"熊本"与韩国的"熊津",皆为其例。其间的文化联系是否存在?如果存在的话,又是怎样的一种联系(单向的传播,还是双向的互动)?此类属于前现代、前民族国家时代的亚洲文化共同体问题,尚有待探究。

在有关高句丽建国的解慕漱神话中,看似没有像朝鲜建国的檀君神话那样的熊母亲形象出现,但是在神话故事发生的地点方面,还是隐约透露出与神熊的关联,非常值得从神话思维的象征意义上去理解和开掘。

据《三国史记·高句丽本纪》中的叙事:

> 其旧都有人,不知所从来,自称天帝子解慕漱,来都焉,及解夫娄薨,金蛙嗣位,于是时,得女子于太白山南优渤水,问之曰,我是河伯之女,名柳花,与诸弟出游,是有一男子,自言天帝子解慕漱,诱我于熊心山下,鸭绿边室中私之,既往不返,父母责我无媒而从人,遂谪居优渤

水,金蛙异之,幽闭于室中,为日所照,引身避之,日影又逐而照之,因而有孕,生一卵,大如五升许。①

以上就是高句丽开国君王朱蒙的神奇诞生故事。其父是天帝之子解慕漱,其母为河伯之女柳花。故事特别交代了两位相遇的地点——熊心山。这个名称不能不让我们联想到中国的熊山、熊穴神话。这样的神奇地名究竟是偶然出现的呢?还是别有深意的呢?让我们求助于解慕漱神话的另一个详细的版本——高丽高宗二十八年李奎报刊行的文集《东国李相国集》中的〈东明王篇〉的注释文,其中引用了10世纪以前编纂的《旧三国史》中〈高句丽本纪〉:

> 汉神雀三年壬戌岁,天子遣太子,降游夫余王古都。号解慕漱,从天而下,乘五龙车从者百余人皆骑白鹄,彩云浮于上,音乐动云中。此熊心山,经十余日始下,首载乌羽之冠,腰带龙光之剑。朝则听事,暮即升天,世谓之天王郎。城北有青河,河伯三女美,长曰柳花,次曰萱华,季曰苇花。自青河出有熊心渊上,神姿艳丽,杂佩锵洋,与汉皋无异。王谓左右曰,得而为妃,可有后胤。其女见王即入水。左右曰,大王何不作宫殿,俟女入室,当户遮之。王以为然,以马鞭画地,铜室俄成壮观。于室中设三席置樽酒,其女各坐其席,相劝饮酒大醉。王俟三女大醉,急出遮,女等惊走,长女柳花为王所止。河伯大怒遣使告曰。汝是何人留我女乎?王报云,我是天帝之子,今欲与河伯结婚。河伯又使告曰,汝若天帝之子,于我有求婚者,当使媒。今辄留我女,何其失礼,王惭之,将王见河伯,不能入室,欲放其女。女即与王定情,不肯离去。乃劝王曰如有龙车,可到河伯之国。王指天而告,俄而五龙车从空而下。王与女乘车,风云忽起至其宫。河伯备礼迎之,坐定谓曰,婚姻之道,天下之通规,何为失礼,辱我门庭,河伯曰,我是天帝之子,有何神异?王曰唯在所试。于是河伯,于庭前水化为鲤,随浪而游,王化为獭而捕之。河伯又化为鹿而走,王化为豺逐之,河伯化为雉,王化为鹰击之。河伯以为诚是天帝之子,以礼成婚,恐王无将女之心,张乐置酒,劝王大醉,与女入于小革舆中,载以龙车,欲令升天,其车未出水,王即酒兴,取女

---

① 《三国史记·高句丽本纪》。

黄金钗,刺革舆从孔独出升天。河伯大怒其女曰,汝不从我训,终辱我门,令左右绞挽女口,其唇吻长三尺,唯与奴婢二人,贬于优渤水中。渔师强力扶邹告曰,近有盗梁中鱼而将去者,未知何兽也。王乃使渔师以网引之,其网破裂。更造铁网引之,始得一女坐石而出。其女唇长不能言,令三截其唇乃言。王知天帝子妃,以别宫置之,其女怀中日曜因以有娠,神爵四年癸亥岁夏四月生朱蒙,啼声甚伟,骨表英奇。

此一叙事是介绍朱蒙降生过程的高句丽建国神话之一部分。从中可知朱蒙的父母是天帝之子解慕漱和河伯之女柳花。描写解慕漱的形象"从天而下,乘五龙车",表明他的神圣血统并非出自凡俗世间。当代韩国学者将解慕漱理解为太阳神的形象,并从高句丽古墓壁画中寻找相符的图像作为论证。"朝则听事,暮即升天"表明太阳朝升西落的运行规则。柳花作为河伯之女,代表着信仰水神的一族。太阳神族和水神族的结合,是神话所追溯的高句丽国家始祖神圣来源。值得注意的是,"熊心山"神秘地名再次出现,作为解慕漱从天而降的中转站,在叙事中得到强调:"此熊心山,经十余日始下。"可见熊心山与天神世界的神圣联系。而与此名称对应的还有"熊心渊",作为河伯美女出没的地点,也是天上的神子与水神族之女相遇之地。

我们将韩国神话中的"熊心山"与"熊心渊",对照《山海经·中山经》记述的熊山熊穴,倘若不留心地读过去,很可能就理解为一般的地名。那样就会全然失去了神话惯用的象征叙事信息。比照分析,就不难发现:熊及其生命存在的空间,都实际上充当着神界(不死的生命)与人界(必死的生命)之间的中介者职能。就此而言,中国的"熊山熊穴",韩国的"熊心山熊心渊",实质是完全一样的:那就是从神到人的一种过渡性媒介。从人的一方说,这个特殊的处所起到沟通永生世界与俗世之间的桥梁作用。换言之,世俗之人要想有幸获得来自神界的神圣血统,熊所居处的空间是实施这种转换的一种神圣场所。《山海经》在描述了按照季节而闭启的熊穴时,还说有"神人恒出"的现象。现在看来,"朝则听事,暮即升天"的周期性变化规则,与熊穴的冬闭夏启规则,在韵律上是对应的。所不同的只是"神人恒出"的间隔而已:一个是日周期,一个是年周期。对神熊冬眠周期的破解,是理解此类神熊地名的前提。只要把握住作为熊祖神或者再生使者的身份,那么从神到人之间的图腾信仰联系,就可以清楚了。与此同时,《天问》中令屈原百思不解的难题——"化为黄熊,巫何活焉?"也有了通透理解的可能:所谓化熊,就是指回归到祖先图腾的原生命形态,接下来的复活-再生,就是萨满神巫们的职能所及了。

韩国的熊图腾神话非常明确地呈现在其建国神话里,其民族文化古层的记忆,至今没有被遗忘。与高句丽建国的解慕漱神话相似,讲述古朝鲜建国的檀君神话,也突出神熊的形象。据《三国遗事》、《帝王韵记》等书的记载,古朝鲜开国君王是檀君王俭,而他则是熊母亲所生。《三国遗事·纪异》曰:

> 古记云:昔有(天神)桓因,庶子桓雄,数意天下,贪求人世,父知子意,下视三危太伯可以弘益人间。乃授天符印三个遣往理之。雄率徒三千,降于太伯山顶(今平安北道妙香山)檀树下,谓之"神市",是谓"桓雄天王"也。将风伯、雨师、云师,而主谷、主命、主病、主刑、主善恶,凡主人间三百六十余事,在世理化。时有一熊一虎同穴而居,常祈于桓雄,愿化为人。时神遗灵艾一柱,蒜二十枚曰:尔辈食之,不见日光百日,便得人形。熊虎得而食之,忌三七日,熊得女身,虎不能忌,而不得人身。
>
> 熊女者无与为婚,故每于檀树下,咒愿有孕;雄乃假化而婚之。孕生子,号曰檀君王俭,以唐高(尧)即位五十年,都平壤,始称朝鲜。

在东北亚史前神话系统看,熊和虎都是起源于北方狩猎部落社会的图腾动物。而檀君朝鲜神话之所以将祖系血缘上溯到神熊而不是神虎,依据上引文的解释,是由于神虎没有遵守天神桓雄所规定的禁忌"不见日光百日",所以没有成功地变形为人。而熊能够遵守这个禁忌,躲在洞穴里不出来,这是由北方大陆的熊能够长时间冬眠的季节性生活习性所决定的。虎没有冬眠习性,所以在先民心目的地位甚至不如神熊,因为冬眠后的复出是被神话思维理解为死而复生的生命能量之体现,那正是神的能量——不死或者永生。这应该是史前信仰中熊罴被神圣化的原因。这也是 5 500 年前的辽河流域红山文化先民在牛河梁女神庙里会供奉熊头骨[①]的观念背景吧。

"不见光百日"这样的神话细节,也是值得深究的叙事"编码"。既可以按照精神分析学家的象征谱系,理解为让生物重新回归黑暗的子宫母胎的

[①] 叶舒宪:《熊图腾——中华祖先神话探源》,上海文艺出版总社,2007 年,第 35—39 页。

状态,获得再度孕育的机会;也可以遵循自然神话学派的观点,理解为"冬闭夏启"的熊穴寓言:回到黑暗无光的洞穴中,连续一百天都不出来,如果不是喻示着熊的季节性冬眠,还会是什么呢?

  本来,一熊一虎"同穴而居",这在大自然状态是不可能存在的现象。俗话说"一山不容二虎",一穴又岂能容得下陆地上两种最凶猛的大野兽呢?朝鲜建国神话让熊虎同穴而居,表明檀君朝鲜神话中的天神桓雄给予熊和虎的变形为人的机会是均等的,结果熊在竞争中胜过虎,这个结果表面上看是由于熊遵守了神的禁忌,而虎没有听从桓雄劝告,打破了神圣禁忌,实际上的深层原因却在于史前女神宗教的动物象征谱系中有熊而没有虎。换言之,史前猎人们对于熊的崇奉和关注显然是先于和大于虎的。这一点,可以从如下考古学事实得到明确验证:旧石器时代以来的文化遗址发现中,熊骨在各种动物骨中占据着首屈一指地位。

  对于造成如此现象的原因,需要从史前人类的意识观念方面去寻找,而不是从生物学方面去寻找。在史前女神文明研究专家金芭塔丝的《女神的语言》(*The Language of the Goddess*)中对万年以来的考古图像材料的分析和归纳中,已经给出较为明晰的结论:熊与猪、鹿、蛇、鸟、蛙等动物由于明显的季节性周期变化,而有幸在石器时代就成为女神的化身。我们在希腊神话的主要女神群那里,依然能够看到保留下来此类史前女神信仰的动物化身,如猫头鹰与阿西娜、熊与阿尔忒弥斯。而前面所引的高句丽建国神话中,鸟和(金)蛙、鹿等形象也都有呈现。看来后代的神话叙事中出现的种种圣物,大都有其史前文化信仰的深厚渊源[①]。

三、东北亚熊图腾文化区

  以上着重探讨了古代文献中所见与神熊信仰相关的中韩两国神话。自20世纪初期西方的"神话"观念传入中国与韩国以来,从文学史的角度研究此类神话,分别成就了两国的现代神话学繁荣。但是,如何从更加广阔的人类学立场上,将文献文本叙事中的神熊神话还原到原生态的文化语境之中,仍是有待拓展的跨学科与跨文化的研究方向。

[①] 叶舒宪:《千面女神》,上海社会科学院出版社,2004年,导言。

就东北亚的狩猎民族传统看,至今仍然存在熊图腾崇拜的文化就不在少数,像日本的阿伊努族,中国的鄂温克族、鄂伦春族、赫哲族,以及俄罗斯的埃文基族、那乃人、乌尔奇人,西伯利亚的基里亚克人(即清代费雅喀人,今称尼夫赫人)等。其熊祖先、熊图腾的神话故事五花八门①,且保留着前农业社会的萨满教观念和仪式活动。中韩两国古文献中的熊图腾神话,如果能够还原到史前东北亚狩猎社会的神话传统之中,将会得到整合性和打通性的理解,并旁及东邻日本的考古发现和阿伊努人熊图腾礼俗。

值得关注的是,近20年来在辽河流域发现的史前期玉文化传播带,其范围包括整个的东北亚地区,而且与熊图腾神话流传的各民族文化带呈现部分重合的迹象。公元前6 000年左右的兴隆洼文化遗址出土的玉器,是目前经过考古发掘所知中国地区最早的人类加工玉器。该遗址的主要分布有:内蒙古敖汉旗兴隆洼、辽宁阜新查海、内蒙古巴林右旗锡本色棱等②。出土玉器有几十件,种类较单一,主要有玉玦和玉匕、玉管、玉珠、玉斧。其中玉玦、玉匕是兴隆洼文化的代表性器形。玉玦多成对出自棺内,分别佩戴在墓主人的左右耳部;玉匕也是成对出土,最多可达三对,分别佩戴在墓主人的颈部、胸部和腹部。同类的玉玦、玉匕组合性装饰品也出现在日本的新石器时代文化遗址中,单纯的玉玦也发现于韩国的新石器时代遗址中。更远的传播现象见于中国南方的河姆渡文化出土玉玦、玉管类饰品。

考古学者郭大顺将辽河流域的史前玉文化追溯到某种"渔猎文化"共同体,他指出:

> 就以筒形罐为主要特征的东北文化区而言,其范围还可扩大,与中国东北地区毗邻的俄罗斯远东地区、朝鲜半岛和日本列岛都可包括在内,即包括了整个东北亚地区。已知远东和日本列岛筒形陶罐或其前身的出现都有时代在万年以前的实例,表明这一文化区系的形成渊源甚早。东北亚地区的又一重要文化现象就是以日本列岛绳纹文化时期为主包括俄罗斯滨海州的玉器也比较发达,其表现如:玉器出现早,北

---

① 参看李晶:《满通古斯民族和朝鲜民族熊神话传说之比较》,《延边大学学报(社会科学版)》2004年第2期;〔韩〕李丁宰:《亚洲东北部熊文化与熊神话》,民俗苑,1997年,第261页。

② 参看中国社会科学院考古研究所内蒙古工作队:《内蒙古敖汉旗兴隆洼遗址发掘简报》,《考古》1998年第1期;辽宁省文物考古研究所:《阜新查海新石器时代试掘简报》,《辽海文物学刊》1988年第1期。

海道发现有旧石器时代后期形制简单的小玉饰,从绳纹时代早期后段(约距今7000年)开始,玉玦、玉匕形器和一种被称为"内"字形玉器先后出现,玉玦、玉匕形器都接近于查海—兴隆洼文化同类器的特点。

日本列岛的玉器既有自身区域特征又同中国东北地区走过相近似的道路,证明玉器也是整个东北亚地区的一个重要文化特征。①

任孝宰也比较了韩国出土的史前陶器和红山文化陶器,认为:这些圆锥底的陶器和在中国东北地区挖出的陶器都带有相似的雕刻或压印的外部图案。其结论是辽宁东北部,特别是辽宁半岛与朝鲜半岛曾有过密切的文化交往②。2007年7月9日至8月1日,韩国新闻社京乡新闻主办了一次辽河文明(包括俄罗斯的沿海地区)的考查。有历史学、考古学、神话学、语言学等方面的韩国学者参加,并于考查之后在《京乡新闻》上发表了一组文章,将韩国文化的根源与辽河文明相联系③。目前,中韩双方这种借助于考古新材料的探讨正方兴未艾,不过笔者以为远未到得出最终结论的火候。希望经过共同努力,能有更多的新发现材料,使东北亚史前神话的整合研究获得更加坚实的论证基础。

在这方面需要注意的学术伦理是,不宜将现代民族国家划分国界的视野带入史前神话与文化源流的研究中,尽量避免民族主义情绪化的倾向,也要避免国家主义的当代偏见,使得研究者保持相对客观公正的立场。

四、方法论小结:四重证据的交互阐释作用

笔者自2005年从国学方法创新的意义上提出"四重证据法"④以来,经过五年的研究实践,可以从理论上对此方法做出更加深入的阐述,将考察的重心从多重史料的数量递增和叠加作用,转向探究各重新老证据之间的互动互阐作用。这样就会大大有利于认识新方法论特有的应用效应:在科学

---

① 郭大顺:《玉器的起源与渔猎文化》,《北方文物》1996年第4期(总第48期)。
② 任孝宰:《新石器时代朝鲜半岛与中国间的文化关系》,《红山文化研究》,文物出版社,2006年,第582页。
③ 2007年11月9日韩国《京乡新闻》"寻找韩国人的渠道"专栏文章:《兴隆洼新石器遗址——东夷的发源》。
④ 叶舒宪:《第四重证据》,《文学评论》2006年第5期。

范式的实证性方面和人文范式的阐释、理解方面，找到一种取长补短和相互补充的契机，从而克服人文社会科学研究中根深蒂固的老矛盾——科学主义与人文主义的矛盾，使得我们的人文研究既能走向科学规范，也能避免陷入唯科学主义或唯实证主义的窘境。

就熊神话而言，当我们面对第一重证据即传世文献中无法理解的难题——《山海经》熊山熊穴叙事和《天问》"化为黄熊，巫何活焉"问题时，适当关注二重证据即出土文献中的相关叙述母题，会大大增加我们对书写的文献背后的那种信仰和观念的大传统的感悟和把握。如《上海博物馆藏战国楚竹书》中《容成氏》叙述的大禹建中央熊旗之母题，有助于认识熊神形象在夏商周三代之前的更加显赫之神圣地位。再参照第三重证据即人类学、民族学、民俗学的相关材料，就能够根据新兴的民族考古学[①]思路，将田野观察到的当代狩猎民族的熊图腾崇拜及相关仪式、神话和观念，作为重新进入文本叙事、理解疑难问题的有效门径。若再利用第四重证据即史前考古文物给出的大量神熊形象，如5 000年前辽宁牛河梁女神庙中供奉的熊头等，按照年代学的编年系将其排列下来，则熊图腾文化和熊神神话传承的历史沿革脉络，也就呼之欲出了。将四重证据给出的系统材料作为研究的新基础，今日的跨学科知识整合能够将研究者带入一个古人无法企及的新视野之中。这个新视野既是跨越民族国家界限的，又是跨越现有学科制度界限的，因此是一种前无古人的文化视野，它所关照的年代上限，依据考古学的测年断代技术，能够远远超出有汉字记载以来的书面文献的小视野局限。而来自第三重证据的活态文化，能够将带有很大主观性的信仰、体验之真实还原出来，让我们得以从默默无言的出土文物中解读出神话的和观念的信息，相对克服考古学研究见物不见人的唯科学主义局限。这样，若能尽量发挥第四重证据的证明力量和第三重证据的阐释力量，一种多角度的和立体的"释古"效果，就会逐渐显现出来。在《山海经》"熊山为帝"的信念和韩国神话地名熊心山、熊心渊之间，以及日本地名熊野、熊本之间，通过相互关照和相互阐释的作用，一种跨文化的普遍神话信念可以被归纳出来，那就是将熊视为天神世界与凡俗的人间相互关联和交往的神圣中介。这种东北亚地

[①] 民族考古学，指20世纪后期考古学和民族志研究相结合所产生的新分支学科，参尼可拉斯·戴维德等：《民族考古学实践》，郭立新等译，岳麓书社，2009年。

区史前信仰的神熊中介作用,在日本古书《日本书纪》的天熊人神话中,给出最为直截了当的故事说明。

四重证据法在打通不同学科和民族国家界限方面的认识作用,是打开和拓展其推广应用空间的必要前提。本文希望通过对东北亚熊神神话的初步探讨,对此一方法论的奥义做出进一步诠释,求证于方家。

(原载《北方论丛》2010年第6期)

中国虎文化图说

所谓虎文化,指特定文化传统所形成的对虎的认识、信仰、观念、习俗等的总称。中国虎文化源远流长(见图1)。国人对虎的认识,大体上经历过一个从崇拜、敬畏,到模仿、利用,再到规避和捕杀,再到珍惜和保护的漫长演变过程。

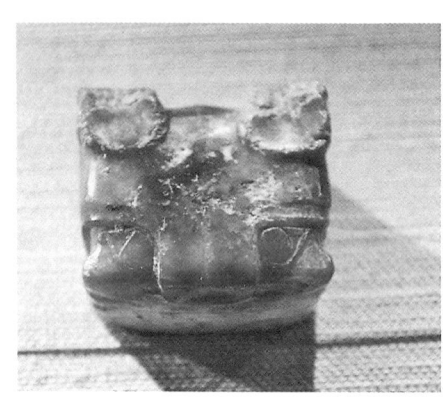

图1 湖北天门石家河文化玉虎头,新石器时代,2009年摄于首都博物馆

早期初民对动物的认识和表现,一般均与神话和信仰相关。神话认识的主要特征是将虎视为神物,或理解为天神下凡的化身动物。追溯其起源,大约一万年前的黑龙江和内蒙古等地岩画中,已经出现虎的形象。那时的人类还普遍处在以狩猎采集为生的前农业状态,狩猎生活中常见的动物和猛兽自然成为当时人神话想象中的主要对象。华夏族进入早期农业社会之后,则有观测天象而产生的天文神话的类比想象:东方苍龙七宿对西方白虎七宿,简称左青龙右白虎。远在6 000年前的史前时代,此类造型已经得到清晰完整的呈现。如河南濮阳西水坡仰韶文化墓葬中的蚌壳堆塑的白虎对苍龙形象。与龙虎组合相对的是南方朱雀和北方玄武,四种动物合起来构成所谓四神或四灵,标示着中国神话宇宙观的体系建构。它们常常配套出现在各种图像、装饰、建筑和美术造型中,成为中国人喜闻乐见的文化模式。北京读者可以到"古陶文明博物馆"欣赏西汉时代的四神纹瓦当(见图2)。更早的虎形文物,多与神话信仰相关。可以举出安阳殷墟王陵区出土的大量商代宗教工艺品,如现存台北中研院文物馆的大理石雕虎人合体造型的神像,现存中国社会科学院考古研究所库房的妇好墓出土玉雕卧虎和青铜器虎鸮合体圈足觥(见图3)。考虑到妇好为殷商晚期的王妃和女

将军,她的陪葬品中多有虎的造型是耐人寻味的。

图 2　西汉虎纹瓦当,西安汉城遗址

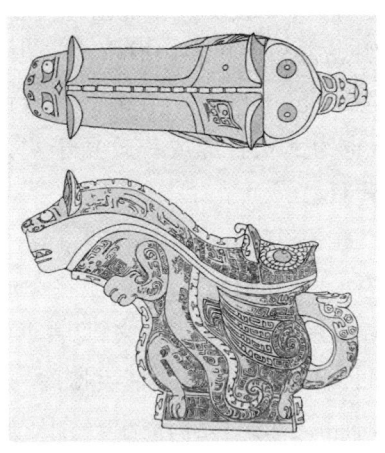

图 3　殷墟妇好墓出土圈足觥:
　　　虎鸮合体形象

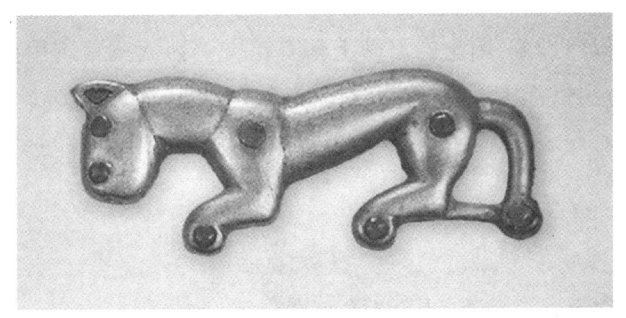

图 4　战国镶嵌绿松石金虎,河北平山县中山古城遗址出
　　　土,摄于河北省博物馆

新发现的商代甲骨文中有一类卜田猎的,其中多次记述商王猎获虎的事件,可见进入农业社会的殷商人还保留着狩猎时代的生活习惯。而当时中原地区也繁衍生息着大量老虎。由于生态改变和人的猎杀,如今亚洲的虎已濒临灭绝。

春秋战国以降,中国的学问从官府独自垄断的情况下解放出来,开始向民间下移和普及。现实中的虎,以猛兽为害的真实面目出现在早期诸子的言论和著述中。《老子》中两次提到虎,均与兕并称。第五十章"盖闻善摄生者,陆行不遇兕虎"。兕即犀牛,力大而性情暴烈。兕虎并称,显示其对人的巨大危险性。《论语》中三次讲到虎,均指现实中的虎。

《季氏》篇中记载孔子和老子一样习惯将咒虎并称:"虎兕出于柙,龟玉毁于椟中,是谁之过与?"《礼记·檀弓下》讲述的"苛政猛于虎"故事,同样表明虎害和虎患在当时人心目中严重性。王子今教授的《秦汉时期生态环境研究》书中有专节讲到秦汉两代的虎患虎灾,值得有兴趣的读者参考,也为武松打虎或苛政猛于虎之类的民间传说,还原出古代真切的生态背景。

孔子说的"虎兕出于柙",柙指牢笼。孔子生活的春秋时代,有个古邑名叫虎牢,是郑国的属地,旧城在今河南荥阳汜水镇。因地形险要,历来为军事重镇。虎牢一名的由来,见古书《穆天子传》卷五:"有虎在于葭中,天子将至,七萃之士曰高奔戎请生搏虎,必全之,乃生搏虎而献之天子。天子命为柙,而畜之东虢,是曰虎牢。"穆天子指西周中期的国王穆满。他手下的猛士"七萃之士"能够生搏老虎,并献给国王。这样的英雄在汉代画像石中也有图像叙事的生动表现。搏虎斗虎,应该是自西周到秦汉的一道官方演艺保留节目。成语中的降龙伏虎,原来不都是出于虚构(见图5)。新近在河南安阳发现的疑似曹操墓,出土的石碑上刻有铭文:"魏武王常所用格虎大刀"和"魏武王常所用格虎大戟"。争论的双方都以此为证据,推论此墓是或不是曹操墓。反对的一方理由是:身为王者的曹操,怎么会陪葬"打虎专业户"才用的东西呢?

图5 汉画像中的降龙伏虎图

虎的存在虽然对人造成威胁,但是也为先民提供了模仿和利用的榜样。按照仿生学原理而研发出来的五禽戏(亦作"五禽嬉")就以"虎戏"为首。作为一种强身健体和增寿延年的体育健身术,相传为汉末名医华佗首创。他模仿五种禽兽的动作和姿态,以进行肢体的操练活动。《后汉书·方术传下·华佗》:"佗语普曰:'人体欲得劳动,但不当使极耳……吾有一术,名五禽之戏,一曰虎,二曰鹿,三曰熊,四曰猨,五曰鸟。亦以除疾,兼利蹄足,以当导引。体有不快,起作一禽之戏,怡而汗出。因以着粉,身体轻便而欲食。'"五禽戏在后世不胫而走,流传至今不衰。有精通一戏者,也有兼通五戏者,乃至各派武林功夫中也不乏其招式,遂成为华夏武术和养生学的一大瑰宝。柳宗元《从崔中丞过卢少尹郊居》诗:"闻道偏为五禽戏,出门鸥鸟更相亲。"陆龟蒙《奉和袭美赠魏处士五贶诗·乌龙养和》:"所以亲遒客,兼能助五禽。"这两例表明五禽戏在大唐王朝的流行普及情况。赵翼《漫兴》诗:"观书眼渐讹三豕,导气身将学五禽",反映的是五禽戏在清代士人心目中之功效。

　　古人对虎的观察与利用,还表现在大量辟邪消灾的符号行为方面。因为虎继熊之后成为民间信仰中的百兽之王,在《说文解字》中被定义为"山君"即山神,具有威风八面的驱邪禳解作用。建筑中的门神用虎,因为相信"画虎于门,鬼不敢入"。晋干宝《搜神记》佚文曰:"今俗法,每以腊终除夕,饰桃人,垂苇索,画虎于门,左右置二灯,象虎眠,以驱不祥。"随着门神信仰一直流传至当代,民间除夕之时仍然在门上贴虎画,希望能够驱鬼辟邪。隋唐之际的记录中可见到一种叫"虎威"的民间神话信仰。认为虎身上一种骨头,具有非同一般的作用。唐人段成式的《酉阳杂俎·毛篇》,有此类记述:"虎威如乙字,长一寸,在胁两旁皮内,尾端亦有之。佩之临官佳;无官,人所媚嫉。"宋人黄休复《茅亭客话》一书讲得更加明白:"虎有威,如乙字,长三寸许,在胁两旁皮下。取佩之,临官而能威众,无官佩之,无憎疾者。"小说《儿女英雄传》第三十一回对"虎威"有更加通俗的解释:"大凡是个虎,胸前便有一块骨头,形如乙字,叫做虎威,佩在身上,专能避一切邪物。"既然如此神奇,难怪传统文化中特别看中虎形符号的消灾避害功用。如古代王宫的路寝门称为"虎门"。出兵打仗时的军旗要画上虎形。《释名·释兵》:"熊虎为旗……军将所建,象其猛如

图6　陕西凤翔泥塑虎,2009年摄于宝鸡民间艺术馆

中国虎文化图说　　107

熊虎也。"李白诗《司马将军歌》有句云："扬兵习战张虎旗,江中白浪如银屋。"将祭祀用的酒器和礼器上刻画出虎的形象,叫做"虎彝"。道教也用有虎形纹饰的符箓,给道士们佩戴,称为"虎箓"。《云笈七签》说:"吐纳朱气,和平百关。身服锦帔,凤光鸾裙。腰带虎箓,龙章玉文。"至于民间讲究的虎头鞋、虎头肚兜、虎头枕等,更是五花八门,不一而足。

宋元明清时代对虎的认识体现在两个方面:一是官修类书中增设了虎类的资料;二是随着小说这种通俗文学形式日渐发达,有关虎文化的题材大量出现在笔记小说中。如清人编写的巨型类书《渊鉴类函》就在第429卷列出虎类文献资料。在外来的狮子与本土的虎之间,专门列出"驺虞"一项,可见在国人的博物学知识体系中,现实动物和神话动物没有严格区分,两者同样受到重视。该类书还收录元人李俊民《宣差射虎诗》和明代沈周《虎来诗》等。蒲松龄《聊斋志异》中不仅有讲述人化虎的《相昆》篇,还有讲述虎化人的《赵城虎》篇。《阅微草堂笔记》中亦有"虎神"篇,可知当时文人雅士谈虎的兴趣,一直延续着上古的虎神话。这是中国虎文化的相关观念自上古神话时代以来一脉相承的体现。当你在《五代史》蜀永平三年读到"驺虞见璧山,有二鹿随之"的记载,可不要以为那是小说。同样,在《明太宗实录》中看到永乐、宣德年间三次出现白虎驺虞的记载,也不必产生福尔摩斯式的好奇。一部中国史,本来就是用神话加以编码的。

图7　西汉张掖太守虎符

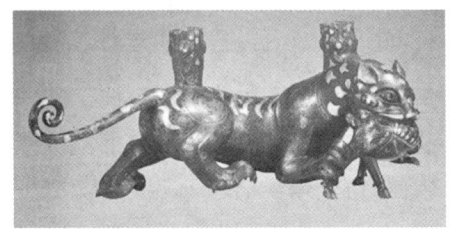

图8　战国虎噬鹿插座,河北平山县中山古城遗址出土,河北省博物馆

如果要说现代人对虎有哪些不同的认识?那就是随着西学东渐而来的科学认识。见于教科书和动物园中的动物学之标准分类:哺乳动物,猫科。还有就是地球上不同种类野生虎的命名和分布情况。由于现代以来生态环境恶化,地球上的野生动物面临灭绝危机。中国的东北虎和华南虎也不例外。好在保护野生动物的全民意识和行动正在培育之中,黑龙江等地也出

现了东北虎园林一类的人工驯化饲养虎的基地。

从认知人类学角度看,现代人对虎的认识已经大大地简单化,除了动物学方面的科学分类与定性,别无其他。现代汉语中与此相关的字也就剩了"虎"一种。从殷商甲骨文的时代以来,与虎这种猛兽相关的汉字不在少数。最重要的是一个"虢"字和一个"虞"字。两者都曾经充当上古时期主要的姓氏名号,几千年下来,其符号意义也就几乎荡然无存了。除了古文字学家之外,一般民众早已莫名其妙了。

先看"虞"。这个字的重要性首先在于它标志着一个远古朝代——虞舜时代。在流行的俗称夏商周三代之外,还有虞夏商周四代说。"虞"几乎是国人历史记忆中最早的一个王朝,其得名原因在于有虞氏。从黄帝号有熊,到舜称有虞,名号背后隐隐约约透露着图腾崇拜的遗迹。笔者的《熊图腾——中华祖先神话探源》对神熊与黄帝、颛顼、鲧、禹、启的关系做出系统探究,这里对"虞"字背后的神虎信仰略作说明。上古有"虞夏"并称的语言习惯。将有虞氏之世和夏代看成一种文化的连续体。《礼记·表记》:"虞夏之质,殷周之文,至矣。"《国语·周语上》:"昔我先王世后稷,以服事虞夏。"刘勰《文心雕龙·才略》:"虞夏文章,则有皋陶六德。"古人心目中的第一王朝为何叫虞呢?从字形看,虞从虎旁,难道与虎神话有关?

翻阅清代学者编的《事物异名录》,在"虎"的别称中可以看到"驺虞"一名。其出典很早,在《诗经·召南》中有一篇诗,题目即《驺虞》。其诗云:"彼茁者葭,壹发五豝,于嗟乎驺虞。"毛传:"驺虞,义兽也。白虎,黑文,不食生物,有至信之德则应之。"可知驺虞不是现实中的动物,而属于神话想象的动物。在佛教传入中国以前,本土就有这样以不杀生为特征的虎类动物,堪称一大奇观吧!汉司马相如《封禅文》有"囿驺虞之珍群,激麋鹿之怪兽"两句,将驺虞和珍群怪兽对应起来。那么,儒家仁兽瑞兽的观念何以青睐驺虞?唐代皮日休《相解》给出合理的答案:

    夫以凤为禽耶?凤则仁义之禽也。以驺虞为兽邪?则驺虞仁义之兽也。

将仁义品格落实到飞禽走兽凤凰和白虎,这显然是儒家道德理想在动物世界中的神话投射。至于仁义之禽之兽为什么会获此殊荣?清人钱谦

图9 陕西宝鸡民间刺绣虎的辟邪护身用途

益《太保曹公神道碑》的两句话,可引来做说明:"驺虞之不杀,凤凰之不搏,仁也。"众所周知,老虎和鹰隼都凶猛无比。不杀不搏的驺虞和凤凰,是华夏文化传统为世界的神话动物园贡献出的最佳礼品,也是以中庸和平为特色的华夏价值观对自然状态的猛禽猛兽加以再造的结果。应该说,这是中国虎文化最富有本土特色的一大闪光点,对于建立文明之间的国际对话及全球和谐社会理念,都大有裨益。

由于驺虞是儒家理想的神话动物,在周代以下的官府中,留有以它的名字命名的官职。一般特指在天子的园囿中掌鸟兽的官。《周礼·春官·钟师》:"凡射,王奏驺虞,诸侯奏狸首。"贾公彦疏:"今《诗》韩鲁说:驺虞,天子掌鸟兽官。"若再细分之,作为官名的驺虞可分开来解释。"驺"字从马,驺人与养马御马职务相关。"虞"字从虎,虞人与田猎事物有关。《墨子·三辩》云:"周成王因先王之乐,又自作乐命曰《驺虞》。"由此判断,驺虞这个名称又和西周王者制礼作乐的乐曲有关。从先秦到两汉,人们能够如数家珍般提到该乐曲。张衡《东京赋》写道:"礼事展,乐物具,《王夏》阕,《驺虞》奏。"《仪礼·乡射礼》记载:"乐正东面命大师曰:'奏《驺虞》间若一。'"汉代以后,上古遗留下来的音乐逐渐失传,后人也就无缘聆听西周雅乐《驺虞》是如何优美动听了。宋人郑樵《〈通志〉总序》云:"至后汉之末,《诗》三百仅能传《鹿鸣》、《驺虞》、《伐檀》、《文王》四篇之声而已。"到了今天的大学课堂上,师

图10 秦代鎏金虎镇,2010年摄于西安博物院

生们所研读的《驺虞》和《鹿鸣》等,名义上还是诗歌,其实只不过是失落了音乐和礼仪背景的歌词而已。

了解到驺虞神兽的周代信仰,回过头来可解答"虞"为什么成为华夏古史第一王朝名号的疑问。许慎《说文解字》解释"虞"字,干脆就定义为"驺虞也"。下文说:"白虎黑文,尾长于身。仁兽也,食自死之肉。"如果现实中没有这样的白虎,我们只能说"虞"字源于一种神话生物。郭沫若释为想象之动物。甲骨文和金文中就有"虞",作为族名、国名出现,并一直沿用到后代。西周初年时,相传有虞国人和芮国人曾因争地而诉讼,到周朝廷上请求西伯姬昌平断。《诗·大典·绵》:"虞芮质厥成,文王蹶厥生",讲的就是这一事件。《史记·周本纪》也有记载。后人便以"虞芮"这个合成词指能谦让息讼者。那么,作为国名的"虞",如果和舜的王朝同名,其间的共同象征是什么?古文字学家叶玉森的推测值得参考:

> 古之虞人乃掌田猎之官。猎时或被虎首以慑群兽。故其字从虎从大,大乃人形。(《说契》,《学衡》第三十一期)

进一步参照少数民族的虎面具或虎装跳神舞,对"虞"字中隐藏的神虎信仰就可大体上还原出来了(见图12;图13)。根据中央民族大学王宪昭的博士论文《中国民族神话母题研究》,除汉族外,我国崇拜虎图腾虎神(包括黑虎精,白虎等)的少数民族有十多个。其中较著名的有彝族和纳西族。人类学家刘尧汉将彝族虎图腾观念同道家思想进行联系和比较,提出过两者同为中华文明之源的判断[①]。笔者主编的"中国生肖文化丛书"[②]中,有曹振峰教授的《神虎镇邪》一书。这本书和民俗学家汪玢玲的《中国虎文化》(中华书局

图11　清代建筑的虎福(虎与蝙蝠)方砖,2006年摄于陕西关中民俗艺术博物院

---

① 刘尧汉:《中国文明源头新探——道家与彝族虎宇宙观》,云南人民出版社,1985年。
② 社会科学文献出版社,1998年第1版;陕西人民出版社,2008年新版。

2007年)同类,可作为了解中国虎文化的入门读物。

图12 "虞人"的民俗学旁证:云南彝族"跳老虎",2005年摄

图13 "被虎首以憘群兽"的民俗学旁证,2005年摄于江西南昌傩文化节

(原载《寻根》2010年第3期)

狮神的全球化与熊神的蜕变
——欧洲访学的视觉日志

昨天是复活节后的第一个礼拜日,莱顿小城又被阴云笼罩。大西洋吹来的海风,让春意初萌的欧洲大地显得乍暖还寒。午后,来到这个欧洲老牌大学城最吸引外来游客的去处——设在市中心的荷兰国立古典博物馆(见图1)。

图1　荷兰国立古典博物馆,2010年4月摄

前两次来荷兰,都曾在此流连忘返。记不清来看过多少次了。对馆内三层楼的展厅分布了然于心。照例是类似黑格尔《历史哲学》的绝对精神之旅程:入口门厅为石器时代;一楼为古埃及;二楼为近东文明加波斯和古希腊;三楼为古罗马和中世纪。可见其命名"古典"并不局限于本国本民族,其胸怀之广阔,可以看做是欧洲海洋文明传统留给后代的宝贵礼物。一个"国立"博物馆中,荷兰本土的展品相对很少。对于习惯我族中心主义思维的人来说,这里应该是洗脑子的好课堂。带着"家有敝帚,享之千金"的狭隘心态,无法理解在世界地图上小到难以看清的荷兰王国,如何将世界上海岸线最长、民族数量最多的印度尼西亚变成自己的殖民地!就数量关系而言,这比国人说的"蛇吞象"还要悬殊许多倍呢。

象是陆地上最大的动物,东西方文明一开始都有一些对大象的神话造型表现,甚至在汉字中留下一个指代一切形象和意象的关键词和象形字。但是身体庞大的象毕竟太温顺,以象为图腾的文化很难拓展出征服世界的力量。人类显然还是更崇拜凶猛和霸气的猛兽。于是,在东亚和东南亚所没有的狮子,由于是非洲及环地中海区域生态中的百兽之王,就有幸被早期古文明的神话艺术想象所筛选出来,成为权力、威严和统治性的象征符号。再通过文化传播的作用,先后进入南亚和东亚地区,直到成为中国帝王皇宫门前的威猛守卫者。可以说,西方造型艺术中的狮子,是先于其他西方文化产品而东渐的,也是在全球化时代到来以前很久,就已经率先走向全球化的一种神话动物形象。

图2 古埃及石雕狮子,摄于荷兰国立古典博物馆

荷兰国立古典博物馆中藏品最丰富、规模最可观的还是古埃及馆,甚至一点也不亚于慕尼黑的德国皇家埃及博物馆。就连两三米高的埃及法老陵墓石制建筑都不远千里地整体移植过来了,真让人感到匪夷所思。由于该馆的多数引人注目的展品早在七年前就都拍过数码照片。这次再来只想复习和补习。三楼新开设的特展"陶俑"荟萃了几大古文明的珍稀塑像158件。这对于以神话学为专业的人,简直是如入宝山,大有目不暇接之叹。不过让我感到意外的,却是一个埃及正厅中很不起眼的石雕狮子像(见图2)。前几次来看居然没有注意到它的存在,这一次它引起我的兴趣,大概还是出于它的原型意义。

在美学和艺术史类教科书中,我们早已熟悉诸如此类的说法:西方艺术重写实,而中国艺术重表现云云。如果到台北南港的中研院史语所博物馆参观过安阳殷墟商王大墓出土的精美大理石雕鸱鸮神像、虎神像和熊神像等，就会对中国早期艺术中的写实作品，留下深刻印象。其实，从旧石器时代晚期的欧洲洞穴壁画看，人类艺术的发生期以写实的动物形象为主。当时的神幻想象之产，无非是一些半人半兽或人兽、人禽组合型的形象建构。考古学家金芭塔丝归纳新石器时代女神崇拜的几种动物化身或象征，也全部是现实中实有的动物。龙凤、麒麟、貔貅一类出于幻想的虚构生物，似乎要等到新石器时代的神话思维大发展之后，才会随之出现。而到新石器时代末期及在文明起源前后，在各文化间交流影响的作用之下，是神话思维能量获得空前大解放的契机。经历了又一次大跨越式的拓展，虚构和想象的意象才开始大量出现在各古文明的造型艺术中。与殷商时期的中国相比，看古埃及文明的艺术造型，同样受到当时人的神话思维支配，但想象力的表现形式似乎更加丰富多样。仅以与狮子形象有关的造型而言：不仅有人面狮身的斯芬克斯像(见图3;图4)，也有较为写实的狮子雕像，还有狮面人身的神像，这三种形式同时并存。如果黑格尔当年有幸到埃及做一点实地考察，就不会"我注六经"一般地只拿人面狮身的斯芬克斯大做文章，夸张为人类精神从野蛮的兽体中开始觉醒的象征。古埃及神话想象最为诡异的呈现，大

图3　古埃及金字塔前的斯芬克斯像

概要算双面一身的神像。2009年秋季号的《埃及考古学》(Egyptian Archaeology, No. 35)杂志刊登的一文附有在晚期王朝的图图(Tutu,古希腊名字为Tithoes)神庙新发掘出土的壁画照片,这位图图神呈站立的人身,头部被刻画为一前一后两张面孔:前面是狮面,后面是人面。该神的基本功能是保护生灵防止恶魔的攻击。他的职能和他的外观就这样获得完美的统一。

回到眼前的这一尊石雕狮子,质朴无华。解说词认为它属于古王国第一、第二王朝的创作,其年代为公元前3 000—公元前2 649年,距今约50个世纪了!几乎和人类文明史的寿命一样。说它具有原型意义,因为它不论从风格上还是年代上都更接近史前时代以写实为主的动物造型传统。参照金芭塔丝归纳出的新石器时代女神崇拜的动物象征,有鸟女神和熊女神,却偏偏没有猫科动物狮子和虎。莫非是环地中海的几大古文明的建构之功,才使得在史前时代不被特别重视的狮子,终于跃居人类艺术表现的最前台?

狮子无疑是环地中海文明所尊崇的共同偶像。何以见得?一周前我在苏黎世大学考古博物馆拍到的迈锡尼文明之王宫建筑标记,就是所谓的"狮门"造型的复原品(见图5)。自从德国的一位酷爱荷马史诗的探险者谢里曼于1876年宣布他在迈锡尼发掘出阿加门农王的黄金面具以来,狮门形象和现存雅典的国家考古博物馆的迈锡尼黄金面具,已经相伴成为彰显西方文明开端之荣耀的LOGO符号。

图4 女性化的希腊斯芬克斯像,摄于"陶俑特展",荷兰国立古典博物馆

图5 迈锡尼王宫之"狮门",摄于瑞士苏黎世大学考古博物馆

除了埃及文明和迈锡尼文明,在苏美尔、巴比伦、赫梯、亚述、波斯和希腊罗马,狮子的造型表现无处不在。排列起来,就是一幅完整的地中海文明专题艺术史(见图 6—图 8)。若有好事者愿意花工夫对每一形象做知识社会学的或视觉人类学的细读,体味艺术形象背后的文化精神,那该是多么诱人的选题。只有了解到深深地植根在西方文明底层的狮子精神,再去欣赏诸如《纳尼亚传奇》这样的影片中所包蕴的文化内涵,才不至于遭遇"外行看热闹"一类讥讽吧。

图 6　德国皇家大剧院广场的纪念碑基座:双狮与女神,2010 年 4 月摄于慕尼黑

在东亚地区自古没有狮子的生态环境中,最能代表当地远古人群的原生态信仰的神圣猛兽,自然要数熊和虎二者。古朝鲜的檀君建国神话始于一熊一虎的竞争故事,最后神熊有幸成为开国君王檀君的母亲,也就是今人所说的"国母"。而日本至今仍然保留着远古时代流传下来的"熊本"、"熊野"等地名,以及以神熊为祭拜对象的熊野祭祀一类民间礼俗。中国人则在有关华夏民族共祖黄帝的文化记忆中,最突出的保留着远古的熊崇拜或熊图腾神话的遗迹。自司马迁《史记》记载黄帝号"有熊"以来,没有人能够明确地告诉华夏子民:黄帝为什么会有这样一个兽类的名号?今人则大都沉醉在莫须有的圣物"龙"的传人之迷梦中,而不求甚解。在讲述炎黄大战的神话叙事中,作为黄帝一方主力部队番号的,居然还是以熊为首的几种陆地

狮神的全球化与熊神的蜕变　　117

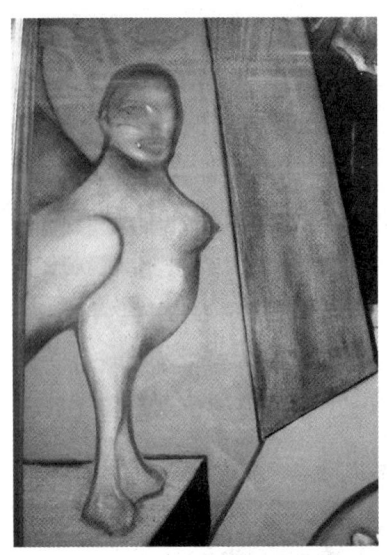 

图7 英国当代画家培根《俄狄浦斯与斯芬克斯》局部，2003年12月摄于维也纳皇家美术馆"培根画展"

图8 后现代艺术中的带翼斯芬克斯

猛兽。《史记·五帝本纪》中所谓"教熊罴貔貅貙虎，以与炎帝战于阪泉之野"，两千多年来根本没有任何合理的解释。即便是在学术史上考据癖大蔓延的乾嘉时代，注解古书讲究"无一字无来历"的完善境界，却依然丝毫没有推进对"有熊"圣号所以然的理解，以及黄帝大军猛兽番号之谜的解读。现在至少可以明确的是，黄帝的主力军"熊罴貔貅貙虎"，共计六种陆地大猛兽，其中的前面四种皆与熊有关。现代东亚人奉为百兽之王的虎，只是屈尊排列在最后一位的。而20世纪以来的疑古派史学家们，受到西学东渐以来的"历史科学"之理想化、客观化研究目标的误导，干脆将所有难以解释的上古历史记忆统统划归到虚构神话的领域，从而使得本来就"烟涛微茫信难求"的华夏文明起源，深锁在重重迷雾笼罩下的历史古层。

1983年，在辽宁建平县的一个小山冈牛河梁，考古工作者发掘出一座5 000多年前的女神庙，庙中供奉的除了泥塑女神雕像以外，还有一具真熊的头骨！民族学的大量证据表明，狩猎民族有以熊为图腾祖先的信仰，并虔诚地供奉熊头骨，作为图腾转世和再生的神圣象征物。参照5 000年前的华夏先民崇拜熊神的出土遗物，上古国家的官方文献《周礼》中记载的傩礼，有"方相氏掌蒙熊皮"的细节规定，也同样是千古以来没有得到解释的哑谜。如今这个哑谜似乎也透露出一线解谜的曙光。从已经发掘的遗址看,女神庙长 22 米,宽 5.3 米,分前、中、主、耳和后室。室内遗物以泥塑神像和陶器为主,泥塑人像相当于真人大小,也有个别的为真人尺寸的一至两倍。最引人注目的是一具女神泥塑像残损的头部,居然用两块绿色的玉片来镶嵌出女神的眼睛。牛河梁女神庙号称是继 20 世纪 70 年代秦始皇兵马俑发现以来,中国雕塑史上最重要的一次大发现。室内发现的女神头像是女神庙中成群排列塑像中的一件珍品。女神庙周围千余米范围内的山梁分布有大型积石冢群。在冢群中心的大墓中,随葬有大件精美玉器,其中最具有神话想象力的玉器形象,莫过于放置在墓主人胸前的两只玉雕龙。辽宁考古所的考古工作者先将其命名为"猪龙",随后经过仔细分辨又改称"熊龙"。可以说,这是足以让一切黄帝有熊氏的后代子民们欢欣鼓舞的圣物。红山文化女神庙的真熊头骨及玉雕熊龙的再现,作为东方神熊崇拜的史前渊源,虽然不及环地中海文化中的狮子造型那样久远,却依然是东亚地区史前宗教信仰内容和制作偶像之崇拜形式的最显著实物证据。

如何针对中国考古学提供的这种前无古人的新证据,做出及时的系统梳理和谱系研究,再参照民族学的活态文化,给古籍文献中类似黄帝"有熊"雅号的由来问题,提示新的解谜尝试,应该是当前中华文明探源课题的一个诱人的探索方向。

图 9　陕西华县出土汉代熊抱一陶罐,2009 年 9 月摄于首都博物馆"中华文明起源展"

图 10　合肥出土西汉金熊

狮神的全球化与熊神的蜕变

一个曾经崇拜狮子的西方文明,借助于全球化的文化传播动力,如今已经将其原始崇拜物的形象推广普及到世界上一切没有狮子的国家和地区。

　　一个曾经崇拜神熊的东亚古老文明,在沧海桑田的文化变迁作用下,本土文化之根发生断裂和失传的现象,导致全民性地文化大遗忘。当年的圣物,今日已经蜕变为"泡泡熊"和"小熊维尼"之类的卡通和商标。此种失忆现象,恰好应验了古人的成语"数典忘祖"。2009 年 12 月在台湾中兴大学召开的"新世纪神话学的回顾与反思研讨会"上,我斗胆提交的论文题为《从"太初有熊"到"太一生水"——四重证据探索儒道思想的神话起源》,就是想针对长沙出土楚国帛书中的"太初有熊"神话叙事,做出中国式宇宙发生论的重新解读。

　　但愿新出土的熊龙偶像,不只是在古董玉器收藏界和文物拍卖市场上掀起滔天巨浪,也能够激发炎黄子孙的自觉寻根意识,重新找回失落已久的本土图腾及其神话想象。

图 11　旧石器时代的洞熊骨骼,2010 年 4 月摄于瑞士苏黎世人类博物馆

(原载《检察日报》2010 年 4 月 24 日)

中 编

玉器时代与玉石神话

- 从玉教神话观看儒道思想的巫术根源
- 从"太初有熊"到"太一生水"
- 苏美尔青金石神话研究
- 伊甸园生命树、印度如意树与"琉璃"原型通考
- 金声玉振：儒家神话再发现
- 金缕玉衣何为
- 玉凳、玉几、玉枕

从玉教神话观看儒道思想的巫术根源

一、"圣人"与"玉音":儒道同源说

将儒道截然区分为分道扬镳的两家,会造成一定的遮蔽。传统国学就将儒家与道家分开来看待,似乎是泾渭分明,人们也习以为常,陷入熟知非真知的常识性误区。现代学界则因学统传承和门户的不同,以新儒家学派和新道家学派形成对峙局面,各执一端。长期争论的焦点是,中国思想史上以儒家为主干还是以道家为主干?双方相持不下。笔者希望打破这种文化短视的局限,从宏观和深远的视野去审视儒道两家的文化同根性,提出文化传统的大与小二分法,以其发生的媒介及时间坐标为尺度,将汉字使用以前的史前文化称为大传统;将汉字使用以后的传统称为小传统。这样,儒道两家所出现的春秋时代显然属于汉字使用后近千年的文化小传统。分析儒道两家创始人老子和孔子的言论,有望找出在分歧对立表象后面的同源同根特性:圣人(圣王)崇拜与圣物(玉石)崇拜。圣人与圣物的对应现象由来已久,大约要比老子和孔子生活的时代早2 000多年。

对儒家来说,圣王崇拜是建构出儒学历史观和政治理想的原型,圣物崇拜则形成礼乐文化的物质原型及核心内容。从"礼云礼云,玉帛云乎哉"的问题,到"巫以玉事神"的民间信仰及实践,再到"君子比德于玉"的人格理想,"切磋琢磨"的学习实践,华夏文明发生期的大传统信息——玉石神话与信仰,借助于考古发现的大量史前玉礼器分布情况,目前已经可以描述出完整的延续过程。

对道家而言,圣王崇拜与圣物崇拜共同体现在追求远古无为而治、归真返璞的政治理念和"圣人被褐怀玉"的神圣记忆中。从《道德经》和《庄子》中对圣人的推崇备至现象,不难体会,在道家创始人心目中,远古的圣人占据着怎样崇高的位置。既然儒道两家都以圣人为榜样,以下谨以《论语》、楚简《五行》篇和《道德经》为例,比较考察儒道两家的圣人圣物崇拜,揭示圣人与

玉文化相关联的底蕴。

儒家的圣人崇拜，鲜明地表现在孔子及其弟子的言论中。《论语》中讲到"圣"和"圣人"的地方一共有六处，其前两处是：

> 子贡曰："如有博施于民而能济众，何如？可谓仁乎？"子曰："何事于仁，必也圣乎！尧、舜其犹病诸！夫仁者，己欲立而立人，己欲达而达人。能近取譬，可谓仁之方也已。"①（《雍也》）

> 子曰："圣人，吾不得而见之矣；得见君子者，斯可矣。"子曰："善人，吾不得而见之矣；得见有恒者，斯可矣。亡而为有，虚而为盈，约而为泰，难乎有恒矣。"

> 子曰："若圣与仁，则吾岂敢？抑为之不厌，诲人不倦，则可谓云尔已矣！"（《述而》）

在五篇六处提到"圣"或"圣人"时，有四次出自孔子之口，表示推崇之意；两次出自弟子之口，其中一次称孔子为"天纵之将圣"，另一次表示能行君子直道而有始有终的人就是圣人。从这些言论看，儒家的人格理想追求为三段递进式：俗人（小人）——君子——圣人。

儒家学说的核心内容即"内圣外王"说，让个人通过礼乐教化式的学习和修身训练，走向君子和圣人的境界。圣人不是虚无缥缈的神明，是出自人间的高人，以尧舜等上古圣王为现实楷模。与楷模相比，孔子虽然谦虚地认为自己距离圣的境界还有距离，但是从"若圣与仁，则吾岂敢"的感叹看，他对圣的敬畏和崇奉之心，一目了然。孔子把圣人理想的原型上溯到唐尧虞舜年代，并且表示在他生活的时代已经难以见到圣人，能够见到君子已经是值得庆幸的了。因为君子的修身境界升格之后，便有通往成圣之道的希望，或许即所谓"六十而耳顺"和"七十随心所欲不逾矩"②。孔门弟子在孔子在世时就讨论老师是怎样的一种获得天命的大圣，并由孔门弟子子贡亲口发出孔子是"天纵之将圣"的赞叹，后以白纸黑字记录在《论语》的历代抄本中。孟子以下的儒者对此坚信不疑，从对学者的赞誉到对"素王"的膜拜，使得孔子头上的光环越发耀眼。在汉武帝独尊儒术以后，完成中国文化史上重要

---

① 刘宝楠：《论语正义》，中华书局，1990年，第248—249页。以下引文均出自本书，不另注。

② 叶舒宪：《六十而耳顺：成圣的隐喻》，《诸子学刊》第四辑，上海古籍出版社，2010年，第61—75页。

的一次造神运动,让孔圣人塑像出现在各地城乡的孔庙中,同外来的佛教师祖释迦牟尼形象一样,得以在庙宇之中绵续万世之供奉,香火永续。

汉字"圣"的写法,清楚地表明从"口耳"会意的情形,这个字的结构多少暗示着:圣人理想的出现,代表着那个已经逝去的口传文化大传统,它比汉字的历史要长久得多。构成《论语》一名的"论"字和"语"字,都是从言的字,暗示着孔门教学与口传文化传统的千丝万缕关联。而"子曰诗云"的传承方式,当然不是文字教育的皓首穷经式学者所能体悟到的。传播学家伊尼斯《帝国与传播》提出:"饱受书面语传统陶冶的学者,不容易理解建立在口头传统基础上的文化。那种文化的轮廓,只是在诗歌和散文中可以朦朦胧胧感觉到,在可以触摸到的出土文物中感觉到而已。"①他还说:千百年来,学者们关注于解读文字的记载,试图由此解开西方文明之真谛。可是,"希腊文明是口语词力量的反映"。西方哲学日历上的第一位伟人苏格拉底就是口语文化价值的代表者。在《裴多篇》中,苏格拉底曾经转述古埃及两位神明的对话:

> 主神阿蒙对文字发明者透特神说:"你发明的文字使习字人的心灵患上健忘症,因为他们不再使用自己的记忆;他们会相信外在的文字,记不得自己。你发明的这个特别有效的东西不能够帮助记忆,只能是帮助回忆。你传授给学生的不是真理,而是近似真理的东西。"②

伊尼斯对此做出评价说:苏格拉底的性格贯穿在他的言谈之中。"他是口头传统产生的最后一位伟人,也是最后一位阐述口语传统的人。"这样的评价在某种程度上亦适合于对孔门教学。苏格拉底之后的柏拉图曾挑起诗歌与散文之争,他站在代表哲学的散文一方,指责以荷马为代表的口传诗人一方是非理性③。相比之下,孔子则坚定站在诗歌一边。《论语》中有"不学诗,无以言"和"述而不作"等著名训条。这实际上反映的是新兴书写文化(作)与古老的口传文化(述)之争。孔子一再表示对诗歌和音乐的喜好,这

---

① 〔加〕伊尼斯:《帝国与传播》,何道宽译,中国人民大学出版社,2003年,第56页。
② 同上书,第57页。
③ 当代学者将代表的苏格拉底还原为巫师,参看〔法〕格里马尔迪:《巫师苏格拉底》,邓刚译,华东师范大学出版社,2007年。对苏格拉底、伊安和荷马所代表的口头传统与萨满教迷狂的相关探讨,参看叶舒宪:《文学人类学教程》第五章第二节"迷狂真相:巫师苏格拉底与凭灵萨满",中国社会科学出版社,2010年,第135—140页。

不只是个人的兴趣爱好所使然,而是来自大传统的口传文化价值观念在后代书写文化小传统中的遗留现象。

口头传播最需要的人体感官活动,不是视觉意义的读和写,而是听觉意义上的声音传播和记忆能力。"圣"字与"声"字的谐音现象,以及两者在先秦文献中作为通假字的使用方式,都再度将圣人理想同那个先于汉字的应用而久已存在的口传文化联系起来。以新出土的《郭店楚简》之《五行》一篇为例,其中写道:

> 金圣(声),善也;玉音,圣也。善,人道也;德,而(天)道(也)。唯又(有)德者,然后能金圣(声)而玉晨(振)之。①

"金声玉振"是孟子形容集大成的圣人孔子的特殊用语,其本义所指,不甚明确。如今有出土的战国楚简作参照,其意义得以明晰,那是以听觉感知的特殊能力来描述什么是"圣"的境界。其前提条件是"唯有德者,然后能金声而玉振之"。这里的"德",不是指现代汉语的伦理道德意义,而是带有天命神话的意义②,是与人道相区别的"天道"方面的观念。"玉振"配合"金声",是用来形容玉礼器、玉石乐器的听觉效果之词,表明作为儒家前身的礼乐之"声教"内容。那是配合着前文字的漫长历史阶段而和口传教育传承方式密切结合在一起的。在金属及金属乐器出现以前的年代,即约距今4 000年以前,华夏礼乐传承的听觉效果中尚不可能有"金声",只能以"玉振"或"玉音"为主。如果把"金声"视为青铜时代到来的小传统产物,则"玉音"就是地地道道的大传统之遗留物。4500年前的史前"王都"——襄汾陶寺遗址出土巨大玉石磬,即为其实物见证。大小传统之分,使得"玉振"为什么在价值上高于"金声"的疑问得到消解:通神的大传统礼乐之声,代表的是天道的感应;小传统新发明的金属乐器之声,虽然同样美妙,毕竟传统短浅,代表"人道"之善而已,距离"圣"的境界尚有距离。

《五行》篇论述人之修身境界,共有五阶段:细分为人道的四阶段,即仁、义、礼、智阶段,和天道的阶段——圣。"智"被诠释为"见而知之";

---

① 刘钊:《郭店楚简校释》,福建人民出版社,2003年,第78页。引文对"德"之异体字有所省略。

② 参看叶舒宪、唐启翠主编:《儒家神话》第一章第五节"德与玉",南方日报出版社,2011年,第50—53页。

"圣"则被诠释为"闻而知之"①。这一区分十分耐人寻味,或可将"见而知之"理解为识字、读书和念经的认识方式,显然属于小传统;将"闻而知之"的听觉传承理解为口耳相传的认知方式,明白地属于大传统,和仪式性的讲唱表演相关,当然也和音乐相关。对照之中,更加突出"圣"概念与前文字和前文明的大传统价值观的联系,有助于理解孔子为什么要对诗歌和音乐青睐有加。

> 闻君子之道,聪也。闻而智(知)之,圣也。圣人智(知)而(天)道也。……圣智(知),礼乐之所由生也,五(行之所和)也。②

将楚简《五行》的这些描述,同《论语》的口语教学讨论方式相互对照,可以收到很好的互补效果。对于具体诠释孔子及其弟子们六次讲到的"圣人"境界与礼乐文化的关系,也有颇多帮助。至于《论语·阳货》所说"礼云礼云,玉帛云乎哉",将礼与玉相互认同的现象,《五行》篇也提示出参照性的解说材料,那是在对五行的最高阶段"圣"的阶段的描述中:

> 圣之思也轻,轻则型(形),型(形)则不亡(忘),不亡(忘)则聪,聪则闻君子之道,闻君子之道则玉音,玉音则型(形),型(形)则圣。③

楚简《五行》篇把儒家独尊的关键词"仁"的到达条件解说成"玉色",又把儒道两家共同的关键词"圣"的到达条件解说成"玉音"。这就充分透露出《论语》中孔圣人所讲的"礼"之背后,为什么专指"玉帛"的现象。以上讨论表明,"圣"的观念,为什么不宜拘泥于在文字产生以后的书面语境中去解释,因为它深深地植根于唯声(乐声和语音)是尊和唯玉是尚的口传文化的礼乐大传统。若依据其核心信仰观念来命名,不妨称为玉教传统。从"圣"与"声"为同声假借的用法,可以推知从耳会意的"圣"字的造字取象之源:耳是人体的听觉器官,即声的信息接收者。以口耳的高度敏锐为基础的"圣"之人格,为何在维系口头传统生命力的同时,肩负着通达"玉音"的神秘任务?孔子对远古礼乐(玉教和声教)的熟悉和对礼与玉的关联性认识,到诸子百家的"子曰诗云"式论说格式;"赋诗言志"的特殊文学政治化景观,口说

---

① 刘钊:《郭店楚简校释》,福建人民出版社,2003年,第80页。
② 同上书,第81页。引文对"闻"、"聪"之异体字有所省略。
③ 刘钊:《郭店楚简校释》,福建人民出版社,2003年,第76页。引文对"闻"、"忘"、"轻"之异体字有所省略。

式的论辩脱离礼乐背景,获得独立的说理和外交功能。随着书写权威日益强化,远古的"圣"之理想就难以在新媒介的挤压下保留其真实记忆,变得模糊,最终难免遗失其本来意义。伴随着西周王权旁落,礼崩乐坏,玉器成为上层社会奢侈品和装饰物以后,其礼乐的仪式意义也随之淡化,玉和圣的本来关联变得不再重要。尽管有"君子比德于玉"的教训,能够通达"玉音"的人毕竟日渐稀有,以致玉教的精髓失传于后世,仅仅剩下一些显得光怪陆离的神话传说,从黄帝播种玉荣,到周穆王西游昆仑探访黄帝之宫,再到卞和以荆山之玉璞冒死晋献楚王……在神话传说的虚幻表象中,隐约透露着被神秘化的玉对圣王们的极端重要性。

道家的圣人崇拜,比儒家有过之而无不及。这一点,仅从老子《道德经》中就看得非常突出。《论语》共20篇两万余字,其中讲到圣人的共5篇6处;《道德经》共81章5000余字,讲到圣人的有26章31处。从统计学数据看,圣人作为关键词,出现在道家创始人言论中的频率,大约为每万言中62次;至少高出其出现在儒家创始人言论中的频率(每万言3次)20倍以上。这是一个惊人的数字对比,人们不禁要问,老子何以会对圣人如此一往情深?几乎到了言必称圣人的地步。

  天之道,利而不害。圣人之道,为而不争。(第81章)
  故圣人云:"我无为而民自化,我好静而民自正,我无事而民自富,我无欲而民自朴。"(第57章)

老子作为哲人的推理方式,是来自神话思维的一种"类比推理"[①],表现为"天地自然如何如何,人类就应该如何如何"的模式化表达式。如今再以圣人为价值准则来看,老子习惯的一种固定的推理句式模式为"是以圣人"如何如何。"是以圣人"句式,在《道德经》中31处使用"圣人"的案例中一共占据21处。换言之,"是以圣人"句式在《道德经》中全部讲到圣人的语境中,所占比例超过百分之六十六。由这样一种十分偏爱的语用习惯,不难判断:老子所要表达的宇宙人生道理,其实就是他心目中的远古圣人的道理。用他自己的命名法,即可称为"圣人之道"。

圣人代表着正面的榜样力量,成为老子所论证道理的依据所在。圣

---

① 叶舒宪:《老子与神话》,陕西人民出版社,2005年,第23页。

人之道就是道家思想所本。那么儒道两家在对待圣人理想方面是否还有所区别呢？其最明显的区别之处,儒家语境的圣人理想有明确的历史人物为原型,那就是以尧舜禹汤文武为代表的圣王传统。老子没有将圣人与"圣王"做直接地或完全地认同,并不强调其和往古社会的统治者的必然关联性,而是泛指性的"有道者"(77章)。尽管在一些场合讲到的圣人有君临天下的统治者影子(57章、60章),但更多地描绘还是突出一种神秘的修道者形象,是在灵性和智慧方面远远高出常人的超级精神大师。儒家的"内圣外王"理念,至少在"内圣"这一方面是继承老子的修道学说的,不过儒家的修道方式主要围绕着西周传统的官方礼仪活动,这是老子所竭力反对的。老子倡导的圣人之道以无为和不言为特色：

是以圣人处无为之事,行不言之教,万物作焉而不为始,生而不有,为而不恃,功成而弗居。夫唯弗居,是以不去。(《道德经》第2章)

天地长久,天地所以能长且久者,以其不自生,古能长生。是以圣人,后其身而身先,外其身而身存。非以其无私耶？故能成其私。(第7章)

是以圣人为腹不为目。(第12章)

至于依据何种标准来辨识圣人与俗人的区别问题,《道德经》第70章给出的一个比喻的说法,透露出其中的秘密："是以圣人被褐怀玉。"

面对老子的如此陈述,后学有必要提问：圣人与玉之间的联系,究竟是偶然的,还是必然的？从后世的世俗化立场出发,会判断为偶然。从玉教大传统的立场看,老子不经意的一句话其实点明两者间的必然联系。这种联系的出现时间要比儒家的君子佩玉说早很多。

玉这种华夏文明中推崇备至的圣物,也是儒道两家思想的底层所共有的基础性内容。称之为华夏文明的文化基因,也并不为过。据王国维等学人的解释,"礼"字从玉,其造字结构透露出,华夏礼文化的根基以玉礼器为特色。后代儒家从礼仪活动中衍生出以玉比人的思想,即一套玉德学说。从道家的玉石圣物崇拜,到道教的至高主神玉皇大帝,其实也是顺理成章的发展。一旦在儒道两家思想者背后的几千年玉文化脉络得以重现于世,对古人来说无从求解的难题,对今人已不再是难题了。

二、圣人神话的民族志：作为
天人中介者的巫觋、萨满

在君子阶层成为社会精英以前的远古时代，有什么样的人才能具备充当圣人的条件呢？《国语·楚语下》记述的春秋时期楚昭王熊轸与楚国大夫观射父的一段对话，给出确凿的答词，那就是巫觋和祝宗一类神职人员。楚王熊轸询问在往古天地相通的神话时代，凡人是否可以登天？观射父回答说：

> 古者民神不杂。民之精爽不携贰者，而又能齐肃衷正，其智能上下比义，其圣能光远宣朗，其明能光照之，其聪能听彻之。如是则神明降之，在男曰觋，在女曰巫。①

有关巫觋的生理心理条件方面，观射父点出"智、圣、明、聪"四个要点，可以和楚简《五行》篇的五行说相比照。这就把"圣"的概念落实到对巫觋特性的描绘上了。这里的"明"是指"光照之"，类似于后世佛教所讲的神秘佛光现象，与运用眼力的识字读书活动全然无关。"聪"指非凡的听觉能力。"智"则指"上下比义"的能力，也就是在天人之间找到感应和征兆的能力。具备这些能力，才会有"神明降之"的效果。从这个有趣的问答中可以看出，春秋时期的高级知识人还把"圣"作为巫觋能力的一种表现。那么，巫觋不正是儒道两家共同推崇的圣人之原型吗？

《论语·子路》中孔子引用南方人的习语说："人而无恒，不可以作巫医。"②孔子对这个说法的评语是："善夫！"今之学人大都生活在现代的无神论语境之中，有病则求助西医之针药，似不易理解孔圣人为什么赞美巫医。若能够从大传统的立场看问题，则容易看出巫医和傩一样，都是孔子十分敬仰的古老通神者。刘宝楠《正义》引《公羊》隐四年《传注》云："巫者，事鬼神祷解，以治病请福者也。男曰觋，女曰巫。"《正义》又引用《周礼》中相关的司巫与医师之职，云："是巫医皆以士为之，世有传授，故精其术，非无恒之人所能为也。"刘宝楠为有效地说明古代巫医的通神者真相，还引用杨泉《物理

---

① 左丘明：《国语》卷十八，上海古籍出版社，1988年，第559页。
② 刘宝楠：《论语正义》，中华书局，1990年，第543页。

论》对医者的高度赞颂之词：

> 其德能仁恕博爱，其智能宣畅曲解，知天地神祇之次，明性命吉凶之数，处虚实之分，定顺逆之理，原疾量药，贯微达幽。

刘氏接着评论说："观此，则巫医皆抱道怀德，学彻天人。故必以有恒之人为之解者，或以巫医为贱役，非也。"① 经过这一番诠释和梳理，巫医何以得到孔子称颂的原因，大体得以清晰。大传统被文字小传统遮蔽以后，巫觋或巫医身份的神圣性逐渐蜕变，乃至在世俗化的社会价值观中被视为"贱役"。刘氏对此偏见加以驳斥。孔子与观射父大致属于同时代人，孔子所称道的巫医，出自南国人的习语。这和楚国大夫观射父所描述的巫觋，应该是同类的神职人员，其基本职业定位即在于沟通天人或神人。这和战国以后的文献中所称颂的圣人职责，大体是前后呼应的。如《郭店楚简·唐虞之道》所述：

> 夫圣人上事天，教民有尊也；下事地，教民有亲也；时事山川，教民有敬也；亲事祖庙，教民孝也。大（太）学之中，天子亲齿，教民悌也。②

此处说的圣人"上事天下事地"，与观射父形容巫觋的"上下比义"相一致。将圣人之教与天子之教相并列。"天子"作为上天在人间的神圣代表，其沟通人神的中介身份毋庸置疑。《尚书》则称圣王帝尧"格于上下"（《尧典》），或称通神者能够"格于皇天"（《说命》、《君奭》）、"格于上帝"（《君奭》），或"格知天命"（《大诰》）。用殷周金文的措辞表达，则经常用"王（各）格庙"（《吴方彝盖》、《小盂鼎》等）、"王各（格）大室"（《颂壶》、《免尊》等）、"王各（格）于周庙"（《彖方彝》，西周中期）、"其各（格）前文人"、"用格百神，用妥（绥）多福"（《宁簋盖》）等句式。"格"作为能够通达天地之神、祖灵和庙宇圣所的符号，原来和巫觋通神的大传统是一脉相承的③。

芮逸夫主编的词典《人类学》"巫医"条云："巫医是指为人们测运、避灾、祓除不详、及医治疾病的人。他们相信有超自然的力量在作恶，并且自认为

---

① 刘宝楠：《论语正义》，中华书局，1990年，第543页。
② 刘钊：《郭店楚简校释》，福建人民出版社，2003年，第152页。引文对"教"、"有"等异体字有所省略。
③ 臧克和：《天人沟通——释"格"》，《尚书文字校诂》附录，上海教育出版社，1999年，第685—704页。

能够与上述超自然的邪恶力量相对抗,并予以克服。"①这是现代的文化人类学对巫医职业的解说。需要补充的是,古之巫医与今日人类学研究的萨满同类,在精神上富有通神的潜能,这是他们超凡脱俗并足以对抗超自然的邪恶力量之关键。这种通神能力并不属于所有社会成员,而只是社会中少数个人的潜能所在。这些人被选为巫觋萨满的过程,即是从芸芸众生中脱颖而出的过程。按照人类学的田野报告,萨满的筛选和考验仪式,以象征性符号表示他们超凡俗而入神圣②。"人类学者对萨满教社会中的萨满身份调研表明:这是社群中的一小批人,他们充当萨满之职需要经历特殊历练的心路历程,然后才会获得通神本领和治疗能量,因而可以将这一批人称为'受伤的医者'。其萨满治疗的能量就来自他们自己的伤病体验,那是一种类似脱胎换骨的人格再造过程。"③萨满文化植根于史前文化大传统,对神圣与世俗的区分,如同观射父所说的"古者民神不杂",或是《尚书·吕刑》所说的上帝"乃命重黎,绝地天通,罔有降格"事件之前的情况。屈万里注《吕刑》说:"绝地天通,谓断绝人间与天神之联络也。神降临谓之降格。"④通神降神本是萨满巫觋们的社会专职。在颛顼时代的绝地天通事件之后,出现家为巫史的局面,结束了"民神不杂"的圣与俗分工状态。

圣与俗的划分是比较宗教学的一对重要分析范畴,自涂尔干和艾利亚德以来,区分圣俗两界,突出显圣物的精神象征意蕴,几乎成为人类学、宗教学研究的恒定主题。神话研究所受影响尤其显着。艾利亚德《萨满教》第三章讲述萨满如何获得通神能量,即以西伯利亚的萨满起源神话为开篇⑤。这对促进神话研究从文学语境转向宗教学语境,树立起一种典范。罗伯特·艾伍德(Robert Ellwood)的《神话——宗教的关键概念》一书对神话概念做出重新界定,能够提示很好的反思方向:

  一则神话是一个关于神祇、英雄或其他非凡存在的故事,通常发生于原初的时代或在另一世界,该故事以叙述形式建立一个社会的基本

---

① 王云五总编:《云五社会科学大辞典》第十册《人类学》,台湾商务印书馆,1986年,第142页。
② Eliade, M. *Shamism: Archaic Techniques of Ecstasy*, Translated by W. R. Trask, Princeton: Princeton University Press, 1972, pp. 71-109.
③ 叶舒宪:《文学人类学教程》,中国社会科学出版社,2010年,第139页。
④ 屈万里:《尚书释义》,中国文化大学出版部,1980年,第193页。
⑤ Eliade, M, *Shamism: Archaic Techniques of Ecstasy*, Translated by W. R. Trask, Princeton: Princeton University Press, 1972, p. 68.

的世界观和价值观。它解释了该社会组织的由来,仪式和行为编码的起源、意义与实际运作方式。①

英国宗教学家阿姆斯特朗(Karen Armstrong)的《神话简史》,乃标出"在纯粹世俗性的场阈中无法真正理解神话"②的基本信条。将神话还"圣"的这种后现代呼声,就像奥林匹克的圣火,如果不出自雅典神庙中的女祭司之手,就无所谓神圣性一样。

中国神话研究一个世纪以来大体分为两类:即以古史辨派为代表的"解圣为俗"运动,以张光直为代表的"由俗返圣"运动。前者以打倒千年偶像、以神话虚构来解构上古圣王谱系为宗旨;后者则以还原俗事俗物中潜藏的神圣原型为特色,希望透过历史文化的遗忘,重构和彰显远古的圣者——萨满巫觋们的文化创造功绩。

神话学者拉格伦(Lord Ragland)曾辨析神话与向历史演变的具体阶段。他认为,神话的演变经历了四个阶段:第一阶段,神话与宗教仪式密切相关,后者是其主要功能;第二阶段,神话成为"历史";第三阶段,"历史"转变成民间故事;第四阶段,民间故事转换为文字资源③。人类学研究关注初民社会中的政教合一现象,曾概括出一套合成术语"神圣王权"(Divine Kingship)④或"巫王"。由于有了人类学文化通观视野的透视作用,不仅屈原、宋玉一类在想象中升天入地的诗人,就连儒家所崇奉的尧舜禹汤文武一干圣人,也都被还原为萨满巫术信仰背景下的天人中介者⑤。治水救灾的圣王大禹为神巫,以身为牺牲祷告禳灾的商汤为大巫,上到天界得到神赐的音乐《九辩》、《九歌》的启,其神通本领照样显示出巫觋本色。具体辨识,这些圣王或巫王凭借玉通天或通神的事迹,都是玉教神话的例证。

圣人神话的巫觋原型,借助于新出土的实物证据,可有一个获得新认识

---

① Ellwood, Robert, *Myth: Key Concepts in Religion*, London: Continuum, 2008, p.1.
② Armstrong, Karen, *A Short History of Myth*, Edinburgh: Canongate Books Ltd, 2005, p.147.
③ Lord Ragland, "Myth and Ritual", in T. A. Sebeok ed, *Myth: a Symposium*, Indiana: Bloomington Press, 1958, p.129.
④ 王云五总编:《云五社会科学大辞典》第十册《人类学》,台湾商务印书馆,1986 年,第 191—192 页。
⑤ 关于宋玉和屈原与萨满教想象的关系,见 Eliade, M. *Shamism: Archaic Techniques of Ecstasy*, Translated by W. R. Trask, Princeton: Princeton University Press, 1972, pp.448-451,以及日本学者藤野岩友的专著《巫系文学论》,韩基国译,重庆出版社,2005 年。

的契机。"传说时代"的概念与"考古学时代"的概念一旦发生对应和视界融合,其历史认识的效应,非同小可。对华夏文明源头即大传统的重新认识,首先需要确立双重还原的原则:一是还原其口传文化传统,即上古礼乐文化的无文字传统渊源,解构文字书写文明的遮蔽和误解;二是还原其本土宗教信仰的神圣仪式语境,让巫觋和萨满的请神降神实践,成为研究儒道两家圣人崇拜的背景和参照。

或许,马王堆出土帛书《易传》中的《要》篇,引用孔子的一句自述,可以作为儒道思想探源的一种指针。那句话就是:"吾与史巫同涂(途)而殊归也。"

三、玉教信仰的神话历史:虞夏商周的圣王与圣物谱系

所谓"历史",其实是在权力书写作用之下,人为地建构出来的一套有关过去发生事件的话语。秉承西方学术的科学实证宗旨,现代的古史辨派学者们,希望拆穿这套话语的历史假象,将其还原为子虚乌有的神话传说或称"伪史"。但是因为只有实证的武器,缺乏神话学的人文诠释武器,遂将历史与神话完全分割和对立起来,看成截然不同的事物,使得历史本为"神话历史"的原有面目被人遗忘,在捍卫历史的客观性和可信性的同时,将神话当做不客观、不可信的虚构而抛弃掉。华夏文明初始期虞夏商周四代相承的文化正统根脉,就这样被质疑和悬置起来,用胡适的话说,叫做"东周以上无史"。

当人们恢复对圣人即圣王为天人中介者身份的理解,并以巫觋、萨满通神礼仪实践作参照系,以通天、降神、获得天命为主旨的王朝史叙事主脉,就可以在圣物与圣王的对应中,得到相对实证性的考察和重新认识,大致分辨出建构性的想象叙事成分和真实的实物原型成分。做出这种分辨的关键在于,给"灵,巫也,以玉事神"[①]的古代认识增加现代新知识的具体求证:以考古学新发掘的玉礼器文物为判断基准,去对照分析文献中的历史记载。

以下考察从唐尧和虞舜时代开始,纵贯夏商周三代,历数各代圣王(圣

---

① 许慎《说文解字》语,见段玉裁《说文解字注》,上海古籍出版社,1988年,第19页。

人)以美玉宝玉为天命象征物,述说其统治权、杀伐权之合法性的神话历史材料,并将古书中的相关记载,对比和验证于有考古学系年指标的玉礼器材料。

1. 唐尧时代:尧得天赐玉版。(《拾遗记》)
2. 虞舜时代:舜"辑五瑞"及"班瑞于群后"。(《尚书·舜典》)
3. 夏禹时代:禹合诸侯于涂山,执玉帛者万国。(《左传·哀公七年》)
4. 夏禹时代:帝赐禹玄圭,以伐有苗。(《尚书·禹贡》《史记·夏本纪》)
5. 夏启时代:夏启佩玉璜升天,得《九辩》《九歌》。(《山海经》)
6. 商汤时代:汤自把钺以伐昆吾,遂伐桀,俘厥宝玉。(《史记·殷本纪》)
7. 西周时代:姜太公钓得玉璜,辅佐文王。(《尚书大传》卷一)
8. 西周时代:武王伐纣,俘商旧玉亿有百万。(《逸周书·世俘》)
9. 西周时代:周公执璧秉圭以祈求祖灵(《尚书·金縢》)
10. 西周时代:周公分封,分鲁公以夏后氏之璜。(《左传·定公四年》)
11. 西周时代:穆王访黄帝神宫,得玉策枝斯之英、会瑶池西王母。(《穆天子传》卷二)
12. 春秋时代:孔子修《春秋》等,天有赤气如虹,化为玉璜。(《太平御览》引《搜神记》)

以上12条文献记载的内容,贯通着自圣王尧舜到素王孔子的历史,其脉络即宋儒所认定的华夏正统所在[①],包括尧、舜、禹、启、汤、姜太公、文、武、周公、穆王、鲁公、孔子共11位圣人,其文献的年代大致从《尚书》中的虞夏书,到东晋干宝《搜神记》,大部分为先秦古籍。其历史讲述的核心内容是圣人与圣物关系,合起来看足以构成一种上下贯通的完整谱系,中间没有一代缺环。11人中除了姜太公和周公是圣王辅佐,孔子是素王以外,全部是帝王级

---

① 朱熹在《中庸章句序》提出以"上古神圣,继天立极"所形成的道统,圣圣相传,自尧舜至周公皆为圣王,周公以下自孔子始,皆为有德无王位的圣贤,而不是历代的帝王。其道统传承的十一个阶段圣人是:尧—舜—禹—汤—文—武—周公—孔子—颜子—曾子、子思—孟子—二程。

或诸侯王级的统治者,特别是开国立号的最高统治者。分析神圣玉礼器在这些圣王叙事中所充当的作用,即为天人沟通、神人沟通的符号证明作用。玉代表神圣和天意、天命,并由此表示统治权和文明传承的合法性,不是人为设置的,而是有实物证明的。大凡在改朝换代之际,要出现有关"俘阙宝玉"的细节记载,那是因为古人坚信"宝玉"的归属易主,即为天命转移的物证。此类事件不只是具有经济价值的事件,而是事关王权合法性证明的事件,必加记录。玉教的信仰决定了书写"神话历史"之关节点。

周人以夏人后裔自诩,因此自称"华夏"(《尚书·武成》)。鲁国又是周成王封周公及周公之子伯禽的分封国,作为夏代开国帝王之通神升天法宝的"夏后氏之璜",能够历经夏商周三代,而传承至鲁公之手,其君权神授的华夏正统符号意义,远大于财富意义。《左传·定公四年》孔颖达疏云:"《哀》十四年传云:'向魋出于卫地,公文氏攻之,求夏后氏之璜焉。'则璜非一也。《尚书·旅獒》及《鲁语》皆云,古者分同姓以珍玉展亲,则先王不以玉赐向魋,向魋自规求得之也。"[①]东周时人对商周两代之前的"夏后氏之璜"能够记忆犹新,并且孜孜以求,实乃来自大传统的玉教神话之核心信念使然。从春秋时期楚人卞和献宝玉给楚王,楚文王使玉人理其璞而得宝,命名"和氏之璧"(《韩非子·和氏》、刘向《新序·杂事五》),到战国时期赵惠文王得楚和氏璧。秦昭王遗赵王书,愿以十五城换璧。蔺相如向赵王请命奉璧出使秦国,上演一出"完璧归赵"的大戏(《史记·廉颇蔺相如列传》),玉教神话一直在华夏文明中继续导演着不同的"神话历史"剧目。李白《鞠歌行》云:"玉不自言如桃李,鱼目笑之卞和耻。"清侯方域《为吴氏祷子疏》云:"不辞玉碎,留暂时于人间;所喜石坚,得请申于帝座。"可见玉教总体衰微之后,其神话信念为历代文人墨客所继承的情况。当代小说家姚雪垠《李自成》第一卷第十二章,依然让闯王大义凛然的说出:"我李自成宁为玉碎,不为瓦全。"

探寻中华认同的形成,可在早于秦始皇数千年的史前时代考察对玉器圣物的认同,围绕着中原玉礼器体系的构建而逐渐萌生。秦始皇的统一帝国之所以要用传国玉玺为神圣的符号物,一直到大清王朝的末代皇帝,始终奉传国玉玺为至高无上的权力象征,其根本原因即在此种圣人与圣物的对应谱系。这是处在华夏文明史发生期的"玉器时代"以来,中原王朝所铸就

---

① 阮元:《十三经注疏》,中华书局,1980年,影印版,第2134页。

的玉教神话的文化认同观和核心价值观所在。

在1921年以前,要想求证尧舜禹汤时代的玉教叙事之虚实,没有足够的参照物证。王国维提出用甲骨文金文作为探索古史的二重证据,后人据此多少能够证明殷商卜辞中以玉祭神的情况不是神话虚构,而是反映殷商人的信仰与祭礼实践①。笔者认为可将人类学、民俗学的旁证作为三重证据,将出土实物作为四重证据。如果借助于这些古人见不到的新证据来考察,则比尧舜时代早许多的史前玉器生产和使用的地理分布情况,如今都已经和盘托出了。在新材料基础上,两岸学界拓展出玉学和玉文化研究的专门领域,将前所未有的大传统学术视野,带给被现代疑古派摧毁殆尽的古史圣王谱系。仅就"夏后氏之璜"一项来看,自7 000年前的河姆渡文化到春秋时代,出土的玉璜实物数以千计,其深远的年代和广大的空间分布,促进了对"璜—龙—虹"三位一体神话观的确认。这正是传统国学视野中缺乏的新知识资源②。最具典型性的出土玉璜,是辽宁喀左县东山嘴红山文化祭坛遗址发掘出的双龙首玉璜③。五六千年前的玉璜,让今人能够看到史前玉礼器实物,对照良渚文化出土的多龙首形玉璜和玉环,可将孔子作《春秋》得天赐彩虹化为玉璜的神话,同玉教的大传统衔接为一整体。甲骨文中写作双头龙的"虹"字只是从无文字大传统神话观进入汉字小传统的中介而已。

在西周玉器中,玉璜的重要性达到极致。如1980年陕西扶风县太白乡高家嘴村西周窖藏出土三璜联璧④。同时也出现以玉璜为主体的玉组佩礼俗,从三璜、四璜、五璜、七璜组佩,一直到山西曲沃晋侯墓地63号墓出土庞大玉组佩,共有204件玉器组合而成,其中玉璜多达40余件。玉璜成为死者升天彩虹桥的神话意义,与玉雕飞禽形象互为映衬、相得益彰。除了玉璜之外,与尧舜禹以来各代圣王相对应的玉器出土情况,也已理出比较清楚的头绪。尧舜时代相接近的王都级别的玉礼器群,是山西襄汾陶寺遗址出土玉器,约距今4 500—4 200年。与夏代接近的中原王都级别的玉礼器群,则以河南偃师二里头遗址出土玉器为代表。此外还有湖北的石家河文化出土玉

---

① 王宇信:《卜辞所见殷人宝玉、用玉及几点启示》,见香港中文大学中国考古艺术研究中心编:《东亚玉器》,第一册,1998年,第18—25页。

② 王维:《中国新石器时代出土玉璜研究》,南京师范大学硕士论文,2007年。

③ 辽宁省文物考古研究所编:《牛河梁红山文化遗址与玉器精粹》,文物出版社,1997年,第62页图版25。

④ 周原博物馆编:《周原玉器萃编》,世界图书出版公司,2008年,第6—7页。

器群,陕西北部的龙山文化玉器群,以及甘青地区的齐家文化玉器群等。商代玉器以武丁时期为最发达,西周玉器生产的情况则以周穆王时代为转折点,从数量上、选料和工艺质量上形成高峰期。以在西周王畿区内的宝鸡强国墓地出土文物为例。"强国墓地的下葬年代虽然跨度自西周早期至中期穆王时期,但是出土玉器多集中在 BRM1 乙、BRM1 甲,以及 BRM2 之中,皆属于穆王时期,西周早期的玉器相对较少。"①西周早期的玉器虽然少,其来源是怎样的呢?周武王灭商前后所俘获的殷商王室宝物,即主要是大量商代人的玉器。在西周时期强国出土玉器中,改制型的西周玉器不在少数。如《强国玉器》中编号为 BRM1 甲:37 的玉龙,就被确认为"商代晚期遗留,未再加工的原生型玉器"。而陕西韩城新出土的芮国墓葬中,居然有一件周代人收藏的红山文化玉猪龙②。在陕西凤翔出土的春秋晚期秦国墓葬中,也曾发现红山文化的玉礼器③。这些证物表明,远古之宝玉被当做圣物而世代收藏传承的情形。

玉器作为非实用性礼器,其生产和使用者的支配信仰性观念可以通过玉教神话的比较研究而逐渐复原出来。这就给重建圣王与圣物对应的神话历史谱系提供了条件。四重证据互动的研究前景值得期待。

四、结　　论

史前时期,在巫以玉事神的长期礼仪实践中形成的华夏大传统,铸塑出以玉为神灵和永生的信仰和神话体系,可简称为"玉教"。对祭祀礼仪中玉礼器之"玉色"和"玉音"效果的高度关注,成为世代传承的神圣知识。以玉为宝的习俗和观念,脱胎于玉代表神意和天命的观念,贯穿在虞夏商周四代王朝的神话历史中,从未中断。这就给儒道思想的发生奠定了神话和仪式的原型。西周王权旁落之后,诸侯会盟仍以玉帛为信物,表示同盟或者和好。这是因为盟誓行为的观念前提是神灵对结盟双方的监督威慑作用。玉

---

① 蔡庆良:《原生型、次生型、再生型玉器的讨论——以强国墓地出土玉器为例》,北京大学震旦古代文明研究中心等编著:《强国玉器》,文物出版社,2010 年,第 376 页。

② 孙秉君、蔡庆良:《芮国金玉选粹——陕西韩城春秋宝藏》,三秦出版社,2007 年,第 39 页图版。

③ 古方主编:《中国出土玉器全集》,科学出版社,2005 年,第 14 卷,第 26 页图版。

帛依然能够代表天神。《左传·僖公十五年》:"上天降灾,使我两君匪以玉帛相见,而以兴戎。"以玉帛相见,是以礼相见。"兴戎"则是大动干戈,其发动战争的终极动因不在人间,而被视为"上天降灾"的表现。

玉由神明的代表,演变成为儒家人格的理想象征物。这一转变的实践基础是,史前巫觋持玉祭神,被王朝国家的君王们所接替。《诗经·大雅·棫朴》:"追琢其章,金玉其相。勉勉我王,纲纪四方。"这四句诗是以金玉的美好质地来比喻周朝帝王统治四方的权威。这样的修辞性用语,如果提前一两千年的话,是根本说不出来的。因为当时还没有"金"的生产和使用习惯,只有玉的生产和使用习惯。继帝王之后,统治阶层的官员和知识人,也能够用玉来比喻。这个转换过程在儒家学派之前就已发生。《诗经·秦风·小戎》曰:"言念君子,温其如玉",已经明确地将以玉比德的对象主体从帝王转向所谓"君子"。

玉器从史前部落社会巫师酋长专有的神器,发展为帝王权力的象征物和国家礼法的神圣道具。早在殷商甲骨文出现之前很久,玉器符号系统就已经先于夏代而流行各地,并在唐虞时代至夏代走向交融和统一,最终在中原地区完成这一过程。儒家玉德观和道家的食玉长生观,均从商周以来的帝王用玉制度的传统发展而来。赋予美玉以道德化、人格化的内涵,成为充分体现形而上意义的形而下器物,从而奠定后世华夏玉文化的主基调。

(原载《哲学与文化》第 39 卷第 6 期,2012 年)

从"太初有熊"到"太一生水"
——四重证据探索儒道思想的神话起源

歌德《浮士德》主人公有一大胆举动,将《圣经》所言"太初有道"改为"太初有为"。

据《新约·约翰福音》第一章的说法:

> 太初有道,道与神同在,道就是神。这道太初与神同在,万物就是借着他造的;凡被造的,没有一样不是借着他造的。生命在他里头,这生命就是人的光。光照在黑暗里,黑暗却不接受光……他(神)在世界,世界也是借着他造的,世界却不认识他。①

据此,"太初有道"表明太初有神,神即造物主,他主宰世界万物的创造。此种基督教的宇宙发生论直接来自《旧约·创世记》的耶和华创世神话。类似的宇宙发生论在中国是怎样表现的呢?受到早期汉学影响的西方学界曾经认为:中国没有创世神话,也缺乏哲学方面的宇宙发生论。晚近的中国神话学则试图证明,中国不仅有丰富多样的创世神话,就连来自创世神话的宇宙发生论也有多种不同表达模式:太初有熊式,太一生水式,太极生两仪式等。本文试梳理其间的关系,从四重证据互动的新视角,着重探讨被忽略和遗忘已久的太初有熊神话观,发掘儒道思想背后的神话根源之脉络,辨析中国思想发生史的若干原型编码要素。

图1所示汉画像的神话景观:伏羲女娲人首蛇身交尾于下方;舞蹈状的有熊氏位于中央上方。图2为陕西华县出土汉代神熊形陶罐:熊作"圣人抱一为天下式"的造型。此类图像叙事直接或间接关联到太初有熊的神话观,本文末节将以此为第四重证据来探讨。

---

① 《新旧约全书》,中国基督教协会印发,1989年,第101页。

图 1　河南新野汉画像石：伏羲女娲与有熊

图 2　熊抱一为天下式

一、太初有熊：华夏创世神话的再发掘

按照基督教的神学解释，《约翰福音》的"太初有道"说也可以表达为"太初有言"。开辟之初没有世界和万物，也没有文字，只有神的言说：耶和华以口说方式实现世界和人的创造。物理世界从混沌的黑暗到光明之转化，源于耶和华的意念和他所说出的"要有光"这句话。西方当代哲人由此归纳出一种言说的本体论和存在论，称"自从开始了谈话我们才存在"[①]。替换笛卡儿的著名命题"我思故我在"，于是有"我言故我在"的命题。神话学家在这里看到的是一种口头传承的文化传统所建立起来的价值观，它完全不同于崇拜文字的后代文明价值观。在口头言说中埋藏着神话叙事的深远之根。

用肖恩·凯恩（Sean Kane）《神话讲述者的智慧》一书中的话说："讲到神话，就意味着拉开了我们在这个星球上千百万年的生命距离，那时的人类

---

① 〔德〕伽达默尔：《文化与词》，《赞美理论——伽达默尔选集》，夏镇平译，上海三联书店，1988年，第4页。

知识主要是靠口传的记忆来传达的。"①

文字书写的历史以千年为单位。以万年为单位的则是口传记忆之文化传统,它必然会在早期的文字文明史留下其深刻的印记,这就表现为中国古书开篇处通常被解释成发语词的一些套语。其表现形式具有两种模式化特征:一种是表明口述性质的动词;另一种就是表明万物本原的名词。以口述性动词开篇的古书,如《尚书》虞夏书称"曰若稽古",衍化为甲骨卜辞和金文叙事开端套语"王若曰",此一脉相承的"若"字透露出身兼巫祝领袖之王者在降神通神语境下言说活动之神圣性质②;《天问》称"曰遂古之初",《楚帛书·甲篇》称"曰故(古)",《史墙盘铭》称"曰古"等,皆以一个"曰"字标明历久而新的口传语境;以万物本原之名词开篇的古书如《周易·系辞上》称"易有太极",《太一生水》称"大一",老子《道德经》称"古始"、"道纪"或"有物混成"。其实这两种表述模式都直接承继着远古时代神话讲述的套式。下文先以《天问》之开篇为例,揭示其背后隐含的口传创世神话之痕迹。

在文学史上一般将《天问》视为屈原的个人创作,观其第一行文字,则可知是来源于口传文学。《天问》开篇第一字为"曰",清儒陈本礼注:"曰字一呼,大有开辟愚蒙之意。"③这已经点明长诗《天问》创作之旨意:以开辟神话的系列问题来展开华夏文明史的启蒙教育。"曰"字下第一句即"遂古之初,谁传道之?"也明确提示全篇所发问之对象内容,是得之于远古的口传记忆传统。如洪兴祖注:"道犹言也,传道,世世所传说往古之事也。"王夫之的评语说:"遂与邃通,远也。唐虞始有书,仓颉始有字,而或侈言远古之事,口耳相授,岂能传远乎?"④古代儒生以书本知识为生计,终日以读书写字为职业工作,当然会对口头传统的文化承载能量和延续时间持怀疑态度。如今有了人类学家在世界五大洲的无文字民族中无数田野报告,世人终于明白了口传文化的万年传承底蕴,也就根本不会怀疑仓颉造字之前有没有文化传承了。以目前所获得的考古材料为准,唐虞时代和随后的夏代尚未发现文字体系,只有零星的刻画符号如陶符,王夫之"唐虞始有书"一说乃臆测之

---

① Sean Kane, *Wisdom of the Mythtellers*, Broadview Press, 1994, p.32.
② 参看叶舒宪:《神圣言说——汉语文学发生考》,《百色学院学报》2009 年第 3—4 期;臧克和:《释"若"》,《殷都学刊》1990 年第 1 期。
③ 游国恩主编:《天问纂义》,中华书局,1982 年,第 10 页。
④ 同上书,第 10—11 页。

词,不足为据。

口传文化最古老也最常见的表述形式即所谓神话传说。而探究万物本源的一类神话则称创世神话。在中国,过去关注这类神话的大都是民间文学方面的神话研究者,由于郭店楚简《太一生水》的发现带来的简帛讨论热潮,才使得哲学和思想史学者也转向创世神话。用本土话语说,创世神话即开辟神话。在西方思想史上,创世神话的主题被后来的新兴的哲学家所继承,又美其名曰"宇宙发生论"(cosmogeny)。远古之人迫于生计和求生的环境压力,很少有对宇宙问题本身的太多雅兴,他们发问世界由来的问题是要为本族人种的文化来源寻找根据,为其社会群体文化认同而建构出共同的神话历史信念。所谓"问祖归宗",表面上要涉及宇宙万物的由来,其实质和功能却在于社会意识形态的神圣性建构,包括信仰和历史、皇族之系谱等。因此之故,有些创世神话给出很多篇幅讲述造物主神创造世界的过程,然后归结到人类始祖和本族群的由来,如《旧约》之《创世记》和日本第一古籍《古事记》。也有些创世神话单刀直入,以邃古以来的帝王谱系展现其万世一系的传承和认同根据,如《易纬·乾凿度》引用华夏文明黄帝一系的问祖归宗之词云:

> 黄帝曰:"太古百皇辟基,文籀遽微萌,始有熊氏,知生化柢,晤兹天心。意念虞思慷寂,虑万源无成。既然物出始俾①,太易者也。太易始著,太极成。太极成,乾坤行。"②

这一由华夏共祖黄帝亲口叙述的创世神话,其特殊之处在于,透露出在"易有太极"一说之前的更加古老的文化渊源,原来是始于"有熊氏"。由有熊氏的"知生化柢,晤兹天心",才开启了世界万物的萌生过程。在太古百皇所开辟文明的创造历程中,有熊氏被排在第一的神圣位置。他以非凡的智慧和非凡的能量,为宇宙发生提供原动力。从"知生化柢,晤兹天心"两句看,有熊氏的智慧和能量来源于神圣的超自然界。"天心"即天意、神意的一种比喻,也象征天界之中央(详见下文关于"天心石"神话的讨论)。有熊氏

---

① 此处"俾"字可解作顺从。《书·君奭》:"海隅出日,罔不率俾。"王引之《经义述闻·尚书下》:"俾之言比也。《比》象传曰:'比,下顺从也。'比与俾古字通,故《大雅》'克顺克比',《乐记》作'克顺克俾'。"《礼记·乐记》:"王此大邦,克顺克俾。"郑玄注:"俾当为比,声之误也。择善从之曰比。"

② 上海古籍出版社编:《纬书集成》上册,上海古籍出版社,1994年,第6页。

的创世(或称"生化")之功显然代表神意和天命。从创造方式看,有熊氏以"意念"来开启"物出"的历程,近似于《旧约·创世记》中的耶和华。但是有熊氏没有按照"言灵信仰"以口说方式行使创造工作。这又不同于耶和华,也不同于老子《道德经》第一章说的"无名,天地始;有名,万物母"①。从创造程序看,第一个萌发自有熊氏意念的"物",名为"太易"。接下来的创生程序是:"太易始著,太极成。太极成,乾坤行。"

用四段论方式概括《易纬·乾凿度》的太初有熊创世观,可表现为如下公式:

有熊氏 → 太易 → 太极 → 乾坤

"太易",指原始混沌的状态,与《易传》中的"太极"、《老子》中的"浑成"含义相近②。《列子·天瑞》也将太易排列在宇宙发生程序的第一位置。其言如下:"故曰:有太易,有太初,有太始,有太素。太易者,未见气也。"末一句"未见气也"是对"太易"状态的明确诠释。李白《古风》之十三:"观变穷太易,探元化群生",也是将太易作为群生变化的始源。这样一种作为创生本源的"太易",虽近似《易传》之"太极",却先于"太极"。关于太极运动而分化出阴阳四时四方八卦的原理,《易·系辞上》有经典性的论说:"易有太极,是生两仪,两仪生四象,四象生八卦。"孔颖达疏:"太极谓天地未分之前,元气混而为一,即是太初、太一也。"据此可见,作为宇宙万物之源的太极,也是指元气混而为一的状态,可以和太易、太初、太一等词作为同义词。有熊氏既然是生化出太易即太一的更早之存在,那么从《易纬·乾凿度》的太初有熊创世观,到《郭店楚简》中《太一生水》创世说,两者之间的逻辑关联也就呼之欲出了。

按照《天问》的追根问底之精神,今日学人不免要问:谁是有熊氏?

据司马迁《史记·五帝本纪》,有熊氏指黄帝自己的国号。可是《易纬·乾凿度》郑玄注却认为有熊氏即伏羲,其词云:"有熊氏,庖牺氏,亦名苍牙也。"苍牙一名或许也隐喻着天地萌芽之意。伏羲的别称为何叫苍牙?原来就是以其开天辟地的功绩为命名的。《易坤灵图》:"苍牙通灵,昌之成运,孔

---

① 朱谦之:《老子校释》,中华书局,1984年,第5页。
② 据《汉语大辞典》和《哲学大辞典·中国哲学史卷》,上海辞书出版社,1985年,第60页。

演命明经道。"旧注:"苍牙则伏羲也,昌则文王也,孔则孔子也。"①这是以伏羲、文王、孔子为三位一体的道统谱系。范仲淹《明堂赋》:"粤自苍牙开极,黄灵耀德,巢穴以革,栋宇以植。""粤"即"曰","苍牙开极",即对伏羲有熊(一称黄熊)开辟鸿蒙和创立太极八卦一事的高度概括。扬雄《法言·问道》:"鸿荒之世,圣人恶之,是以法始乎伏牺而成乎尧。"王嘉《拾遗记·春皇庖牺》解说伏羲又名庖牺的含义:"庖者包也,言包含万象;以牺牲登荐于百神,民服其圣,故曰庖牺,亦曰伏羲。"《周礼·春官·大司乐》"以乐舞教国子"贾公彦疏引《孝经纬》:"伏牺之乐曰《立基》。"治中国神话一般都熟知伏羲氏有一个雅号"黄熊"。现在看来,"有熊氏"一名在汉人心目中是伏羲和黄帝两者共同的名号。在战国时期成熟起来的三皇五帝系统中,作为三皇之首的伏羲和五帝之首的黄帝共享一个"有熊"圣号,其原因何在?窃以为这是潜伏在中国思想发生史开端的一个关键难题,值得深入探究。

据《乾凿度》,黄帝所口述的比他更早的皇王伏羲已经有了"有熊氏"之名号,那么黄帝本人也得名有熊氏,这不是可以表明两者一脉相承的族系或文化认同的关联吗?从《乾凿度》所述以有熊氏为主角的华夏创世神话看,宇宙生化的本源道理,以及神秘的天意之本源即"天心",都是从创生的终极始祖有熊氏开其端的。原文中第一个"始"字,标明有熊氏独一不二的优先地位。第二个"始"字讲的是"物出始俾,太易者也"。若将这两个"始"等同起来看,有熊和太一就成为同一种神话宇宙发生论的不同表述之词:第一种措辞为人格化的和具象的;第二种措辞为概念化的和抽象的。前者联系着更加古老的口传神话叙事传统,后者则开启非神话的书面文字式的形而上推理之宇宙论,也成为"易有太极"一类哲学话语的发端。从创世程序看,前者讲述原始人格神的造与生,以混沌(鸿蒙)或有熊为先;后者讲述从一到多的概念或数字演化过程。先有"一"或"太易",再由太易衍生出太极,再由太极演出乾坤天地阴阳和万物群生。老子将此程序概括为"道生一,一生二,二生三,三生万物"的著名发生公式。将两类表述统合起来看,这样的宇宙发生论程序,分明是将有熊氏作为万有之本源,群生之祖。准此,对"有熊氏"这一神圣名号的理解就必须深入一步,进入哲学意蕴的层次。

先讲"有"字。有熊之"有"字,不光是一般性地指"拥有",而是具有宇宙

---

① 上海古籍出版社编:《纬书集成》上册,上海古籍出版社,1994年,第241页。

论的"存有"、"本有"意蕴,对应"太初有熊"的创世神话观念。换言之,"有熊"的本体论意蕴对应的是老子说的"有物混成"。如此来看,以"有熊"为氏或氏族名号,就好比叫"太极氏"或"太一氏"一样,带有神话讲述之神圣本源的"执照"证明性质,而不仅仅是要将祖先追溯到某一种图腾圣物。以有熊为氏号者所建立的国家,史称"有熊国"。《史记·五帝本纪》:"自黄帝至舜禹,皆同姓而异其国号,以章明德。故黄帝为有熊……帝禹为夏后而别氏,姓姒氏。"司马迁的这一叙事容易让后人理解为黄帝是有熊国的创立者。但是从注释家们引证的材料看,黄帝其实只是有熊国之传人,不是该国的始祖或创立者。《史记集解》引谯周曰:"有熊国君少典之子也。"①皇甫谧曰:"有熊,今河南新郑是也。"谯周氏三国时人,皇甫谧是晋人,可知汉晋时代还能明确指出有熊国的地理位置。2006年中国国务院颁发牌照认可新郑为"黄帝故里",其历史依据或即在此。不过汉代班固撰《白虎通·号》又曾云:"黄帝有天下,号有熊。有熊者,独宏大道德也。"班固以官方史官的身份认为有熊氏黄帝统一天下后的圣号,其意义是指"独宏大道德"。如果按照道与德二字的本义去理解,道可指宇宙的本源与生命力,德则指个人所能获得的生命能量。能够"独宏大道德"的事物或者生命,理所当然属于创世神话所讲宇宙创生之原动力。在道家的人格化神话中,称此宇宙本源和动力为"浑沌",他被代表时间和空间的南海之帝倏北海之帝忽共同开出七窍而死。非人格化的称谓则是"有物混成,先天地生"。用郭店简书的说法是"大一"或"太一";用彝族创世神话史诗《勒俄特衣》的说法,叫做"混沌演出水是一"②;笔者曾概括此类创世神话母题为"原始大水"③,现在还需要将形而上的概念"太一"和形而下动物原型"大(天)熊"结合起来,再做知识考古式的发掘。

讨论过"有",再看"熊"。这也是古汉语中非常有来由的字,本写作"能"。今日的词书解释"能"字,首先要标明其为"传说中的一种兽"。例证有《国语·晋语八》:"今梦黄能入于寝门,不知人杀乎,抑厉鬼邪?"韦昭注:"能,似熊。"梁任昉《述异记》卷上:"尧使鲧治洪水,不胜其任,遂诛鲧于羽山,化为黄熊,入于羽泉。今会稽祭禹庙,不用熊,曰黄能,即黄熊也。陆居

---

① 〔日〕泷川资言:《史记汇注考证》,上海古籍出版社,1986年,第1页。
② 朱桂元等编:《中国少数民族神话汇编·开天辟地篇》,中央民族学院少数民族古籍整理出版规划办公室,1985年,第94页。
③ 叶舒宪:《中国神话哲学》,中国社会科学出版社,1992年,第354—358页。

曰熊,水居曰能。"这后一种水居动物"能"可指鱼鳖类的存在,神话中又称"三足鳖"。韩愈《忆昨行和张十一》诗云:"近者三奸悉破碎,羽窟无底幽黄能。"韩愈用的是"能"之本义。"能"字引申义则指才能、能力或有能力。《书·大禹谟》:"汝惟不矜,天下莫与汝争能。"《墨子·尚贤上》:"故官无常贵而民无终贱,有能则举之,无能则下之。"《易·系辞上》:"乾知大始,坤作成物;乾以易知,坤以简能。"孔颖达疏:"坤以简能者,简谓简省凝静,不须繁劳。以此为能,故曰坤以简能也。"诸葛亮《前出师表》:"将军向宠,性行淑均,晓畅军事,试用于昔日,先帝称之曰能。"在关中方言里,讽刺人过于自负称"能不够"。柳青《创业史》第一部第七章以长安地方人口吻说:"你呀!你太能了!"与后起的"熊"字相比,汉字"能"应该说是含义丰富而重要的哲理性概念,而这个概念也和"象"、"物"等概念一样,以某一种巨大的陆地动物为形而下表象即原型,甚至还连类兼及水生动物三足鳖。

从"道"与"器"合一的立场看,"大一"或"太一"作为抽象概念,是否也可以找到神话思维中的形而下表象呢?原来就可以追溯到陆地上最大的食肉动物表象——熊。做出这一判断最直接也最有力的证据就出自郭店简《太一生水》文本之中:

> 是古(故)大(太)一藏于水,行于时。㴂(周)而或(又){始,以己为}万(万)勿(物)母。
>
> 能(一)块(缺)能(一)浧(盈),以忌(己)为万(万)勿(物)经。此天之所不能杀,地之所不能埋,阴阳之所不能成。君子智(知)此之胃(谓)……①

此处所言"能缺能盈"的两能字,写作上方为羽下方为能的异体字,其文意被当代注释者解释为"一缺一盈",表明"熊"之本字"能"可作"一"的通假字。换言之,用还原式思考来看,"能缺能盈"即"熊缺熊盈"。在先秦文字使用上"熊"与"一"的这种互换关系,若从神话哲学的角度审视,会是意味深长的。"能缺能盈"的观念很可能来自人类经验观察到的熊随季节而变化的生理习性。为准备漫长的冬眠期而吃秋膘造成身体脂肪堆积,这就是"熊盈"之原始表象;冬眠后在季春时节重新走出洞穴时是熊体重消耗最多之时,也

---

① 所引《太一生水》据刘钊《郭店竹简校释》本,文字略有改动。福建人民出版社,2003年,第45—46页。

就是"熊缺"之表象。战国竹简书中所写这个"能"字上方加有"羽"字,这个异体的"熊"字对应的是上古造型艺术传统中表现的"飞熊"、"鹰熊"一类神话形象(后世小说则敷衍出"飞熊入帐"一类神幻母题)。考古出土的此类神话造型可以举出殷墟候家庄1001大墓出土的鹰首熊神大理石雕坐像①,以及西汉飞熊形辟邪玉壶②。"能缺能盈"或者"一缺一盈"是冬眠之熊周期变化的明显外在特征,和大自然的一岁一枯荣变化节奏是完全合拍的。神话思维将熊理解为拥有死而复生能量的神灵或神仙,给予特殊的崇拜,并试图按照仿生学原则模仿熊的季节性作息规则。楚人的先祖之国得名叫"熊盈国",其天人合一的模仿道理或出于此。从屈原《离骚》"帝高阳之苗裔兮"句可知,楚人以颛顼高阳氏为神祖,颛顼乃黄帝有熊氏之后代。那么楚先民之熊盈国和黄帝有熊国当有一脉相承的渊源关系。这样的谱系梳理就便于揭开20多位楚王惯常以熊为号的历史之谜。

《列子·天瑞》所称引楚人先祖鬻熊的智慧之言,显然也非常明确地围绕着盈亏之间的变化哲理:"运转亡(无)已,天地密移,畴觉之哉?故物损于彼者盈于此,成于此者亏于彼。损盈成亏,随世(生)随死。往来相接,间不可省,畴觉之哉?"③熟悉《山海经》的人,很容易将此处的"损盈成亏,随世(生)随死"和"往来相接"和《中山经》的熊山熊穴神话联系起来理解。那冬闭而夏启的熊穴,被说成是"恒出神人"之地,折射着神熊冬眠为死,春夏觉醒为复生的循环往来之生命逻辑。这当然也符合"天之所不能杀,地之所不能埋"的神圣生命循环原理。从"熊"和"一"的神话对应还能看出,"大(太)一"与"大(天)熊",分别作为两种创世神话类型的创生主体,其实隐约透露着相互认同和互换的关系。依照思维发展从具体到抽象的程序,应该是太初大(天)熊创世神话在先,太一生水创世神话在后。

传说黄帝所建之有熊国都在河南新郑县。《通典·州郡七》:"有溱洧二水,祝融之墟,黄帝都于有熊,亦在此也。"这个人文地理命名现象之中所保存的远古历史记忆,体现为"黄帝—祝融—有熊"的三联关系,值

---

① 现藏台北中研院历史语言研究所文物馆。相关的讨论见苏莹辉:《从文字、图像谈古人的跪坐姿态》,台湾《东吴大学中国艺术史集刊》第十三卷,1984年,第1—22页,图版陆。
② 现藏扬州博物馆,图片见古方主编:《中国出土玉器全集》第7卷,科学出版社,2005年,第163页。
③ 严北溟等:《列子译注》,上海古籍出版社,1986年,第13页。

得深究。据新出土的楚地竹简,当时楚人祭祀本国先祖的仪式上,也遵循着一种固定的三联式祖谱排列关系。以下是包山、望山和新蔡楚简中的例子:

……举祷楚先老僮(童)、祝○(融)、○(鬻)酓(熊)各一牂。(《包山》2·217)

……举祷楚先老僮(童)、祝○(融)、○(鬻)酓(熊)各两。(《包山》2·237)①

……举祷楚先老童、祝○(融)、○(鬻)酓(熊)各两牂。……(《新蔡》甲三:188、197)

……就祷楚先老(童)、祝○(融)。(《新蔡》甲三:268)

先老○(童)、祝○(融)、○(鬻)酓(熊)各一牂。(《望山》一·120《望山》一·121)

[楚]先老○(童)、○(祝)融各一牂。(《望山》一·122《望山》一·123)②

据传世文献《左传·僖公二十六年》记载:"夔子不祀祝融与鬻熊,楚人让之。"对照出土楚简,《左传》说夔子不祀"祝融"与"鬻熊",只举出楚人先祖三联式谱系中的后两者,省略了排在第一位的老童。楚简中也有类似的省略情况,即上引《新蔡简》仅举"老童"、"祝融"二位,省略鬻熊。

考究一下三联关系中每一个子项,彼此之间都构成神话象征上的对应关系。先审视老童的身份和本领,不难看出这是一个典型的神话形象。老童为黄帝有熊之后,颛顼之子。《世本·帝系》还记述着老童母亲一方:"颛顼娶于滕氏,滕氏奔之子谓之女禄,产老童。"《山海经·大荒西经》说老童之父颛顼有一种"死即复苏"的生命能量,当属熊之冬眠与复苏现象的象征;老童的本领,史书中虽没有具体记述可查考,但是仅从这个名字上就不难窥其大概:那是返老还童,死而再生的隐喻!颛顼的死而复苏是冬眠之熊逢春复出的一种象征性表述方式,那么以返老还童为能的老童,当然也出自同一类季节循环性的生命变化表象——陆地走兽熊罴或水生动物鱼(鳖)类,以及水陆两栖的鱼—蛇互变性神话生物。老童作为神灵之名又称"耆童"。《山

---

① 湖北省荆沙铁路考古队:《包山楚简》,文物出版社,1991年。
② 湖北省文物考古研究所、北京大学中文系:《望山楚简》,中华书局,1995年,第41、102页。

海经·大荒西经》:"有榣山,其上有人,号曰太子长琴。颛顼生老童,老童生祝融,祝融生太子长琴。"袁珂校注:"《西次三经》云:'騩山,神耆童居之,其音常如钟磬。'郭璞注:'童,老童,颛顼之子。'即此老童也。"嵇康《琴赋》云:"慕老童于騩隅,钦泰容之高吟。"关于騩山的位置,李善注:"騩山在三危西九十里。"这是指在甘肃敦煌东南方的三危山。不过中原地区黄帝有熊氏故里附近也有山名大騩山,位置在今河南密县附近。《国语·郑语》:"主芣騩而食溱洧。"韦昭注:"騩,山名。"《汉书·地理志上》:"(河南郡)密,故国,有大騩山,溱水所出,南至林颖入颖。"这样看来,神耆童所居騩山就在祝融之墟和黄帝都于有熊的同一地区。

关于老童的后代祝融,古书中也有多种不同名称。《山海经·大荒西经》又云:"颛顼生老童,老童生重及黎,帝令重献上天,令黎邛下地。"《周礼说》:"颛顼氏有子曰黎,为祝融,祀以灶神。"据此,重黎或黎和祝融是一人二名。《左传》昭公二十九年:"颛顼氏有子曰犁,为祝融。"可知黎又写作犁。老童亦称"卷章",盖因字形相近而讹。老童之子孙的名称见诸记载的有两种,即儿子祝融和孙子太子长琴。后者的命名似与音乐有关。《西次三经》郝懿行注:"此亦天授然也,其孙长琴,所以能作乐风,本此。亦见《大荒西经》。"据李开、顾涛的考证,《山海经》之"长琴",《大戴礼记》之"内熊",《左传》《史记》之鬻熊、包山、望山楚简之"媸酓",当为一人①。可备一说。相比之下,关于老童之子祝融的记述就要多得多。童书业以为祝融自己就是一种火神日神创世神话的主角:

> 盖祝融为火神,亦即日神也。《吕刑》:"乃命重黎绝地天通,罔有降格。"此似为较原始之开天辟地神话,谓开天辟地者为太阳神也(此神话与埃及神话相近)。②

在老童—祝融—鬻熊的三联关系中,学者多以为鬻熊即穴熊,后者完全对应着《山海经》熊山熊穴神话的编码原则,熊穴冬闭夏启的季节循环对应着神熊的冬眠与复出,以及老童的返老还童,无需多论③。楚人祭祀的三联

---

① 李开、顾涛:《新蔡简楚先祖"某熊"当为"宎(肉)熊"即"鬻熊"、"媸(芈)熊"考》,见北京大学国学研究院编:《国学研究》,北京大学出版社,2007年,第1—14页。
② 童书业:《春秋左传研究》,上海人民出版社,1983年,第29—31页。
③ 叶舒宪:《鲧禹启化熊神话通释》,《兴大中文学报》第二十三期增刊《文学与神话特刊》,台湾中兴大学,2008年。

神祖中只剩下一个祝融,这个名称可能和鬻熊是一声之转的关系。翦伯赞《中国史纲》首倡此论点,后有毕长朴、文崇一、御手洗胜等继续发挥论证。如御手洗胜根据《说文》释熊之字音"炎省声",认为东北风"融风"又叫"炎风",祝融、陆终、鬻熊三者均为声转关系[①]。文崇一指出,楚王室自熊渠以前多属传说人物,所谓鬻熊事文王,熊绎封于楚,事多假托,人物个性自不肯定[②]。如今以"神话历史"眼光来审视楚族的祖先谱系传承,其脱胎于以大熊为首的创世神话的迹象,就显得较为清楚了。以祝融为主角的创世神话,无非是太初有熊神话原型的某一种置换形式。如果以伏羲为有熊,对应的就是从"太初有熊"到"易有太极"的哲理化展开模式。如果以黄帝为有熊,对应的则是以黄帝为初祖的族系衍生谱:如《世本》云:"黄帝生昌意,昌意生颛顼,颛顼生鲧。"《山海经》云:"颛顼生老童,老童生祝融,祝融生太子长琴。"作为创生的生命本源,不论是伏羲、黄帝还是颛顼,每一位均可视为太初有熊的置换化身。

中国古史的远古时代历来号称三皇五帝,作为三皇之首的伏羲和作为五帝之首的黄帝,居然都统一在"有熊"这一具有宇宙本体和本源性认同的圣名之下。司马迁撰写《史记》时只采纳了华夏人文初祖黄帝有熊国一系的叙事,没有采纳创世本源性的伏羲太初有熊一系的叙事,导致以神熊为本源和动力的创世神话几乎湮灭无闻。若不是纬书和楚帛书的残存文本,这两条线索之间的隐蔽关联将难以得到梳理和重构。笔者曾在《中国神话哲学》中对黄帝一系的族谱叙事做创世神话的原型分析,归纳出一种太阳创世主的编码叙事规则。如今需要补充说明的是,太阳创世与神熊创世两种编码之间有互为隐喻的对应关系。像"颛顼(高阳)生老童"或"祝融生鬻熊"这样的表层叙事,即可理解为神熊创世与太阳创世之间的转换编码。其转换原理在于:神熊冬眠与复苏的周期和太阳运行的年周期完全一致。从神话意象方面看,太阳孕生在黑暗的混沌状态,神熊则是混沌状态的人格化表现,甚至是先于混沌状态而存在的。传世的文献《乾凿度》和出土文献《楚帛书》分别对此提供了原型性叙事。

---

① 御手洗胜:《颛顼与幹荒、昌意、清阳、夷鼓、黄帝——关于嬴姓族的祖神系谱》,王孝廉译,台湾《大陆杂志》第51卷第5期,1975年。
② 文崇一:《楚文化研究》,台湾省民族学研究所专刊之十二,1967年,第9页。

二、二重证据:《楚帛书》再证"太初有熊"神话观

《易纬·乾凿度》这样的纬书,在经学占据国学主流地位的古代学术中,不会得到其应有的重视。现代以来的神话学研究者也大都忽略其所叙述的太初有熊创世神话。只有等到埋藏地下的同类简帛古书重见天日,太初有熊的母题才终于因为有了多方参照而恢复出其神话的本来面目。20世纪40年代湖南长沙子弹库出土楚帛书和90年代湖北郭店出土楚简书的先后面世,将使《乾凿度》叙事和材料源自先秦的可信性大大提升。

首先,太初有熊的创世观,在《楚帛书·甲篇》开篇第一句"曰故天(大)熊雹戏"得到充分验证。这表明宇宙万物"始有熊氏"的说法,不是《乾凿度》独有的孤例。其次,"大熊雹戏"之说也给伏羲号有熊提供了旁证,表明其来源就在于先秦时期流传的创世神话。再次,郭店简《太一生水》与《乾凿度》在创世观上的相似性表明,两者的素材、用语和观念应该产生于同一时代。如邢文所指出:

> 如果"太极"确与"太一"其义不殊,那么《乾凿度》与《太一生水》只是论述的侧重点不同,其基本理论框架与材料几乎如出一源:《太一生水》重在讲天道,《乾凿度》重在讲筮数;《太一生水》讲太一生水、成天地、神明、阴阳、四时、冷热、湿燥,成岁而止。《乾凿度》讲太极分而为二,生天地、四时、阴阳、刚柔、八卦,卦当岁。《太一生水》讲太一藏于水、形于时,一缺一盈,以己为万物经,《乾凿度》讲太一行九宫,四正四维,皆合于十五;《太一生水》讲天不足于东南、地不足于东北;《乾凿度》讲天道左旋,地道右迁。《太一生水》是科学发掘的战国时期的考古文献。《太一生水》与《乾凿度》的关联说明了《乾凿度》内容的可信与材料的早远。[①]

从抽象化和理论化程度看,传世文献《乾凿度》的创世说要弱于新出土

---

① 邢文:《〈太一生水〉与〈淮南子〉:〈乾凿度〉再认识》,《中国哲学》第二十一辑《郭店楚简与儒学研究》,辽宁教育出版社,2000年,第222页。

文献《太一生水》的创世说。与《乾凿度》创世神话叙事更加接近的是出土文献《楚帛书·甲篇》。一提到楚地新出土文献，人们习惯上会理解为战国时楚人如何如何。其实从文化传承渊源看，楚文化突出地承袭着殷商文化的余绪，由于没有受到中原儒家理性主义的排斥，楚国的早期书写文献中保留的不只是楚地一地的人文信息，也包含着夏商周三代以来的古老神话题材及神话人物，尤其是西周以前的珍稀文化成分。这是我们审视战国时代楚帛书竹简书的一个必要的观念背景。

郭沫若、童书业、陈梦家、萧兵等学者一致认为，在《逸周书》记载的武王克商以后发起叛乱的熊盈族十七国，就是楚人先祖鬻熊的别称。而熊盈族诸国之所以在商周易代之际起来反叛周人的统治，就因为他们与殷人同出于淮夷，也是殷商在东方的同盟国。熊盈族受周人压迫，才南下长江中游一带，成为楚文化的缘起①。有了这样的文化源流背景，楚地出土文献中一些与中原北方传世文献不同的记载，也就不足为奇。除了诸如容成氏、伏羲氏等见于《庄子》等战国子书的人物之外，还有女填（皇），万、十二神等不见于经传的人物。由于人的认知习惯是用已知来解未知，所以女填就被轻易等同为女娲，其实该人物真相究竟如何，若没有新的参照材料出现，是永远无法测知的哑谜。为了适应或妥协于我们已有的神话知识框架，女填也就只好先被当做女娲来接受了。以下，笔者拟参照上一节所分析的楚人名号中熊的特殊意蕴，揭示《楚帛书·甲篇》创世故事中占据首屈一指地位的"大（天）熊"母题及其神话学底蕴。兹先引录全文如下：

曰故（古）天（大）熊雹虚出，自囗，凥（处）于脽乎 囗，氒（厥）囗囗亻鱼亻鱼，囗囗囗女，梦梦墨墨，亡（无）章弼弼。囗晦水囗，风雨是于。乃取（娶）囗子之子曰女填，是生子四。囗囗是襄，而（天）践是各（格），参化㱿（号）逃（兆），为禹为万（离），以司堵襄（壤）。咎（晷）而（天）步达，乃上下朕（腾）（转）。山陵不（卫），乃命山川四晦（海）。囗囗（热）（气）仓（沧）（气），以为亓（其）（卫），以涉山陵，泷汩凼澫（濑）。未又（有）日月，四神相弋（代），乃 （止）以为岁，是隹（惟）四寺（时）。

---

① 参看郭沫若：《两周金文辞大系·自序》，科学出版社，1958年，第1册；童书业：《春秋左传研究》，上海人民出版社，1983年，第47页；萧兵：《楚辞文化》，中国社会科学出版社，1990年，第74—75页。

伥曰青□榦,二曰朱(朱)四单(檀),三曰□黄难(橪),四曰□墨(黑)榦。千又百岁,日月夋(允)生。九州不坪(平),山陵备□(逼),四神乃乍(作),至于复天旁(动),攼(捍)罼攵(蔽)之青木、赤木、黄木、白木、墨(黑)木之木青(精)。炎帝乃命祝融以四神降,奠三天维(?),思(使)孚攵(敷)奠四亟(极),曰:"非九天则大□(逼),则母(毋)敢睿夊 天霝(灵)。"帝夋(俊)乃为日月之行。

共攻(工)夸步,十日四寺(时)。□□神则闰,四□母(毋)思,百神风雨、晨(辰)祎乱作。乃逆日月,以(传)相土,思(使)又(有)宵又(有)朝,又(有)昼又(有)夕。①

上引叙事可分为两个单元。第一单元讲从大熊开启的宇宙发生过程,到四时成岁为止。第二单元讲四方、日月、九州岛、天维、地极的建立,到朝夕昼夜的秩序运行为止②。第一单元叙事与《太一生水》在主题和结构上有着明显对应性。主旨在于解释年岁即时间循环周期(四时)的产生。两者的区别是:帛书倾向于故事化、人格化的叙事,更像神话文学;郭店楚简书则向哲理化、抽象化的方向发展,创世活动中已经没有了人格神,由太一这样的形而上概念来引领全篇。本文上节推考"大一"(太易)这个抽象观念的原型,其实就潜藏在《太一生水》篇中,即所谓"能(熊)缺能(熊)盈"(一缺一盈)。"熊缺"与"熊盈"的交替变化,是熊随着季节而增减体重体型的生理变化。郭店简的当代释读以"一"替换"熊"后,文句为"一缺一盈",这在文理上当然也能讲得通顺。但是用"一"替换"熊"的理由却不充分。熊作为初民观察到的陆地上最大猛兽,在神话思维中本来具有物候成岁的意义。除了《山海经》有"熊穴冬闭夏启出神人"的神话,还有《说文解字》提示的熊为蛰兽的认识,两者对于解读太初有熊神话编码的信仰观念之原型,给出非常实际的启示。

《说文解字》:"熊,兽似豕。山居冬蛰。从能,炎省声。"③《周礼·秋官》

---

① 参考陈斯鹏:《战国楚帛书文字新释》,《古文字研究》第26辑,中华书局,2006年;饶宗颐:《楚帛书新证》,见饶宗颐、曾宪通:《楚地出土文献三种研究》,中华书局,1993年;李零:《长沙子弹库战国楚帛书研究》,中华书局,1985年。

② 当代学人以创世神话视角研究《楚帛书》,已经积累较多成果,较新的论述参看高莉芬:《神圣的秩序——〈楚帛书·甲篇〉中的创世神话及其宇宙观》,《中国文哲研究集刊》第三十期,中研院文哲研究所,2007年3月。

③ 桂馥:《说文解字义证》,齐鲁书社,影印清咸丰二年版,1987年,第855页。

中有官名穴氏,其职务是"掌攻蛰兽"。郑玄注:"蛰兽,熊罴之属,冬藏者也。"《易通卦验》:"小雪阴寒,熊罴入穴。"《史记正义》:"熊罴冬至入穴而蛰,迨春而出也。"熊的冬眠能力,在初民神话思维中理解为"蛰",即生命在寒冬阴盛阳衰之季节的自我收缩与潜伏。动物冬眠时既不进食也不活动,一副沉睡的样子。《易·系辞下》云:"龙蛇之蛰,以存身也。"虞翻注:"蛰,潜藏也。"《淮南子·坠形训》:"夫熊罴蛰藏,飞鸟时移。"干宝《搜神记》卷十二:"虫土闭而蛰,鱼渊潜而处。""蛰"这个字也可作名词,指冬季藏伏起来的动物。《史记·历书》:"昔自在古,历建正作于孟春。于时冰泮发蛰,百草奋兴,秭鴂先滜。"张衡《东京赋》:"既春游以发生,启诸蛰于潜户。"二十四节气中的惊蛰,在西汉以前本称"启蛰",是由于避讳汉朝皇帝刘启之名而改的。"启蛰"这个名称对应的神话观念正是《山海经》熊穴"冬闭夏启"的规则运行。夏代君王大禹和他父亲鲧的神话均有"化熊"母题,而大禹的儿子名叫"启",祖孙三代谱系中透露着熊神周期性降临的神话信息。熊在所有的启蛰类动物中,应该是个头体积最大者。先民在构思世界万物由来的神话叙事时,以大熊形象代表宇宙生命之源和创生的能量之本,当然是顺理成章的,也体现着仰观俯察的直观经验和在此基础上的模拟推理。

吴承恩《瑞龙歌》有句云:"神奇自古惊流传,蛰地飞天总成瑞。"让能够冬眠蛰伏的最大生物充任万物发生的源头,显然也蕴含着华夏传统特有的祥瑞意义。荷兰考古学家亨利·法兰克福在分析古希腊哲学的宇宙发生论起源时,将目光锁定在古埃及和美索不达米亚的创世神话,开辟了从神话到哲学的研究路径。他认为,神话思维中的神灵,其实际功能无非是初民以人格化形式解释现象世界中因果关系的[①]。一旦这种解释走向非人格化方向,概念和推理的哲学思维就出现了。我们在《楚帛书·甲篇》看到的是完全人格化的创世神话,在《乾凿度》看到的是半人格化、半抽象化的创世神话,在《太一生水》中看到的则是非人格化的宇宙发生论。将三者对照起来审视,从神话故事到理论演绎之间过渡迹象十分明显:《楚帛书》开篇叙事"曰故大熊庖戯出",伴随着有关混沌状态的大段描写。《乾凿度》假托黄帝讲述的创世神话始于"太古百皇辟基,文籀遽微萌,始有熊氏";虽隐去伏羲(庖牺)名字,却还保留着"百皇"和"有熊氏"等人格化形象,这就给后文中出现的"太

---

① Henri Frankford, *Before Philosophy*, Penguin Books, 1949, p.26.

易"、"太极"、"乾坤"等抽象概念保留着形而下的原型形象。

《太一生水》则彻底摒弃掉创世叙事的人格化、形象化表述方式,改换为概念化的说理。文中虽然也还保留有"天地"、"神明"、"圣人"等来自神话的词语,但已经脱离具象化的想象世界,推演出一整套始于"大一"终于"岁"时空发生程序,并且让宇宙发生论作为人生哲学的推理基础,在篇末强调提示出"天道贵弱"和"功成而身不伤"顺变处世妙方。在这样的增删变化中,导致富有华夏本土鲜明特色的太初有熊创世观被湮没,而儒家的天人合一价值观和道家的与时变化人生观则由此而发端。在战国时期以下的诸子百家争鸣中,儒道两家思想终于在对立和互补中脱颖而出,又经过汉代官方意识形态的改造,大一的原型"大熊"或"有熊"却被哲理化的抽象过程彻底摒除和遗忘,只是以远古帝王神圣名号的编码方式,依稀地残留在有关伏羲和黄帝的圣王谱系中,变成莫名其妙的空洞符号。

通过以上简单的对照比较,不难看出早期华夏文明中既不缺乏创世神话的形而下叙事传统,也不缺乏宇宙发生论的形而上话语。前者源自远古口传文化的深厚根脉,能够追溯到夏商及更早的史前时代;后者则是从前者脱胎而产生的,其年代即在战国时期。20世纪以前的学人既没有神话观念也没有哲学观念,谈不上对这笔华夏文明精神遗产的理解和认识。20世纪的学人受西学东渐之赐,虽然有了神话学和哲学的视角,但是彼此受制于学科本位主义立场,难以将两者打通起来研究,使得太初有熊创世神话隐而不彰,乃至被众多的思想史、哲学史研究者忽略或视而不见。在21世纪的前十年里,随着新出土的楚竹书研究形成井喷般的热潮,学者们逐渐意识到哲学与神话的必然关联及其在发生学上因果规则。在此种超学科的视野的形成过程中,将《楚帛书》、《乾凿度》、《太一生水》乃至《易系辞》等新老文本做整合研究的条件已经成熟。这些体现创世神话主题的文献,不仅以各自的文本特征昭示出从具象的神话到抽象的哲理之演进轨迹,彰显出中国汉语创世神话的多样性和丰富性,还给出了"太一"、"太极"一类后世难解的形而上概念之形而下原型,因而显得弥足珍贵。

三、三重证据:轩辕、有熊、大熊、穴熊、熊盈通解

上文以传世文献《山海经》熊穴季节性循环神话,对照解读太初有熊神

话及出土文献《太一生水》的"熊缺熊盈"叙事。不难看到,要论证"熊"作为宇宙生命本源与动力的象征性意涵,"能"字的语义发生过程本身即是最佳证明。"能"的形而上引申义直接来自它的形而下造字表象——熊,这就给出汉字的字源学研究线索。利用比较神话学知识,将获得打开字源学宝库的又一把钥匙。根据太初有熊神话,有熊作为宇宙生命的本源与生命的动力,双重意蕴合二为一。熊的本字为能,能字的造字表象直接取象于熊,其本义也与熊冬眠的神话信仰有关。能字另一读音为耐,意义与"耐"通,似乎也来自熊冬眠不死的神话:生命受得住饥寒考验。《汉书·晁错传》:"夫胡貉之地,积阴之处也,木皮三寸,冰厚六尺,食肉而饮酪,其人密理,鸟兽毳毛,其性能寒;杨粤之地,少阴多阳,其人疏理,鸟兽希毛,其性能暑。"颜师古注:"能,读曰耐。此下能暑亦同。"南朝梁宗懔《荆楚岁时记》:"椒是玉衡星精,服之令人身轻能老。"河南新郑黄帝故里的熊庄(能庄)民众的有熊叙事①,以口传记忆的形式折射着大地上的中央、黄帝和有熊的关联。笔者将此类活态的和口传的文化传承视为第三重证据。

按照天人对应的中国神话逻辑,地上的中央、黄帝、有熊,还可以有其天上的原型。以下拟从天文星象神话观入手,再考察"大一"、"太一"、"太乙"等概念与北极星的原型关系,以及围绕北极星旋转的北斗星之神话模拟含义。北斗在古汉语中又名"帝车",在巴比伦和古希腊星象神话中称"大熊星座"。中国的帝车与西方之大熊的对应关联,看似偶然,实际上可能隐藏着尚不为人知的文化秘密。从夜空的中央天神(帝、帝星)隐喻,看黄帝崇拜的天文神话依据,透视和分析黄帝的两个雅号"轩辕"和"有熊"之间的内在联系,将使得帝车与轩辕,有熊与大熊星座的奇妙吻合现象获得比较关照的契机。

在先民仰观星象的普遍经验中,北极星居于天空之中而固定不动,群星则围绕它旋转的现象,被理解为帝王居中而众人拱之的天界神话景观。此类神话观念在上古的流行程度,有孔子在《论语·为政》中的一句比喻名言可以为证:

子曰:为政以德,譬如北辰,居其所而众星共之。②

北辰即北极星,它端居天体中央而不动,众星则如拱月一般围绕它而旋

---

① 参看荆云波:《熊与能:有熊部落故里新郑能庄考察记》,《熊图腾》附录,上海文艺出版总社,2007年,第215—221页。
② 刘宝楠:《论语正义》,中华书局,1990年,第37页。

转。有德的统治者也是如此,天下人之归顺他就像众星环绕北辰一样。在初民的神话联想中,北斗是天帝之车,天帝乘坐着由北斗组成的车,巡行四方,其行一周为一年。同时,观测者根据帝车之旋转区分出一年中的阴阳两个半年,分判出四季和节气等。这就给出"太极生两仪,两仪生四象"的主题线索。如《淮南子·天文训》所说:"帝张四维,运之以斗,月徙一辰,复反其所。正月指寅,十二月指丑,一岁而匝,终而复始。"这段话透露出西汉时利用北斗星象确定季节的方法,也说明星象中的帝车如何能够演化出阴阳四时变化的规则。这也给太初有熊和太一生水的创世神话提供出天文参照系。

"太一"亦作"太乙",即道家所称的"道",指宇宙万物的本原、本体。《庄子·天下》:"建之以常无有,主之以太一。"成玄英疏:"太者广大之名,一以不二为称。言大道旷荡,无不制围,括囊万有,通而为一,故谓之太一也。"《吕氏春秋·大乐》:"道也者,至精也,不可为形,不可为名,强为之(名),谓之太一。"太一也可指天地未分前的混沌之气。《孔子家语·礼运》:"夫礼必本于太一。"王肃注:"太一者,元气也。"据宋玉《高唐赋》"醮诸神,礼太一"一句可知,在太一的哲理概念背后,潜隐着一位至尊天神。《史记·封禅书》:"天神贵者太一。"司马贞索隐引宋均云:"天一、太一,北极神之别名。"北极星即帝星。按照天人合一的逻辑,北极星被认定为天体之中心,围绕北极而旋转的是北斗星。与之对应的是大地上的中心,在地理学上是五岳中的嵩山,位于中原;在神话地理上就是《山海经》的《中山经》,在其四方围绕着《东山经》、《南山经》、《西山经》和《北山经》,四山之外则有海外四经和大荒四经等。值得注意的是熊山熊穴的位置,恰好处在中山,与天庭上的中央即北极帝星构成上下的对应。

相传有熊国位于中原。今河南新郑人自认为本地是黄帝有熊氏之故里。当地有一村庄名为熊庄,今人改称能庄,似乎呼应着当年黄帝的国号。笔者2009年10月17日采访中原民间神话的资深调查者陈江风教授,了解到新郑当地百姓口碑,有所谓"天心石"故事,而且该地区一直保留着天心石实物。以为该圆石即自古传下来的坐标符号,对应着天上的中心北极和北斗。据陈江风教授说:"天心石是原始人在中原确定地之中心,与天感通的标志。是以'中'为尊,崇尚天国的具体文化物。"[①]鉴于有熊国故地民间传承的天心石信仰及神话,可以对上博简《容成氏》大禹建立中央熊旗一事,以及各种考古图像中神熊居中位的现象,做出

---

① 陈江风:《汉画与民俗》,吉林人民出版社,2005年,第232页。

整合性的打通理解。从而对前人无解的各种以熊为圣名圣号的上古文化现象，提出新解的可能性。如有熊、大熊、穴熊、熊盈、熊虎等。来自民间的三重证据还提示出解释黄帝的两种名号轩辕与有熊之间隐蔽关系的线索。

同样，中原大地上的轩辕黄帝，在天上也有相应的同名星座名。《史记·天官书》："权，轩辕。轩辕，黄龙体。前大星，女主象；旁小星，御者后宫属。"张守节正义："轩辕十七星，在七星北。黄龙之体，主雷雨之神，后宫之象也……二十四变，皆轩辕主之。"本文最后要探究的不是天上的轩辕星系，而是有熊氏的后裔秦人模拟北斗帝车而人工制作的青铜熊车之象征意蕴。

四、四重证据：秦先公墓出土熊车为轩辕帝车原型说

20世纪中国学术发现的最重要的领域是考古学，新发掘材料的出土如雨后春笋，令传统的文史研究者应接不暇。大家过去习惯于从书本文献中寻找真知，现在则可以借助于新材料，一步跨越王国维和司马迁的时代，看到前人无法看到的远古实物和图像。笔者将此类例实物和图像数据视为继二重证据和三重证据之后的第四重证据，希望神话学和国学研究改变文本至上的旧研究范式，多多关注新的图像材料所蕴含的神话观念和神圣叙事，给文明探源和思想史探源带来前所未有的多重视角之变革。

笔者自2006年在各地调研熊图腾神话以来，陆续注意到一些前人尚无确解的熊形图像材料。在《熊图腾》一书中，笔者提出《周礼》六器之祭祀北方的玄璜玉礼器，常常有双兽（熊）首的造型，其源头可追溯到红山文化出土的玉雕双兽首三孔器。但是熊作为神话动物与北方的特殊联系是什么，尚未能解决。后来多次看到文物图像中熊与朱雀对应的造型，这就在我们熟知的四神系统——东方青龙、西方白虎、南方朱雀、北方玄武（龟蛇）——之外，提示出耐人寻味的失落文化信息：在汉代文物中定型的北方玄武形象之前，是否有一个北方神熊形象呢？河北满城西汉刘胜墓出土的青铜器熊雀形器足一对，呈现为立熊站在朱雀背上的奇妙造型（见图3，引自《中国美术全集》青铜器[下]）。与此形成对照的是新近在陕西省泾河工业园光明饮品厂工地出土的编磬架座造型：神龟卧在下方，朱雀立在龟背上方（见图4，摄于2009年9月22日，首都博物馆，新中国考古与发现展）。

图3　河北满城汉墓出土熊雀形器足

图4　陕西泾河出土编磬架座：朱雀立于玄武背上

如此对照之下，可以看出，神熊与作为玄武之龟，具有相互置换的可能。这意味着，在玄武崇拜登场以前，曾经有以熊为北方之象征的观念存在。那么熊为什么与北方相联系呢？最大的可能性出自天文星象神话。巴比伦人和希腊人都将夜空中的北斗星系称为大熊星座。其所依据的理由，无非是视觉观测到星座印象的神话式模拟。中国古代天文观念中虽然没有明文记载的大熊星座和小熊星座，但是初民从同样的视觉印象中做出同样的神话式模拟，其可能性也是有的。由于北极星和北斗帝车在天象总体格局中被认同为中央，所以象征北方的熊也常常象征中央的至尊神位。例如本文开篇处图1所示，河南新野出土伏羲女娲汉画像石，在伏羲女娲男女二神上方中央位置，刻画出一只舞蹈状的神熊。图5则为汉代陶鼎盖上的天体四神图：东方苍龙对应西方白虎，北方神熊对应南方朱雀。图6也是朱雀对神熊的汉画像。

图5　汉代绿釉陶鼎盖：四神中的玄武被神熊取代，2009年12月摄于西安

如图7所示，汉画像天界图：神

熊位于中央,左面有西王母和月亮,右面有东王公和太阳。仅从天界的位置上判断,神熊处在北极即帝星位置。《史记·天官书》云:"斗为帝车,运于中央,临制四乡。分阴阳,建四时,均五行,移节度,定诸纪,皆系于斗。"此处的"斗"即指北斗。《诗经·小雅》有"维南有箕,不可以簸扬。维北有斗,不可以挹酒浆"。这都是依据形状轮廓的相似性而得出的神话联想。一旦将北斗比作中央,其至尊地位就会突显出来。熊在古代神话世界中的位置,既有居中央者;也有位于和朱雀相对应的北方位置者,道理或即在此。观察者不禁要发问:居中央位置的熊,究竟代表何方神圣呢?还有的汉画像构图表现神熊与柏树,成为生命力之生长的象征。上博简《容成氏》中讲到大禹建立五方旗帜制度,日月蛇鸟四种意象代表东西南北四方,让它们如同众星拱卫北极星一样,拱卫着中央之旗上的唯我独尊的熊神。此种取象图标,是怎样依照天人合一逻辑而形成的呢?回到天象方面的仰观视角,答案或许就呼之欲出。

图6 河南方成县汉画像:朱雀在上,神熊在下

图7 陕西神木大保当出土汉画像门楣:牛头西王母和鸡头东王公分列两旁,配以月亮蟾蜍像和太阳三足乌像,位于天庭中央的是一舞蹈状神熊

图8为汉画像中的北斗帝车造型:斗状四星为车箱体,斗柄三星为车辕。车上端坐着的是中央天帝,有众神鸟飞翔于帝之左右。图9为甘肃礼县出土秦先公墓的神秘青铜车形器,对其形制和用途等,目前学界尚未有合适的解释。据嬴秦为颛顼后代的事实可知,秦人也是黄帝有熊氏后裔。秦人之姓"秦",据李玄伯论证为"熊"的通假字。秦人祖先在西陲之地为周王养马有功,受封秦地。其祖先时代的铜车造型完全不同于后来秦始皇陵兵马俑坑出土的实用性马车,应为具有神话象征意蕴的崇拜礼器。试解读如下:由四鸟和四虎所拱卫的铜车或为模仿天象之帝车或轩辕车,而车顶中央的

从"太初有熊"到"太一生水" 161

神熊则表明对颛顼和黄帝有熊氏祖先图腾记忆。轩辕和有熊两个圣号就这样统一在熊车造型中。

图8 北斗帝车，模拟汉画像图案而作，摄于北京天文馆

图9 帝车神话的实物原型：甘肃礼县出土秦先公墓青铜车形器：四鸟四虎拱卫帝车，车顶中央有驾车者，其身后的帝位上端坐一只神熊

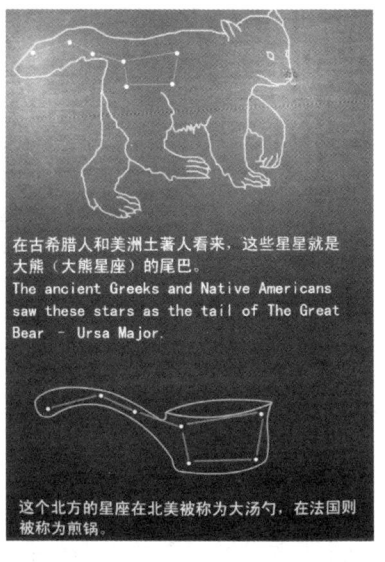

图10 北斗星与天文神话观的大熊星座示意图，摄于北京天文馆

至于北斗帝车的天文神话观念与北斗七星为大熊星座(见图10)的神话观念之间，究竟是何种关系，中国古代先民会不会独立产生自己的熊形星座

观念等问题,本文暂不展开,留待日后的研究。

尾　声

从方法论意义上总结本文的讨论,可对四重证据法的应用前景做出某种展望。

有鉴于20世纪考古学的大发现,新世纪的中国神话学研究,以及广义上的古史研究,将突破文本中心主义的局限,以文字材料和非文字的实物材料参照之下的互勘互证为一大新方向,形成打通式的比较研究范式,以期从多角度和多层面的立体方式,重新进入和认识华夏文明特有的"神话历史"。

（原载陈器文主编：《兴大中文学报》第27期增刊《新世纪神话研究之反思》,台湾中兴大学中国文学系,2010年12月）

苏美尔青金石神话研究

一、文学的历史信息：苏美尔史诗与伊甸园原型

新历史主义的代表人物海登·怀特有一名言："文学如历史。"围绕着这一命题引发出后现代主义历史学及文学批评的热烈争论。一个挥之不去的疑问是：文学作品中真的能有历史信息吗？如何才能有效地解读出此类信息呢？

历史社会学家主张区分史料中的明显信息和隐含信息，并强调发掘隐含信息的重要性。"任何史料中均包含的隐含信息，是拓广历史研究的史料基础的最重要潜力。""在历史资料中包含的隐含信息实质上是无限的，并且由于是无意的、自发地产生的，所以与有意识地载入史料之中的明显信息相比，它常常具有更大的可信性。"[①]晚近的历史人类学研究尤其关注文学作品提供的隐含信息。由于现代学科制度划分而被视为文学一科的作品，如今正在被打破学科界限的新史学和文化研究潮流给予重新认识和评价。而比较神话学提供的历史考证的独特视角，从麦克斯·缪勒到杜梅齐尔，也已经成果累累，蔚为大观。神话，究竟是文学幻想之虚构（黑格尔、马克思、古史辨派观点）作品，还是以远古传说形式留下来的历史故事（艾利亚德、杜梅齐尔观点）呢？对此疑问，如果没有新兴学科人类学、考古学和民俗学的强力介入，答案必然倾向于前者，即19世纪学者的代表性观点。而20世纪后期对神话的认识则在上述新兴学科研究的助推之下发生根本改变[②]。今人已

---

① 〔苏〕米罗诺夫：《历史学家和社会学》，王清和译，华夏出版社，1988年，第78—79页。
② 参看以下五书：Gimbutas, Marija. *The Civilization of the Goddess: The World of Old Europe*. San Francisco: Harper SanFrancisco, 1991. Lancellotti, Maria Grazia. *Attis between Myth and History: King, Priest, and God*. Leiden; Boston, MA: Brill, 2002. Liverani, Mario. *Myth and Politics in Ancient Near Eastern Historiography*. London: Equinox, 2007. Marinatos, Nanno. *Minoan Kingship and the Solar Goddess*. Urbana: University of Illinois Press, 2010。

经意识到,神话虽然不能当成史书来看,但是其中往往潜含着失落的历史事件的线索、影子或消息。德国考古学家谢里曼受荷马史诗的启示而幸运地发掘出特洛伊城遗址,在文学叙事与考古实证之间架设起一道贯通的桥梁。英国的乔治·史密斯从楔形文字泥板中破译出巴比伦的大洪水神话,给《旧约·创世记》的诺亚方舟神话找出更早的原型。这些成功的努力大大激发了学者们在神话传说中寻求"真实"的后续工作,也使得"神话考古学"和"圣经考古学"之类的新研究领域得到方兴未艾的发展机遇。

关于《旧约·创世记》神话讲述的伊甸园是否具有现实的地理根据问题,20世纪以来的学界给出较为积极的解释。原先的探索倾向于将伊甸园之原型落实到苏美尔南部的波斯湾一带[1]。近年来的新研究则转向苏美尔的东面,即扎格罗斯山脉以东地区。《吉尔伽美什》第八块泥板第215行讲到来自伊兰古国的物产——"伊兰马库树"(elammaku-wood)[2]的木材制作的大祭桌,清楚地表明苏美尔和伊兰古国之间有文化交往和贸易联系。传播论派人类学家则将伊兰文明视为埃及、苏美尔和印度河文明之间贸易联系的中转站。柴尔德在《最古老的东方》(1928)一书中提出,在伊兰古国的都城发掘出的苏萨文化与古埃及文化有明显的相似要素:"两种文化中都有梨子形权杖、带嘴的罐子、针、铜质扁凿子、亮色上加暗色的陶器彩绘装饰,而且都使用黑曜石和天青石(应为"青金石"——引者)。但是,在这些要素当中,有一个要素,如带嘴罐,当然还有黑曜石和天青石(应为"青金石"——引者),在埃及境内看起来好像是舶来品,而在亚洲前洪积世文化的区域以内则是本地货,因为这一区域早已扩大到叙利亚境内。因此,人们更有理由把苏萨看是埃及第二阶段文化的亲体。"[3]若在埃及与苏萨之间画上一条连接路线,这样的远距离文化交往联系背景中,位于埃及与苏萨之间的苏美尔文明又充当着怎样的作用呢?

---

[1] Cornfeld, Gaalyah, *Archaeology of the Bible: Book by Book*, San Francisco: Harper & Row, 1976, pp. 5-7.

[2] George, Andrew, translated, *The Epic of Gilgamesh*, London: Penguin Books, 1999, p. 69.

[3] 转引自〔英〕埃利奥特·史密斯:《人类史》,李申等译,社会科学文学出版社,2002年,第301页。

一部新发现的4 000多年前文学作品——题为《恩美卡尔与阿拉塔之主》①的苏美尔神话诗歌,给上述问题带来正面的答案。据该作品叙述,作为已知苏美尔文学的三大英雄国王之一的恩美尔卡,要到自己的城市乌鲁克以东很远的阿拉塔国去谋求奢侈物产——黄金与青金石。他分别采用了和平手段和战争手段,希望通过贸易交换的形式,用大量的麦子去换取阿拉塔国的特产的石头——青金石和金属矿石。在对方不就范的情况下,恩美尔卡派出法力强大的巫师去进行攻击性斗法,最终迫使阿拉塔王臣服,交出珍贵的青金石等资源。据作品的描述,阿拉塔的位置在乌鲁克的东方,路途十分遥远,要翻越七座大山。作品中的这些信息表明,阿拉塔不是一个纯粹虚构想象的文学国度。因为在苏美尔文明中推崇备至的疯狂石头青金石,本来就不是苏美尔本地所出产的,而是通过远程贸易得来的,其矿产来源地乃是伊兰以东的阿富汗山区。学者们据此推测,阿拉塔的现实原型无非是阿富汗或伊兰古国。英国考古学家戴维·罗尔通过对《恩美卡尔与阿拉塔之主》的研究,强调阿拉塔的地理位置与《旧约》神话的伊甸园原型有关。他还认同亚述学家亨利·萨吉斯提出的阿拉塔为苏美尔人的祖居之地说。罗尔在《传说——文明的起源》一书中指出:

> 在这些古代诗歌中很容易看出,美索不达米亚平原上的乌鲁克和山那边的阿拉塔之间最初的政治关系是一种贸易往来。中亚野驴拉的大篷车驮着谷物到山里的王国,返回平原时则满载着矿物和次贵重宝石。通往阿拉塔的道路要翻越七座高山。两个"苏美尔"国家之间却由共同的文化和政治纽带联系起来。他们说着同样的语言,崇拜许多同样的神……亚述学家亨利·萨吉斯提出猜想,这种密切的文化联系是否意味着阿拉塔是乌鲁克人迁往苏美尔平原前的故土?在这点上我相信他完全正确。②

戴维·罗尔以为苏美尔文学中描述的阿拉塔不仅实有其地,而且那也是后来的希伯来文学想象中伊甸园的原型。他亲自组织一个越野考察队,到库尔德和伊朗高原去旅行,开着越野车,模拟性地重走乌鲁克使者去往阿

---

① 该作品的中译文题为《恩美卡与阿拉塔之王》,参看拱玉书:《升起来吧!像太阳一样》,昆仑出版社,2006年,第307—414页。

② 〔英〕戴维·罗尔:《传说——文明的起源》,李阳译,作家出版社,2000年,第74页。

拉塔的路线,切身体会那条路上的山川形势,经历那所谓"七座高山"的艰难险阻,最后在乌尔米耶湖以南的大亚美尼亚平原——米杨道阿卜平原,确认出阿拉塔古国的所在。他的考察日记写道:"我知道苏美尔语中将平原称为'伊丁'(edin,阿卡德语中为 edinna),圣经中的'伊甸'很可能就是由此而来的。当我穿过麦里甘(意即'天使门神')的时候,我确信我终于来到了伊甸。"① 不仅如此,戴维·罗尔还通过自己的实地考察,提出有关苏美尔人来源的新理论假说。他根据史前陶器的源流线索,认为苏美尔人口的主要部分是来自扎格罗斯山脉深处,即今日的亚美尼亚。"在那里有阿拉塔王国和圣经上的伊甸。这与《创世记》中的说法也是一致的,那里面说道希伯来人的祖先离开了伊甸并最终定居在'示拿之地'——古代的苏美尔。"②《圣经旧约》的最初篇章反映了公元前 5 000 年代人类文明的始祖从东部山区向两河流域平原的大迁徙之迹象。其理由既出人意料,又显得锐气十足:《圣经旧约》的作者希伯来人认为本民族的远祖就是苏美尔人。

从现存巴格达博物馆的苏美尔人像雕塑艺术中不难看出,至少有两种标准的苏美尔人的形象:一种是流着长长的黑胡须的长脸卷发人;另一种是没有胡须的圆脸光头人。据此推测,苏美尔文明不是一个单一民族的创造,而是民族迁徙和民族融合的社会结晶。难怪在苏美尔文学作品《埃麦什与恩滕——恩利尔选择农神》和《旧约》的该隐-亚伯故事,不约而同地表现农民与牧民之间的价值优劣之争(作品分析详见下文)。

戴维·罗尔还引证苏美尔学家克拉莫尔教授提示语音学证据:苏美尔(Sumer)这个词,在楔形文字文本中为"Shumer",这个词和挪亚的长子"闪"(Shem)的名字相近似。他据传是美索不达米亚大洪水摧毁远古城市后重新定居下来的人们的祖先,因而"苏美尔"(Shumer)这个词是后来做了地名的人名。在某种程度上,苏美尔人的来源和以色列人的来源是交织在一起的迁徙过程。在见证这场大迁徙的物证方面,欧贝德文化的先进陶器被视为是外来的苏美尔人创造和带入两河流域的。在创建文明城邦之后,这一陶器风格继续流行了足有 1 000 年。以上是戴维·罗尔主要依据苏美尔文学而展开的历史探源研究的大概观点。其大胆假说的能力非同一般,其论证

---

① 〔英〕戴维·罗尔:《传说——文明的起源》,李阳译,作家出版社,2000 年,第 104 页。
② 同上书,第 131 页。

的方式也不可谓不雄辩。但是面对如此重大而复杂的历史难题,其求证的效果还远未臻于完善。一个主要缺憾在于,《恩美卡尔与阿拉塔之主》讲述的是苏美尔城邦与阿拉塔王国之间围绕着青金石和金银等战略资源的殊死斗争,而戴维·罗尔的考证分析却忽略了作品的这一核心问题,侧重在两国之间交通的地理路线方面。要使苏美尔人起源于阿拉塔即今日亚美尼亚的假说更加可信,较为稳妥的方式是首先确认这一地区古代是否拥有青金石矿产资源。如果没有,那就必须证明该地区与盛产青金石的阿富汗东北地区有着怎样的文化和贸易关联。不然的话,苏美尔作品《恩美卡尔与阿拉塔之主》更适合当做文学来欣赏,而不是历史考索的真实凭据吧。此外,要论证苏美尔人和希伯来人的文化同源性,同样不能仅靠词汇语音方面的耦合现象去做推论,而必须搜寻足够的"物证"。《旧约》的创世神话观和生命树想象确实受到苏美尔文学的影响,但是《旧约》文本中似乎没有表现像苏美尔人那样的青金石崇拜,这一问题不得到澄清,也将是对克拉莫尔、戴维·罗尔等人的文化同源假说的关键反证。

荷马史诗和《圣经》是西方文明中影响最大的书。参照一些新的考古发现来重新解读该书,似乎是学术研讨和国际出版市场的持久热点。近年来出现的同类的著作还有《耶稣:最后的法老》以及《耶稣在印度》等。此类反弹琵琶的著作名目,因为著者的学术功底差异而显得良莠不齐,甚至还会在学院内引发有关科学考古学和伪考古学的激烈争论[①]。不过,我们毕竟不可因噎废食,轻易摒弃或无视一切潜力可观的创新性研究方向。如果能够与时俱进地不断推进求证的渠道和对各种新证据的严格筛选、检验程序,并在探讨和争鸣中形成专家会诊般的学术切磋,潜藏于神话叙事背后的某些真相,也许会逐步清晰起来,带来超越古人的新认识境界。在这方面最值得关注的一个方向,就是考古发现带来的新的实物材料的系统梳理和再阐释。本文引用的美国考古学者保罗·麦克金德里克的《会说话的希腊石头》(1962,1981),英国大英博物馆的芬克尔(Finkel, I. L.)和塞莫尔(Seymour, M.J.)合编的《巴比伦:神话与现实》(2008)[②];美国学者萨缪

[①] 对"伪考古学"及其学术误导作用的批判检讨,可参看 Fagan, Garrett G., *Archaeological Fantasies*. London and New York: Routledge, 2006。

[②] Finkel, I. L. and Seymour, M. J. ed., *Babylon: Myth and Reality*, London: The British Museum Press, 2008.

尔·马克(Samuel Mark)的《荷马的航海文化》(2005)①,皆可视为这方面的成功之作。后者根据考古发现的爱琴海史前航海文化背景,分析荷马史诗中船与航海描写,并在文本与实物证据的参照基础上,提出荷马史诗产生年代在公元前750—公元前713年之间的新观点。其第三章甚至估算出当时希腊人航海贸易的利润率。给纯文学和修辞式的作品研究老范式,带来跨学科变革的重要消息。

如果西方读者在启蒙时代以前看到像《圣经考古学》这样的书名,一定会以为是神学院方面的著作。而如今,这样的书名正是科学考古学的实证研究范式融入人文学阐释领域的研究方法创新潮流之见证。国际上在这方面较有影响的学术期刊可以举出以下三个代表:一是总部设在英国伦敦的"埃及探索学会"会刊《埃及考古学》(*Egyptian Archaeology*)季刊;二是美国的东方考古学院专刊《近东考古学》(*Near Eastern Archaeology*)季刊;三是荷兰的老牌出版社 Brill 出版的专刊《古代近东宗教杂志》(*Journal of Ancient Near Eastern Religion*)。这三大刊物的办刊方向皆有神话学、历史学与考古学相结合的方法特色,尤其是后者,非常值得望走出学科本位主义束缚的研究者参考。

二、苏美尔的青金石神话

本节主要依据国际苏美尔学的权威学者克拉莫尔所编《苏美尔神话》一书,讨论其中讲述的青金石母题,从中透析青金石神话是怎样伴随着世界最早的文明城邦而建构成为一种神圣知识的。本节所采样的作品共八部,依次题为《宇宙的构成》《南纳赴尼普尔的旅程》《埃麦什与恩滕——恩利尔选择农神》《镐头的创造》《恩基与埃利都:水神到尼普尔的旅程》《造人》、《印南娜下冥府》和《马图的婚姻》,从中归纳出八种青金石意象,逐个加以讨论,探究其中隐含的历史信息和神话意识形态内容。

1. 宇宙的构成:青金石天空

苏美尔语"宇宙"的表达式为"安-基"(An - Ki),其字面意义为"天—地"。宇宙的组织可以再进一步细分成天空的系列和大地的系列。天空包

---

① Mark, Samuel, *Homeric Seafaring*, Texas: Texas A & M University Press, 2005.

括天及天之上的空间,也就是"至上"(great above);这里居住着天神。大地包括地面之上和地面之下的空间,后者即是被称为"至下"(great below)的阴间,那里居住着地底世界或地府的各种神怪。因为天空构造的神话材料相对缺乏,目前可以做如下的概括:南纳(Nanna)是月神,苏美尔主要的天体神,是大气之神恩利尔所生。其妻宁利尔(Ninlil)是大气女神。月神南纳被想象为乘坐着一艘圆形船穿过天空进行旅行,"于是就给黑暗的青金石的天空带来亮光"(thus bringing light to the pitch-dark lapis lazuli sky)[①]。

从青金石在此神话叙事中的隐喻用法看,这种玉石的深蓝色泽,原来被古苏美尔人联想为夜空的颜色,引申则为整个天体之本色。天界为神灵世界,天之本色也就由此获得超乎寻常的神圣价值。中国宋代诗人胡仲弓《中秋望月呈诸友》诗云:"长空万里琉璃滑,冰轮碾上黄金阙",也是用琉璃即青金石色此喻晴朗夜空。可知此种比喻,出自神话思维的类比联想。对于中古诗人是诗歌修辞,对于上古文明则是信仰。

2. 南纳赴尼普尔的旅程:恩里尔的青金石码头

在公元前第三千纪的苏美尔,尼普尔成为这一国家的精神中心。它的守护神是恩利尔,也是苏美尔万神殿的主神;他的神庙埃库尔(Ekur)是苏美尔地区最重要的神庙。恩利尔的祝福是苏美尔其他城市繁荣与富裕的最基本保证。像埃利都、乌尔等城市都是如此。为了得到祝福,这些城市的保护神需要带着礼物前来尼普尔朝见那里的神与神庙。下面的神话就描述了月神南纳(也被称为辛 Sin 和埃什戈巴巴尔 Ashgirbabbar)从乌尔到尼普尔的旅程,南纳正是乌尔的保护神。开头描述尼普尔的辉煌,接着叙述南纳决定要去朝觐他父亲的城市,于是他把各种各样的植物和动物装到他的圆形船上。南纳与他的船在五个城市做了停留,最后他到达了尼普尔:

> 在青金石的码头,恩利尔的码头,
> 南纳-辛停下了他的船,
> 在白色的码头,恩利尔的码头,
> 埃什戈巴巴尔停下了他的船,
> 在父亲的……上,他的生产者,他自己停了下来,

---

① Kramer, S. N, *Sumerian Mythology*, Philadelphia: The America Philosophical Society, 1944, p.41.

他对恩利尔的守门人说：

"打开屋子,守门人,打开屋子,

打开屋子,啊,守护的神怪,打开屋子,

打开屋子,为你制作的树运来了,打开屋子,

啊……为你制作的树运来了,打开屋子,

看门人,打开屋子,啊,守护的精灵,打开屋子。"①

父子二神相见和欢宴之后;南纳向父亲恩利尔祈求受赐各种福分。恩利尔接受儿子的请求,赐予他各种福分和长生不死,让他返回乌尔城。青金石码头,显然属于纯粹的神话想象产物,不能指望有什么现实根据。恩利尔是苏美尔人信仰中权威最高的神。其他的神要见这位主神,也需要在恩利尔的青金石码头登陆。现实的物质青金石,在神话中足以代表想象中的神灵,还有神赐的福分。借用比较宗教学术语,可称为"显圣物"的典型。

3. 埃麦什与恩滕——恩利尔选择农神:神之子的金玉之礼

这个神话最大限度地接近了《圣经·旧约》的该隐-亚伯故事,是可以做平行比较的,尽管苏美尔叙事的结局是和解而非谋杀。此神话诗有三百行,其中只有大约一半是完整的。克拉莫尔将其内容重构如下:

大气之神(风神)恩利尔决定展示树与谷物,在大地上建立丰裕与繁荣。因为这个目的,埃麦什与恩滕两兄弟被创造出来,恩利尔指派给他们特殊的任务。

恩滕使母羊生出了羔羊,山羊生出了幼崽,

他让母牛生产了牛犊,他也促使产生更多的油脂与牛奶,

在平原,他使野山羊、绵羊、驴子心生欢快,

天空之鸟,他让它们在野地筑起它们的鸟巢,

大海之鱼,他使它们池塘中产卵,

棕榈林与葡萄园,他使它们盛产蜜与酒,

树木,无论在哪里种植,他都会令它们果实累累,

犁沟……

他使作物丰产,

---

① Ibid., p.48.

> 像阿什南(Ashnan 谷物女神)一样,温和的少女,他使力量显现,
> 在农田,他使作物丰产,
> ……他使覆盖大地,
> 他给仓房带来大丰收,他使谷仓高高堆起。

无论其最初的任务是什么,一场激烈的争吵在两兄弟间爆发。纷争相继而起,最后埃麦什挑战恩滕宣称自己为"神的农夫"的立场。他们来到尼普尔城,在恩利尔面前分别陈说自己的工作被冒犯。埃麦什争吵的话语里,则以几个奉承话开始,狡猾地直接赢得了恩利尔的欢心,虽然他的陈述简单,但原本中模糊不清。然后:

> 恩利尔回答恩滕与埃麦什:
> "所有土地上的活命之水,恩滕是'洞悉者',
> 作为神的农夫,他生产了每一件事物,
> 埃麦什,我的儿子,你为何要把你自己同你兄弟恩滕相比较呢?"
>
> 恩利尔高贵的言语意义深刻,
> 决定不可更改,没人可以变动!
>
> 埃麦什在恩滕面前屈下了膝盖,
> 他走进了自己的屋子,拿出了枣椰酒和葡萄酒,
> 埃麦什赠给恩滕黄金、白银、青金石,
> 兄弟情谊与友谊中……他们幸福地向神奠酒,
> 明智地共同行动,很好地决定。
> 在埃麦什与恩滕之间的冲突中,
> 恩滕,神的坚定的农夫,证明自己比埃麦什更加伟大,
> ……啊,父神恩利尔,赞美您!①

这个叙事情节里潜含的历史文化信息是:苏美尔人建立在灌溉农业基础上城邦文明,需要得到外部的游牧文化之流动性所带来的贸易支持,以获得宗教意识形态建构所必需的奢侈矿物等贵重物资的原材料供给。这是苏

---

① Kramer, S. N, *Sumerian Mythology*, p. 51.

美尔神话诗的写作者立场,与写出《圣经·旧约》的希伯来人以畜牧生产为本的立场根本不同之处。从苏美尔城邦社会的外贸情况看,金银铜和青金石等大多数具有宗教象征意蕴的奢侈品原料都依赖进口。让处在城邦国家外围的游牧文化充当外贸物资的直接或间接供给者或运输中介者,是一种不错的选择。这或许即是上述诗歌情节中隐含的文化暗示。

4. 镐头的创造:神造的金玉组合神圣法器

这首诗共 108 行,实际上是相当完整的作品,尽管有一些段落仍然模糊难解。作品以一个较长的导引段为开端,这些内容对于了解苏美尔人关于宇宙组织与创造的观念,具有首要的参考意义。

> 主人,他显示的一切都是真正合适的,
> 主人的决定是不可更易的,
> 恩利尔,他从大地上培育出了土壤的种子,
> 从大地上小心分离出了天空,
> 从天空中小心分离出了大地。
> 为了培育造物,
> 在"天空与大地的结合部"(尼普尔),他开始大踏步行走……
>
> 他带来了镐头,"日子"出现,
> 他教导劳作,审判命运,
> 在镐头与篮子之上,他施与了"力量"。
> 恩利尔使用他尊贵的镐头,
> 他的黄金镐头,头儿是青金石的,
> 他的屋子的镐头……白银与黄金的,
> 他的镐头……是青金石的,
> 它的齿儿是一头独角公牛,攀上大墙。①

恩利尔创造了镐头并判定其高贵的命运之后,另一个重要的神明为它增补了力量与功能。诗歌结束时,是一个长段,其中对镐头的用途有十分热烈的赞颂。其最后的诗行如下:

---

① Kramer, S. N, *Sumerian Mythology*, p.52.

> 镐头与篮子建立了城市,
> 坚定的屋宇由镐头所建,坚定的屋宇由镐头建成,
> 坚定的屋宇带来繁荣。
>
> 屋宇反抗国王,
> 屋宇不顺从国王
> 镐头使它顺从国王。
>
> 一些糟糕……的植物它碾碎其头,
> 连根拔去,撕碎顶冠,
> 镐头宽恕……植物;
> 镐头,其命运由父神恩利尔判定,
> 镐头使荣耀的。①

神造的镐头不宜理解为世俗工具。黄金加青金石的材料表明此镐为世间罕见之神物。它不光能代表神的自由意志,还能带来神的荣耀。

5. 水神到尼普尔的旅程:神造的白银加青金石神宫

埃利都是苏美尔最古老最受尊崇的城市之一,位列《苏美尔王表》的第一位②。其地理位置在今天的阿布-沙赫里恩(Abu‐Shahrain),如今已经掩埋于土堆之下。克拉莫尔推测说,对这一重要遗址若有一个彻底的发掘,将会极大地丰富我们关于苏美尔文明的知识,尤其对了解其精神层面十分重要。根据苏美尔的传说,这座最古老的城市,是大洪水之前即已经建立的五城之一。埃利都的位置在古时的波斯湾,水神恩基在那里也被称作努迪穆德(Nudimmud)。他修筑起他的"海中宫"(sea‐house),所用的原料都是两种苏美尔城邦所缺乏的奢侈品——白银和青金石。

> 在创造之水的命运已经被判定之后,
> 名字赫加尔(hegal,丰裕)出现在天堂之后,
> 植物与药草覆盖了大地,
> 深渊的主人,王者恩基,

---

① Kramer, S. N, *Sumerian Mythology*, p.53.
② 〔英〕Thorkild Jacobsen 编:《苏美尔王表》,郑殿华译,三联书店,1989年,第2页。

> 恩基,是审判命运的主人,
> 建起他的白银与青金石之宫;
> 那神宫的白银与青金石熠熠生辉,
> 父神在深渊中造出。

用来装饰这一银质圣堂的材料稍有变化,是青金石加黄金组合。

> 明亮的面容与智慧(的特征),从深渊里升起,
> 矗立在主人努迪穆德之旁;
> 建立完美之神宫,他用青金石装饰,
> 他用黄金装饰,
> 在埃利都,他建起了水岸之宫,
> 建筑神宫时,(他)发出话语,给出建议,
> 它的……就像公牛咆哮,
> 恩基之屋,神谕发出(之地)。①

后面的一个长段关于伊西穆德,恩基的使者,为"海洋之屋"唱赞歌。随后恩基从深渊中将埃利都升起,让它漂浮在海上,就像一座高贵的大山。在果实累累的葱葱果园中,他又安排了鸟类,同时也让那里盛产鱼类。恩基现在准备乘舟去尼普尔城,请求恩利尔大神对他的新建之城与神庙赐福。他从深渊中升起,坐船先来到埃利都,在这里他屠宰了许多牛羊。然后启程去尼普尔,当他到达时,他为诸神准备了各种饮品,尤其给恩利尔准备好饮品,诸神依次落座,神宴一直持续到他们的心变得"愉悦",恩利尔准备宣布他的祝福,他对恩努纳济说:

> 喂,站在那里的伟大的诸神们
> 我的儿子已经建造了一座宫殿,王恩基;
> 埃利都,像一座大山,他从地面上升起,
> 在一处好地方,他建造了它。
>
> 埃利都,整洁的地方,没人可以进入,
> 那屋宇用白银建造,用青金石装饰,

---

① Kramer, S. N, *Sumerian Mythology*, p. 62.

那屋宇由七首"七弦琴歌"指引,施以咒语,

伴随着纯净的歌……

深渊,恩基之善的圣殿,匹配神圣的天命,

埃利都,纯洁的屋宇已经被建造,

哦,恩基,赞美(你)!①

从大神恩里尔赐福的措辞看,用白银和青金石打造的屋宇不是一般的居住性房屋,而是代表"神圣天命"(divine decrees)的所在,是信仰者心中无限仰慕的象征性空间。青金石为什么能够和金银一样,获得无比崇高的价值联想,在恩里尔的"神圣天命"一句中,实际已经给出最权威和最完满的解释。

6. 造人：恩利尔,大气之神

克拉莫尔根据苏美尔的造人神话,总结出苏美尔宇宙发生论的五个观念。其中第四个观念有关大气之神恩利尔。他发觉自己生活在上界的黑暗之中。因为天空被苏美尔人想象为由深色的青金石所构成,这也是恩利尔所住天宫的天花板与墙壁之色。他使月神南纳照亮他黑暗的屋宇。月神南纳接着产生了太阳神乌图,后者比他的父亲月神更加明亮②。

苏美尔人想象出的青金石天宇观,堪比中国的"玉宇琼楼"天界神话。只因青金石本来的深色调,所以苏美尔的天空需要发光体来照耀。而中国想象的太阳被类比为金(金乌),月亮被类比为玉(玉盘、玉兔),两者以金碧辉煌的发光效果映衬玉质的天体。对比玉质天体的人格化形象——玉皇大帝,苏美尔的青金石天体之人格化形象非拥有"青金石码头"的主神恩利尔莫属。

7. 印南娜下冥府：女神的青金石饰品

印南娜是苏美尔神话中的天后,光明、爱和生命之神,其地位相当于希腊神话中的天后赫拉,是所有女神中最尊贵的一位。作品描述她下阴间的经历：先是准备好化作圣物的七个天命；然后在冥府的七重鬼门关前一一被夺去：

有七个天命,她掌握在身边,

---

① Kramer, S. N, *Sumerian Mythology*, p. 63.

② Ibid., p. 74.

她挑出七个天命,放在手中,
她摆出所有天命,置于脚边待命,
舒古拉,平原的花冠,她戴在头上,
光辉,她展现在自己的脸上,
青金石的……杖,她紧握在手中,
小的青金石块,她系在脖颈上,
闪闪发光的……石,她紧扣在胸部,
金指环,她紧夹在手中,
一件……胸甲,她系紧在乳房,
所有贵妇的外衣,她安排在自己的身上,
药膏,她涂抹在脸上。
……
地底世界的七重大门,他打开了它们的大锁,
大门甘兹尔,地底世界之"脸",他定下了规矩。
对纯洁的伊南娜他说:
"来,伊南娜,进来吧。"

当她进入第一道大门,
舒古拉,她头上的"平原之冠",被摘下。
"这是什么规矩?"
"啊,伊南娜,地底世界的法令是格外完美的,自有道理,
啊,伊南娜,不要质疑地底世界的仪式。"

……
当她进入第二道大门,
……青金石之杖被摘掉。
"这是什么规矩?"
"啊,伊南娜,地底世界的法令是格外完美的,自有道理,
啊,伊南娜,不要质疑地底世界的仪式。"

当她进入第三道大门,

她脖颈上的小青金石被摘下。

"这是什么规矩?"

"啊,伊南娜,地底世界的法令是格外完美的,自有道理,

啊,伊南娜,不要质疑地底世界的仪式。"

……

当她进入第七道大门,

她身上的尊贵身份的全部服饰都被拿掉了。

"这是什么规矩?"

"啊,伊南娜,地底世界的法令是格外完美的,自有道理,

啊,伊南娜,不要质疑地底世界的仪式。"

……

当他进入恩库尔,恩利尔之屋,

在恩利尔之前他哭诉:

"啊,父神恩利尔,不要让你的女儿在地底世界被杀死,

不要让你上好的金属在地上沾染地底世界的灰尘,

不要让你优良的青金石在石匠的石头中被毁掉,

不要让你的黄杨木在木匠的木料中被切掉,

不要让少女伊南娜在地底世界被杀死。"①

　　如同以上几部作品所表现的那样,青金石与金属照例作为大神恩利尔的标志而存在。对于女神来说,它们是代表神意和天命的符号物。进入地狱的七重门必须失去这些物品,因为阴间世界中的一切价值都和阳界是相反的。

　　8. 马图(Martu)的婚姻:神赐礼物银玉组合

　　有一块在尼普尔出土的泥板刻写着这首诗的内容。故事的情节发生在尼那布(Ninab)城,"万城之城,王土"。该城的保护神是马图,一位西闪族的神,被苏美尔人改造纳入其万神殿。

尼那布存在,施塔布(Shittab)不存在,

纯洁的王冠存在,纯洁的三重冠不存在,

---

① Kramer, S. N, *Sumerian Mythology*, pp. 91 - 93.

> 纯洁的草药存在,纯洁的雪松树不存在,
> 纯洁的盐存在,纯洁的天然碱不存在,
> 同居……存在,
> 在草地上,有生产。

出于不完全清楚的理由,神马图决定结婚。他去找他的母亲,问她要一个妻子,并许诺用礼物回报母亲。母亲建议,准备在尼那布举行一场盛宴,请努姆施达(Numushda)——卡扎鲁(Kazallu)的保护神带着他的妻子与女儿来。宴会上,马图完成了一些英勇的行为,给卡扎鲁的努姆施达带来愉悦。作为奖励,后者给了马图白银与青金石。但是马图拒绝了,他牵着努姆施达女儿的手宣布这就是他的奖赏。努姆施达高兴地答应,他的女儿也同意,可是她的一个亲属却贬损马图,说在她的眼中他是粗鲁的野蛮人:

> "他吃未加工的肉,
> 在他的生命中没有屋子,
> 他死后不用埋葬,
> 啊,我的……为何你要嫁给马图?"①

努姆施达的女儿给出的简单而肯定的回答:"我将嫁给马图。"诗歌到此结束。本诗中的青金石再度和白银并列出现,作为代表神意的礼物。

苏美尔神话的以上八例表明,从"青金石的天空"这一神话想象的观念中,催生出了青金石的神圣价值,转而用于各种神圣场合:神庙建筑、神的居所、神的标志性配饰、神恩赐的礼物、天命的象征物等。此种苏美尔人的神话观念现象,与玉石在华夏文明发生期的神圣化现象相对照②,可谓异曲而同工。由于地理的阻隔作用,发生于东亚的华夏玉文化观念,只是在其近邻国度如日本、朝鲜等有传播性的影响,并没有扩展到整个欧亚大陆的范围。苏美尔的青金石神话观却大大超出本国地域,影响非常广泛。至少在埃及、阿卡德、巴比伦、波斯、赫梯、腓尼基、克里特和希腊等环地中海文化圈得到推广和普及,并向东传播到伊兰和印度,成为连接除中国以外的欧亚非三大洲主要古文明的一条神话观念纽带。

---

① Ibid., p.100.
② 参看叶舒宪:《玉教——中国的国教:儒道思想的神话根源》,《世界汉学》2010年春季号,第74—82页。

三、财富与神权：青金石神话与文明起源

关于苏美尔人的青金石神话之由来，需要溯源到伴随文明起源而来的史前玉石崇拜的信仰和观念基础。现代考古学已经提供出相对充足的年代学证据。综观这些证据的线索[①]，可大致构拟出一个近东地区玉石神话信仰的主题发生史之五阶段轮廓（下面以阿拉伯数字表示）。

1. 约公元前7 000年的萨约吕遗址（今土耳其境内），已知最早的金属使用，即锻打的自然铜小饰件。

2. 约公元前6 000年的古兰土丘（今伊朗境内），第一次出现黑曜石，以及大理石磨制的容器。

3. 约公元前4 000年的高拉遗址欧贝德晚期（今伊拉克境内），在80座贵族墓中，第一次出现金玉组合装饰品：金片饰品和青金石珠等。珠子的数量和所用材料之多都十分惊人。每座墓葬有25 000颗珠子。

4. 公元前3 250—公元前3 000年的乌鲁克遗址第5层和第4层，最早的圆筒形印章出现，其中包括用青金石材料制作的。

5. 公元前3 000—公元前2 400年的苏美尔早王朝时期（伊拉克），在神庙、宫殿遗址和高等级墓葬中出土大量的青金石文物；金玉组合的特殊形式即黄金加青金石，成为苏美尔文明中最高档的宗教艺术品。

在以上五阶段中，金属矿石和玉石大致在同一时期得到先民的认识和利用，这标志着对某些特殊物质的神圣化过程揭开序幕。第三阶段是玉石神话发生的关键时期。据考古报告，在高拉遗址出土的玉石器（以珠子为主）种类达到十种以上，此外还有黄金与象牙。此类史前装饰物代表着初期的奢侈品生产和消费，其原料的跨地区贸易成为拉动文明发生、城市起源的重要力量。等到苏美尔文明城邦发展起来后，受到玉石神话观的作用，神权建构方面对来自中亚地区阿富汗的青金石原料的需求倍增。这反映在考古发掘的大量精美青金石文物上。

最著名的苏美尔珍宝是考古学家伍利从乌尔城邦遗址的一位女王墓中

---

① 参考〔英〕塞顿·劳埃德：《美索不达米亚考古》，杨建华译，文物出版社，1990年；《人类的过去》(Scarre, Chris ed., *The Human Past*, London: Thames & Hudson, 2009)和《近东：文明的摇篮》(*The Middle East: the Cradle of Civilization*, London: Thames & Hudson, 2008)三书。

出土的金玉组合圣物。据英国学者彼得·詹姆斯的描述：

女王普—阿比的陵墓最为豪华,其遗体上半身被一层用金、银、天青石(即青金石——引者)、光玉髓、玛瑙和玉髓做成的串珠所覆盖。她还戴着大耳环和一顶精美绝伦的王冠,上面的3个金花环连在3根用天青石(青金石)和光玉髓做成的串珠上。

这些珍宝是用封闭模具铸造、铆接、焊接等工艺制作的,而且使用了金叶。"死亡坑"中的金器在如此之早的年代里所展示的高超工艺给伍利留下了极深的印象。他说:"苏美尔工匠技艺高超,几乎能够制作现代金匠所能制作的一切物品,而且制作水准相差无几。"①

彼得·詹姆斯还特意说明史前宝石贸易对文化间交往的推动作用,有助于初民走出小国寡民式的部落生活状态,这就给各大文明的发生提供了外部的刺激条件。"对宝石的这种迷恋导致一些最遥远和最艰险的古贸易通道的开辟。辽宁的早期工匠至少需要西行1 000英里,才能到达最近的玉石产地。但是,从天青石——色彩湛蓝的美丽宝石——这个例子中,人们可以清楚地看出古代宝石运送所跨越的范围。最大的天青石(青金石)矿位于阿富汗的东南部;我们从当地遗址蒙迪加克了解到,早在公元前4 000—3 500年,这里即已开始用天青石(青金石)制作串珠。到公元前3千纪中期,在整个中东地区,天青石(青金石)已成为受欢迎的首饰镶嵌材料。要想到达伊拉克南部——天青石(青金石)在当地乌尔城的'死亡坑'中广为使用,翻越山脉和沙漠走直线,需跋涉1 400英里,如沿可行的道路前行,则要多走一倍的路程。甚至在更远的地方也进行过这类交易活动,在公元前3 000年的埃及遗址上就发现过相关的证据。"②

研究表明,从经贸活动的方式看,为苏美尔国家进行远程贸易的不可能是零星的个体货郎或商贩,而是有半官方色彩的机构组织,即职业商人团体。"各个城邦都有一个或多个商人协会类的组织(damgar)。城邦制的非中央集权化政治有助于各城邦间的贸易互惠活动。城邦政府控制着远程贸

---

① 〔英〕彼得·詹姆斯等:《世界古代发明》,颜可维译,世界知识出版社,1999年,第304页。
② 同上书,第305页。

易和外来商品,作为其统治力来源的重要方面。"①苏美尔政府虽然没有派出传教士一类神职人员去往外邦传道,但是青金石崇拜却伴随着这个古文明的宗教和神话观念,依次传播到较接近的邻邦和较远的外国。根据目前材料可以确认的情况是,"美索不达米亚商人们在国外相邻地区城市建立了许多贸易驿站,如今日的土耳其和伊朗,以及波斯湾地区"②。苏美尔的青金石制品也率先出现在这些相邻的地区,对几大文明古国产生影响,如埃及、印度、克里特和迈锡尼等,青金石神话同时表现在其文学作品和考古实物中。如果进一步梳理青金石神话向后世和四方传播的时空轨迹,可清楚地透视此一"疯狂的石头"在世界文明发生期的舞台上所上演的种种精彩剧目。限于篇幅,这方面的内容拟另外撰文探讨。

(原载《中南民族大学学报》2011 年第 4 期)

---

① Triger, Bruce G., *Understanding Early Civilizations*, Cambridge: Cambridge University Press, 2003, p.342.

② Ibid., p.343.

伊甸园生命树、印度如意树与"琉璃"原型通考
——苏美尔青金石神话的文明起源意义

一、玉石神话与文明起源期的财富观

财富,是当代全球社会的重要主题词。自有文明以来,正是在追逐财富的痴迷欲望和狂热努力之下,人类社会走过财富不断积累和欲望不断膨胀的5 000年历程,发展出文明人赖以炫耀的一切物质成就,同时也使得地球人口大爆炸,在50个世纪内从数千万变成65亿。和大自然所能提供的有限生存空间和有限资源相比,如今的世界已经变为一个拥挤不堪的"地球村"。人类个体的数量增长和个体欲望的不断膨胀,充分暴露出其贪得无厌和永无止境的性质,极大地威胁着地球村全体村民的可持续生存。19—20世纪以来的几代思想家对资本主义罪恶的批判尚未终止,目前正在升格为对文明本身的反思和批判。在这样的学术境况下,人类的财富观念之起源,成为和文明起源同样重要的理论子课题。本文从早期文明的神话文学之文本分析入手,揭示玉石神话信仰在催生财富观念方面的奠基性作用,并由此探讨人类在财富意识萌生之下被动地落入文明化"不归路"的观念因素。

在《"玉器时代"的国际视野》①一文中,笔者提示文明起源研究的一种比较神话学角度:从玉石神话与信

图1 善友太子入龙宫取摩尼宝后供奉于柱台,敦煌莫高窟145窟唐代壁画

---

① 《民族艺术》2011年第2期。

仰出发,分析从史前到文明的转化期人类社会中财富观念的产生,并以神圣化的玉石为中介物和符号物,探寻早期文明的财富积累、财富集中现象背后的支配性宗教动因,强调指出与孕育文明国家的过程大致同步的从玉石到贵金属矿石的神话化发生程序。所谓"玉器时代",如果指的是介于石器时代和青铜时代之间的崇拜某种玉石或宝石的历史过渡时期,那它就不仅构成中华文明发生期的独有特色,而且理应还原到世界各大文明古国发生期的全球背景下,给予整体性的通盘考虑。本文继续这样的整体研究思路,将玉石崇拜及其神话的由来放在欧亚大陆古文明发生的全局之中,着重分析与人类最古老的文明——苏美尔文明相伴生的玉石种类即青金石,揭示它所承载的神话观念如何传播并辗转影响到欧亚大陆其他文明古国,举例说明希伯来文明、埃及文明、印度文明等分别接受苏美尔玉石神话观的情况。

本文关注的问题是:处在文明门槛之前的人类群体,如何从对各类宝石矿石的认识、崇拜和开发使用的过程中,催生出对金属矿石可熔铸性的认识,从而孕育出最早的人类财富观和经济价值观,并由此驱动史前先民逐步开启自石器时代向青铜时代过渡的大门。本文列举苏美尔文明的青金石神话案例,说明玉石崇拜及相关的神话观念,如何支配着早期文明人的信仰、思想和行为,驱动着跨国跨地区的远距离贸易和文化交流,从而对各大古文明的起源带来助推作用。参照贡德·弗兰克以"白银资本"为关键词的世界体系理论,可根据玉石神话出现的普遍性,归纳出文明起源期的世界体系论新关键词——玉石资本,进而找出人类在青铜、白银和黄金等贵金属资本化之前的文明化过程之潜在驱动力。

二、青金石:伊甸园生命树原型考

世界上的每一种文明都是由漫长的石器时代孕育出来的。由于大多数古老文明的覆灭和消失,其传统完全地或部分地中断于后世。后人也就无法弄清其当初的玉石神话信仰是怎样催生出其财富观念的。世界上唯一未曾中断其传统的文明古国只有中国。所以唯有中国人爱玉和崇玉的说法,也就成为人云亦云的常识,很少有好事者去考辨其是非曲直。着眼于全球文明史的大视野,应该说,人类在走出漫长的石器时代,迎接文明时代来临之际,大都经历过一个崇拜和酷爱某些美丽玉石的历史阶段。由这种玉石信仰直接催生出一批神话故事或神话情节,表现在各大文明古国的早期文学和宗教经典之中。犹太教《圣经旧约·创世记》描述耶和华创造的不死仙境伊甸园,就特意用宝玉石作为标记。《创世记》第2章9—12节云:

> 耶和华神在东方的伊甸立了一个园子,把所造的人安置在那里。耶和华神使各样的树从地里长出来,可以悦人的眼目,其上的果子好作食物。园子当中又有生命树和分别善恶的树。有河从伊甸流出来,滋润那园子,从那里分为四道。第一道名叫比逊,就是环绕哈腓拉全地的。在那里有金子,并且那地的金子是好的。在那里又有珍珠和红玛瑙。①

由于《创世记》叙事简略,标志伊甸园神性特点的圣物在此只列出两类:神树和宝物。后者分为三种,即伴随伊甸第一条河流比逊河而出现的哈腓拉地方:那里有黄金、珍珠和玛瑙。对照《旧约》英文版,黄金之后的宝物叫"aromatic resin",或为"bdellium";两者意为"芳香的树脂",中文译为"珍珠",显然有误。第二、第三、第四条河流带出的宝石是哪些,经文虽没有讲述,却在《旧约》其他篇章中有详细的补述。《创世记》在描述伊甸园神话景观

图 2　苏美尔神话动物狮头鹰,青金石与黄金,Mari 出土

之后,叙述的是关于禁果的母题:耶和华吩咐亚当不可以吃分别善恶树的果子,否则会有死亡随之而来。伊甸园神话中的两棵特殊之树——生命树和智慧树,究竟是怎样的关系呢?它们和点缀伊甸园圣地的宝石之间,有没有特殊的关联呢?仅从经文本身,难以找到解答的线索。运用原型批评和比较神话学方法,或借助于人类学的物质文化分析,都有可能带来重新认识的契机。

《旧约·以西结书》第28章第13节云:

---

① 中国基督教协会印行:《新旧约全书》,南京,1982年,第2页。

伊甸园生命树、印度如意树与"琉璃"原型通考　　185

> 你曾在伊甸上帝的园中,佩戴各样宝石,就是红宝石,红璧玺,金刚石,水苍玉,红玛瑙,碧玉,蓝宝石,绿宝石,红玉,和黄金。又有精美的鼓笛在你那里,都是在你受造之日预备齐全的。①

从引文看,在《旧约》透露的希伯来人的宝玉石观念中,有两点值得关注:其一是将各种宝玉石、美石和黄金并列一起的做法。这似乎表明后代人分类为金属一类的黄金,在初始时期(史前期)也曾被归入美石一类。古人对金矿石的特殊认识,当然离不开对各种美丽石头的认识基础。广义的玉石神话可包括黄金神话在内。其二,如果算上金矿石在内,《以西结书》所述伊甸园拥有的宝石种类多达十种,是《创世记》所言三种的三倍多。希伯来人之所以要列举出如此多的珍贵玉石名目,当然不只是为炫富,而是为了表明属于神的空间伊甸园与属于人的凡俗世界之间的差异。表明具体方位的一句"你曾在伊甸上帝的园中",将这一层意思说得十分明确。简言之,《旧约》所体现的希伯来宝玉石观念与一般的玉石神话观相吻合:玉石是神圣和永生不死的象征。就此而言,十种宝玉石对应着伊甸园中央的生命树。其三,伊甸园中十种宝石的宗教象征价值具有一定的跨文化普遍性,不只是希伯来人独有的价值观。

如金和金刚石两种矿石,就都是佛教中用来比喻佛之身体的圣物——"金身"、"金刚身"或"金刚体"②。佛教神话还凭借金刚石的永生不灭价值联想,命名一种能够生长出"金刚子"的植物,称为"金刚树"。印度神话及佛教信仰中还有"如意宝"和"如意树"意象,两者均属于神界圣物。"在本质上,如意宝是佛陀及其教法的表现形式。前缀 Chintamani 用于观音和度母这样的菩萨身上。"③如意树是搅拌宇宙大海时露出水面的神树,它开在因陀罗五大天堂花园最中央的须弥山山顶上。这一特殊位置表明印度想象中的如意树和希伯来想象中的伊甸园中央生命树恰好形成神话母题的对应。从图像表现的如意树造型可知,其构成成分又和伊甸园的十种宝玉形成基本的对

---

① 同上书,第945页。
② 《法华经·安乐品》:"诸佛身金色,百福相庄严。"《涅槃经·三金刚身品》:"如来身者,是常住身,不可坏身,金刚之身。"《维摩经·方便品》:"如来身者金刚之体,诸恶已断,众喜普会。"注云:"如来身无可损,若金刚也。"
③ 〔英〕罗伯特·比尔:《藏传佛教象征符号与器物图解》,向红笳译,中国藏学出版社,2007年,第200页。

应。"该树被画成长有黄金根、白银树干、杂青金石枝条、珊瑚叶、珍珠花、宝石花蕾和钻石果的样子。"①印度神话还有九珠宝为九曜的传说,包括红宝石和蓝宝石等各种美玉在内,和伊甸园十种宝玉石大体相当。众多的佛教神灵都手持珠宝,其中最有名的故事是摩尼宝珠。敦煌莫高窟154窟唐代壁画中有表现善友太子入龙宫取摩尼宝珠,供奉于柱台之上加以拜祈,使得摩尼宝珠"雨宝",普施众生的故事。画面描绘的摩尼珠为深青色②。这和佛教艺术表现佛陀发色所用青色颜料一致。佛祖形象以金身和青发的色彩组合而流行于世,这其间的色彩符号奥秘,对应的是各大文明中金玉组合之普遍原理,留待下文中再加阐释。

伊甸园珍宝中位列第八位的"绿宝石",英文为turquoise,确切的汉译名应为"绿松石",这是中国、南亚、西亚、北非和欧洲等地史前文化中就普遍推崇的玉石种类。五六千年前的辽宁红山文化出土玉器中就有精美的绿松石鸮③,可见这种美石被神圣化和神话化的历史甚至要大大早于文明史。永生不死,是包括绿松石在内的各种宝玉石被先民赋予的最重要的价值观念。古埃及女神伊西斯被称作"绿松石女神"④;而藏传佛教法器上的镶嵌绿松石工艺传统同样暗示着此种玉石用来划分圣俗界限的符号意蕴。

弗雷泽《旧约中的民间传说》对伊甸园中央两棵树做出比较神话学分析,参照原始民族死亡起源神话。他还据此推测原本《创世记》素材及其被改编的情况:

> 作为至高无上的慈悲,神为我们最初的父母准备好了伟大的礼物——永生。但是神决定让人成为他们自己命运的仲裁人,留给他们选择接受或者拒绝神赐恩惠的余地。为了这个目的,他在园地中央种植了两棵奇妙的树,而所结的果实却截然不同。其中一棵树的果子使吃的人死亡;另一棵树的果子给吃的人以永久的生命。做完这些,神派

---

① 同上书,第201页。
② 敦煌研究院主编:《敦煌石窟全集》九"报恩经画卷",上海人民出版社,2001年,第131页。
③ 郭大顺、张克举:《辽宁省喀左县东山嘴红山文化建筑群址发掘简报》,《文物》1984年第11期,第1—11页。
④ Harold Bayley, *The Lost Language of Symbolism*, New York: A Citadel Press Book, 1990, p.171.

出蛇作为使者去男人和女人那里,传达他的意思:"不要吃死亡树的果子,因为你吃它的日子你就要死去;要吃生命树的果子,永生不死。"可是那条蛇却比大地上的任何动物都更加精明。它在路上想到要改变所传达的信息,于是,当它来到地上乐园发现只有那女人独自在那里时,就对她说:"神说了,不要吃生命树的果子,因为你吃它的日子必定要死亡;要吃死亡树上的果子,则永生不死。"那愚蠢的女人相信了蛇的话,吃了那致命的果子,还把它给了丈夫,丈夫也吃了。而狡猾的蛇却自己吃了生命树的果子。这就是为什么从那时起,人是必死的而蛇是不死的原因,蛇每年一度蜕皮从而恢复青春。①

要证明伊甸园中的宝玉石在象征意义上和生命树一样,具有永生不死的寓意,最好的方式莫过于探索希伯来文学的天国乐园想象之发生原型。笔者曾对比分析巴比伦史诗《吉尔伽美什》和中国羿神话,指出两位神话英雄寻求不死草的情节具有一致性,并尝试解读《天问》所述昆仑仙界"石林"意象的奥秘。在列举古今解说石林神话的十几种观点后,笔者提示比较视野的意义,即巴比伦史诗叙述主人公走完黑暗通道之后又重新见到了光明的人间仙境:他面前看到了石的树木,他就健步向前。

  红宝石是结成的熟果,累累的葡萄,惹人喜爱,
  翠宝石是镶上的青叶,
  那儿也结着果,望去令人心胸舒展。(《吉尔伽美什》中译本,第76页②)

西方学者在这里找到伊甸乐园的原型,我们不是也看到了昆仑悬圃的真实写照吗?以宝石为果、以翠玉为叶的石树林乃是冬暖夏凉、四季常青的不死仙境的象征,而《山海经》《淮南子》在描述昆仑仙境时所罗列的"珠树、文玉树、琪树、不死树"和"珠树、玉树、璇树"等,从名字上就知道属于同类的玉石树林。而玉之所以在古人心目中享有崇高地位,正因为它自石器时代起就已成为永恒生命的象征。古人在埋葬死者时往往在口中含放玉珠之类玉器,正是希望生命能够永续。由此可见,"石林"实质上是"玉林"。同不死

---

① Frazer, James G, *Folklore in the Old Testament*, London: The Macmillan Company, 1923, pp. 19-20.

② 《吉尔伽美什》,赵乐甡译,辽宁人民出版社,1981年。

药一样,是现实中并不存在的永生想象之圣物①。如今还可进一步分析的细节是《吉尔伽美什》所描绘的生命树的构成材料。由于史诗中文译本依据的是早年的日译本,其内容缺失较多,一些重要词语的译名也多有商讨的必要。核对该史诗英文译本(伦敦大学的苏美尔学家经过多年研究和校勘后的新版本),乐园中讲到的生命树是两棵而非一棵。第九块泥板讲述主人公穿越马什山和黑暗通道后,来到一处神话乐园,具体描绘出两种玉石树木,不仅果实累累,而且熠熠生辉:

> A carnelian tree was in fruit,
>   hung with bunches of grapes, lovely to look on.
>
> A lapis lazuli tree bore foliage,
>   in full fruit and gorgeous to gaze on.②

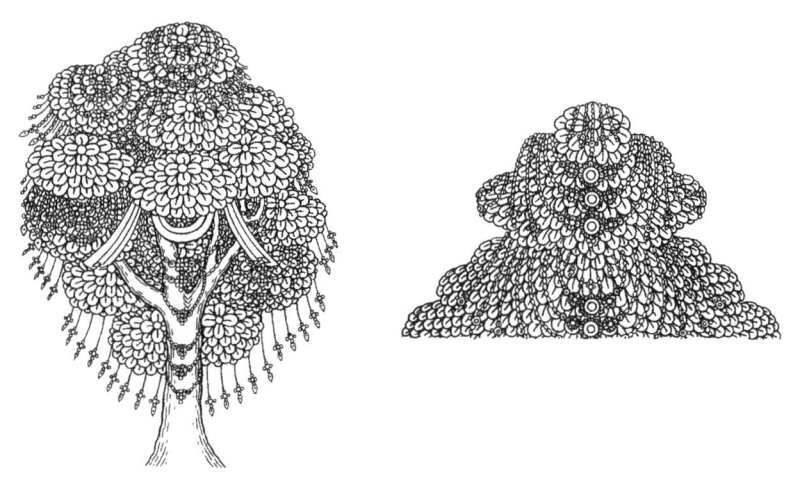

图 3　印度神话如意树

两棵树中,前一棵树的质料是 carnelian,指"红玉髓",译为红宝石也基本可行,而汉学家谢弗认为英文 carnelia 在现代汉语中通常译作玛瑙③。后

---

① 叶舒宪:《英雄与太阳》,上海社会科学院出版社,1991 年,第 132—133 页。引文有压缩。
② George, Andrew. translated, *The Epic of Gilgamesh*, London: Penguin Books, 1999, p. 75.
③ 〔美〕谢弗:《唐代的外来文明》,吴玉贵译,中国社会科学出版社,1995 年,第 496 页。

一棵树的质料是 lapis lazuli,其汉语标准学名是"青金石",也常译为"天青石"①。史诗中译本译为"翠宝石",就已失真了。对于一般的文学欣赏而言,这样的翻译无伤大雅。然而对于研究者而言,这样的错译会造成莫须有的误导,有必要在此深究。首先需要指出,《吉尔伽美什》描述的玉石树木和《旧约》伊甸园生命树一样,出于特定的玉石信仰,因而具有比较神话学上的原型意义,不宜简单地视为随意想象的产物。因为同一部史诗中多处叙述青金石的细节,其中潜含着十分重要的历史信息。试列举其中五例解析如下。

例一,史诗第六块泥板第160行,叙述主人公杀死天牛之后,

> 吉尔佳美什召集匠人们,
> 匠人们称赞那牛角的厚度,
>
> 每一只牛角都能装满三十米纳的青金石(Thirty minas lapis lazuli,中文本译为"碧玉",有误);
> 每一只牛角都能装满两米纳的黄金(?)②

天牛在苏美尔神话中本来叫做"天堂之牛"(the Bull of Heaven),显然是属于天神世界的,其唯一性决定了其牛角的珍惜性。牛角的巨大空间只用来填装两种圣物:青金石足以和黄金相提并论,同样表明其稀有和珍贵的性质。在残存的苏美尔文关于天牛的叙事中,主人公明确表示要用天牛的两只牛角制成角杯,装满圣油祭献给印南娜(Inanna)和埃阿纳(Eanna)二位神灵③。

例二,史诗第七块泥板第157行讲到太阳神对主人公说:

> 他将给你黑曜石、青金石(中文本译为"蓝宝石")和黄金!④

---

① 从矿物学角度看,青金石(lazurite 或 lapis lazuli)和天青石(celestite)是不同的。但两者在现代汉语中已经被混为一谈,一般作为外来宝石而言的天青石,大都是指青金石而言的。两者颜色相似,明显区别是青金石在深青底色中点缀着金色斑点。据〔美〕乔纳森·马克·基诺耶《走近古印度城》(张春旭译,浙江人民出版社,2000年,第160—161页)一书,青金石的主产地是中亚的阿富汗北部的巴达克山(又译"巴达赫珊"等)及其南部的俾路支斯坦的查加伊山。

② *The Epic of Gilgamesh*, London: Penguin Books, 1999, p.53.

③ 《苏美尔的吉尔伽美什之诗歌》,参看 *The Epic of Gilgamesh* 一书第5部分,pp.173-174。

④ *The Epic of Gilgamesh*, London: Penguin Books, 1999, p.59.

考古证据表明,黑曜石、青金石和黄金都是人类在新石器时代相继发现和推崇的特殊矿石。黑、蓝(青)、黄是三者的本色。前者多用于制作高级工具;后两者则同时被神话化,分别演化为"疯狂的石头",驱动着苏美尔国王恩美尔卡、中国皇帝周穆王、西班牙航海家哥伦布的一次次越境探宝远游。如今,三者中的黑曜石和青金石,大都伴随着文明古国的灭亡而辗转进入世界各大博物馆的展柜中;唯有黄金色的这一种矿石,居然成为5 000年之后全球金融市场的最抢手的货币等价物,其价格每天伴随着60亿人类的关注而不断波动。这究竟是一种石头的"疯狂",还是自诩为理性动物的人类之"疯狂"?借用人类学家的一个比方:非洲狩猎的布须曼人面对地上的一块黄金,也许根本不屑于弯腰去捡!由苏美尔、巴比伦和埃及等人类最早的文明古国所建构出的黄金神话及黄金崇拜,如何像流行病一样传遍世界,其传染路线又是怎样的呢?值得探讨。马克思当年对拜金主义的批判,如果引入比较神话学的跨文明视角,对人类因为一种神话化的石头而"被疯狂"的历史及现状,会有认识上的拓展效果。中国大陆同胞到中国台湾宝岛旅游,可注意当地原住民记忆中如何描述红毛荷夷(荷兰殖民者)在岛上每条河道中疯狂淘金的景象。可知苏美尔和巴比伦的文明古国虽早已化为历史废墟,但哥伦布以来的西方殖民者却可以算是苏美尔文明的拜金神话的变本加厉的继承者。

例三,第八块泥板"恩启都的葬礼",多次讲到吉尔伽美什为了让诸神允许冥府接受死去的恩启都,向他们献上玉石宝物和玉器。其中有雪花石膏、红宝石,而献神最多的圣物就是青金石,包括一把青金石椅子和一只青金石杖(第152行)①。由此引出的问题是:人类文明初始期的两河流域城邦,为什么对一种玉石情有独钟?一般的文学分析对此类问题无太多兴趣,或许就不当做需要探讨的问题。可是重要的历史信息即潜藏于此。

例四,第八块泥板末尾的第216—218行,讲到主人公在黎明之光里向他的守护神太阳神舍马什献祭的场景:

> 在红宝石的盘子(a dish of carnelian)里盛满了蜜,
> 在青金石的盘子(a dish of lapis lazuli,中译本译为"蓝宝石的容

---

① *The Epic of Gilgamesh*, London: Penguin Books, 1999, pp. 67-68. 中译本中缺少这部分内容。

器")里盛满了奶油,

他将这些加以装饰,献给舍马什神。①

青金石再度和红玉髓并列,正如它和黄金相提并论一样。这两种玉石用作祭神之用的礼器,又一次透露其神圣性。中文译为"蓝宝石"、"碧玉"和"翠玉",都不符合作品原意,还会混淆青金石与其他玉石的色彩差异。

例五,第十一块泥板第165行讲到女神Belet-ili降临:

她举起天神安努为求爱而给她制作的青金石项链,(发誓)说:
"哦,诸神们,让我这项链上的伟大珠子
使我记住这些日子,永不忘记!"②

神或人凭借某个圣物发誓,是神话和故事中的常见母题。女神指着项链上的宝石珠子发誓,可对应于拉丁语中的习语"朱庇特的宝石",专指罗马神话中的天神朱庇特持手中宝石宣誓(Jovern lapiden jurare)的情节。

以上五例说明,青金石对于苏美尔和巴比伦的作者而言,绝非一般宝物,而是具有宗教内涵的神圣符号物。青金石常和红宝石、黄金等珍贵宝物并列(古埃及文明中有类似情况),但是它在作品中出现的频率却最高。其用途总是和天神或祭神行为相关。尤其是天神安努亲自用青金石制作礼物项链的细节,透露出这种美石对于两河流域古文明有着不同寻常的来历。否则女神不会指着青金石项链来发誓。

三、印度神话的天堂宝树——如意树和摩尼珠

从比较神话学角度看,西亚上古史诗中的青金石树和红宝石树,属于神话想象母题——"天堂中的宝石树"(the jeweled tree of Paradise)。为此,在给弗雷泽《旧约中的民间传说》一书做出丰富的补充性笺释的巨著《旧约中的神话、传说和风俗》中,作者贾斯特(Gaster, Theodor H.)共引证了五个出自Stith Thompson著作的不同文化实例③,限于篇幅就不再列举。下面仅

---

① *The Epic of Gilgamesh*, London: Penguin Books, 1999, p. 69.
② Ibid., p. 94.
③ Gaster, Theodor H, *Myth, Legend, and Custom in the Old Testament*, New York: Harper & Row, 1969, p. 335.

就与中国文学关系密切的印度史诗的例子,说明此神话母题中潜含的物质文化内涵。所引用版本为季羡林先生翻译本《罗摩衍那》,关键词语(用括号加原文者)参考英文本和梵文本①,加以重新讨论。

《罗摩衍那》第四篇《猴国篇》第42章39节诗,讲到北俱卢洲的景象,出现所谓"金花玉叶"的神话植物:

> 再过去是一些荷塘,
> 真金荷花长满塘里;
> 还有成千条的河流,
> 里面的荷叶是绿色琉璃(vaidūrya)。(4.42.39)②

荷花的黄金花朵和"琉璃"枝叶,表明印度版的金玉组合神话想象如何同印度文明乃至华夏文明极度推崇的神圣莲花意象相结缘。汉译本"绿色"似非原文之意。"琉璃"(vaidūrya)一名的梵文意思首先是特指青金石。据莫涅尔·威廉斯编的《英梵大辞典》给出的青金石(lapis lazuli)之梵语译名,一共十个,排在第一位的词就是 vaidūrya③。排在第二位的词 vidūrajam,是 vaidūrya 的同义词。排在第三位的词 nilopala,意为"青玉"。这个词的变体 nīlotpala,意为"青莲"。从这些词素的语义系统看,青金石色为深青(或深蓝),毋庸置疑。故作品下文说"蓝荷花丛",与青莲之色吻合。汉译"绿色琉璃",似不准确。《罗摩衍那》第42章第41节至第45节诗云:

> 这地方到处遮满了
> 五彩缤纷(prabha,发光的)的蓝荷花(kāñcana)丛;
> 叶子是极珍贵的摩尼(mani),
> 花丝都是真金长成。(4.42.41)

> 那里有许多条小河,
> 小河的岸边高高,
> 上面有滚圆的珍珠、

---

① 梵文本《罗摩衍那》,参考 © 2003 Cosmic Software and Vedic Engineering 版。
② 〔印度〕蚁垤《罗摩衍那》(四)《猴国篇》,季羡林译,人民文学出版社,1982年,第306页。
③ Williams, Monier, *A Dictionary English and Sanskrit*, Delhi: Motial Banarsidass Publishers, 1976, p.437.

黄金和极珍贵的摩尼宝(mani)。(4.42.42)

长满了绝妙的大树，
五彩缤纷，众宝装成；
有一些树全是黄金，
可以同火焰比比光明。(4.42.43)

这些树永恒地开花结果，
各种的小鸟在树上面落，
能够满足人们的一切愿望。
天上的香味、汁水和触摸。(4.42.44)

有一些绝妙的宝树(nagottamāh)，
绽出各式各样的衣服；
还绽出珍宝(muktā,珍珠)和吠琉璃(vaidūrya)，
绽出各种首饰无数。(4.42.45)①

　　统计此处的各种宝玉石，约为四种：珍珠、黄金、摩尼、琉璃。除了前两种为白色和黄色，后两者的色泽为何呢？根据梵文中 vaidūrya(琉璃)一词与青金石的对应，其色泽已经表明在"青"之名称里了。后来作为人工制造的琉璃釉或玻璃的琉璃，则有多种颜色。至于摩尼宝的颜色，有前引唐代敦煌壁画所表现的深蓝色摩尼宝珠为证，也同于青金石色。这似乎印证了第 41 节诗讲到的"蓝荷花"，其"叶子是极珍贵的摩尼"。可谓"金华玉叶"。汉语成语"金碧辉煌"或"金璧辉煌"，皆表示中国版金玉组合的视觉效果。转到印度版的金玉组合语境中，似应调整为"金青辉

图 4　佛教神话的摩尼宝或九珠宝

---

① 〔印度〕蚁垤：《罗摩衍那》(四)《猴国篇》，季羡林译，人民文学出版社，1982 年，第 306—307 页。

煌"或"金黛辉煌"才更妥当,因为青金石的深青色特征,引出一个汉语别名叫"点黛"。唐代诗人钱起《赋得池上双丁香树》有句云:"黛叶轻筠绿,金花笑菊秋",其视觉上的对比效果与此类似。特殊色彩搭配所造成的神圣化联想,是寺院建筑和神佛造像的不成文创作规则。如高明《琵琶记·寺中遗像》所形容的那样:"佛殿嵯峨耀金壁,回廊缭绕画丹青。"金色与深青色相互配合,成为宗教建筑和佛像的常见表现模式。

一旦将琉璃和摩尼宝珠的材料与颜色得到确认,即深青或深蓝色,从文学文本到佛像、建筑、绘画作品等的图像叙事,可以起到相互参照和印证的作用。《贤愚经》卷九《善事太子入海品》①讲述的入海求宝故事,虽然属于文学性极强的神幻叙事,却也非常精当地描绘出摩尼如意宝珠与琉璃(山)的相同颜色——"绀"即深青色。从西宝东传的过程看,在西亚和南亚分别拥有五千多年和四千多年历史的圣物青金石,进入中土以来仅有两千多年,与本土八千年玉文化史相比,可谓姗姗来迟的新宝玉②。它虽然没有像和田玉那样称霸华夏文明的玉石神话世界,但是其特有的类似蓝天和大海之色,以及蓝中点缀金色的稀有外观品相,却同样在汉语界留下高尚美妙的极佳声誉:一方面获得"金精"、"金膏"③等各种神话美名,被同化到本土已有的不死仙药联想中;另一方面又因为标志佛祖释迦牟尼发誓之色而获得"帝青色"的高贵名分,在中古以后的文学中流传渐广。晋人郭璞《江赋》将金精与玉英相提并论:"金精玉英瑱其里,瑶珠怪石琗其表。"李善注引《穆天子传》"河

---

① 见《大正藏》第四卷,第410页。

② 青金石传入中国的时代,一说战国,一说汉代。中国境内考古发现最早的青金石文物之一是徐州土山东汉墓出土鎏金神兽形铜砚盒,上面镶嵌红珊瑚、绿松石和青金石。参看南京博物院:《徐州土山东汉墓清理简报》,《文博通讯》第15期,1977年。栾秉璈:《古玉鉴别》,文物出版社,2008年,第65页。徐苹芳认为此文物是从海路进口中国的。可备一说。参看徐苹芳:《考古学上所见中国境内的丝绸之路》,《燕京学报》第1期,北京大学出版社,1989年,第330页。

③ "金精"在汉代五行说中指西方之气。《后汉书·郎顗传》:"凡金气为变,发在秋节⋯⋯金精之变,责归上司。"《文选·弥衡〈鹦鹉赋〉》:"体金精之妙质兮,合火德之明辉。"李善注:"西方为金,毛有白者,故曰金精。"引申指西方之神及其领地内的秦国。汉班固《高祖泗水亭碑铭》:"扬威斩蛇,金精摧伤。"《文选·陆机〈汉高祖功臣颂〉》:"金精仍颓"句李善注引《汉书·郊祀志》:"秦襄公自以居西,主少昊之神。"汉以后又指太白星和水晶,并和道教传说的不死仙药相认同。自唐玄奘《大唐西域记·屈浪拏国》记述该国山岩中"多出金精",就和阿富汗特产青金石的现象吻合对应。《新唐书·西域传下·俱兰》:"出金精,琢石取之。"文字来自《大唐西域记》,"俱兰"为"屈浪拏"的急读音转。谢弗《唐代的外来文明》认为天青石和金精为二物,值得商榷。笔者以为谢弗所说的天青石和金精皆为青金石。

伯曰：示汝黄金之膏"句郭璞注："金膏，其精沥也。"①今核对《穆天子传》卷一郭璞注文，其词曰："金膏，亦犹玉膏，皆其精沥也。"郭璞的解说体现了用已知解释未知的注释策略。其特点是化生为熟悉，即用本土人熟知的玉膏神话来诠释外来的奇异宝物"金膏"。"其精沥"三字似乎点明了金膏与金精的同义词关系，以及两者同《山海经》昆仑神话中的玉膏之类似性质。郭璞说的"精沥"又是什么意思呢？《庄子·田子方》："夫水之于沥也，无为而才自然矣。"王先谦集解："沥乃水之自然涌出。"准此，则"玉膏"为玉之精的自然涌出，"金膏"或"金精"则指黄金之精的自然涌出。这又可以作为青金石外观特色的写照：深青的底色中"涌出"金色斑点。

作为神话想象的仙药，外来的"金膏"或"金精"与本土的玉膏、水碧相提并论，成为文人写作的惯用对仗之例。《文选·江淹〈杂体诗·效王微"养疾"〉》："水碧验未黩，金膏灵讵缁。"李周翰注："水碧，水玉也。与金膏并仙药。"虽然诗文中并不少见，但直到唐代李白诗中，金精依然被视为神秘莫测的宝石，莫辨其详。其《入彭蠡经松门观石镜缅怀谢康乐》诗云："水碧或可采，金精秘莫论。"《山海经·东山经》："耿山无草木，多水碧。"郭璞注："亦水玉类。"《山海经》提到的叫做"水碧"的罕见宝玉石，因得到李贺的名诗《老夫采玉歌》之宣扬而名声大振。其诗云："采玉采玉须水碧，琢作步摇徒好色。"青金石因为其同样的稀见性，会显得比本土想象的不死仙药更加神秘。其较早的露面是在小说《汉武故事》中："太上之药……上握蓝园之金精，下摘圆丘之紫柰。"汉代以后的王室贵族虽然有缘接触到青金石宝物，但与大量使用和司空见惯的玉石相比，毕竟仍属凤毛麟角。此种情况一直延续到唐宋元明各代，没有根本的改变。明代宋濂《送方生还宁海》诗有句云："昔在词垣时，英材常骏奔。水碧与金膏，价重骇见闻。"这是以罕见的珍惜宝物之贵重，比喻出类拔萃之人。可知被视为金膏或金精的青金石在当时国内市场上的稀有和昂贵，是骇人听闻的。这恰恰印证了物以稀为贵的古话。无独有偶，有一种从波斯或康国传来的绿色宝玉石，史书中音译为"瑟瑟"，有些人认为就是青金石②，也因为稀有而造成洛阳纸贵的市场效应。藏学家张云《上古西藏与波斯文明》引用劳费尔的观点，认为"《唐书》卷221说，瑟瑟矿

---

① 萧统：《文选》，中华书局，1977年，第188页。
② 〔美〕谢弗：《唐代的外来文明》，吴玉贵译，中国社会科学出版社，1995年，第500页。

在康国药杀河东南,路径和阗输入中国,景教教友常以瑟瑟输入中国,用作寺院的装饰。又古时西藏以瑟瑟为官员的服饰,臂上佩戴瑟瑟串,表示最高官职。其次是金,再次是金镀银,再次是银,最下是铜。这显然说明古时西藏视瑟瑟为珍贵宝石,价在黄金之上。西藏妇女发髻上常带着瑟瑟珠,据说一粒珠子的价格和一匹良马相等。因此有了'马价珠'之称"①。不过从史料记载的颜色看,瑟瑟为碧绿色,似与青金石之蓝色不同。瑟瑟是否即青金石的别名,还有待考证。清代的《事物异名录》宝石条目下引《本草纲目》:"宝石红者名剌子,碧者名靛子,翠者名马价珠,黄者名木难珠,紫者名蜡子。……碧者,唐人谓之瑟瑟。"②此云马价珠是翠色的,也不同于瑟瑟之碧色。至于中国史书中所称康国、康居国等,窃以为是"荒国"的音转,即《山海经》所讲大荒之国的意思,"荒"对应周代五服制度最外的荒服,形容其辽远和蛮荒。杨树达《积微居小学述林·诅楚文》云:"按康当读为荒,古康、荒二字音近相通。"这一见解给思考"康国"得名原因提供了参考。《清会典图考》中称:"皇帝朝带,其饰天坛用青金石。"可知青金石的用途从寺庙和佛像,转向用于清代皇室祭天的建筑装饰。

与苏美尔、巴比伦文学相比,《罗摩衍那》描绘的印度的天堂宝树,同样隐喻着生命树的意蕴。这一层联想从"永恒开花"的描写中透露出来,表明玉石类树木与自然植物的根本差别:前者花开永不凋谢,隐喻永生不死,后者则花开花落,一岁一枯荣。青金石叶子作为金莲花的对应物,两者皆喻永生。其颜色可确认为深青或深蓝。《罗摩衍那》第四篇第四十九章和第五十章讲到两处神话仙境景致,分别为黄金树加青金石(吠琉璃)镶嵌的树坛和黄金宫白银宅,其黄金窗由摩尼网覆盖。如此的颜色组合几乎构成一种宗教象征的色彩语言③。有许多佛像造型为金身青发,可作为"金黛辉煌"图像叙事的旁证。由此青金石原型派生出的摩尼或摩尼宝,作为一种青色佛珠,更是印度想象对世界性玉石神话的生动再造之例。它通过佛教传入华夏后,给中国文学想象带来的刺激非同小可。兹引述丁福保编《佛学大辞典》相关释义如下:

---

① 张云:《上古西藏与波斯文明》,中国藏学出版社,2005年,第300页。
② 厉荃:《事物异名录》,岳麓书社,1991年,第343页。
③ 在《摩诃婆罗多》中同样有大量的金与青金石组合。如第二篇大会篇(2.3.30)讲述摩耶建造一神幻水池,池水为水晶,池中莲花和百合长着青金石叶子,池中游鱼则为黄金鱼。

摩尼(物名)mani

又作末尼,译为珠、宝、离垢、如意。珠之总名。玄应《音义》一曰:"摩尼,珠之总名也。"慧苑《音义》上曰:"摩尼,正云末尼。末谓末罗,此云垢也。尼谓离也,谓此宝光净不为垢秽所染也。又云,末尼此曰增长,谓有此宝处,必增其威德。旧翻为如意、随意等。逐义译也。"……《涅槃经》九曰:"摩尼珠,投之浊水,水即为清。"①

佛教的此等神幻想象,已经将宝玉宝珠完全神秘化,使得摩尼宝成为体现超自然力量的神奇法宝。既承载着宗教洁净的法力,还兼具随心所欲的如意变化功能。这些神幻内容都可视为玉石神话的基本象征意蕴——永生性即不死不灭——的转化和衍生。至于"能够满足人们的一切愿望"之功能,则是两河流域文学中没有表达的。中国的昆仑仙境之各种琳琅满目的玉树,也没有突出这方面的联想。可见这是印度文明想象力的大发挥之结果,更是印度想象对世界性玉石神话的生动再造之典型。

四、青金石之路与中国"琉璃"及"金精"

青金石主要出产于阿富汗,其传播西亚、南亚和北非、欧洲的路径构成所谓青金石之路。如果要问:为什么阿富汗的青金石没有在华夏文明发生期传入东亚?简单的答案是:东亚本土早已有自己的玉石神话信仰之深厚传统,这显然不利于外来的青金石在华夏文明中的传播,其影响也自然大打折扣,不像在埃及和地中海文明中那样显赫。

对照中国古书《山海经》,类似生命树那样象征"不死"的玉石神话母题随处可见。细加分辨,可有天生的不死和人为的不死之差别。《海外南经》中的不死民,《大荒南经》中的不死国,《大荒西经》中"颛顼之子,三面一臂,三面之人不死"等,都显示出与生俱来的不死性。人为的不死主要表现为长生不老药的应用:它一方面可以使人永不衰老;另一方面又可使死者复生。《海内经》中谈到"不死之山",似乎这山上生长着能令人长生不老的神秘植物。郭璞注说这个"不死之山"就是"圆丘山"。晋张华《博物志·物产》:"员丘山上,有不死树,食之乃寿;有赤泉,饮之不老。多大蛇为人害,不得居

---

① 丁福保编:《佛学大辞典》,上海书店出版社,1991年,第2562页。

也。"这里的不死树同蛇联系在一起,显然有神话类比之基础。葛洪《抱朴子·登涉》云:"昔圆丘多大蛇,又生好药。"可见"好药"便是"食之乃寿"的不死树,它又同蛇这种神秘动物联系在一起了。陶渊明《读山海经》诗云:"自古皆有没(殁),何人得灵长?不死复不老,万岁如平常。赤泉给我饮,员丘足我粮。方与三辰游,寿考岂渠央。"诗中所用典故便出自《山海经》中的不死之山。《大荒南经》有"帝药"记载。经文说巫山有"帝药,八斋",郭璞注"天帝神仙药在此也"。同经又说云雨山,"有赤石焉生栾,黄本,赤枝,青叶,群帝焉取药"。这种体现黄本红枝青叶的三色草药,同昆仑仙境中那些四季常青的玉树、不死树,同样表明中国版的不死药原型之出处。比起苏美尔、巴比伦神话中独一无二的生命草,印度和中国神话想象的不死药一类天堂珠宝树,可谓丰富多彩。"从齐威王、齐宣王、燕昭王到秦始皇和汉武帝,寻求不死药的努力一浪高过一浪,传为历史笑谈。这并不影响人们对它的梦想与执著追求。这种追求的对象后来从自然生长的植物转变为人工炼制的丹药。"①从"琉璃"二字的造字偏旁采用玉旁的事实判断,这是从西域进口的新鲜物质被中国传统玉石神话观重新编码的结果。如此看,佛教想象的"东方净琉璃世界",也无非是本土昆仑瑶池仙境想象的一种原型性对应。药师佛的尊名"药师瑠璃光佛"或"药师瑠璃光如来",可以和"瑶池金母"西王母、"玉皇"大帝等点明玉体金身的命名法相对照,得到贯通性的理解。药师佛的身体为青金石色,其神话功能也类似摩尼宝珠的有求必应。如唐代义净翻译的《药师琉璃光如来本愿功德经》所述:"彼佛世尊药师琉璃光如来,本行菩萨道时,发十二大愿,令诸有情所求皆得。"

印度史诗中指青金石的梵文词 vaidūrya,辗转通过佛经而译为古汉语的"琉璃"或"瑠璃"、"吠琉璃"等语词②,为季羡林先生翻译《罗摩衍那》时所效法。由于琉璃在汉语中的词义兼指三种彼此相近或相似的物质,有必要做出明确辨析,才不至于迷失在古书的各种似是而非的记述之中。

其一指从西域传来的一种有色宝玉石。从语音上判断,似与青金石的拉丁语专名 lapis lazuli 的音译有关。合成词 lapis lazuli 由二词组合而成。

---

① 叶舒宪:《英雄与太阳》,上海社会科学院出版社,1991年,第144页。
② 刘正琰等编《汉语外来语辞典》给出的译名共有20个,其中的四音节译名"吠琉璃耶"、"卫孥璃耶"等更加吻合梵文词的发音。"琉璃"、"楼黎"等双音节词则为去头去尾后的省略称谓(上海辞书出版社,1984年,第212页)。

lapis 意为宝石，lazuli 意为青色。lazuli 这个三音节词急读为二音节，便成"琉璃"。梵文词 vaidūrya 的第一音节 vai，对应拉丁词的第一音节 la 和汉译名"吠琉璃"的"吠"；梵文词的第二、三音节 dūrya 对应拉丁词的第二、三音节 zuli 和汉译名的"琉璃"。若加上形容颜色的修饰词，则汉语别名又称"璧流离"（《汉语大辞典》释为"即青色宝、猫儿眼"，似不确）华夏古礼用玉璧礼天，即看中玉璧之苍青色与天色相似。需要注意的是，玉璧的颜色虽然多为青玉，但毕竟与青金石的深青色有明显差异。《汉书·西域传上·罽宾国》记述罽宾国为塞族人活跃的地区，其物产除了金银铜锡以外，还有"珠玑、珊瑚、虎魄、璧流离"。孟康注："流离青色如玉。"这是最早的解释，言简意赅。但是后来颜师古注引《魏略》的说法，以为大秦国出产十种颜色的流离。并据此反驳孟康的解释："孟言青色不博通也。此盖自然之物，采泽光润，踰于众玉，其色不恒。"①按照孟康的解说，流离只有青色，当专指青金石，这本是合适的说法。而《魏略》和颜师古的十色流离说，显然是泛指各种宝玉石的，非专指青金石。《后汉书·西域传·大秦》所列举的金银加珠宝也是十种："土多金银奇宝、有夜光璧、明月珠、骇鸡犀、珊瑚、虎魄、琉璃、琅玕、朱丹、青碧。"②据此可知，《魏略》以来的十色流离说，包括大秦国的多种玉石和珍宝。这样就将流离与其他宝玉石的差别混淆了。于是，琉璃（流离）从原来特指青金石的古汉语专名，有讹变成泛指各色外来宝石和人工模拟宝石材料之通名的倾向。这是后人需要仔细明辨之处。不过，无论是《后汉书》所称"琉璃"，还是《汉书》所称"璧流离"，皆非中国本土原有之物，而是汉代或汉以前经西域传入的。两者似为同一物的不同译名。

其二指用铝和钠的硅酸化合物烧制成的釉料，通常有绿色、黄色两种，多加在黏土的外层，烧制成器或砖瓦等建筑材料。《隋书·何稠传》："时中国久绝瑠璃之作，匠人无敢厝意，稠以绿瓷为之，与真不异。"清人唐孙华《东岳庙》诗云："我来瞻庙貌，碧瓦琉璃光。"此言琉璃和作为宝玉的琉璃，已经完全不是一回事。

---

① 王先谦：《汉书补注》，中华书局，1983 年，第 1615 页。
② 王先谦：《后汉书集解》，中华书局，1984 年，第 1025 页。关于大秦国传来的"青碧"，或是本土已有的一种青玉。《山海经·西山经》："又西北五百五十里高山，其上多银，其下多青碧、雄黄。"郭璞注："碧亦玉类也。"郝懿行疏引《说文》："碧，石之青美者。"或是《后汉书》借用《山海经》提到的"青碧"一词来指代外来的玉石。

其三指玻璃,俗称"料器"或"料货"。《魏书·西域传·大月氏》:"其国人商贩京师,自云能铸石为五色琉璃。于是采矿山中,于京师铸之。既成,光泽乃美于西来者……自此中国琉璃遂贱。"赵翼《陔馀丛考·琉璃》:"俗所用琉璃,皆消融石汁及铅锡和以药而成,其来自西洋者较厚而白,中国所制,则脆薄而色微青。"可知作为玻璃、料器的人造物琉璃,其工艺还是自西方传入中土的。

以上琉璃一词的三种词义中,前一种指天然宝玉矿石青金石,后两种指人工的产物。由此可知,三者同名异实,此琉璃非彼琉璃,很容易导致混淆。因为三者皆系外来文化的输入,在古代就已经导致区分上的困难。按照少见多怪的认知心理学原理,越是本土没有的东西,往往越容易激发神话想象。甚至连官修正史也会记录此类有关青金石的本土神话叙事。《宋书·符瑞志下》:"璧流离,王者不隐过则至。"这是将儒家瑞玉神话的成分添加到对西域传入的青金石想象,在圣王与圣物、明君与宝玉之间建构出莫须有的祥瑞因果关系。

琉璃一名所指代的三种物质,其间关系如何呢?作为天然宝玉石的琉璃,主产地为阿富汗东北山区,其神圣化和神话化的文化建构发明权却属于人类最早的文明——苏美尔文明。琉璃作为人工制作的釉彩和玻璃,其在世界历史上的首创之发明权,还要归于美索不达米亚和埃及。由于青金石的稀有性,当时的苏美尔人正是为了替代性的生产模拟青金石的物质,才发明出这两种工艺的。具体情况是,"最初的尝试早在公元前 4 000 年就开始了,具体制作法是将滑石粉塑造成需要的现状,外面蒙上一层用蓝铜矿(azurite,即石青)或孔雀石(malachite)研磨成的粉末,然后放入封闭的容器中火烧,使之朝高温加热。其结果是给物体罩上一层蓝色玻璃状表皮"[①]。在蓝釉的发明之后,又附带产生出绿釉和白釉等新工艺,并从美索不达米亚传入古王朝时期的埃及。制釉工艺发展约 2 000 年之后,即公元前 2 000 年左右,还是在美索不达米亚和埃及,又催生出纯粹的玻璃生产。再经过约 1 000 年的文化传播过程,才在西周时期进入我国新疆地区[②],再经河西走廊

---

① Hawkes, Jacquetta, *The First Great Civilizations*, London: Hutchinson & Co. 1973, p.365.

② 关于玻璃、彩釉工艺传播中国的时间,参看干福熹主编《丝绸之路上的古代玻璃研究》,复旦大学出版社,2007 年。这部文集汇集了中外专家对北方(沙漠)丝绸之路,特别是新疆和中亚地区(古统称"西域")古代玻璃的出土历史和背景、技术成分的分析报告,并包括南方和海上丝绸之路上古代玻璃研究的新资料,系统介绍丝绸之路的文化传播作用对中国古代玻璃技术和艺术发展的影响。

逐步输入中原。

英国考古学家贾科塔·郝克斯(Hawkes, Jacquetta)在陈述釉色与玻璃的发明过程时，特意加评语说，马克思主义讲物质决定意识，玻璃生产的出现却提示另一种情况："一种纯美学的动机导致重要的经济进步"[①]。郝克斯忽略的是，马克思主义创始人也讲过意识对物质、上层建筑对经济基础的反作用。所谓"纯美学的动机"说也值得商讨，因为当初苏美尔人青睐青金石的原因，除了有美感方面，更重要的是信仰和神话观方面的。对此，笔者拟在另文中引入更多的苏美尔文学案例分析内容，做出更为系统性的阐明。

结语：从玉石神话到财富观与文明起源

财富是文明起源的必要前提条件。如张光直先生所说："文明的基础是财富在绝对程度上的积累。很贫乏的文化，很难产生我们在历史学和考古学上所说的那种文明。"他又说："根据我自己学习世界文明史（包括中国文明史）的很不成熟的经验，我认为：没有一个文明的产生不是经过这样一个程序而来的，即财富的积累与财富的集中。"[②]至于解释财富是怎样伴随着文明国家的出现而得到高度集中的问题，需要具体考察财富观构成的不同情况。当代世界体系理论的重要代表人物贡德·弗兰克《白银资本——重视经济全球化中的东方》一书，将财富观导致近代欧洲资本积累过程的视角集中在一种具有国际货币作用的符号物——白银的生产与全球流通上，对西方资本主义和现代化世界的兴起提出跨文明的新解释模型：白银和黄金资本的洲际流动。按照此一理论，是哥伦布"发现"美洲之后的欧洲殖民者在美洲和亚洲掠夺到的大量黄金白银，成为西方社会资本积累的起点，最终驱动着世界踏上资本主义和"现代化"的不归路。

本文希望将考察全球资本形成的视野从500年真正拓展到5 000年（弗兰克本人就有这样的表态，但是实际上没能做到）。通过各大文明古国发生期的玉石资本化过程，寻找出在黄金白银青铜等贵金属成为资本和财富象征以前的更早的资本符号物——玉石。从两河流域的玉石神话发生程序，

---

① 同前引 Hawkes 书。
② 张光直：《中国青铜时代》二集，三联书店，1990年，第119—120页。

可以大致看出其财富观的形成轨迹。青金石的崇拜先于黄金和铜而出现。从青金石被神圣化到贵金属的神圣化之间，显然存在一个神话想象演变的逻辑过程。最初的金属矿石也是作为某种神圣石头而受到先民青睐的。由于青金石、绿松石等玉石的颜色被初民设想为天空之色和神灵的象征①，在青蓝主色中闪出的星星点点金色，也顺理成章地被神话思维赋予天神或神赐的文化意义。于是，对黄金与铜的崇拜继青金石崇拜之后应运而生，理由十分直观：金与铜的亮丽光色完全类似青金石上的金色。从两河流域史前高等级墓葬中随葬青金石饰品的现象，到苏美尔城邦遗址出土文物中黄金与青金石并重的现象，可以清楚地看到随着文明城邦的政治权力而成熟起来的早期财富观，是怎样将旧有的玉石神话和新兴的金属神话融合为一体的。

如果再将考察的范围从两河流域拓展到古埃及乃至整个地中海文化区，通过文化源流与文化传播的具体实证分析，就有可能分别透视欧亚大陆各文明古国在初始期的财富观建构方面之异同。相形之下，东亚的中华文明发生期的财富观为什么偏重美玉而缺少贵金属的现象，就会变得更加耐人寻味。其主要原因不在于唯独华夏先民喜好美玉，而在于不同的玉矿资源条件导致了不同种类的玉石神话。

不同神话观念支配下的不同行为选择，是理解文明古国分道扬镳之路的关键。这也是在今天知识条件下，重审马克思主义创始人的"亚细亚生产方式"假说，将其细化和落实到各大文明古国发生期的一种研究路径。

（原载《民族艺术》2011 年第 3 期）

---

① 这种神话思维的颜色类比模式也清楚地体现在藏族民间信仰的象征体系中。"民间艺人以对色彩的传统等级地位的理解，为藏戏中的各种角色人物选择了具有象征性的面具颜色。如……蓝色为天的颜色，也象征天神。蓝面具为温巴所戴，温巴在藏戏中为勇敢、正义的偶像，据说温巴也是佛的一种化身。他的面具选用蓝色，具有'替天行道'之意。"（张鹰主编：《面具艺术》，重庆出版社，2001 年，第 6 页。）

金声玉振：儒家神话再发现

一、祭如在：孔子不信神吗？

在中国学术传统中，对本土思想的两大原生派别儒家与道家的认识，基本上是在世俗语境中展开的。随着西学东渐而传来的宗教学、神话学知识，使得现代学人能够从"神—人"关系的层面重新看待中国早期思想传统中的"神圣性"背景一面，迎来一个从道家思想到道教信仰传统的深入开掘和研究热潮，包括道教神话在内研究成果已经相当丰硕可观；而对儒家传统的探讨却大体停滞在究竟是儒家（儒学）还是儒教的名义之争方面，对儒家形成的信仰基础和神话观念方面，还缺乏基本的统一认识。大量的研究专注于哲学史、思想史的视角，做义理层面的探讨，难以产生更加深透的发生学洞察。唯有胡适等个别学者力排众议地提出儒者起源于殷商民族教士的大胆假设，结果不仅应者寥寥，还招来一阵阵反对和批驳的浪潮。面对这种向无神论偏倾的现代学术格局，有必要重新提出一种正本清源的认识命题——儒家神话，以此来促成神话学研究与儒学研究的双重突破：一方面要改变那种只由民间文学工作者热衷于神话研究的专业局限，使神话学成为思想史、文化史的发生研究之必不可少视角；另一方面通过神话学论证辨析儒教信仰支配下的神圣叙事，从神话与仪式的对应关联入手重新考察作为儒家思想核心与基础的"礼乐"之根，从而更好地认识中国思想传统的深厚渊源，超越儒道对峙的2 500年小传统，透析更具有国教性质的6 000年本土信仰与神话的大传统。

提出儒家神话命题的首要理论前提在于：儒家神话是以对超自然力量的信仰为基础的，而不是以幻想性叙事为基础的。为说明这一点，需要首先明确的问题是：儒家创始人孔子是否信奉神祇鬼灵等超自然存在？

现代学者多从《论语》中举出以下几例，证明孔子不信鬼神或者疏远宗教：

樊迟问知,子曰:"务民之义,敬鬼神而远之,可谓知矣。"(《雍也》)

季路问事鬼神。曰:"未能事人,焉能事鬼?""敢问死。"曰:"未知生,焉知死?"(《先进》)

非其鬼而祭之,谄也。(《为政》)

子不语怪、力、乱、神。(《述而》)

其实倘若逐个辨析以上四例,对于孔子不信鬼神的论断而言,皆会有似是而非之嫌。如第一例所说的"敬鬼神而远之",当然不能随意理解为疏远或者怀疑鬼神之意。因为一个"敬"字,已经率先表明孔子面对鬼神的基本态度,无须多辩。既然"敬",又为何要"远之"呢?因为古往今来一切宗教教徒对于神圣对象都是要保持一定距离,甚至设立某种禁忌,以防止过于亲近而发生的失敬或亵渎。孔子要求人对鬼神既要敬畏,又必须保持距离感,这其实是非常虔诚的一种态度。对"敬鬼神而远之"做无神论的和世俗化的理解,均有悖于孔子原意。再对照《论语》记载的孔子对鲁国太庙与乡人傩的端庄恭敬态度,当时儒者与宗教礼仪的密切关联即可知大概。

第二例初看起来也好像对鬼神有所不敬,但仔细琢磨孔子之言,却不难看出"焉能"之问,并不是在怀疑"事鬼"行为本身的合法性,而是对"事鬼"者自身条件的期许。即希望敬奉鬼神的人,首先要能够在现实生活中就敬奉自己家中的父辈和国中的君王。这和孔子称善"人而无恒不可作巫医"一样,是对神职从业者人格素质的极高要求,或者说是对儒者素质高下的一种基本衡量标准。按照这一逻辑来引申回应孔子的问话,那就是:"唯有在家国中善于敬奉君父的人,才能在宗庙社稷方面更好地敬奉鬼神。"

第三例较为明确:孔子反对的绝不是祭祀鬼神这类事,而是不符合名分的随意祭祀。所谓"非其鬼",指的就是这种不依照西周官方礼法和名分而进行的祭祀,古书中通常称为"淫祀"。对于符合名分的天神地祇人鬼之祭祀,更是《周礼》以来的宗教秩序之体现,所谓"祀天神,祭地祇,享人鬼"。即便是儒家最突出的伦理大范"仁",原来也是由宗教祭祀的官方传统为温床的。《礼记·礼运》:"先王祭帝于郊,所以定天位也,祀社于国,所以列地利也,祖庙所以本仁也。"春秋时代,在鲁国这样的诸侯国中,与西周天子级的祖庙相对应的宗教场所就是太庙。孔子虽然崇奉周礼和向往周公,却因生不逢时而无缘躬逢西周天子的礼乐之盛事,他将周公之子伯禽的封地鲁国作为学习和传承周礼的基地,将鲁国的太庙当做自己问礼实习的最佳场所。

第四例的理解,有两重疑点。一是断句上的分歧:"不语"的对象是四个还是两个(怪力、乱神)？若是两个,则"乱"字为修饰和限定"神"的,即不是一般意义上不喜欢讲神,而是不喜欢讲乱神邪神之类。二是"不语"的原因,是出于敬畏还是出于厌恶呢？如果说孔子因厌恶而不讲"怪力乱"之事,还是合乎逻辑的;那么说他因厌恶而不讲"神",就显然不合逻辑。孔子最喜欢去的地方就是宗庙太庙之类神圣地方,若真不喜欢神祇当然不用来此类庙宇。何况"敬鬼神"还是孔子挂在嘴边的明确表白。由此看,只能理解是因为敬畏神祇与祖灵而避免冒犯式的直接讲述。不然的话,为什么在流传下来的孔子言论(见于《论语》者)中从来没有谈及自己的父亲祖父等姓甚名谁呢？对于不遗余力倡导孝和忠的孔子来说,当然不能根据他"不语"孔家父祖辈就认为他不敬奉祖先在天之灵吧。

那么既然"不语",孔子又是如何祭拜和敬奉自己心目中的神圣存在呢？"祭如在,祭神如神在"两句话,已经完全说明了孔子对祭祀礼仪的用心和虔诚态度。"祭如在"不是不祭祀,而是可以不依赖偶像崇拜的外显形式而进行的高级阶段的祭祀。早期儒者的这种情况和早期犹太教发展中逐步摆脱偶像崇拜阶段、最后达到明令禁止偶像的崇拜新境界一样,不宜曲解为对神明的不敬或信仰之衰落和淡化,而应结合比较宗教学的参照案例,做出还原性的重新理解。

二、入太庙每事问：孔学来源的神圣性及其现代遮蔽

在儒学是否具有宗教性的当代争论中,即使是倡导儒家为宗教的一方,也只是着眼于儒者强调礼仪修身等外在行为方面,对儒家的核心理念缺少一种具体而深入的宗教学分析和神话学研究。从世界宗教史的情况看,一种信仰的确立和传播,往往离不开特定的神话与仪式。两者的宗教功能之发挥,是信仰得以成立并传承的两大基石。若一味强调儒家有宗教性的特质,却无法提示出儒家神话的存在样式,以及由儒家神话所维系的信仰系统,那就无异于要拜佛而不入庙门一样尴尬。

由于西学东渐以来西方的 myth 一词借道日本进入中国时用了"神话"这两个汉字,给一个世纪以来所有讨论中国神话问题的人预设了一种不无

偏颇的成见——神话所讲述的当然是关于"神"的"话";这就使人们忽略了在"神"这个汉字的指称以外会不会存在神话的对象之问题。而儒家创始人孔子公开表示的"不语怪力乱神"一句,也就成为儒家反对神话、回避神话的"铁证"。导致神话学在中国的百年发展中基本忽略掉了儒家神话的存在,甚至连这个合成词也会让多数人感到陌生或不可思议:儒家怎么还会有神话呢?

讲述儒家神话,不宜刻舟求剑式地按照现代学科划分中的民间文学之神话观,到古汉语文本中寻找一些幻想类的叙述故事。而应当调整学科视角,从信仰溯源方面入手,探索孔子等早期儒者言语活动中的重要关键词,发掘其思想史背景,重构其仪式语境,从神话思维及神话观念方面做出整体性的阐释。当代国际领先的比较宗教学者和神话学者一再指出,为了真正理解神话,必须在文学本位的神话观以外去探索和复原信仰的原初语境。如意大利宗教学理论家达瓦马尼《宗教现象学》一书第六章题为"神话的宗教意义"。此标题足以显示与文学本位神话观截然不同的神话功能概念。达瓦马尼提出:"过一种神话的生活意味着拥有一种有别于世俗生活的本真的宗教体验。因为人符号性地扮演了超自然的事件并亲自见证了这些事件;人进入到一个理想化的神的、超自然存在的神圣行为的世界里。"[1]法国比较神话学泰斗人物乔治·杜梅齐尔则断言:在上古时代流传下来的最初的文学文本(颂歌、礼仪书、叙事等)差不多全都是宗教性的。"其实,对宗教更确切的说法应是神学和神话学。"[2]代表后现代神话观的英国著名学者凯伦·阿姆斯特朗在其近著《神话简史》中则特别强调一种非文学专业的神话观,她写道:

> 在一种纯粹世俗的背景中,是永远也不能够接近神话的。唯有在日常生活领域之外的崇拜仪式的背景中才能理解神话。我们必须把神话体会为个性转变的过程之一部分。[3]

日本汉学家白川静曾经提示中国神话研究者,中国神话的一个突出特点就是其隐蔽性。他的《中国神话》一书有一节题为"被隐藏了的神话"(第

---

[1] 〔意〕达瓦马尼:《宗教现象学》,高秉江译,人民出版社2006年,第156页。
[2] 〔法〕迪迪耶·埃里邦:《乔治·杜梅齐尔传》,孟华译,北京大学出版社2005年,第76页。
[3] Karen Armstrong, *A Short History of Myth*, Canongate, 2005, p.123.

一章之五节),其中写道:

> 研究中国的神话,从祭礼的实修形式去追求神话意义的解释学方法,并不是很有力的方法。因为中国的神话是连祭仪的形式和神话的具体内容,也几乎没有传下来的一种被隐藏式的神话之故。因此,中国神话的研究,首先必须从发掘被隐藏的神话,而复原其神话的原形上着手。首先尝试这种研究的人是外国人,父亲是埃及学之父的古史学者马伯乐所著的《书经中的神话》(公元 1924 年),可说是这方面研究的划时代巨著,马伯乐从书经中,发掘出太阳神御者羲和、禹的洪水故事、天地开辟的重黎故事等,对当时几乎还未开拓的中国神话来说,可说是惊人的创获。而在甲骨文和金文的研究,以及考古学资料日益丰富的现在,古代文献之中,依然有许多尚待发掘的神话。本书关于四方风神和河岳之神等神话,就是此类事例。①

白川静还提示说中国神话隐藏在古帝王谱系中的情况,也值得研究者注意。笔者在十年前探讨道家思想的神话源头时,就将发掘隐藏的神话作为《庄子的文化解析》和《老子与神话》等写作计划的目标,但是对儒家一系的神话发掘工作却一直没有正式提到研究日程上来。本文希望对此一欠缺有所弥补,首先提出儒家创始人孔子本人最关心的学习方向问题,进行发微索隐式的追索。再以《论语》中表露的"梦周公"和企盼"凤鸟"等神话事件为例,参照《春秋》绝笔于"获麟"的事实,揭示一种潜伏在儒家世界观之底层的祥瑞天命神话系统,从而说明早期儒家人士并非固守"不语怪力乱神"禁忌的无神论者或科学知识分子,而是既信仰神话又梦想神话的一批天真赤子。

对孔门师徒弟子们来说,遇到人生难事而祈祷于神灵或已故祖先,绝不是什么特殊的新鲜事,而是他们遵奉远古流传下来的信仰传统的一种习惯性的行为模式。《述而》篇描述孔子患病后子路请祷一事,就是某种异常生动的活例证,说明不仅春秋时期的孔门弟子们习惯用祷告鬼神等超自然存在的方式来对付疾病,作为老师的孔子也是习惯于祈祷鬼神的宗教实践者。

> 子疾病,子路请祷。子曰:"有诸?"子路对曰:"有之。《诔》曰:'祷尔于上下神祇。'"子曰:"丘之祷久矣。"

---

① 白川静:《中国神话》,王孝廉译,长安出版社,1983 年,第 28 页。

在面对疾病时体现出的师徒承继关系,竟然是以祈祷神灵为一致纽带的,其发挥语言通神之宗教功能来克服病原的医疗观,显然与巫医传统的祝由术及祝宗卜史类官方神职人员职能一脉相承。儒家创始人从祈祷神灵的实践中总结出一条带有普遍意义的规则,那就是,祈祷并不是万能的。如果人所犯罪过是天神无法饶恕的,那么祈祷也会失去效应的。这就是孔子在《八佾》篇中所感叹的:"获罪于天,无所祷也。"孔子说这话的前提,是卫国大夫王孙贾询问在家中同时敬奉的灶神和奥神中哪个神更重要。显然孔子认为至高无上的天神才是最重要的。关于此类天神,在孔子口中就简称为"天"。由"天"派生出的其他宗教观念分别称为"天命"、"天禄"、"天之历数"等。

在孔子和子路为代表的儒门师生共同祈祷神灵的真实景象之中,《子路》篇中孔子引用南人之言"人而无恒,不可以作巫医"一句,才容易获得巫医传统语境中的真切体认。孔子在转引南方之人的这句名言后,还要加上一句自己的赞美之词:"善夫!"这就言简意赅地表明自己对巫医一类神圣从业者的高度崇敬。下面再引述《周易》"不恒其德,或承之羞"两句,同南人之言形成南北方舆论的呼应之势,这样就将巫医神职传统与华夏文明中根深蒂固的"医德"观念紧密联系起来,非常耐人寻味。下文拟引用清儒刘宝楠《论语正义》对"巫医为贱役"说的反驳,看看他对孔子有关巫医任职条件的话所做的细致疏解,确信这些疏解对于恢复从宗教或巫教的语境中重新体认孔子关于巫医之言论的文化价值,十分有益:

> 正义曰:《说文》:"巫,祝也。女能事无形,以舞降神者也。"《公羊》隐四年传注:"巫者,事鬼神祷解,以治病请福者也。男曰觋,女曰巫。"案:巫、觋对文异,散文通。《周官》:"司巫,中士二人。男巫无数,女巫无数,中士四人。"是男女皆称巫也。《说文》:"医,治病工也。"《周官》:"医师,上士二人,下士二人。食医,中士二人。疾医,中士八人。疡医,下士八人。"是巫医皆以士为之,世有传授,故精其术,非无恒之人所能为也。

> 杨泉《物理论》:"夫医者,非仁爱不可托,非聪明达理不可任,非廉洁淳良不可信。古之用医,必选名姓之后。"又云:"其德能仁恕博爱,其智能宣畅曲解,知天地神祇之次,明性命吉凶之数,处虚实之分,定顺逆之理,原疾量药,贯微达幽。"观此,则巫医皆抱道怀德,学彻天人。故必

有恒之人为之解者,或以巫医为贱役,非也。①

刘宝楠出于对儒家经典的熟悉,又随手引出《礼记·缁衣》所记孔子的类似一种说法:

> 子曰:"南人有言曰:'人而无恒,不可以为卜筮。'"

将《礼记》和《论语》所记孔子的话相对照,区别仅在"巫医"和"卜筮"之间。如果从宗教学视野看,则巫医和卜筮两种职业亦有相通性。即巫医也能占卜,卜者因为通神力而具有医疗能量。由此可见,不论孔子称颂的是巫医还是卜筮,均为上古社会中特别擅长处理通神一类事物的专业神职。他们的职业空间就在于庙宇、祭坛、公社、法场一类区别于世俗行为的神圣地方。那里就是孔子的问学意向最明确也最向往之处。《论语》中所谓"入太庙每事问"的真切记录,是儒门等同于庙门的极好写照。刘宝楠对《礼记·缁衣》所引孔子称颂卜筮的话,有进一步的疏解:"古之遗言舆?龟筮犹不能知也,而况于人乎?《诗》云:'我龟既厌,不我告犹。'《兑命》曰:'爵无及恶德,名立而正,事纯而祭祀,是为不敬。事烦则乱,事神则难。'《易》曰:'不恒其德,或承之羞。恒其德贞,妇人吉,夫子凶。'郑注云:'犹,道也。言亵而用之,龟厌之,不告以吉凶之道也。恶德,无恒之德。纯犹皆也。言君祭祀,赐诸臣爵,毋与恶德之人也。……'案:《缁衣》与《论语》,文异意同,当由记者各据所闻述之。龟曰卜,蓍曰筮,二者皆有守职,宜以有恒之人为之。"②

孔子时代的士人是否普遍具有此类对巫医和龟筮的信仰呢?看一下那时候的史书就会找到现成的答案。出现在周礼等级体系里的神鬼和祖灵,作为祭祀崇拜的对象,本来就是儒家崇奉的"德"之表征或者来源。据《左传》庄公三十二年的叙事:

> 秋七月,有神降于莘。惠王问诸内史过曰:"是何故也?"对曰:"国之将兴,神明降之,监其德也;将亡,神又降之,观其恶也。故有得神以兴,亦有以亡。虞夏商周皆有之。"……神居莘六月,虢公使祝应、宗区、史嚚享焉。神赐之土田。史嚚曰:"虢其亡乎! 吾闻之,国将兴,听于

---

① 刘宝楠:《论语正义》,中华书局,1990年,第543页。
② 刘宝楠:《论语正义》,中华书局,1990年,第543—544页。

民;将亡,听于神。神,聪明正直而壹者也,依人而行。……"①

惠王的诸内史应当是当时本地最有声望和地位的知识分子,他们对国之兴衰的原因论理解,还是明确将"德"与天上的超自然神灵世界联系起来的。此处的神明有形象,能够从天而降下凡尘,还能赐人以土田,具有十足的人格化表现,与相对抽象化的无人格的"天"还有相当距离。可见春秋时期的知识人对此种有德性的神明还是较为普遍地信奉的。这样的人格神与孔子信奉的天命,在文化功能上看是基本相通的。当时还有一些专门司掌惩罚和报应的凶神厉鬼,对一般人的言行有着巨大的威慑性影响。这也是孔子对巫医、卜筮一类神圣事物表示关切的现实因素。由于对于天命的把握需要漫长的修行过程(所谓"五十而知天命"),所以在没有达到熟练高超的巫医水准的常人那里,命由天所决定是无可怀疑的,但是却绝不是人人都能够领悟和掌握的。天命之降临和神明的降临一样,自有其无从预知的神秘之处。

死生有命,富贵在天。(《颜渊》)

伯牛有疾,子问之,自牖执其手,曰:"亡之,命也夫!斯人也而有斯疾也!斯人也而有斯疾也。"(《雍也》)

命运如此难测,因此在敬天和祈祷之外,还必须信奉命。"不知命,无以为君子也。"(《尧曰》)这句话标明了成为儒家君子的单一必要条件,言简意赅,不容置疑。现代以来受到无神论思想洗礼的学者们,很容易从现代立场出发看待当年的孔子和儒者,认为孔子不是从外在力量谈天命,他讲的"命"或"天命"甚至被曲解为指向人的内心,是"国民阶级"心理的体现。如侯外庐所说:"在孔子的时代,氏族纽带将断,国民阶级出现,因而在孔子的天道观里,遂渗透了若干新内容。此所谓新内容,首先表现在每言及'命'多从'自下而上'的人的观点上来谈'知命'与'畏命',换言之,多从人类的情操上来谈心理活动;很少如西周的'自上而下'或由外至内的观点,这即是说不多言'降命'与'受命'了。"②侯外庐等人的这种认识反映着现代无神论语境中的儒家思想研究之成见,忽略的是

---

① 《春秋左传正义》,阮元《十三经注疏》本,中华书局,1980年,第1783页。
② 侯外庐:《中国思想通史》第一卷,人民出版社,1957年,第154页。

"天"与"命"这类观念在先秦语境中的信仰传统及神话观之背景。追溯此类看法的源头,实为西学东渐以来的留洋知识分子倡导的"中国哲学"说(详下文)。

孔子和儒家是从虞夏商周四代神权政治的深厚传统中培育出来的一代知识分子的代表,他们生于西周王权理想破灭的东周时代,最感痛心的莫过于"礼崩乐坏"的诸侯纷争之现实。其政治理想主要在于恢复虞夏商周以来四代相承不改的"圣王"统治状态。因此,在"祖述尧舜、宪章文武"的儒家政治标语中潜含着对圣王的极度崇拜和深切怀念。孔子本人言论中对体现神权精神的"天"和"命"虽然不无怀疑之处,但却从未有不恭不敬的表现。这里面呈现的是一种对悠久文化传统的深深敬畏之情。《论语·季氏》篇孔子云:"天下有道,则礼乐征伐自天子出;天下无道,则礼乐征伐自诸侯出,自诸侯出,盖十世希不失矣;自大夫出,五世希不失矣;陪臣执国命,三世希不失矣。天下有道,则政不在大夫。天下有道,则庶人不议。"这段话明确表达了孔子所向往的理想政治就反映在远古天子的至高无上权威。在天子权威已经不复存在的当下情况中,恢复往昔的天子权威和恢复古代礼乐祭祀制度,实际上是一而二、二而一的事情。在此需要指出的是,"天子"和"王"、"圣王"等本土概念也不宜当成纯粹世俗性的政治学概念,它首先指向一种神权观念①,或者说是中国文化中最典型的神话学概念之一。在神化的称谓"天子"一词中所寄托的正是国君的神格和君命的神圣性②。研究甲骨文和金文的学者在商周的通神占卜语境中看到此类神话学概念的发生。研究哲学史和思想史的学人却大都从世俗意义上理解孔子说的"君子三畏":

君子有三畏:畏天命,畏大人,畏圣人之言。(《季氏》)

由于现代学者多受西学影响,西方汉学中认为中国无宗教和无神话的流行观点曾经风靡一时,也影响到国内学者的立论。"天命"、"大人"和"圣人"三个宗教关键词③的语义便被做出种种世俗化的解释。诸如"中国是伦

---

① 李向平:《王权与神权》,辽宁教育出版社,1991年。
② 参看张分田:《中国帝王观念》,中国人民大学出版社,2004年,第二章第四节。
③ "天命"和"圣人",作为宗教语汇比较容易理解,而"大人"之"大",古书中通常与"天"相通,"大人"可解为占卜者,亦可解为"天子"一类通神或体现天命者。参看《古文字诂林》第一册,上海教育出版社,1999年,第28页,对"天"与"大"相通的解说和语用实例。

理本位的社会"、"以道德代宗教"①等判断,就是在这样的中西对比语境中催生而出的。以教堂生活的基督教和伊斯兰教为准绳来判断儒家,就很自然地将儒家看成非宗教的。从冯友兰、梁漱溟到钱穆,再到20世纪50年代以后的思想史学者,此类观点已经成为学界代表主流的观点。如冯友兰留学美国的专业为哲学,他在1947年美国宾夕法尼亚大学开课"中国哲学史",以西洋的"哲学"之观念考察孔墨老庄等人及其学术渊源,使他们或多或少获得了柏拉图和亚里士多德之类的哲学家称号。冯友兰的英文讲稿1948年出版为《中国哲学简史》一书,其开篇第一句话就是:

> 哲学在中国文化中所占的地位,历来可以与宗教在其他文化中的地位相比。②

从今日的立场看,这句话最重要的误导作用就在于,好像其他文化中宗教占据着举足轻重的地位,唯独我中国文化不然,替代宗教之重要地位的,被说成是古汉语中根本没有这个词汇的"哲学"(philosophy)。冯友兰在讲出这句很有偏颇倾向的类比之话后,第二、第三句又说:

> 在中国,哲学与知识分子人人有关。在旧时,一个人只要受教育,就是用哲学发蒙。③

在这样超常宽泛的大哲学观念下,中国本土思想特有的宗教信仰核心内容,就被外来的哲学学科建构运动一步一步遮蔽起来。梁漱溟1949年所著《中国文化要义》,便大力推崇和援引冯友兰的观点,并且让儒门心目中的"天纵之将圣"(《子罕》)孔子进一步向无神论靠拢。他写道:

> 孔子并没有排斥或批评宗教(这是在当时不免为愚笨之举的),但是他实际是宗教最有力的敌人,因他专从启发人类的理性作功夫。中国经书在世界一切所有各古代经典中,具有谁莫与比的开明气息,最少不近理的神话与迷信。④

其实犹太教圣经《旧约·约伯记》也体现了对神的权威性与公义性的质

---

① 以上引号内的两句分别为梁漱溟《中国文化要义》一书第五章和第六章标题,学林出版社,1987年,第77、95页。
② 冯友兰:《中国哲学简史》,北京大学出版社,1985年,第3页。
③ 同上。
④ 梁漱溟:《中国文化要义》,学林出版社,1987年,第102页。

疑和挑战,但这并不足以说明《约伯记》是以理性的立场对抗宗教信仰。孔子的情况既然是"没有排斥或批评宗教",当然就更不宜拔高到反对神话与迷信的无神论高度去看待,只能说在他在天命信仰衰微的过程中一方面竭力坚持天命说,另一方面也体现出某些新的人格修养和道德承担意识,如此而已。像梁漱溟附和冯友兰的如下判断,同样对后学产生了较为严重的误导作用,使得出于西洋的"哲学史"有色镜成为笼罩中国本土文化特色的又一个负面教条:

> 事实上,宗教在中国卒于被替代下来之故,大约由于二者:
> 一、安排伦理名分以组织社会;
> 二、设为礼乐揖让以涵养理性。
> 二者合起来,遂无事乎宗教。此二者,在古时可摄之于一"礼"字之内。在中国代替宗教者,实是周孔之"礼"。不过其归趣,则在使人走上道德之路,恰有别于宗教,因此我们说:中国以道德代宗教。①

受到西学范式影响的现代学人,由于缺乏在本土宗庙中的实地体察和信仰经验,只能从理性方面拔高儒学的非宗教意义。所谓"哲学代宗教"说和"道德代宗教"说的似是而非性质,有待于对儒家非理性的神话一面的重新认识,方可得以辨明。

三、原儒:太庙中答问孔子者为何人

《论语》中的一篇《八佾》是体现孔学之门与庙门关系最充分的传世文本,关于孔子入太庙努力学习礼乐的话是这样记载的:

> 子入太庙,每事问。或曰:"孰谓鄹人之子知礼乎?入太庙,每事问。"子闻之曰:"是礼也。"

春秋时期的太庙,以开国之君即太祖为祭祀对象。就鲁国而言,太庙即周公旦之庙,毫无疑问是当时诸侯国中最具专业性的神职人员聚集之处,也是孔子所竭力维护的西周礼仪制度在东夷族聚居地区的主要传承场所。孔子把学习的注意力集中到太庙之中,并不是要做一个名副其实的教士或祭

---

① 梁漱溟:《中国文化要义》,学林出版社,1987年,第108—109页。

司,而是由于太庙在拜神礼神之外还承载着现实的政治和伦理的典范功能,这主要体现为政教合一体制下的神权监护政权之现象。例如有关诸侯国之间的外交关系和结盟、联姻一类事物的知识,如今看来是应该到专业的国际关系学院或外交学院去学习深造的。可是在当年却是必须在宗庙这样的神圣场合才能够学到。孔门弟子中就有这样的明确例子。《先进》篇末节讲到四弟子侍坐谈志向,其中第三位公西赤这样回答老师孔子的"问志"要求:

> 非曰能之,愿学焉。宗庙之事,如会同,端章甫,愿为小相焉。

这是孔门弟子中直接表示出希望从事宗庙祭祀一类宗教职业的明证,也是对儒家教育之宗教渊源的有趣旁证,同时还是儒家"以道德代宗教"说的反证。在信奉"国之大事在祀与戎"的先秦,看看孔子对公西赤的评价,就容易体会这位曾经在鲁国太庙里"每事问"的老师,为什么对弟子有志于宗庙工作而感到由衷的赞许:"宗庙会同,非诸侯而何?赤也为之小,孰能为之大?"公西赤出言谦逊,称自己要从事的祭祀礼仪之司仪工作为"小相"。孔子则点明这类事物正是国家大事,像本国的宗庙、同别国的盟会,若不是国家大事又是什么呢?如果将公西赤向往的这类神职工作看成小事,那谁能来做更大的事呢?

孔子自己就曾经做过这样的"小相"一类工作,陪同鲁定公出使夹谷与齐国会盟。据《左传·定公十年》:"夏,公会齐侯于祝其,实夹谷。孔丘相,犁弥言于齐侯曰:'孔丘知礼而无勇,若使莱人以兵劫鲁侯,必得志焉。'齐侯从之。孔丘以公退,曰:'士兵之!两君合好,而裔夷之俘(指前文所说"莱人")以兵乱之,非齐君所以命诸侯也。裔不谋夏,夷不乱华,俘不干盟,兵不逼好——于神为不祥,于德为愆义,于人为失礼,君必不然!'齐侯闻之,遽避之。"如果仅以今日的国际外交或经济联盟来理解春秋时期的会盟,那就大错特错了。因为"中国的盟誓行为是一种神灵直接参与的充满宗教性的社会活动。盟誓行为中祭祀、杀牲以献神的祈神仪式体现了从政者对自己有限力量的自觉及最原始、质朴的政治伦理自觉。……以孔子为代表的儒家虽然不语怪力乱神,但确允许人们发自'仁'心的祈祷。正是对神力无限的自觉崇拜,保障着政治秩序的正常进行、社会的安定"[①]。春秋之际的会盟表

---

① 罗珍:《春秋霸王盟誓行为性质变化对孔子若干学说形成影响探源》,见上海大学历史系编:《怀疑与解释——中国古代史新论》,学林出版社,2007年,第139页。

面上看是一种理性行为,其实背后起支配作用的仍是非理性的神权信仰。李泽厚曾承接冯友兰和梁漱溟的看法,强调提出:"巫的特质在中国的大传统中,以理性化的形式保存、延续下来,成为了解中国思想和文化的钥匙所在。"①但是他们都遗漏了另一个重要方面,那就是以非理性的神话形式保存和延续下来的本土传统。就因为这一重要遗漏,使得儒家思想渊源的探讨长期以来进展缓慢。除了一般化的巫史传统说,就是胡适更早提出的儒为殷商民族教士说。现在,希望"儒家神话再发现"能够具体深入地把握到中华文明发生期的信仰主脉,在此基础上还原出当时在太庙的语境中有资格对答孔子"每事问"的人员之身份,从而重新确认儒家在神话观念史中的地位和作用。

人类学家弗雷泽探究从巫术向宗教的过渡规则,认为初民社会中的权力象征具有神话学背景:某些现实社会中个人通过其特异能力的展示,获得人神的地位。社会学家涂尔干则提出,由于宗教仪式的人格化需要,会附带出现一种社会道德角色:

> 除非崇拜者精确圆满地履行了义务,否则他就不会满意,而对于大意怠慢的人则要进行惩罚。所以他被认为既是仪式的创建者,又是仪式的守望者,因为这个缘故,他也就实实在在地被赋予了一种道德角色。②

这种仪式创建者和守望者的社会道德角色,当然不同于梁漱溟等的"道德代宗教"说。正如《旧约·利未记》也反映早期犹太教祭司集团的道德角色,但是这种角色不是用来反对宗教,而是用来维护宗教的。也正是这样一批具有世袭性质的专业角色才能在宗庙中行使礼仪及神话知识方面答疑解惑的职能。无论他们是通神者、人神,还是职业性的萨满领袖或大祭司。遇到庙宇中"每事问"如孔子者,他们必须小心谨慎地给予应对,并在适当的场合展示人神的特异性或通神本领吧。他们这种作为儒学知识导师的神圣角色,最接近华夏传统历来所信奉的"圣人"——这是本土文化中对人神的一种最通行称呼。除了儒家推崇之外,道家同样标榜圣人理想。圣人乃是一批出自史前宗教传统的特异通

---

① 李泽厚:《巫史传统》,见《己卯五说》,中国电影出版社,1999年,第40页。
② 〔法〕涂尔干:《宗教生活的基本形式》,渠东等译,上海人民出版社,1999年,第371页。

神者在文明社会中的遗留名号。唯有他们能够把握和预知天命之道。天神世界会以自然物象昭示于人。如《吕氏养秋·应同》所言:"凡帝王之将兴也,天必先见祥乎下民。"圣人特有的体察幽微之能力,使他们观测出各种兆象中暗示的超自然意志即神意,而后依照神意行事,这也可以表述为遵循天道的行事方式。在此不妨追问:先秦文献中普遍反映的拥有这样独特通神能力的圣人,究竟是些什么人呢?

从欧亚大陆的史前宗教基础看,这是东亚、东北亚和中亚地区神话所共有的萨满教式认知母题的表现。乌兹别克斯坦学者扎巴罗夫解释中亚史前宗教中的圣人崇拜的起源,认为是来自灵魂信仰及在此基础上发展出的祖先崇拜[①]。从孔子及儒家所敬畏的对象看,也完全是沿袭着远古以来的宗教敬畏感之传统。如前文所讨论过的天命、大人和圣人之言。对此三者的简单释读,基本上均可在"太庙"语境的宗教维度之内去理解。假如可以模拟周公旦之庙中大祭司的立场来试解答的话,就有如下的结果:第一天命,即体现天神意志的命运。第二大人,可指天子,也可指通神职业者如占梦官一类。西周官府中就保留着此类称作"大人"的神圣职司。《诗经·小雅·斯干》:"大人占之。"朱熹《集传》云:"大人,太卜之属,占梦之官也。"第三圣人之言,只要明白圣人是与世俗之凡人相对而言的,本为人间获得通神通灵能力者的尊称,其宗教背景就足够清楚了。孔子本人既然在太庙一类神圣空间学到无比丰富的宗教和神话知识,他被同时代的人看成一位礼学大师,也就不足为奇。《八佾》引用"或曰"的话"孰谓鄹人之子知礼乎",应该是最好的证明。倘若要顺延这一发问的逻辑再问一句:"孰谓鄹人之子知神话乎?"其答案,不论是孔子自己回答还是别人回答,无疑都是肯定的。《子罕》篇记述孔子慨叹:"凤鸟不至,河不出图,吾已矣夫!"孔子在此仅用八个字就给出两个重要神话典故。面对这样的"内证",谁还能附和梁漱溟等人的说法,认为儒家经书中缺少神话呢?

《八佾》篇不光记载孔子对太庙学问的极大关注,也给出一系列的事件说明孔子的仪式和神话知识是如何用来维护宗教权威的。下面仅举开篇的两例:

[①] 扎巴罗夫(I. Djabbarov)等:《中亚宗教概述》,高永久等译,兰州大学出版社,2004年,第14页。

> 孔子谓季氏:"八佾舞于庭,是可忍也,孰不可忍也?"
>
> 三家者以《雍》彻。子曰:"'相维辟公,天子穆穆',奚取于三家之堂?"

这就是孔子在鲁国的太庙里"每事问"式学习深造的必然结果,他凭借极为丰富的宗教礼仪知识用来批评时政,维护周天子已经失去的礼制权威。如果第一例中的季氏就是季孙氏,那么第二例中"三家"也包括季孙氏,即鲁国当政的三家——孟孙氏、叔孙氏、季孙氏。季孙氏作为卿大夫,本应用四佾即三十二人的舞来举行仪式,他却胆敢用天子之礼"八佾"六十四人在自家庭院里起舞。这是孔子言论中透露的最不可容忍之事。第二例,鲁国三家的祭祖仪式居然用周天子祭礼上专用的乐诗《雍》来收尾,这和"八佾舞于庭"同样冒犯了宗教权威,孔子以卫道士的口吻给予严厉的质疑,明确表示他的文化认同和宗教立场。若根据人类学提示的仪式与神话的对应关系理论,在"礼"即仪式的背后还有多少未经发掘的隐藏的神话呢?这样的神话,也许不容易到现成的古书文本中去寻找,最好到传承着宗庙古礼的"非物质文化遗产"空间中去寻找和体会。

四、神与圣:儒家神话关键词

有"不语怪力乱神"信条的孔学传统,对待"神"的同义词"圣"却毫不隐晦。此中透露出儒家神话的第一焦点就是"圣"。《尚书·大禹谟》有"帝德广达,乃圣乃神"的宗教表述。表明"圣"与"神"在语义上相同或相近,而且从词序上看"圣"的重要性还在"神"之前。关于儒家对"神"与"圣"的相互关系之看法,亚圣孟子有一个比较明确的说法:"大而化之之谓圣,圣而不可知之之谓神。"①孟子的这一诠释,是将"圣"看做大概念,包括"神"在内,是"圣"的事物中"不可知之"那一类;将"神"看做小概念,只适合指称"圣"的一部分,而不是全部。换言之,大凡"神"者也皆为"圣";大凡"圣"者不必皆为"神"。这就好比说,所有的绵羊都是羊,但所有的羊不一定都是绵羊(还有山羊)一样。准此,先秦儒家领袖人物在各种场合谈论圣的问题,也就相当于谈论神的问题。这就是笔者强调以"圣"为关键词探究儒家神话的原因所

---

① 杨伯峻:《孟子译注》,中华书局,1960年,第334页。

在。《论语》中"圣"字出现过八次①,有一次出自孔子之口,是和"仁"字并举,意味深长。

《论语》中还记有孔子说:"若圣与仁,则吾岂敢?"孔子的意思是说有两个人生最高的价值,圣与仁,我本人还远远够不上,我怎么能说是圣人或者仁人呢?研究儒家思想一般对"仁"情有独钟,著作汗牛充栋。而"圣"字被冷落了。神和圣结合起来就是比较宗教学和神话学的根本对象。"圣"作为儒家、道家的共同至高理想,孔子认为自己达不到,但是孔子的弟子认为他们的老师就是人间的大圣,甚至称为"天纵之圣",就是天降下来的大圣人,不是在人间随便能够产生的。孔子对圣的理想,在他的后学那里变成了对老师的圣化。这一来不要紧,中国的宗庙之中供奉的不是天上的神,不是宙斯、雅典娜,也没有耶和华,庙中供奉的大都是由人间升格出来的圣者。②

若要理解儒家"天纵之圣"的神话情节,在没有类似圣母玛丽亚的圣灵感孕叙事作品的情况下,可按照儒家"礼失求诸野"的认识原则,到现存中国少数民族口传文化中寻找旁证。藏族大史诗《格萨尔》开篇就讲述了格萨尔从天神世界化作鸟而降临人世的细节,大大有助于后代读者对先秦时代"天纵之圣"观念的神话还原式体认。

遍布中国各地的孔庙(文庙)及庙中祭祀孔圣人的仪式活动,曾经让有机会参观的外国学人感到十分惊讶和新奇。李约瑟就表示:"若以神圣的诚敬为标准,则孔庙是世界上最肃穆美丽的地方。"③将来自人间现实生活的某一位教师变成数百万平方公里大地上无数庙宇中供奉和崇拜的神圣者,这难道不是华夏文明贡献给世界的最重要神话吗?孔子死后的超常待遇当然不宜和基督教教堂里纪念的圣子耶稣基督相提并论。耶稣的感圣灵而生,他的死后复活等,基本出于神话思维的创造。现实中究竟有没有这个人,是无法考证清楚的。一批又一批撰写《耶稣传》的人,无非是在做一些将神话历史化的工作;而撰写《孔子传》的作者们却不得不面对将历史神话化的孔

---

① 参看十三经辞典编委会编:《十三经辞典·论语卷·孝经卷》,陕西人民出版社,2002年,第134页。
② 叶舒宪:《中国圣人神话原型新考》,《武汉大学学报》2010年第1期。
③ 〔英〕李约瑟:《中国古代科学思想史》,陈立夫主译,江西人民出版社,1990年,第38页。

庙现实,思考中国特有的"神话历史"之生成机制。

由原始萨满教的领袖,到民间巫术或方术的拥有者,再到儒家和道家话语中一致推崇的圣人,这个发展演变的大脉络是梳理儒家神话发生的有效门径,也是透视整个中国式神话历史演进模式的窗口。如果像以往的新儒学把注意力只放在从义理层面解读儒家"内圣外王"之奥义的话,这样一条发生学的历史脉络就永远无法得以呈现出来。按照《易·系辞上》的说法,圣人就是人神之间沟通互动的中介者和承担者。

> 天生神物,圣人则之;天地变化,圣人效之;天垂象,见吉凶,圣人象之;河出图,洛出书,圣人则之。

以孔子对《易》的热爱和熟悉程度,他对这一套特殊而古老的圣人符号及话语早已心领神会。孔子虽然遗憾自己没有能够看到凤鸟降临和河出图的神话景象,但是从他由衷的感叹之词中难道听不出他对神话景象的无限向往之情吗?孔门弟子能够将老师推上"天纵之圣"的至高神话宝座,不正是因为孔子对圣者境界的无限期盼和充当天人中介者的行为,完全对应着《周易·系辞》所讲的圣人职责吗?在儒家观念里,圣人通常具备成为圣王的主体条件,但也不一定都有机会成为登上政治权力宝塔尖的王者。至少,圣人是通晓天人之道的宗教领袖级知识分子。他们的最大特点就是能够仰观天象,俯察物候,占卜通神,以祈祷和咒术治病禳灾。司马迁《史记》辟有《日者列传》记载西汉初年的流传说法,如贾谊所说:

> 吾闻古之圣人,不居朝廷,必在卜医之中。

这是将远古的圣人和卜祝巫医等神职人员视为同类的看法。在新出土的《秦惠文王祷祠华山玉板》,以及传世的儒家典籍《尚书》之《金滕篇》中,儒家礼仪活动中潜伏着的祷祝行为模式及相关宗教观念之渊源,已可获得贯通性的历史理解。包括甲骨文字的产生和金文嘏辞的出现,《周易》占卜系统的由来,诸如此类的华夏文化重大发明,均为此类圣人所做出的杰出贡献,其原初的功能不外乎用来实现神与人之间的信息沟通,使人间的行事严格遵守超自然主宰者的神意(实即"天命",或称"天道")。

有鉴于此,儒家神话再发现的任务,不属于纯文学意义上的神话研究,而是中华文明探源的一个新视角,连带开掘的是儒道小传统背后潜隐着的圣人崇拜和玉教崇拜的大传统,尤其是它在史前中国的孕育和传播之情况。

如此看,神话作为文化的原型编码作用一旦得到揭示,思想史源流的新线索也就将浮出水面。

值得关注的是,与当代新儒家所大力倡导的"哲学代宗教"或"伦理代宗教"的诠释角度不同,在海外汉学中也出现了一批多少受到文化人类学影响,主张从文化内部的具体体认经验出发,而不是从西学的学科立场或辞典概念出发,重新进入儒家经典的研究方向。就连提出"《论语》的哲学诠释"命题的安乐哲、罗思文两位美国学者,也明确意识到孔子"应该是一个继承者而不是一个创新者,是一个古典学者而不是一个哲学家"①。他们在诠释孔子口中的(不是孔子写下的)重要词语时,特别强调不要将哲学的、伦理的和美学的意义同其宗教背景和神话语境脱离开来。如诠释《论语》中的"天"一词,不取现成的英文对应词,而决定用音译:

> "天"是一个神、人同形同性的概念。这种性质揭示出它与"神话即历史"的观念密切联系——历史人物被尊崇为神灵——此即中国人祖先崇拜的渊源。
>
> ……由于并不存在什么超然的造物主作为真、善、美的源泉,"天"似乎是一种聚焦于前人精神的、经年迭累而成就的文化遗产。因而,当我们发现在这种文化中,神话、理性和历史的纷繁关系与西方传统迥然不同时,并不感到丝毫诧异。诸如周公和孔子这样的重要文化人物常常被神化为"天";而"天"本身也在与人合一的过程中具体化为上述人物。②

这样一种出自文化体认的重新解读尝试,不仅清晰地指向儒家神话的实质,也大致体现出重新进入"神话中国"的方法原则。这和本文提出回到太庙语境理解儒家思想发生的认识原则,同样遵循着阐释人类学派的文化阐释原理。再看安乐哲、罗思文两位对"仁"、"义"和"圣"的类似体认,如何紧扣其宗教仪式的原有的"在场性":

> "仁"是指一个完整的人而言,即:在礼仪角色和人际关系中体现出来的,后天所获得的感性的、美学的、道德的和宗教的意识。

---

① 〔美〕安乐哲、罗思文:《〈论语〉的哲学诠释》导言,余瑾译,中国社会科学出版社,2003年,第3页。

② 同上书,第47—48页。

义：某人对礼仪中用作牺牲的羔羊的态度和看法。

《论语》描述"圣人"的比喻颇具宇宙意义上的神圣意味："仲尼，日月也，无得而逾焉。"关注孔子这个特别人物的中国文化，将人类经验提升到意蕴深远的美学的和宗教的高度，从而使人类能够与天地相提并论。"圣人"光耀万代，泽被四海。他的存在不仅有效地维护了社会安定，而且也成为推动文化发展的动力。正是"圣人"引导人类走向更加确定的未来。①

最后一段引文充分说明了儒家圣人神话在建构中华文明传统中的积极意义。窃以为，这两位标榜"哲学诠释"的汉学家，实际给出了神话学的诠释方向。因为孔圣人崇拜实在是我们这个文明传统的最突出的一则神话。至于儒家圣人崇拜与口传的神话传统的特殊关系之细部研究，笔者已有另文探讨②，于此不赘。

五、德与玉：儒家神话关键词（续）

"德"是儒家思想的重要范畴。以往的讨论和研究早已汗牛充栋。从神话学视野考察"德"的本义，或许最能显示形而上与形而下之间的发生学关系。在这方面，充分利用人类学知识的英国著名汉学家李约瑟已经做出过一个非常具有洞察力的判断，他别出心裁地将中国人的"德"解释为人类学家在原住民信仰中看到的那种关于神力的"马纳"（Mana）概念。他还认为早期道家的原始主义观念主张来源于当时与中国境内的原始民族的接触③。

如果"德"概念发生的背后确实隐藏着史前信仰的因素，那么这种因素很可能成为追溯儒道思想之远古来源的线索。李约瑟独具慧眼地将中国人的"德"与初民社会的"马纳"概念对接，他却忽略了儒家自己的一种知识链

---

① 〔美〕安乐哲、罗思文：《〈论语〉的哲学诠释》导言，余瑾译，中国社会科学出版社，2003年，第49、55、65—66页。
② 叶舒宪：《神圣言说——汉语文学发生考》，《百色学院学报》2009年第3—4期。叶舒宪：《孔子"六十而耳顺"说的神秘蕴含解》，《诸子学刊》第四辑，上海古籍出版社，2010年。
③ 〔英〕李约瑟：《中国古代科学思想史》，陈立夫主译，江西人民出版社，1990年，第155页。

接,那就是德与玉的链接。

按照神话思维的类比规则,儒家一方面竭力推崇抽象的德,另一方面也推崇具体可感知的实物——玉,并且让两者建立起一整套类比的文化价值和意义系统。就现存的玉学方面的阐释来看,先秦及秦汉时代留下来的玉德理论已经非常繁荣,至少可以辨识出多个分支流派,即自古传下来的"君子必佩玉"说,许慎的玉有五德说,刘向的玉有六美(德)说(《说苑》),荀子的玉有七德说,管子的玉有九德说,《礼记》的玉有十一德说等。

五德说:许慎《说文解字·玉部》云:"玉,石之美有五德。润泽以温,仁之方也;鰓理自外,可以知中,义之方也;其声舒扬,専以远闻,智之方也;不挠而折,勇之方也;锐廉而不忮,洁之方也。"①

九德说:《管子·水地》云:"夫玉之所贵者,九德出焉。夫玉温润以泽,仁也;邻以理者,知也;坚而不蹙,义也;廉而不刿,行也;鲜而不垢,洁也;折而不挠,勇也;瑕适皆见,精也;茂华光泽并通而不相陵,容也;叩之其音清搏彻远,纯而不杀,辞也;是以人主贵之,藏以为宝,剖以为符瑞,九德出焉。"②

十一德说:《礼记·聘义》云:"子贡问于孔子曰:'敢问君子贵玉而贱珉者何也?为玉之寡,而珉之多與?'孔子曰:'非为珉之多,故贱之也。玉之寡,故贵之也。夫昔者,君子比德于玉焉。温润而泽,仁也;缜密以栗,知也;廉而不刿,义也;垂之如坠,礼也;叩之其声清越以长,其终拙然,乐也;瑕不掩瑜,瑜不掩瑕,忠也;浮尹旁达,信也;气如白虹,天也;精神见于山川,地也;圭璋特达,德也;天下莫不贵者,道也。"《诗》云:'言念君子,温其如玉。'故君子贵之也。"③

从这些论述不难看出,玉,实际成为前面提到的儒家所言"天命"的一种物化体现。改用比较宗教学的术语,就是典型的"显圣物"。如今,根据近几十年我国考古出土的大量玉文化实物资料可以看出,上古文献中所见"玉德"说,绝非凭空虚构的理论,而是对五六千年玉教观念的一种升华再造。华夏先民围绕着玉的信仰和神话在很早的史前期就已经流行在东亚的广大地区。以红山文化和良渚文化的情况看,成套的玉礼器出现的年代在 5 000 年前,也就是说要比孔子开创儒家学派的时代足足早 2 000 多年。关于玉的神话观念竟然是早于一切书写文本神话的最大也最重要的中国神话。一生好古的孔子所说的

---

① 桂馥:《说文解字义证》,齐鲁书社,1987年,第12页。
② 《管子》,据浙江书局刻本《二十二子》,上海古籍出版社,1986年,第146页。
③ 《礼记正义》,《十三经注疏》本,中华书局,1980年,第1694页。

"夫昔者,君子比德于玉焉"一句,完全可以上溯到儒家和汉字都没有产生的史前新石器时代之玉教。《说文解字》中"巫以玉事神"一句,透露了远古以来的真相:中国地区的史前先民普遍将玉视为神物或神意的直接体现,那当然也是长生不死的象征,礼仪献祭等宗教活动必备的圣物。在"巫—玉—神"的三位一体关系中①,从神灵的象征物到"德"的象征物,儒家玉德说依照神话思维的类比逻辑,完成了对玉教信仰的伦理化和审美化改造,但是并没有摆脱史前拜物教的支配作用,而是将"古之君子必佩玉"的玉教信条发扬光大,输送到后代的华夏文明主脉络之中,历久而不衰②。

最后需要说明的是,在"神话中国"的意识形态发源期,在儒家和道家思想萌生之际,远古信仰中神圣的人即"圣人"与神圣的物"玉",两者之间是怎样建立起互感互动关系的?对此,《老子》和《孟子》二书给出具有原型编码意义的重要命题,非常值得联系起来做整体的解释。《老子》第七十章"圣人被褐怀玉"一句,在古文献中第一次以视觉形象描述的形式,明确将圣人与圣物对应起来;而《孟子·万章下》则以听觉形象的方式,将孔子、圣人与圣物玉(金玉)再度打造成新的三位一体关系:

> 集大成也者,金声而玉振之也。金声也者,始条理也;玉振之也者,终条理也。始条理者,智之事也;终条理者,圣之事也。③

《老子》的圣人比喻只提到玉而没有提到金。《孟子》的将圣人比喻为金声玉振。我们知道华夏文明在进入青铜时代以前曾经有一个相当漫长的玉器时代,在金属礼器出现以前,神圣礼器主要由玉来制作,相沿袭为《周礼》所说的"六器"和"六瑞"。如此看来,老子的比喻植根于玉器时代的大传统(6 000—4 000年前),孟子的比喻产生于金属礼乐器发达的小传统(4 000—2 500年前)。圣人崇拜则是贯穿在这一大一小两个传统中的。过去解释"金声玉振"大都按照朱熹的看法,以"金声"为礼乐演奏开始的钟声,以"玉振"为演奏结尾的特磬之声。现在,由于有了中原二里头新出土的相当于夏代晚期的金玉组合型乐器实物原型,孟子的比喻中究竟隐藏着怎样深远的"听觉成圣"传统问题,成为

---

① 参看于锦绣:《漫谈"巫—玉—神"——中国五帝时代玉文化的原始宗教研究》,见《玉学玉文化论丛》三编上,紫禁城出版社,2005年,第153—187页。
② 参看叶舒宪:《玉教——中国的国教》,《世界汉学》2010年春季号。
③ 杨伯峻:《孟子译注》,中华书局,1960年,第233页。

探索儒家礼制史前渊源的崭新课题,并不像朱熹解释的那样简单。面对二里头文化宫殿遗址区出土的"圣人"墓葬中独有的铜铃玉舌组合,金声玉振的底蕴究竟为何的问题,也只有结合墓主人神圣身份的辨识,才能够打开有效解释的空间。汉代的荀悦《汉纪·武帝纪五》云:"唯天子建中和之极,兼总条贯,金声玉振。"唐宰相李德裕《仁圣文武至神大孝皇帝真容赞》云:"政建中和,金声玉振。"这样一种以"金声玉振"为神圣信息或通神乐声的传统,至少要追溯到约4 000年前出现的金玉组合型乐器演奏实践。李渔《闲情偶寄·演习·授曲》以金声玉振比喻天人合一之最高境界,其原型就是二里头文化巫师长用铜铃玉舌奏响的通神之声。天人合一的本相即神人合一也。

在《老子》和《孟子》分别以玉的视觉和听觉效果比喻圣人的话语之外,新出土的《郭店楚简·五行》又特别标示出"玉音"的概念,而且也是当做"圣"之标记。对"玉音"的神话解读尚未开始,但是《五行》篇也讲到金声玉振的比喻,表明孟子的话可能不是独创,而是对一种神秘的以听觉敏锐为特征的口传文化制度的后代呼应。

毕竟,将圣、玉、孔子三者紧密联系在一起的空前绝后的人文工程就这样在儒家亚圣孟子这里宣告完成。中华文明有史以来影响最深远的一个道成肉身神话,就这样诞生了。仔细辨析其建构的素材成分,是大传统的玉教信仰与圣人信仰,加上小传统的儒家孔圣人神话,新旧组合再造为一体的创新产物。

结　　语

本文从神话概念的反思入手,先论证神话发生于信仰时代的事实,提示神话与宗教仪式活动的密切关联,希望更新现代中国学术中的神话观,使之从民间文学的学科局限中拓展和释放出来,还原为文明发生的原型编码及体现文化基因的神圣叙事。在此基础上重审儒学与儒教之争,提出"儒家神话再发现"的当代课题,从比较神话学视野重估孔子与《论语》的太庙知识背景,讨论早期儒者之所以特别关注"凤"与"麟"等神话生物的原因,论证"天命"及"圣"、"德"等核心概念的宗教学、神话学背景,揭示"君子比德于玉"说的信仰根源,希望能够探究到儒家神话背后更加深远的华夏玉教大传统之脉络。

(原载《百色学院学报》2011年第3期)

金缕玉衣何为

中国文化中有一些举世罕见的奇特发明,如金缕玉衣或银缕玉衣,便是一例。最近媒体上举国热议的话题有一项是由此奇特器物引起的:故宫玉器专家们首肯的造假金缕玉衣,居然从银行骗贷数亿。古今对照,古人的奇物加上今人的奇思怪想,堪称奇上加奇。当代现实中的奇闻怪事,足以让过去写《拍案惊奇》或《今古奇观》的作者们,自叹弗如。

图1 河北定县出土西汉金缕玉衣,摄于国家博物馆

古代金缕玉衣的制作,遵循着什么样的设计理念呢?在拜金主义盛行的当下市场社会,很容易理解为皇室贵族死后的炫富行为。其实并不尽然。金缕玉衣,乃华夏古老的玉石神话信仰在汉代催生的新神话现象。其当初设计理念虽没有留下说明,却能从文献记载和出土实物的对照中,得到神话学分析的还原性认识。汉代顶级殓服用玉衣,因等级不同,分为金缕、银缕、铜缕、丝缕几种。几种玉衣在考古发现中都有实物。自1968年河北满城西汉中山靖王刘胜夫妇墓出土两套金缕玉衣,迄今已发现的玉衣不下45件。其中完整无缺的玉衣仅有四件,除满城的两件之外,还有广州南越王赵眜墓出土丝缕玉衣,徐州火山刘和墓的银缕玉衣。较完整的还有徐州狮子山西汉楚王陵出土一件,河北定县西汉刘修墓一件,后者作为国宝级文物,进京到国家博物馆展出。

金缕玉衣的出现,堪称世界玉器发展史上的一大奇观。玉衣一般采用来自新疆和田玉料,先制作出2 000多件方形玉片,四角钻孔后用金丝编缀而成。不论是所耗费的珍稀玉材还是大量工时,都让人感到匪夷所思。早在汉末三国时期的战乱中,这些神秘的玉衣就已被大量盗掘,并记于史书,称为"玉匣(柙)"。如《三国志·魏志·文帝纪》云:"丧乱以来,汉氏诸陵无不发掘,至乃烧取玉匣金缕,骸骨并尽。"说的是盗墓者为了获取黄金,不惜用火烧熔金的方式处理玉衣,连玉衣内的尸骨都烧尽了。如今在各地的古玩市场上,常有零散的玉衣片出售,价格也就几百元一片。数月前去徐州博物馆,在文物库房看到工作人员常年的工作就是清理堆积如山的玉衣片,大部分已经钙化,看不出玉质了。

玉衣不仅是汉代帝王的专用葬器,也时常作为特殊的优礼,赏赐给大臣。难怪如今会有大量的玉衣陆续在各地出土,见证那个时代的奢侈葬俗。《汉书·佞幸传·董贤》:"及至东园秘器,珠襦玉柙,豫以赐贤,无不备具。"颜师古注:"珠襦,以珠为襦,如铠状,连缝之,以黄金为缕,要以下,玉为柙,至足,亦缝以黄金为缕。"《后汉书·礼仪志下》:"诸侯王、

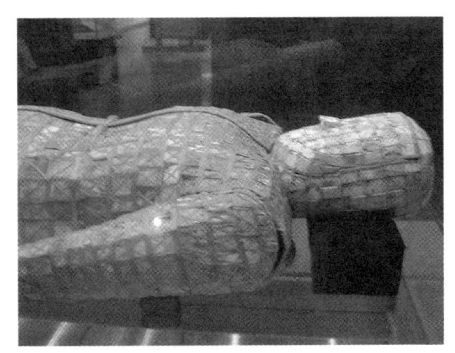

图 2　广东南越王墓出土丝缕玉衣,摄于南越王墓博物馆

列侯、始封贵人、公主薨,皆令赠印玺,玉柙银缕。"后代的诗人墨客们对此神秘玉匣津津乐道。如白居易《狂歌词》:"生前不欢乐,死后有余赀。焉用黄垆下,珠衾玉匣为?"再如明屠隆《昙花记·郊游点化》:"早见狐狸穿墓道,珠襦玉柙,桐棺瓦器,一样草萧萧。"

玉衣葬俗的观念动机为何?比"玉匣"更早一些的称呼叫做"含珠鳞施",见于秦汉之书《吕氏春秋》和《淮南子》。这个比喻性名称透露出神话的仿生学观念:玉衣的构成之所以用数以千计的片状拼接为一体,是为了让死者模拟性的变化成鳞介类的水生动物。相传象征不死的千金之珠藏在龙口之中。而鱼鳖一类的鳞介动物,在神话中普遍视为能够长寿或死而复活的神物。《山海经·大荒西经》说到氐人之国:"有鱼偏枯,名曰鱼妇。颛顼死即复苏。风道北来,天乃大水泉,蛇乃化为鱼,是为鱼妇,颛顼死即复苏。"颛顼是黄帝之孙,他能够死而复活的诀窍,就在于化蛇化鱼的变形潜力。"含珠鳞施"的葬俗,莫非是效法神话想象中的鱼妇?让死者口中含珠,模仿骊龙,身披鳞片玉衣,模仿游鱼。先秦的冥界神话将地下死者之国称为"黄

泉",汉以后又称"九泉"或"黄垆"等,指黑暗的大水围绕的状态。死者下黄泉之旅,要模拟鱼龙之类的水生动物,也就顺理成章。《吕氏春秋·节丧》:"国弥大,家弥富,葬弥厚。含珠鳞施。"高诱注:"鳞施,施玉于死者之体如鱼鳞也。"章炳麟《信史下》解释说:"古之葬者,含珠鳞施。鳞施者,玉柙是也。"越过秦汉时代,再向上溯源,商周以来的以玉鱼铜鱼饰棺现象,当为汉代王侯玉衣葬制的雏形。

(原载《能源评论》2012年第5期)

玉凳、玉几、玉枕

一场"汉代玉凳"风波,自2011年1月9日北京中嘉国际拍卖有限公司举行的古玉拍卖会上拍出"汉代青黄玉龙凤纹梳妆台及坐凳",以2.2亿元成交,号称创下玉器拍卖世界纪录,到随后的举国打假声讨浪潮;再到2012年5月18—21日,在深圳举办的第八届文博会,江苏邳州玉器生产商展出的"仿汉龙凤纹黄玉桌凳七组件",又一次引发媒体关注,并将玉桌凳七组件戏称为造假汉玉凳的"姐妹版"或"2.0版"。目前深圳文博会已落幕,标价1880万元的仿汉玉桌凳七组件尚未找到买家。

如果说汉代还没有坐凳子的习惯,当然不会有汉代玉凳的判断是正确的,那么这一次的"仿汉玉桌凳"之亮相,也就等于重犯同一个常识性的错误。确认汉代人是否坐凳子,有两条求

图1　徐州狮子山西汉墓出土双熊首玉枕

证途径:一是查阅先秦两汉文献典籍,找出相关记载;二是求证于已经发掘出土的汉代器物。目前看来,两条途径都无法证明汉代已经有凳子或玉质坐凳。古汉语中有凳子的记录较早见于晋代。《晋书·王献之传》:"魏时陵云殿榜未题,而匠者误钉之,不可下,乃使韦仲将悬橙书之。"此处的"橙"即"凳"的通假字。宋人吴曾《能改斋漫录·事始二》就有过初步考证,认为"床凳之凳,晋已有此器",说的是作为床前踏具的床凳,后世的坐凳当以床凳为其祖型。吴曾把床凳的出现放在晋代,或许他在汉代文献中没有找到这个凳字的使用。

与玉凳形制稍有类似的器物应是玉几,器形如同今人熟悉的矮桌或茶几之类。玉几的起始年代尚不明确,但在西周初年可能已有使用。依据是《尚书·顾命》的记载:"成王将崩,命召公、毕公率诸侯相康王,作《顾命》。"

注释家认为:"临终之命曰顾命。"孔颖达疏:"顾是将去之意,此言临终之命曰顾命,言临将死去回顾而为语也。"说的是周成王病重,弥留之际发布的临终遗命。具体情景是:"相被冕服,凭玉几。"此处"相"指周成王身边的近臣,他将冠冕和服装给成王穿戴好,并让病弱不堪的周王凭依玉几而坐,然后亲口向群臣发布最后的圣旨:

呜呼!疾大渐……兹予审训命汝。……

王国维先生认为求证西周国家大典的仪式细节,没有比《顾命》这一篇更详细的材料了。后世文人墨客喜欢用此玉几典故,抒写历史兴亡的感慨。如汉代张衡《东京赋》云:"左右玉几,而南面以听矣。"王安石《和微之登高斋》诗云:"六朝人物随烟埃,金舆玉几安在哉?"清吴骐《汉昭烈》诗:"金瓯付记耕莘佐,玉几弥留《顾命》篇。"后人猜想不到西周玉几的具体样子,但这丝毫也不妨碍历代文人的怀古想象。在此值得关注的是玉几与最高统治者的关系:那是一种必然的关系呢,还是偶然的?周成王凭玉几发布临终遗命的第二天,就驾崩归天了。太子钊继位前举行的丧仪上,太史宣读成王的册命,第一句就是让继位之王"凭玉几",然后接受先王的遗命。由此可知西周王朝的玉几不是一般的实用器物,而是代表王权合法性的神圣见证,否则不会两次写进《顾命》的王室大典,作为帝王圣旨的发布凭证。其功能类似于西方的主教或法官凭《圣经》宣誓。

求证汉代是否有玉凳的第二条途径是参照考古发掘出土的汉代器物,迄今所见,未有玉凳,倒是与玉几形制类似的西汉玉枕,先后两次出土于侯王级墓葬中。一件是1995年徐州狮子山西汉楚王墓出土双熊首玉枕(原藏于徐州博物馆,目前在国家博物馆展出);另一件是1996年济南市长清区济北王陵出土双熊首玉枕(现存于长清区博物馆)。关于这两件奇特神话造型的西汉玉枕,虽属举世罕见之珍宝,其知名度却远远无法和拍卖会上的造假汉代玉凳相比。西汉侯王死后要身穿金缕玉衣或戴玉覆面,为什么还要头枕桥形玉枕呢?玉枕两端的双熊首形象,又寄托着何种神话寓意呢?《日本书纪》神话叙事中的"天熊人"一词,可谓一语道出天机。熊为天神使者,双熊首玉凳的象征意义类似于双龙首玉璜,都是模仿假设于天地之间的彩虹桥,接引死者魂灵飞升天国。

要解释清楚双熊首玉凳的神话底蕴,需要对照比西汉玉枕早3 000多年的红山文化双熊首三孔器。熊为天神化身或使者的形象,早自五六千年前就出现在东亚先民的神话想象之中了。笔者将这种以玉为神话符号的传统,称为中国文化的大传统。

(原载《能源评论》2012年第7期)

下 编

文学人类学与文化再启蒙

- 文学中的灾难与救世
- 从"世界文学"到"文学人类学"
- 再论新神话主义
- 《阿凡达》与文化寻根思潮
- 文化再启蒙：文化产业学科的观念基础

文学中的灾难与救世[①]

一、引言：人文知识的用途

我连续来四川大学已经多年，这次来前，发生了汶川大地震。四川大学老师建议我做关于灾难的讲座。从我熟悉的专业角度出发，报了两个题目：一是"文学中的天灾与救世"；另一个是"文学与治疗"。在来前一直关注灾区的报道，觉得灾区现在最需要的东西有两种：一是医疗；二是精神的救治。我在十年前编过《文学与治疗》一书[②]，在灾难语境中有拓展的必要。后来川大选了这个题目，讲座录音由川大博士生王倩整理，促成这一篇文章，将文学治疗的话题穿插在灾难与救世主题的阐发中。

作为现代学科体制建构的这一批专业人文学者，灾难一旦发生，眼看着人家解放军、武警、消防官兵去了，马上就能够救灾；医疗人员去了，马上就能治病救命；而我们的文学专业在灾难来临时有没有用呢？自然科学的专家往往也认为，人文的东西在社会中可有可无。为什么可有可无？因为没有当下的效果或效用。文学研究不像商业与经济活动，马上可以产生利润与效益。所以人文的东西，在当今世界许多国家都有这种状况——它们就像吃饭所放的胡椒粉一样，用来调剂一下味道，其功能似乎就是如此。而大餐主菜都是非人文的。在科教兴国的环境中，如果主要精力都放在科学技术方面，那么人文就自然要萎缩。看当下的招生现状就会知道，学中文的原来男、女生各一半，现在男生基本上都转到IT与生物、高科技等热门专业去了。看来文科的知识好像很不实用。

文学到底有没有用？人文学科有什么用？为什么有用而我们不知道它的用处？今天的学科划分把那些我们本来应该了解、掌握的知识割裂开了，

[①] 本文原为2008年5月24日余震中在四川大学的讲座录音稿，经作者修改而成。
[②] 叶舒宪主编：《文学与治疗》，社会科学文献出版社，1999年。

以致于我们不知道了。这实际上也是对我们自己的一个反思,对人文学科的用处的反思。在讲座中会穿插一些汉语成语——从文学角度看,都是祖先留下来的智慧精髓,包括民间经验,如沧海桑田,还有高岸为谷、痛定思痛等,以昭示人文经验的不可替代性。

二、文学中的灾难与救灾主题

"天灾与救世"这一词组出自张光直《中国青铜时代》一书。张光直生前任哈佛的人类学系主任,专门做中国研究。在《中国青铜时代》中有一篇讲商周神话分类。尽管张本人不是做文学的,是做人类学的,但是讲到商周的神话时,就跟文学史上讲的神话联通起来。张对商周神话的分类有四,其中第三类叫"天灾与救世"。他只讲了商周的,也就是古汉语文献所记载的神话,过去叫中国神话,现在称为汉语神话,或华夏神话。可以说,我们华夏神话的一个重要的主题就是灾害。

从文献的性质上看,我们可以把神话视为文学。今天意义上的文学是被文学院、中文系、外国文学、古典文学、现代文学、当代文学这些"铁路警察"划分了的文学。在商周时却没有这种界限,那个时候只要记录下来的东西都带有一种民族经验的记忆。所以说在商周神话中,张光直将其中的一类单独分出,称为天灾与救世,这样问题就出现了。做比较文学的往往把一部中国的作品与国外的一部作品拿来比较,往往都是一对一地比。实际上这样比较难以把握具有深度思考的内容。因为一对一往往是偶然的,表面上看很相似。如果把中国神话和大家熟悉的希腊神话、北欧神话对照一下,就会发现,在我国神话中灾难主题非常突出。

最著名的华夏英雄神话有:女娲补天、后羿射日、大禹(或者叫鲧禹)治水。这三个神话在我国家喻户晓,妇孺皆知。这三个神话基本上都是讲天灾的。后羿为什么要射天上的太阳,因为十个太阳出来将土地烧焦了,这是对农业社会的最大的天灾。这个神话实际上是讲抗灾的。神话是用它的方式来讲述人类所面对的生存困境。中国神话的特点就是以人为神话的主体,与各种灾害抗争。而且抗争的结果,有时候看起来像是失败的,比如夸父逐日。但夸父弃其杖化为邓林,实际上要超越失败。人与大自然相比确实太渺小了。人对什么东西发生恐惧呢?大家刚从地震后一周中的恐惧中走出来,可能现在体会这个问题更为真切。如果没有这场灾难,都在养尊处优的环境中,不知道什么是恐惧。斯宾格勒说人对他无法理解的东西最感到恐惧。这位20世纪最著名的历史哲学家,一句话就显出非凡的分量。人为什么对他不可理解的东西感到恐惧呢?人和其他动物比一比,动物恐惧吗?动物也有恐惧,但是动物没有人那样强烈的求知欲望,不要求理解天灾背后的原因。动物的感觉在很多方面是超人类的。为什么搜救犬上去就能够找到废墟堆中的幸存者?因为动物在某些方面超灵敏。但是动物没有反思能力,只有人才有。人要求了解一切事物发生的原因。所以夸父逐日,是初民对干旱的自然现象的一种救灾式解读。天上的十个太阳太厉害了,所以需要射掉九个,农业社会才能够恢复秩序。就此而言,后羿射日就是先民智慧创造出来的文学的救世。关于女娲救世的神话也是如此:其背景是共工与颛顼争为帝,把天柱碰断了,引发"天柱折,地维绝"的巨大灾难。这个神话解释了为什么中国大陆的水都是向东南流的,因为西北高东南低嘛。但是神话发生的背景是:"天不兼覆,地不周载,火滥炎而不灭,水浩洋而不息",这完全是一个水深火热的大灾难场景。女娲就在这个时候炼五色石,以补苍天。看《红楼梦》(即《石头记》),小说一开始的石头是从哪儿来的?那是女娲补天剩下来的一块石头。看来,整个中国文学能说与神话源头有着内在的联系。在比较文学界,将女娲同域外的女神相比较,有不少文章。可是没有将其放在人类灾难的大背景中去考察。问题是,为什么汉族神话留下来的天灾的主题这么强烈?而且表现出人和灾难斗争的精神。别的不说,就讲洪水神话,全世界都有。五大洲中只有非洲的一部分没有,剩下的地方都有。

文学人类学研究的英国鼻祖是弗雷泽,他的大作《旧约中的民间传说》(Folklore in the Old Testament),是所有做人类学与文学人类学研究必读的书。弗雷泽的《金枝》有中译本,在我国人文学界较普及,而这部《旧约中的民间传说》却很少被注意。弗雷泽能够告诉人们,什么是"文学人类学"。它与我们从大学一年级起读的"文学"专业有什么区别?本科的教科书讲一个大禹治水的故事就完了。弗雷泽不满足于此,他认为,单个故事要还原到世界性的谱系里。诺亚方舟也是一个大洪水的故事。这是写在《圣经旧约》中的古代希伯来人的洪水神话。弗雷泽讲,这个神话是从哪儿来的?它的背景是什么?他讲到了古代巴比伦的神话。也是一场大水,也是唯有一对夫妇逃生。怎么逃生的？也是乘船逃生,然后放出鸽子或乌鸦试探洪水是否退去。母题和细节都一样。然后再往背后讲,洪水神话根源在哪里。还讲到古希腊古罗马的,然后讲到北欧,讲到南亚、东南亚,讲到大洋洲和美洲的印第安神话。五大洲的洪水神话放在一块儿看,一张世界地图基本上盖满了,就非洲一部分没有。全人类都讲洪水神话,问题就大了。到底洪水表明什么？从自然科学角度看,这肯定是对现实中的自然灾害的直接的反映。如果地上没有洪水,人们的意识中怎么会有这么广泛的洪水记忆呢？弗雷泽一个特点就是,他绝不是拿着单一作品做分析,而是横向地展开材料。他能够看到的神话材料来自全世界,包括西方的传教士、旅行者记录的,那个时候都是早期人类学材料。那时还没有很多职业人类学家,没有那么多的田野报告。弗雷泽将各种来源的素材都排比下来,从诺亚方舟讲到整个洪水神话,绕了五大洲,举了四十多个例子。什么是人类学家讲的文学,一看就明白。只有把对象放在人类的背景之中,才能够看得分明,然后其特点也容易把握了。中国洪水神话的特点是什么？就是治水。因为没有一个民族的洪水是由人去战胜的。都是怎样的呢？唯一的主题就是逃生。方舟也好,大船也好,咱们西南少数民族神话中也有坐葫芦里边的,总之是一个容器,在洪水上能够漂浮起来的,这样才能逃生。

今天讲洪水神话,好像离当下地震灾害遥远了一点,其实不遥远。十年前中国最大的灾害是什么？洪涝灾害。当时中央政治局半夜开会,江泽民主席紧急动员救灾。可见,灾害在我们这儿太频繁。汉语"政治"一词的"治"字,原意就在于治水。从历史经验看,救灾就是中国最大的政治[①]。人往往是健忘的,十年前的事儿好像离得很遥远了。五年前爆发Sars,我从北京来川大,也是这个季节,先抽血检验,然后被隔离起来。在我们个人的经历中,一生要经历许多次灾害。这次抗灾中有一个成语特别响亮,叫做"多难兴邦"。这是我们民族历史经验当中很早就总结出来的东西。刚才讲到世界的洪水神话大都是关于逃生的,发洪水的一般的原因都是上帝的惩罚。神惩罚人类,因为人类有了过错。所以天灾的原因被归到神灵世界。这全是文学的东西。你说学文学没用吗？用处太大了。通过文学,你看到这种灾难的表现在全人类的文学中到处都有。只不过相对而言,灾难有轻有重,

---

① 参看叶舒宪:《洪水神话与生态政治》,《天涯》1999年第1期。

有的频率高,有的频率低。我们以前难以理解,华夏的鲧禹治水神话,不管是成功还是失败,都要治水。为什么?因为我们这个民族生活的地区,这块土地,自古以来就是灾难的多发区,高频率的多发区。我们的文学肯定跟别国的文学不一样。光逃命逃得了吗?放在人类经验的世界地图中去比较,我们必须抗洪。这是现实中的灾害启发我们去反思,认识到纯粹的文学的课堂上无法认识的特质。为什么要大家学一点人类学知识呢?人类学者要进入一个村落,但是他有一种人类的知识作为后盾。这就是学科的眼界不一样。虽然弗雷泽的书在今天的主流人类学界没有多少人去读,认为已经过时了。但我看并没有过时。他是最早催生世界眼光的学者,有人称之为比较主义者。他不是拿着一个莎士比亚去和汤显祖比较。弗雷泽的这种气势宏大的比较一般人学不会,主要原因是学科限制和眼界的限制。文学本来就是属于人类的,把它分成中国的和外国的,中国又分成古典、现代、近代的,越分越窄的话,就变成铁路警察,只管这一段。火车从哪儿来到哪儿去,根本不管。这样狭隘的眼界怎么做研究呢?这就是我们现在建构的专业产生的弊病,需要学人自己觉悟和克服。提倡文学人类学研究,意在此焉。

三、生于忧患:灾难磨炼出生命力最强的文明

下面通过一些统计数据来看,为什么说中国灾难多发?这些数据出自联合国减灾委的报告。报告关于中国的第一句就是:"中国是世界上少数自然灾害较多的国家之一。"这句话的分量非常重,对于我们理解中国文学中的灾难主题很有帮助。中国地震的频度与强度居第几位呀?第一位,跟咱们的人口一样,number one。占全球总量的多少?十分之一以上。全世界发十次地震,至少有一次在我国。除了地震以外,还有台风。平均每年多少次?平均每年是七次。我国灾难占全球的比重啊,是相当惊人的。中国国土大,生态条件相对来说是好还是不好?不是太好。这判断不同于我们从小学到的,什么地大物博,人口众多,什么都是好。实际上不是什么都好,有些东西好,有些东西确实问题很大。不好的背后还有好,这就是苦难中塑造出来的民族。为什么?这个民族有巨大的生命力。她对付任何灾难的能力,都超过了那些安乐环境中的民族。因为她灾害太多了。自有记录以来,

所有这些灾害,每年都会在中国发生。没有一年不发生的,只不过灾有大有小。仅就近 300 年来的统计看,截止到今天四川大地震遇难者是 5 万多人,听起来这个数字好像很可怕? 但是要把更广阔视野的数据拿出来,就会觉得没有那么可怕。为什么呢? 300 年来,全球发生的特大灾害,死亡人数一次达到 10 万人以上的一共有 50 次,中国占多少? 26 次。欧洲多少? 欧洲各国全加起来,才 3 次。欧洲人常抱怨,哎呀上天这么不公平,给我们降下了鼠疫。其实从人类的范围来讲,只有中国这一块土地才是灾难最深重的。300 年的数据,可以看明白。人口是世界的五分之一,可耕地是百分之七,灾难却占到一半,受灾死亡率也是一半,我们承担着人类的最大牺牲! 就大地震而言,1908 年意大利大地震,死了 11 万人。意大利人提起 1908 年,那是一个灾难记忆的年代。那么唐山地震的遇难者比 1908 年多几倍了。就在 32 年前,北边是唐山地震,南边是松潘地震。看看地图,松潘是什么地方? 跟汶川离得多远? 实际上就紧挨着。只有这一次到了图像时代或传媒时代,全世界的人,只要打开电脑,只要打开电视,地图全都从汶川这个焦点一圈一圈地放大开。我们熟悉的是以北京为中心的中国地图,这一次突然看到中心移到川甘陕一带来了。换位思考非常有意义,我们看习惯了以中国为中心的世界地图,到美国去看看,那边世界中心在北美。刚开始很不习惯,但是对咱们换位思考非常有帮助。古人说,高岸可以为谷,深谷可以为陵,就是天翻地覆。什么叫沧海桑田? 都是指天灾所导致的大自然变化,人类对自然变化的最好记忆就在文学中。

　　如果把松潘与汶川看成一个地区,就是约 30 年一大灾。30 年是什么概念? 当今的"80 后"没赶上,"70 后"中大一些的人可能有记忆。我们那时候(在西安)是住帐篷的。昨晚来成都双流机场接我的同学说,老师您担心余震就住帐篷吧。我说 30 年前住帐篷都住一个月呢。满街防震棚的景象,对于过来人,有似曾相识的感觉,仿佛又回到了 1976 年。为什么人类对他不可理解的东西敢到恐惧? 经历过了以后心态就相对平和,会用另一种眼光来看待。为什么不可理解呢? 在远古,在神话时代,所有这些都是解释好的,没有什么不理解的。神话是什么? 今天我们在文学课上讲它好像是文学产生时代的一种叙事,是虚幻的,比小说还假,比灾难片讲得还虚。实际上神话是当时人对不可理解的现象的一种解释。神话对灾害有自己的解释。拥有神话,对那些信奉神话,把神话当做信仰的人来说,他不恐惧。他已经获得解释。宇宙和自然现象的原因,刮风的有风伯,下雨的有雨师,打雷的有雷震子,每一神各司其职,哪一个方面都解释好了,还用你来解释吗?看看西方文学一开始讲什么啊?《伊利亚特》上来就讲降灾,谁降灾?降的啥灾?就是瘟疫,怎么降下来的,阿波罗神降下来的。为什么呢?阿伽门农王霸占了异族的女子,不愿意归还,所以神就降灾惩罚希腊人。"罪与罚"是典型的西方叙事模式,图解了西方人理解的灾难从何而来的问题?神来决定,不是人来决定。所以在古老的神话信仰中,无所谓什么天灾,所有的天灾都是人的原因造成的。天灾即人祸。在前科学时代,只有这一种原因。于是出现替罪羊,用来转移人们的负罪感,并且以此消灾。当时没有那么多的人来做专业划分,只有部落掌握最高神权的人来找原因。通神的、具有超人的智力、能够看见鬼神、得到神谕的,就是巫师、萨满。到了后来叫祭司长,查找灾害原因的职责由这些人掌管。看看《俄狄浦斯王》,一开始谁先上场?祭司长带着一群受灾的人。什么灾难来了?忒拜遭灾了,特大的瘟疫。

就是这样,文学首先就要解决抗灾的难题。怎么解决?为什么瘟疫或者鼠疫的题目一直要写到20世纪的加缪、卡夫卡?因为在西欧的文化记忆中,这是最重的灾难。维也纳的大街树立着雕着众多老鼠的纪念柱,不可思议。中国子、丑、寅、卯,十二个生肖,以鼠为首。对老鼠好像没有那么深刻的记忆,但是对于欧洲民族来说,这种瘟疫,作为天灾也好,作为人类犯罪由神来惩罚也好,都是对现实的一种解释,解释完了以后,相信这种解释的人就没有恐慌了。在某种意义上都是一种紧张的释放和心理的治疗。无奈现在不信神话的解释了,我们信科学的解释。当一切交给科学的时候,科学如果能给解决倒也不怕,破伤风打一针就好了,疯狗咬伤注射狂犬疫苗就行了,解决了呗,没有恐惧了。但是在科学解决不了的情况下怎么办?恐慌唰的一下就来了。回想那年 Sars 来临时,杀伤力大吗?对比一下就知道那杀伤力很小。但是为什么那一次民众很恐慌呢?全北京的街上没人了。你坐在公交车上,前后看看,除了司机、售票员就是自己。很奇怪的,从来没有那样的现象。为什么中国在那个时候如此恐慌?科学解决不了的问题出现了,这时必然加剧恐慌情绪。全球死亡 1 000 多人,其中白衣战士居多。他们是代表医学科学来对抗病魔的,而医学科学解决不了,就易引发莫名其妙的恐惧。

话说回来,这到底是天灾还是人祸呢?是天灾。开始说是有人吃了果子狸引起的。后来又否定了。从某种意义上,它表现形式是天灾,而实际原因有可能是人祸,跟艾滋病一样。人类用来抗击病毒、细菌的药物,会使得细菌、病毒产生耐力,产生了变体。新的变体出现时,什么药物也不顶用。这很可能是人类滥用药物的一种结果。包括滥用农药、滥用杀虫剂,都是潜伏灾难的一种隐患。就在和灾难抗击的过程中,也可能会埋下新灾难的种子。

四、俗文学中的民间抗灾智慧

回到文学中的天灾。西方文学与中国文学都没有回避灾难,而且文学还积累了非常多的经验。除了文学史上记载下来的经典以外,没有被国家的权力话语当做经典的民间文学,例子就更多了。很多农民口里的谚语,实际上都是讲防灾经验的。特别要关注青蛙和蛤蟆。过去我们研究神话,没有太注意。所有这些与人类共生的动物,包括昆虫在内,在古人眼中都可以是某种征兆,或者它承担着某种征兆的功能。为什么听布谷鸟的叫声就要播种下地?那个时候没有挂历没有手表,大自然的物象对人就是物候,物候就有征兆的意思。它可以在某一方面提示人该干什么,警惕什么。老百姓民间积累的这种经验是非常丰富的,只是今天学院建构的体制只相信科学,其他的东西全部被遗忘了。像什么"蛙吐泡,大雨到",这是讲洪水的。这经验来自观察青蛙。在"5·12"汶川大地震之前,四川当地电视台播出了一个节目,绵竹一带满公路都出现蛤蟆。还专门请来一位专家表态,看是否异常灾变的征兆。结果这位专家说,是我们的生态环境变好了,动物也要乔迁搬家,不用大惊小怪。当然这样的专家不能代表科学,只说明民间智慧所讲的那些经验被遗忘了。这是由西化的学院制度导致的全民性遗忘吗?有位川大的同学说他家养的一只乌龟多少天没有出现,就在5月12日早上蹦出来了。如果传统文化的根都断了,根本不把动物当回事,养它是逗着玩的,那你根本不会有那种观察动物的细心,没有先民们仰观俯察的本领。我国的先民如何在这个多灾多难的环境里存活下来,直到今天,还成为世界人口最多的国家,难道不靠这一套智慧的传承么?可持续生存,这应该是我们讲文学中的天灾与救世的最重要的人文经验,它突显出咱们多灾多难的土地上所培育出来的民族生生不息的一面。这方面的经验太丰富,只不过正在被我们遗忘。如果都崇拜西化的学问,相信科技万能,谁还听老百姓讲的这些经验?这种本土知识的遗忘会付出代价,尤其是当科学在某些方面力所不及的情况下。科学家也为难,我们不能苛求他们。就像灾害发生后有人埋怨做预测的科学家失职了,一点预测能力都没有。这只能说明被崇奉过度的科学在某些方面还无能为力。有的灾害能预测,有的不能预测。这样就显示出民间经验的宝贵。如果大家有在重灾区的生活经历,可回去做一下调查,这就是痛定思痛。学文学的有没有用?有用。如果一个调查报告写好了,说不定能提供有用的启示。我们小看了的民间智慧中蕴藏着的可持续存活的经验,那里面有很大的探讨空间。为什么要这些东西一代一代传下去呢?因为族群生命赖以存活的经验就贮藏在这里。当你对灾难既没有办法预测又没有办法预防的时候,恐惧一定是加倍的。你不知道下一次地震何时到来。按照常规,一次强震就将累积的能量释放了,接下来的余震一般来说逐渐衰减。刚发生过八级大地震,马上再来九级的,这个可能性很小。预测的人太为难,他测准了是神仙;不准就挨骂。尤其是在2008迎接奥运会这一年,从雪灾到地震,几乎没有一个月平安无事的。这样的环境下谁敢轻易预报说有灾害要来?地震工作者不容易,需要发挥一下全民的智慧,向科学不能解决的问题进发,从被遗忘的民间智慧中去寻觅一下。

再举一个文学例子。民间谚语中有"地光闪,八成险"。你们做硕士、博士论文绝不会去写这些东西,都是热衷研究萨特、莎士比亚的一类课题吧。什么叫"地光闪,八成险?"有没有抗灾防灾的作用?这就是文学的作用。唐山大地震发生在半夜,人们都在睡梦中,毫无准备。就在那天夜里,有一趟129次列车,从北京开往大连的,时速是八九十公里,司机开到紧邻唐山的古冶车站时,突然看到前面三道蓝光,把火车都照亮了。司机知道是异常的预兆,就紧急刹车。在大地剧烈摇晃之前,列车被刹住。车上1 000多睡梦中的人就这样保住了生命。向前面一看,铁轨都扭曲得像麻花一样。谚语中所讲,暗示出地震前有地光、地声一类异常征兆。如果人感觉不到,那些小动物是非常敏感的,包括蛇、老鼠、鱼、蟾蜍、鸡鸭等。这些动物在灾难前会呈现各种异常行为征兆。唐山大地震后,当地展开大范围的调查,共搜集到地下水异常前兆800例,动物前兆异常2 000多例。据说在海南岛,建立了特殊的动物观测园。但是没有普及,如果中国的每一个县都有这样的观测动物园,我想在某种程度上能够缓解地震学家的尴尬。民间谚语中关于青蛙、蛤蟆的一大批资料，可结合史前陶器上常见的动物图像来研究。我国彩陶上的动物形象，一是鱼，如人面鱼纹，还有蛙、蛙人形等，在甘肃马家窑彩陶上最多。不知道这些动物当时是什么意义？那时没有文字。一般解释是信仰的神灵化身。这也是人类对自然的观测，或许把某种能够提供预兆的动物当成神来崇拜。民间文化里潜藏着巨大的智慧和生存的经验，只是被我们遗忘了。

东汉的张衡，发明了世界上最早的地动仪器。地动仪的上面有八条龙口含珠子。一旦发生地震，某一方的珠子就会掉下来，吐到下面的蛤蟆嘴里。有人会问，为什么由八只蛤蟆来接受这八个珠子？张衡是像咱们选福娃一样随便选的蛤蟆吗？绝无可能！他积累的是千百年来这个民族智慧经验。张衡也是文学家，科学家的头衔是我们加上去的。他的《两都赋》就是汉代文学的高峰。我们讲文学史的时候有没有从民间智慧这个角度去理解他的作品？

文学中还有大量内容不是直接面对自然灾害的，而是灾难之后人的精神。今天叫心理治疗。古时候没有这个分科，那时巫医什么都得治，甚至患病也不是个人的事情，是社会群体的事情，要举行群体性的仪式来禳灾驱鬼、治病。由巫师长或者萨满来执行。这笔文化遗产中留下来的经验，在今天看来也是有价值的，叫非物质文化遗产。以前没这个词语的时候说是迷信，因为与西方科学不是一个体系的。用人类学的话说，其中应该蕴藏着千千万万种地方性知识。

《周易》里有一个震卦。震字从雨，繁体字中的云、雨、雷都从雨，暗示此类现象的发生根源都在天神世界中。震卦讲的是打雷的场景。

震，亨。震来虩虩，笑言哑哑，震惊百里，不丧匕鬯。

解说仅十六个字，太简单了。通常的解读说，震就是雷声轰轰，天上的雷声代表天神发怒了，这是神对人的惩罚，也就是天灾的原因。上古地震不叫地震叫地动。天上的雷震造成了一种恐惧状态，但还有的人"笑言哑哑"，这是主持祭祀仪式的人。匕鬯是祭祀用的两种器具。大祭司在这个天雷示警的关键时刻，保持着处惊不变的状态。祭司是更加古老的巫师的继承人。现在正在传递的圣火是从女祭司手中传来的。从祭司的形象，就能把文化传承的根脉找到。祭司的形象应该是文学家一再表现的。希腊悲剧《俄狄浦斯王》一上来就是祭司。《震卦》表现的是在天雷震震的状态中,祭司连一个盛酒的勺子和瓶子都没有丢掉,展示出一种泰山崩于前而面不改色的精神状态。这都是中国传统智慧中的心理防御。这次地震波及西安,伤的不少,多是那些白领由于惶恐从高楼上往下跑造成的。30年来没有大地震,没有普及地震知识。尤其对"80后"、"90年"一代人,没有经验就容易慌。他们只有在灾难片《日本沉没》中看过地震灾难。虚幻的影片场面突然变成现实,还以为自己在梦中。这就叫猝不及防吧,心灵震颤比较大。

《周易》中这样的经验在文学中很多。《诗经》中还有被认为是最早的关于地震的官方记载。《小雅》有"十月之交"篇:"烨烨震电,不宁不令,百川沸腾,山冢崒崩。高岸为谷,深谷为陵。"讲的是地震后的状况,强震的中心发生的地貌变化。唐山地震时就有楼房陷入地下了。《诗经》记述的这是公元前780年的陕西岐山大地震。联合国减灾委将中国定位为世界上少数多灾多难的国家之一。而这个国家正在延续着几千年没有中断的华夏文明。今天这个国家还要争取夺回它在汉、唐、明等时代的世界经济中举足轻重的地位。按照GDP数据,我国正在走向世界第三的位置,2008年要超过德国,前面还有美国和日本。

2008年国家有两件大事:一是举办奥运;二是改革开放30年纪念。奥运还没开,出了这么多事。GDP在增长,但增长的代价非常惨重。改革开放30年来,GDP增长几乎呈现一个大的上升的趋势。我们非常希望在和平安定的环境下把经济搞上去,但是所走的路有问题。为什么现在要讲科学发展观?就是要从歧途中调整出来。那条路也许看上去很美好,但是前面可能是悬崖。现在需要掌控进度,保证和谐,不能让每年的增长率超过12%。一旦经济过热,接下来可能就是负增长,也就是高岸为谷。现在面临的最大危机是能源危机和生存环境问题。经济增长是需要动力的,在现代工业社会主要是能源,地下的石油和煤。如果我们把中国人均拥有的世界能源指标列一个曲线表的话,它跟我们GDP的表刚好是反的。大庆时代有个王进喜,他是当时中国的英雄,是向大自然索取能量的代表。当时中国最大的油田是大庆,现在基本上开采不出多少石油了。河西走廊上有一个城市玉门,著名的油矿,现在面临整体搬迁。因为石油被开采光了,城市废了,叫资源耗竭型城市。居民都迁到嘉峪关去,这些人是另外一种意义上的灾民。这就是人祸造成的,人要不断向大地索取资源,来支持经济增长。王进喜的时代是中国闭关锁国的时代。唐山地震时百姓根本不知道死了多少人,人数都是保密的。但是当年有一种豪迈说法:"石油工人吼三吼,地球也要抖三抖。"地球都跟着抖,以说明咱们能源家底富足。石油储备基本还没开采多少,仅仅时隔几十年,今天还能说这种豪迈的话吗?从2004年开始,中国约40%的石油要依靠进口。国家领导到哈斯克斯坦、俄罗斯出访,主要希望他们把输油管道迁过来,解决我们的能源问题。在中国,一切指标按人均来计算,就不那么乐观。这样一来,人均占有的资源指标不但在世界排到一百位以外,而且还存在下降的趋势。用今天的话来说,这叫可持续吗?能持续多久呢?必须居安思危。

五、谁来救世

回到文学上,都说中国文学与西方文学不一样。我们所经历的灾难要多许多倍。我们生存的环境相对来说要艰苦卓绝多少倍。这次地震让人震惊的不只是波及范围大和伤亡数字高,让国外震惊还有在汶川、北川那样高山深谷的穷乡僻壤居然世代生存着那么多的各族人民。由于媒体的聚焦作用,灾害被人为放大了许多[①]。还有就是将古代社会的仪式搬到了屏幕上。仪式是部落社会举行的,部落有500人,其影响力所及就500人。现在变成全球直播了,和足球赛一样,可以有几亿、十几亿观众同时观看,于是就将仪式的感召效果成倍放大了。

默哀加降半旗三天的举动就是古老仪式传统的现代重演。人类学讲仪式有两种:一种是定期仪式,跟着春种秋收的季节韵律,是预先安排好日子的;二是没有固定日子的,叫 ritual of crisis,即发生危机时举行的仪式。这是每一个社会都要采用的,对于突发灾难造成的社会心理创伤,具有巨大的治疗效果[②]。今天的默哀加降半旗,就相当于危机仪式。由于全民参与,加上媒体的重复播放,全世界为之感动。国家民族的凝聚力瞬间得到极大的

[①] 由于传播的作用而夸大灾害恐惧,美国文学批评家苏珊·桑塔格针对癌症和艾滋病对公众的心理影响做过精辟的分析,参看〔英〕苏珊·桑塔格:《疾病的隐喻》,程巍译,上海译文出版社,2003年。

[②] 这方面的人类学著作可参看 Katz, Richard, *Boiling Energy*, *Community Healing Among the Kalahari Kung*, Harvard University Press, 1982(《卡拉哈里昆人的聚集能量与社会治疗》)。

强化。捐助的数额也是空前的。

面对沧海桑田般的自然变化,国人总结出怎样的哲理?所谓"高岸为谷,深谷为陵",这样一种变化反过来用在人事方面,就是《左传》里说的"社稷无常奉,君臣无常位"。这是中国古人的一种推理方式,可以叫做老庄的类比推理:天道怎么样,人就应该怎么样。人要效法自然,自然是道的最高体现。由这种变化得出的哲理经验,是要把灾难化成有利的东西,变成克服灾难以后的重新动员,重新凝聚。谁懂得这个,谁就能够顺利渡过危机。如果没有这一套经验,那就很危险。欧洲优越的自然环境中,很多人只从灾难片上看过灾害,在印度尼西亚旅游突然遭遇了一次海啸回来后,身体上没有病,精神上却有了问题。他们没有想到人生中还会见到这样的事情。可见这种多灾多难的磨难对坚强人格的作用。在我们这儿所谓"多难兴邦,少难亡邦",就群体讲,有"居安思危"的道理;就个体而言,有天降大任于斯人必先磨难的道理;从文学上讲则有"穷而后功"的道理。这都是从苦难中总结、提升出来的智慧经验。

以上讲了文学中的天灾,下面回到救世这个主题上来。在前科学时代,人类社会中作为领袖人物,受到拥戴的,首先是在生理上、智慧上出类拔萃的人物,选萨满、巫师并不像想报考公务员一样,谁都能报名。这要有一定的先天的条件。这些人为什么有这样超群的能力?《国际歌》上唱"从来就没有什么救世主",怎么还要讲什么救世,谁能救世呢?歌德说得非常好:神救能够自救的人!也就是神助自助者的意思。你自己先从信念上垮了,就别指望什么神了。自己怎样能在灾难打击下不垮?精神不垮,你就不垮。那么精神从哪儿来?精神往往跟那些社会领袖人物密切相关。

在突发灾难的阴影中,回顾历史,对照其他灾难,或者展开创伤叙事[①],可以有效地缓解焦虑,将眼下的灾难相对化。死者5万多人,加上失踪的,近10万,与唐山大地震比起来,几分之一。若跟我们遭遇过的人祸比起来,那就是零头(想想三年自然灾害)。天灾与人祸比起来,哪一个更可怕?人祸导致的死亡人数,会十倍、百倍地多于天灾。但是我们关注的却比较少,甚至全社会没有足够地关注到那一面。举一个数字:全世界因交通事故的死

[①] 关于文学治疗中的"创伤叙事"概念,参看 Whitehead, Anne, *Trauma Fiction*, Edinburge University Press, 2004。

亡人数,2003年是46万,中国占10万。全球一年死在车轮下的人数,要超过汶川加上唐山两次大地震。可是谁关注了?这是人祸,本来是可以避免的。自然灾难被媒体放大以后引起关注,可是还有更大的杀手隐藏在你身边,你却不知道。46万的死亡数字等于每年打一次小规模的世界大战。十年是多少人?一个世纪要牺牲多少人?算一算非常惊人。

我们的人文传统很早就讲居安思危。千万不要以为有地震防地震有水灾防水灾就行了。你什么都得防,所有的天灾和人祸,在领导层的脑子里都需要有个谱。这样才有及时应对的能力。现代风险的社会更加需要居安思危。危机到来,全体国民都有责任,当然知识分子懂得的多一些就多承担一些。中国文学早就告诉我们:谁来救世?在古代没有科学办法,只有圣王或者宗教领袖来救世。从来源看,最早的国王都是宗教领袖,也就是神职人员——能够代表整个社会通神的人。这叫政教合一或祭政合一。《诗经·大雅·云汉》是西周的王用来禳灾的祷词①。既是国君,又要承担禳灾的神圣职责。后来社会分工发展了,国王就不管那么多了,他手下雇佣一批神职人员为王权服务。但是早期的王者,包括治水的英雄大禹,他会是一位世俗的国王吗?他为什么治水遇到阻碍能够化为熊呢?原来他有通神的本领。我国民间的巫师做法时,包括道教传统的巫术仪式,有一种姿势叫做"禹步",是模仿大禹走路方式。向左怎么迈步,向右怎么迈步,不同于常人的走路姿态,这是巫师做法的一种法式。大禹的能量非同一般。而且他的最大能量就在于今天所说的以德来服人。西方的英雄,如凯撒大帝、亚历山大;都是以武力打天下的。在中国凡是能打仗的一般都是二流,你可以当个张飞、李逵那样的武夫,见到刘备或者宋江低头就拜。真正有德的人才充当领袖,这也是我们从文学中得出的一种智慧和特有经验。一介武夫在华夏文化中虽然也是英雄,但是绝对不会放在number One的位置。谁是number One?只有那些有德又有智慧的人才是我们文学表现的中心。

在大禹神话的背后,我们看到的是:第一,他有史前社会萨满巫师那种超人的能量;第二,他有文明社会以来的以德治国的最高品质。大家都知道大禹治水三过家门而不入的故事,还有人说他身上的衣服都是破的,娶下新

---

① 关于祝咒祈祷一类禳灾活动与诗的发生之关系,请参看叶舒宪:《诗经的文化阐释》第二章,湖北人民出版社,1994年。较新的出土材料,参看《秦惠文王祷祠华山玉版》。

媳妇没几天就出门去治水。儒家为什么尊奉他?老百姓为什么爱讲他的故事?因为全民就佩服这样的领导。温总理在灾后几小时赶到,深入余震不断的第一线,全世界都为之感动。还有今冬雪灾时,大年三十了,国家领袖赶到山西的煤矿,在400米深的矿井下面,握着矿工的手说:"辛苦你们,你们春节不能休息了!"为什么不能休息啊?南方的煤已经没有了,电发不出来了,广州等火车站有上百万人还等着回家呢。这样的社会危急时刻需要最高领导出场,这是远古社会传下来的救灾救世模式。那个时候的王不光是能够吆三喝五有号召力的人。他首先是一个担当者,这是传统文学里保存的救灾经验。大禹只是其中的一个,这样的领袖很多。商汤祷于桑林的故事也是如此①。去年我在来这里讲"熊图腾",讲过新发现的大禹故事。2002年出版的《上海博物馆藏战国楚竹书》中,讲他食不重味,衣不图美。作为一位最高领导,亲身做出节衣缩食的社会表率,远近四方都来拥戴他,这个时候他树立起了一面中央大旗,上面绘着夏朝的图腾——熊。

从新的考古材料看,古羌人文化在史前期就曾遭受严重的地震加水灾。那是在甘肃和青海交界的黄河源头一带。古人以为汶山是长江的源头所在。所以说河出昆仑,江出汶山。长江、黄河的源头都在一个大的区域里。那就是整个的青藏高原板块的东北边缘。这边是云贵高原,那边是黄土高原。几个大板块的交界处,是地震多发带。在黄河上游的边上,青海的民和县,21世纪新挖出来一个喇家遗址,属于齐家文化,以大规模的玉礼器生产为突出特征,时间距今4 000年前左右,约相当于大禹治水的时代。相传大禹是在公元前21世纪治水,那时中国大地上的灾难到底是什么程度,把喇家遗址的情况一看,就明白了。今天在汶川地震中看到的一幕幕在4 000年前的喇家遗址中早就上演过。一位母亲抱着孩子静止在那里。当时住的是窑洞,地震时窑洞塌了,随后又被洪水淹。这个灾难的场面像化石一样保存在那里。这样的一幕发生在4 000多年前,那时候还没有文字,其文化与中原王朝没有直接的关系。地点在青海东端邻近甘肃的交界处,正是青藏高原与黄土高原的交接地带。这对于理解华夏文化源流很有启示。史前时代对中原的玉文化贡献最大的应该是以喇家遗址为代表的齐家文化,其族属不

---

① 参看郑振铎:《汤祷篇》,人民文学出版社,1958年。又见《郑振铎古典文学论文集》,上海古籍出版社,1984年,第100—130页。

用说是羌人。古代的羌是中原以西的整个异族的总称,其活动的地带在今天河南的西部、山西的南部、陕西的大部、整个的甘肃青海和四川西北部。

这个地区是古代灾难的多发区,又是一个重要的民族走廊和文明通道。把横断山以南众多少数民族同中原华夏、西部氐羌联合在一起的,就是这条路。从人文地理的意义上,今人或称"藏羌走廊"。它把甘南、陇南、陕南和川西北联系起来。大量的移民经过这里南来北往。为什么西南的彝族与纳西族寻根的史诗中唱到自己的老家在昆仑山呢?显然由于有这条民族文化走廊的作用。中原中心的历史观对国人的制约已经有几千年,对于非中原地区关注很少。既然汶川的英雄大禹就是从这个中原以外的边地走出来的,大禹的族属又是西羌人。这就有理由把氐羌文化与夏文化来源联系起来考察①。把整个河西走廊作为一个文化的传播带,喇家遗址的齐家文化玉礼器所达到的文明程度与夏商周的玉礼器之间是什么关系呢?华夏文化源头可能就有从西北和西南来的重要支脉②,只是汉字文献没有记录,我们不知道罢了。在黄河边上的喇家遗址,今天是土族生活在那儿,跟藏族有亲缘的。此地在4 000年前是一个文明礼仪中心,也许是一个羌人古国的都城。如果把那里的文化和四川的三星堆联系起来看,会得到不少启发。原来只能从史书的只言片语中知道大禹是中华第一王朝的缔造者,他是羌人,或是汶川人。今天媒体讲得最多的一句话就是:"我们都是汶川人。"用学术语汇讲,这就是一种文化认同,这种认同的力量非常大,或者可以说,我们都是这位抗灾英雄的后代。

(原载加拿大《文化中国》2008年第3期)

---

① 参看李文实:《西陲古地与羌藏文化》,青海人民出版社,2001年。叶舒宪:《河西走廊:西部神话与华夏源流》,云南教育出版社,2008年。

② 参看童恩正:《试论我国从东北至西南的半月形文化传播带》,见《南方文明》,重庆出版社,1998年,第558—603页。

从"世界文学"到"文学人类学"
——文学观念的当代转型

20世纪末,中国大陆学界在高等教育的学科设置中将比较文学与外国文学相衔接,作为新设立的二级学科——"比较文学与世界文学"。文学的比较研究如何真正进入"世界文学"的层面,成为亟待解决的理论难题。从合并的逻辑上推测,比较文学与世界文学相加,也就实际指向一种人类文学或"文学人类学"。笔者曾经把比较文学理解为各民族国家从隔绝封闭时代走向开放交流时代的文学研究之发展趋势,并把此种趋势的未来前景描述为文学人类学[①]。本文希望继续阐明:为什么要提示从世界文学、比较文学到文学人类学的转型趋势,潜藏在这一趋势背后的时代因素和学理依据是怎样的。

18世纪至19世纪,人类的文学观第一次走出民族国家的小范围,出现"世界文学"及"总体文学"的理念。在20世纪,随着比较文学和文化人类学等超国界的新学科迅猛崛起,文学创作与文学批评共同催生出一种"文学人类学"的新理念。体现在创作方面,是"人类学想象"从现代主义到后现代主义的跨越式发展和大流行;体现在文学批评理论和文学研究实践方面,便是文学人类学作为一个新兴学派,借助于后殖民批判的全球知识观变革而日趋活跃。顾名思义,该学派的学术伦理和研究范式都受到人类学的强烈影响,主张文学研究走出西方现代性的魔咒和书面文学观的铁床,将多少带有欧洲中心主义色彩和贵族化、精英化盲点的"世界文学"理念,拓展和改造为更加"民主化"、也更加贴近人类多民族文学现实的"文学人类学"理念,使得"文学"不再局限于文人墨客写作的书面文本范围,而是真正包括人类数以千计的无文字民族口传文本在内。

从民族文学到世界文学,再到文学人类学,三段论的变革折射出现代世

[①] 叶舒宪:《文化对话与文学人类学的可能性》,《北京大学学报》1996年第3期。

界史与思想史上相继发生的两次否定之否定进程——从地方化到全球化,再从全球化到地方化。这与其说是简单的循环式复归现象,毋宁说是螺旋式递进发展。

在民族文学和国别文学观念占据统治地位的前现代社会,"人类"的观念与"世界"的观念都还带着浓厚的形而上的抽象色彩,通常用在哲学家的专业性话语中,远远地脱离现实中形形色色的具体人种和人群。如洛克的"人类理解论"和黑格尔的"世界精神",还有康德的"人类学"概念,皆是如此。只有等到文化人类学的调研报告真正覆盖地球上几乎所有的人群之后,人类学家遍及五大洲的田野作业让知识界首次获得关于人类文化多样性的穷尽性认识之后,"人类"和"人类学"这样的术语概念,才有史以来第一次落实到现实的超自然生物之整体范围。同样道理,"世界文学"的理念,不论是在歌德的谈话中,还是在马克思的《共产党宣言》里,都还是纯抽象或半抽象的术语而已,其中既有预设的西方中心主义价值观,也难以摆脱精英化贵族化的文本中心主义倾向。换言之,在19世纪欧洲知识精英们所能构想的"世界文学"景观中,必定不可能包容新西兰毛利人的文学,非洲布须曼人的文学,日本北海道阿伊努人的文学,中国云南佤族的文学,台湾原住民之泰雅族、布农族、排湾族的文学等。

牛津大学日耳曼语文系泰勒讲座教授柏拉威尔经过通读马克思的所有著作,按照年代顺序撰写的《马克思与世界文学》,是了解马克思"世界文学"观念由来的极好介绍。在柏拉威尔的描述中,不论是马克思所喜爱的文学家,还是他所厌恶的文学家,大体上都不出欧洲文学史的范围:"马克思喜爱的作家是荷马、埃斯库罗斯、奥维德、卢克莱修、莎士比亚、塞万提斯、歌德、海涅、但丁、狄德罗、科贝特、巴尔扎克、狄更斯……马克思厌恶的作家是哥特谢德、盖纳斯、拉马丁、沙多勃利昂、金克尔、道梅尔、后期的格莱里格拉特、古斯塔夫、弗莱塔格、马丁·塔波尔……"[①]如此看,马克思所能想象的"世界文学"是前人类学时代的产物,其涵盖面还远远达不到"世界"的全局,而是集中在西方世界。除了这些欧洲文学史上的人物,马克思对世界文学的构想也还包括一些非西方的作家作品,如阿拉伯民间故事集《一千零一夜》等。但是与他的西方文学知识相比,这些非西方成分毕竟只是零星的和

---

① 〔英〕柏拉威尔:《马克思与世界文学》,梅绍武等译,三联书店,1980年,第5页。

不成比例的。马克思一生多次论及神话,他所熟悉的是古希腊罗马一系的神话,而不是非西方的神话。与早期人类学家弗雷泽的神话研究著述参看一下,前人类学时代的神话观以欧洲神话为知识界限的情况,是一目了然的。不过,马克思晚年对新出现的人类学这门学科非常关注,不仅大量阅读,还写下浩繁的读书笔记。倘若他能够生活到 20 世纪,他的西方化"世界文学"观一定会随着对人类学著作的学习而拓展开来,即走向文学人类学的方向。做出此种假设性判断的理由是,马克思在社会阶级结构中一向倾向于同情社会底层和弱者一方,对统治阶级及其附庸抱有尖锐的批判态度。在前人类学时代,马克思有一句名言是:无产阶级只有解放全人类,才能最后解放自己。在后人类学和后殖民时代,马克思主义者可以发挥的新名言应该是:原住民社会只有推翻殖民者统治获得独立,才能将资产阶级的自由民主理想在全球范围兑现。从世界文学到文学人类学的远景变迁,正是以上述时代变化为现实前提的。

我们今日提倡文学人类学的理念,并不是要和歌德、马克思的"世界文学"观念唱对台戏,而是考虑到如何实际地继承和发展马克思主义文艺观的权衡结果,而不是追求在表面上和口号上的因袭 19 世的伟大纪思想家们。笔者在 27 年前发表的《马克思主义人学初探》中就曾指出,人学的关照是马克思一生追求的终极理论目标。马克思从康德、黑格尔的抽象的人概念出发,经过费尔巴哈的不信神的人和《哲学—经济学手稿》中异化劳动的人,发展到作为"社会关系总和"的人,完成了一次从抽象到具体的认识转化过程。马克思晚年之所以对学院中刚刚兴起的人类学抱有那样大的兴趣,就是希望将唯物史观同人类学家的社会进化理论模型打通和对接起来,使之不仅能够涵盖资本主义社会的现实关照,也能涵盖地球上形形色色的殖民地原住民社会的现实关照,将从"社会关系总和"考察人的目标,落实到世界上所有的社会群体。

综观 20 世纪以来的文学史和文学批评史,"世界文学"的理念在不同作家、批评家的运用中逐渐形成了相对固定的内涵,即提倡与各种民族主义和地方主义的文学观相对的国际主义的文学观,如诗人庞德的"不彻底的国际主义"①,因为它难免带有或多或少的以西方世界或欧美世界为主导和轴心

---

① 〔美〕韦勒克:《现代文学批评史》第五卷,章安祺等译,中国人民大学出版社,1991 年,第 223 页。

的价值色彩,不能有效地涉及并关照各种处于弱势话语地位的少数文学和边缘文学。就举我国新时期以来由高等教育出版社发行的大学教材《世界文学史》下册为例,看看顶着"世界文学"之堂皇冠冕的"文学",究竟包含着哪些实际内容呢?

该教材下册由全书六章中的第六章"现当代文学"所构成,试图向大学生传授"世界文学史"观念下20世纪创作的总体面貌。这一章除了第一节概论外,共有九节,其标题依次是:法国文学,英国文学,德语文学,东欧、南欧、北欧文学,苏联文学,美国文学,加拿大文学,拉丁美洲文学,大洋洲文学[1]。这样看来,此教科书的"世界文学"观念中所包含的内容约十分之九是欧美文学,十分之一是澳大利亚和新西兰的英语文学。如此一种偏向于西方语言文学的世界文学观,虽然出现在20世纪90年代,却和歌德、马克思的时代没有什么实质性的不同。而20世纪90年代是后殖民主义观念兴旺发达的年代。1991年,与中国高校教材同时问世的有英文新书中,有牛津大学出版社推出齐菲兹(Eric Cheyfitz)的《帝国主义诗学》,将此类西方中心的文学霸权观点统统归入所谓"帝国主义诗学"的范畴,提出尖锐的批判。其所涵盖的具有殖民色彩的文学作品,从莎士比亚的《暴风雨》一直到美国小说《人猿泰山》[2]。在《帝国主义诗学》中,世界主义的文学观念是如何充当殖民话语在文学创作和翻译中之工具的,得到一次理论上的清算。而引导这种理论批判的学科,无疑就是驱动整个后殖民主义运动的学科——文化人类学,特别是文化人类学内部对本学科的殖民色彩和充当西方文化寓言之作用的自我批判。

在《帝国主义诗学》问世之前,西方学者内部已经出现走出"帝国主义诗学"铁牢的大胆尝试。如1986年问世的《哥伦比亚版美国文学史》,已经将美洲大陆上的原住民即印第安人的文学,作为美国文学史上占据首屈一指地位的合法文学了。文学人类学观点的美洲文学史,第一次出现在西方学院派阵营里。相比之下,中国高等教育中传授的美国文学史,却依然没有原住民文学一丝一毫的内容,只是将西方殖民者登陆以来的文学作为美国文学全部内容。对于后殖民时代的学者,这不能不说是非常不合时宜的落伍现

---

[1] 陶德臻等主编:《世界文学史》下册目录,高等教育出版社,1991年。
[2] Eric Cheyfitz, *The Poetics of Imperialism*, New York, Oxford: Oxford University Press, 1991.

象。可喜的是,自20世纪90年代以来,中国大陆的文学人类学者从比较文学阵营中逐渐形成一个学术创新群体,并在1996年成立了中国文学人类学研究会,将文学人类学的新理念,带入整个比较文学文学理论中来。文学人类学一派学者倡导"本土文化自觉"下的文学和文学史观反思。他们将大汉族主义、中原中心主义和文本中心主义作为批判现存的中国文学史观念的三大切入点[1],并提倡从中华文化的多元构成方面,思考族群互动关系中的文学和文学史现象,避免以一个主流民族的书面文学充当"中国文学"的思维误区[2]。乐黛云教授在为《文学人类学教程》撰写的序言中指出:"这种文学观的更新将大大扩展我们对本土遗产的多样性、丰富性和独特性的认识。教材根据中国文化内部多样性与多源性的构成的特征,根据中原汉民族的建构过程离不开周边少数民族的文化迁移、传播与融合运动的事实,力求突破划分多数与少数、主流和支流、正统和附属、主导和补充的二元对立窠臼,提出重建文学人类学意义上的中国文学观,倡导从族群关系的互动及其相互作用的建构过程入手,在中原王朝叙事的历史观之外,寻找重新进入历史和文学史的新途径和新材料。"[3]

从学术及思想源流方面审视,中国大陆学者倡导的文学人类学理念,其理论先导是西方文学理论界的神话原型批评派,以及西方人类学阵营中的"人类学诗学"(Anthropological Poetics)和"民族志诗学"(Ethnogaphic Poetics)等新兴潮流[4]。"民族诗学"或"民族志诗学"这样的新兴合成术语,是人类学者用来解构自古希腊亚里士多德以来占据西方思想统治地位的"诗学"观念,拓展思考全人类文学现象的理论新工具。其初衷无非是让当代学术讨论中的学科关键词如文学、文学理论(即"诗学")等概念,能够真正涵盖现存人类的千千万万种族群的活着的文化传统在内。从这一意义上看,文学人类学倡导者的基本立场既不是民族国家主义的,也不是笼统的国际主义的,而是"族际主义"的,即希望在民族国家的内部做出进一步细分的族群文化之分类,以便充分认识地方性知识意义上的"文学"差异特性,避免

---

[1] 叶舒宪:《本土文化自觉与"文学"、"文学史"观反思》,《文学评论》2008年第6期。《新华文摘》2009年第5期转载。叶舒宪:《文学人类学教程》第三章,中国社会科学出版社,2010年。
[2] 《民族文学研究》杂志2007—2009年开辟有"中华多民族文学史观"笔谈栏目,可参看。另外参看:徐新建:《族群地理与生态史观》,《二十一世纪》2005年8月号。
[3] 叶舒宪:《文学人类学教程》,中国社会科学出版社,2010年,第1页。
[4] 叶舒宪:《文学与人类学——知识全球化时代的文学研究》,社会科学文学出版社,2003年。

用大一统的现代化文学观和现代化文学体裁分类模式,对现实的文学现象之丰富性进行切割、阉割和遮蔽。由此可见,文学人类学的理念相比世界文学的理念,一方面有助于认识和保护人类文学的多样性存在,特别是众多的无文字社会的文学存在,同时也能够更加突出现象学意义上的文学认识,抢救在全球化浪潮冲击下陷入失语状态的原生态文学,并将各种原汁原味的本土文学遗产知识,重新纳入我们的教育体制中来,扭转那种随着殖民主义而来的、在学院体制中已经根深蒂固的唯西方马首是瞻的学术伦理偏向。

雷吉纳·罗班在《文学概念的外延和动摇》中分析了当今时代语境中,西方正统文学观分崩离析的情况:

> 如今,文学本体的分崩离析已经使正统的民族中心主义烟消云散。今后不再存在单一的文学,不管它来自大圈子还是小圈子;从今后,山头林立,每个山头都有自己的文学风貌,都有自己的创作方式,或自己的文学观念。
>
> 女性文字将是这些新的文学山头之一……
>
> 同样,美国黑人或第三世界国家也对文学现象进行了反思,反思的重点是口语传统、神话及其变迁,民间的社会阶层或语言中多重因素以及主导因素的不同形式……,这种反思将把其他叙述形式和其他解读规则置于显要地位。[①]

对于罗班所评述的西方文学观在当代大扩展现象,还需要再增加所谓"第四世界"的内容,即全球各地的殖民地和原住民世界的文学声音。早在1983年,加州大学出版社就出版过一本具有文学人类学意义的文学选集,那是卢森堡夫妇合编的《全景文学:通向民族志诗学的话语范围》[②]一书。这部书长久以来不为汉语学界所知,特在此做一简略介绍。该书分为五部分,分别收录人类学家的论文和各地原住民文学的口头作品选译。第一部分题为"早期动向",相当于一部全球全景文学选本的序曲,其中收录维科、赫尔德等人类学思想先驱关于人类语言发生等方面的宏观论述,包括马克思、恩格

---

① 〔加〕马克·昂热诺等主编:《问题与观点:20世纪文学理论综论》,史忠义等译,百花文艺出版社,2000年,第48页。

② Jerome Rothenberg and Diane Rothenberg ed., *Symposium of the Whole, A Range of Discourse toward an Ethnopoetics*, Berkley: University of California Press, 1983.

斯《共产党宣言》中对"世界文学"时代到来的呼唤;涂尔干《论仪式与剧场》,庞德《列奥·弗罗贝纽斯的价值》,以及列维-斯特劳斯《忧郁的热带》节选,艾利亚德《萨满教》一书导言,斯坦利·戴蒙德《柏拉图和原始人的定义》等。第二部分以"创作"(workings)为题,所收内容却和文人写作大相径庭,包括人类学家马林诺夫斯基等人对各地原住民文学创作的介绍与评述,如非洲部落民的超现实讲述及其意象世界,祖鲁族印第安人的祈祷诗歌,伊法人(Ifa)的占卜诗歌,阿伊努人的第一人称史诗等。第三、四部分题为"意义"(meanings)与"作为"(doings),主要收录人类学家对原住民文学再发现和再阐释的代表作,如对澳洲原住民"梦幻时代"观念的解析,对美洲印第安文学的整体概观,对印度尼西亚巴利岛民的仪式剧场的描述,对丰产仪式语言的功能透视,对萨满教表演的分类等。第五部分为"当代动向",收录特纳等著名人类学者关于"民族志诗学"的及参与观察研究方法方面论述,也包括主编者杰洛米·卢森堡关于印第安人口语诗歌翻译中的文化变异问题讨论等。如果将这部书的内容和《马克思与世界文学》所描述的19世纪"世界文学"观相对照,对于什么是文学人类学,以及为什么要倡导文学人类学的问题,就会有很好的自我解答之思考。

从世界文学到文学人类学,同样的文学范式反思、批判和创新,不仅发生在西方和中国大陆的学院里,也发生在台湾文学研究界。2009年,里仁书局正式出版了由台湾第一位原住民文学博士巴苏亚·博伊哲努(浦忠成)独立撰写的《台湾原住民族文学史纲》。这是一部没有打出"文学人类学"旗号,却充分体现其学科创新意识的大著。全书厚达1185页。涵盖了在汉人登陆台湾岛以前居住于此的台湾原住民族共计十四族的"文学史"线索。全书二卷十五讲的结构别具一格,以"口传文学时期"为第一卷,以"使用文字后的原住民族文学"为第二卷。综观原住民族所使用的文字,从荷兰殖民者输入的罗马字拼写的西拉雅族语圣经读本,到日本殖民者"理蕃"政策下的日文教化,再到第二次世界大战后接受汉文写作方式的原住民族汉语文学,呈现出复杂的交替的景观。台湾作为中国领土的一部分,其原住民族的文学史建构,对于反思中国文学的观念,当有直接的借鉴作用。例如第十讲第一节"文字进入部落"的开篇:"没有书面语言系统的民族,习惯藉由口耳相传的方式传递累积的记忆性知识,如历史、传说、伦理、禁忌、特殊经验、认知等。同时以讲解、实作与模仿的形式去传承技艺与实体经验。部落社会的规模比较小,口语的系统也足以表情达意,再佐以雕刻、编织、形语(姿态语言)、歌唱、舞蹈、手语之类……个人或集体的意思大致可以传达无碍。基于这样的传统,过去部落的知识分子,指的就是拥有丰富的历史、神灵、祭仪、占卜、医术、药物、狩猎、渔捞、战争、土地、植物、动物、生物、气候等经验和知识的人。这些人不仅要有口说的能力,亲身操作、深度体验或感应的能耐也都是重要而必备的条件。"①原住民族"文学"原生态形式的关照,必将带来对于"什么是文学"的重新发问。其间的文化多样性思考和学术伦理转向,同样值得整个人文学界的期待。

以台湾文学中的原住民文学为例,还可以清楚地关照文化内部多样性指标的认识意义,改变西学东渐以来流行的笼统挪用西方文学观念和分类来处理各本土文学的弊端。人类学家刘斌雄在给日本学者森丑之助的台湾原住民考察笔记《生蕃行脚》等书撰写的总序中指出:"在这么一个小岛上,若连平埔族也算在内,加上近400年前来台的汉族,及已遁迹的荷兰、西班牙和日本诸族群,已经有超过20个持有不同文化的族群居住或居住过。台湾不是一个平坦的岛屿,拜高山林立,地理复杂之赐,因此能保存许多异质性极高的文化或族群。再从世界地理的角度来看,台湾正处于东西方交会的十字路口上,文化的发展与变迁过程也格外具有特色,引人注目——总之,真是社会科学的一个宝岛!"②准此,20个以上不同族群文化的丰富活态文学,当然也可称为文学人类学调查与研究的宝岛。由原住民族之邹族学者撰写的《台湾原住民族文学史纲》的问世,只是将这个宝库打开了一个窗口而已。

总结本文的讨论,需要最后提示的疑问是:怎样看待人类学知识的普及所带来的文学观念大转型现象,以及人类学本身的思想史转型意义呢?借鉴后殖民理论家的提示:19世纪的世界史,是延续启蒙理念的现代性进程,所讲述的是"中心如何改变边缘的故事"。20世纪的世界史,是质疑启蒙理念的后现代性展开进程:所讲述的是"边缘如何改变中心的故事"。从以上历史的和逻辑的统一框架中,可以还原和理解诸多的"后学"(Post-)立场的文化再认同意义。如从"比较"(文学或者文化的溯源)到"为什么比较"和

---

① 巴苏亚·博伊哲努(浦忠成):《台湾原住民族文学史纲》,里仁书局,2009年,下册,第585页。
② 〔日〕森丑之助:《生蕃行脚》,杨南郡译,远流出版公司,2000年,总序第8页。

"谁比较谁"的主体问题转化,表明的是学术方法与批判的政治之关系。由此出发还有助于理解,为什么比较文学越来越和文学理论乃至文化理论纠结缠绕到了一起。为什么近数十年以来的文学理论思考的核心问题变成了文化认同问题。看乔纳森·卡勒的《文学理论》末章的标题,对此当不会陌生。

(原载《当代外语研究》2010年第3期)

再论新神话主义
——兼评中国重述神话的学术缺失倾向

一、引　　言

　　神话学是20世纪中国现代学术中耀眼的一个新领域,像鲁迅、茅盾、闻一多等新文化运动主将都曾经醉心和研究神话学。新时期以来,神话学在大陆获得复兴,并一度引导人文社会科学的变革和知识创新,影响日广。21世纪以来,"新神话主义"创作在世界文坛和影视界形成席卷之势,神话成为全球范围方兴未艾的文化产业的重要动力和资源—资本,并且诱发了2005年全球数十个国家共同参与的"重述神话"运动,已经在媒体上引起广泛的兴趣和普遍关注。在这样的背景下,《中国比较文学》以高度的学术敏感,在2007年设置出这个专题栏目,通过综述、书评和翻译文章等,围绕着新神话主义创作与批评给比较文学带来的问题,特别是中国当下的重述神话现象中存在的问题,展开了一次初具规模的探讨。本文在此基础上做一个整合性的总体论述,着重探讨新神话主义潮流给比较神话学这门学科(其历史与比较文学是同样的)带来的新拓展机遇,力求说明:对于当代再造神话而言,学术底蕴为什么比想象力更加重要。跨文化比较的大视野和多民族神话遗产的知识,理应成为今天的作家、批评家、比较文学研究者,尤其是重述神话作者们的必备素质。

　　回顾20世纪以来的文学流变,神话复兴可以说是最突出的、最持久的一种风潮,它至今仍然呈现为方兴未艾之势。我们用新神话主义[①]这个术语来概括此种源于20世纪的文学潮流,旨在同文艺复兴和浪漫主义时代以来的各种神话再造现象相区别。至于中国第五代导演张艺谋如何向尼采讲述的

[①] 叶舒宪:《人类学想象与新神话主义》,《文学理论前沿》第2辑,北京大学出版社,2005年;《凯尔特文化复兴与〈哈利·波特〉》,《瞭望》2005年第1期。

希腊酒神狄奥尼索斯神话学习,借鉴西方的酒神精神再造莫言小说《红高粱》①;美国新神话巨片导演卢卡思如何向比较神话学大师坎贝尔请教,利用英雄神话原型再创造出《星球大战》,并且在世界各国培育出数十万计的"星战迷"及相关产业链,已经是对神话复兴潮流的学术背景的最好说明案例。据新神话主义的最新代表丹·布朗的说法,今天人们只知道唯一的男神(上帝),而在悠远的往昔,女神男神至少是曾经平起平坐的。怎样透过一神教的宗教偏见之千年遮蔽,重新发掘失落的多元的诸神世界,特别是源远流长的前父权制的女神世界,是充分体现后殖民时代价值观的一种文化认同。从这种文化认同的世纪性转变看,丹·布朗的《达·芬奇密码》究竟是"重述"还是"重建"一种以女神崇拜为本源特色的基督教神话,已经无关紧要的了。重要的是伴随着后现代文化寻根思潮而产生的传统神话观念的重大变革。神话不再是虚无缥缈的非理性产物,而是前现代的人类智慧的渊薮。对于新兴的符号经济而言,神话又是最具有市场号召力巨大文化资本。从《指环王》,到《百年孤独》、《哈利·波特》、《蜘蛛侠》、《特洛伊》、《达·芬奇密码》等一系列新神话主义文学和影视作品受到普遍欢迎的程度,足以给后来的创作者标示出再造神话的可行路径。

二、再造神话:20世纪的伟大遗产

20世纪结束之际,英语文学界组织了一场评选活动,希望在公众心目中找出20世纪最伟大的一部小说。结果有两个:学院式的评选方式选中的是詹姆斯·乔伊思的《尤利西斯》;网上的海选则评出托尔金的《指环王》。如果要找出这两大文学新经典的共同特色,那就是对古老神话传统的再发掘与再创造②。这个事实,对新世纪的文学发展和演变会有怎样的启示呢?对于擅长挖掘文学作品源流影响的比较文学研究又意味着什么呢?

21世纪伊始,在文学阅读和影视界引起双重波澜的第一热门作品,无疑要数丹·布朗的小说《达·芬奇密码》。从作者的学识积累以及创造意识看,《达·芬奇密码》成功的秘诀仍然是来自《指环王》与《尤利西斯》的同一

---

① 叶舒宪:《谁来导演了张艺谋?》,《两种旅行的足迹》(文化人类学笔记丛书),上海文艺出版社,2000年,第113—117页。

② 参看 David Colbert, *The Magical World of the Lord of the Rings*, Wales Press, 2004.

个启迪:如何别出心裁地再造神话传统。仔细辨析不难看出,托尔金和丹·布朗都不是那种主要凭借天马行空的想象而写作的人。他们的别出心裁不是异想天开,而是在非常扎实的学术研究的基础上,捕捉文学创新契机的范例。他们的创作经验非常值得中国文学界(包括作家、艺术家、大学教授和专家)学习借鉴,尤其是那些缺乏文学史知识的学术积累,任意驰骋个人奇想的"重述神话"作者群体。

如何有效地从文学传统要素中提炼新的想象和灵感,是 20 世纪最优秀的诗人兼批评家 T·S·艾略特和原型理论家弗莱共同关心的问题。艾略特的《传统与个人才能》、弗莱的《批评的剖析》分别对此给出了各自的答案。弗莱的"诗歌产生诗歌"、"小说产生小说"一类命题,已经将代表文学传统的原型示范意义提高到无以复加的地步。文学传统起源于神话,文学的样式和终极魅力也离不开神话。对神话遗产的深入开掘是整个 20 世纪文学经验的一个最大亮点之一。T·S·艾略特给 20 世纪留下的最具有经典性的长诗《荒原》,是其文学传统观在创作方面的极好示范,也是新神话主义写作在诗歌方面的开风气之作。《荒原》一开篇就用注解说明自己所受到人类学家弗雷泽《金枝》的重大影响。而《金枝》被奉为世界神话与仪式的大全。《尤利西斯》的作者乔伊思同样受惠于此书。《尤利西斯》中文版译者萧乾先生是反对给小说加注释的[①]。可是他和夫人文洁若合译的《尤利西斯》却注解连篇,仅第 9 章就加了 555 个注解,其篇幅和正文几乎一样长了。为什么要这样不惜画蛇添足之嫌,给小说加上这么多注解呢?翻翻原型批评家维克里的《〈金枝〉的文学影响》一书第 10 章至第 14 章论述乔伊思的部分[②],也许就会明白大半。甚至会修正补充弗莱的"文学产生文学"公式,提出"知识产生文学"的新命题。

如果从再造神话的方式着眼,可以将新神话主义创作大致划分为两种类型。其一是针对民族神话传统的某一特定题材的现代再创作,如《尤利西斯》、《特洛伊》、《珀涅罗珀》(玛格丽特·阿特武德),都是以荷马史诗为题材原型的一种现代改写式的再造。今日加入"重述神话"运动的作家,大都采取这种改写的方式,但是所取得的效果却有很大差别。其间的奥秘,艾里

---

① 参看萧乾:《尤利西斯》译本序,译林出版社,1999 年,第 18 页。
② John. B. Vickery, *The Literary Impact of the Golden Bough*, Princeton: Princeton University Press, 1973, pp. 326–424.

克·古尔德《现代文学中的神话意向》第一章"神话中的精髓：原型之阐发"[1]，已经给出颇具洞见的观点。其二是综合提炼多种文化的神话资源，经过研究、筛选、融合、嫁接的化合作用，再造出一种不同于传统的新神话传统。《指环王》《百年孤独》《哈利·波特》《达·芬奇密码》等，都是第二类融汇创新型再造的典范。用丹·布朗自己的比喻来说：像《达·芬奇密码》这样充满神话原型和历史意蕴的小说，其创作过程就如同熬槭糖：

  首先你要抽打树干，获得汁液。然后高温加热，褪去汁液的颜色，再将水蒸干，让糖汁保持沸腾，直到你提炼出一块高度浓缩的槭糖。[2]

作者在学习历史、宗教、神话、仪式、象征学方面的知识所花费的时间，在卢浮宫等地所做的实地考察调研工夫，一点也不亚于大学里做一篇学位论文。按照他的说法，《达·芬奇密码》书稿的每一页背后至少有被删掉的十页资料。难怪这本书问世至今不过几年，已经有学院内外的专家、行家写出了几十种为它"解码"或者评论的著作。这些充满学究气的解码之作实际上等于将作者所删去的背景资料部分，重新编排出来而已。

三、《指环王》的学术含量与新神话主义

相比之下，第二类的融会创新型神话再造方式，要比第一类现代改写型更加复杂微妙，也更能够突出体现作者的文学创新性。非常可惜的是，这一类作品除了获得诺贝尔文学奖的《百年孤独》之外，基本上不被我们的学院派人士所关注。像《指环王》这样为新神话主义创作潮流开风气的楷模之作，却根本没有哪几个大学的课堂上会有人提到。相应的，创作界向加西亚·马尔克斯学习，早在20世纪就形成了风气。可是至今没有听说谁要向托尔金学习再造神话的技巧。在一般人心目中，托尔金和罗琳，也就是能够吸引小孩子的儿童文学作家。这实在是很大的误会。他们二人的比较语言学和比较文学知识，特别是在神话学、民俗学方面的学术积累，其渊博和精深，要远远超过我们大学里的文学教授们！

---

[1] Eric Gould, *Mythical Intentions in Modern Literature*, Princeton: Princeton University Press, 1981, pp.15-86.

[2] 〔美〕莉萨·罗格克：《丹·布朗传》，朱振武译，上海译文出版社，2006年，第123页。

只要稍微了解一下托尔金的身份——牛津大学的古英语教授,就很容易体会到其作品中的文化学术含量为什么非比寻常。若是有兴趣翻看一下21世纪以来在美国出版的学术专刊《托尔金研究》①,就可以对20世纪新神话经典产生背后的深厚知识功底,肃然起敬。泰勒所著《托尔金指南》一书②,洋洋500多页,1 000多个词条,可知托尔金作品所蕴涵的典故知识,足以让专业研究者望而却步,更不用说一般的读者了。从非常专业的比较文学影响研究角度,有马纣瑞·伯恩斯的新著《惊险之国:托尔金"中洲"里的凯尔特文化和北欧文化因素》③,让人们看到这位牛津的盎格鲁·撒克逊语言教授能够调动多少专业知识储备,来建造虚拟的"中洲"世界。据简·羌斯编辑的《托尔金发明的神话》一书,总共解析了《指环王》神话的三大不同来源:古希腊罗马文化与中世纪拉丁文学;古代斯堪的那维亚文化;古英语文化和芬兰文化④。

笔者认为,从托尔金的创作动机看,其作品具有双重的文化再认同倾向:一是重建英伦民族本土神话传统;二是重寻一种前现代的、前工业化的社会传统。

《指环王》是要为英格兰重新找回失落已久的神话传统,要在西方人所熟知的两大传统——希腊罗马神话和古希伯来神话之外,重构出属于英伦民族自己的、同样重要、同样辉煌的神话体系。托尔金所悉心虚构出来的"中土世界",是一个在寓言意义上的反现代性的世界。而"指环"即魔戒本身,则是300年来在地球上呈现摧枯拉朽之势的工业文明的隐喻。只有最终远离魔戒的巨大功利性诱惑,人类的和谐社会才有可能得到恢复。这是托尔金的复古主义不同于浪漫主义向往回到中世纪之处。因为20世纪的复古,必然出于对现代资本主义生活方式与价值观的强烈不满。如何利用文学想象的力量,引导人们走出工业文明的灾难后果,是《指环王》三部曲故事发人深省的潜在意蕴。只有彻底拒绝魔戒的巨大诱惑,人类的和谐生存才得以恢复,这里的思想教训

---

① Douglas Anderson etc. ed., *Tolkien Studies*, vol. 1, West Virginia University Press, 2004. Douglas Anderson etc. ed., *Tolkien Studies*, vol. 2, West Virginia University Press, 2005.

② J. E. A. Tyler, *The Tolkien Companion*, London: Pan Books, 1977.

③ Marjorie Burns, *Perilous Realms: Celtic and Norse in Tolkien's Middle-earth*, University of Toronto Press, 2005.

④ Jane Chance ed., *Tolkien and the Invention of Myth: A Reader*, The University Press of Kentucky, 2004, p.6.

是相当深刻的,但这并不是儿童和一般的大众读者所能够领悟的。就连主人公弗罗多都难免受到诱惑,产生了对魔戒的独自占有欲。只有在格伦姆的帮助下,才最终销毁魔戒,使弗罗多得救。托尔金真正把从北欧神话借来的魔戒母题重新打造成为批判现实社会弊端的哲理符号了。

资本主义工业社会最大限度地激发和助长了人的物质欲望。而在300年来的资本主义发展中变成全社会主流意识的物质主义和功利主义,其根本危害在于遮蔽和替代人对神圣性的精神向往与追求。托尔金对此深有体会,用魔戒这个人工锻造的意象,象征人的物欲痴迷。由此引发出无尽的人际争斗、血腥暴力;又用树精这样自然意象,喻示前工业社会中与人保持和谐共存关系的生态理想。美国的学院派教授能够在《指环王》中看到所谓"绿色哲学"[①],当然不属于偶然。另一位美国学者罗斯伯瑞认为托尔金已经构成一种"文化现象",希望从中发现批判现实与启示未来的神圣力量[②]。如此看来,那种将托尔金单纯理解为儿童文学作家的观点,与一位划时代地创造了批判工业社会灾难的神话启示录的预言家之间,实在有着天壤之别。能够策动20世纪的重述神话运动的语言文学家托尔金,无疑也是那个世纪里最突出的比较文学实践者之一。

尽管托尔金本人曾经表示不希望从寓言的层面上来机械地看待《指环王》的"春秋笔法",以免不着边际的穿凿附会。但是半个多世纪的研究却见仁见智,解读效果也异彩纷呈。各种历史的和寓言式解释,"从希特勒到基督耶稣",从天主教到绿色和平,几乎是无奇不有[③]。

而直接继承托尔金的再造神话写法,也出现了包括斯蒂芬·金和J·K·罗琳在内的一批畅销书作者。《指环王》就这样成就了最具原创性的新神话品牌,也成为诠释"文学产生文学"命题的好教材。

四、比较神话学的透视力

从国际上的成功案例看,新神话主义的作者们往往既是小说家,又是不

---

① 〔英〕安德鲁·莱特:《托尔金的绿色时间:〈指环王〉里的环境主题》,见巴沙姆编:《指环王与哲学》,金吙吙译,上海三联书店,2005年,第134—146页。
② Brain Rosebury, *Tolkien: A Cultural Phenomenon*, New York: Palgrave, 2003.
③ *The Rough Guide to the Lord of the Rings*, London: Rough Guides Ltd, 2003, p.84.

挂名的比较神话学家。像艾略特、乔伊思、加西亚·马尔克斯、托尔金、罗琳、丹·布朗等，都是如此。比较神话学的丰富知识贮备让他们的文学想象如虎添翼。如歌德所说，只懂得一种语言的人，其实什么语言也不懂。我们可以发挥说：只知道一种神话的人，其实什么神话也不懂。比较神话学的视野可以将单个的神话故事还原到神话世界的整体系谱之中，从而给出具有透视效果的深层认识。这对于重述神话的作者和研究者来说，就如同获得了猫头鹰穿透黑暗的犀利目光，又如同精神分析学家掌握了解读梦幻象征的密码本。《达·芬奇密码》怎样运用令人眼花缭乱的比较神话学和符号学知识，达成小说的悬疑解谜效果，每个读者大都已有切身的体会。但是这样的知识储备需要长久的学习积累，不可能像天启那样，一蹴而就。缺乏这方面专业知识的作者，往往在驰骋想象力时捉襟见肘，力不从心，也无法给作品注入足够深厚的文化含量。

举例而言，假如我们要重述中国古代的后羿神话，可以从比较神话学的透视中得知：神话的英雄射手往往自己就是太阳神的化身。不仅希腊的太阳神阿波罗以弓箭为象征，非洲部落神话中的伟大射手也是日神化身。原因在于，神话思维把光线类比理解为太阳神射出的万道光箭。我们在日常语言中的"射线"一词就是这种神话思维时代遗留下来的语言化石。而象形的汉字"羿"的字形中就包含着自身的原型——两只并列的箭，据此不难恢复后羿作为太阳神的原初身份。结合《天问》中"帝降夷羿，革孽夏民"的记载，还可追溯到羿的太阳神血统来自东夷人的至上神帝俊[①]。借助于比较视野获得的这种透视力，再造后羿神话就有了悬疑解谜的布局基础，可以写出立体的象征对应效果。如果能够直接参照剑桥大学毕业的人类学家、比较神话学家贾科塔·霍克斯的名作《人与太阳》[②]提供的透视力及丰富素材，或者参照日本比较神话学家山田仁史的论文《太阳的射手》(1996)、俄罗斯汉学家李福清的《从黑龙江到台湾：射太阳神话比较研究》[③]、中国学者萧兵的大作《中国文化的精英——太阳英雄神话比较研究》，可以看到在世界四大洲的数十个民族中广泛流传同类的射日神话。以此为鉴，当代作家重述后

---

① 叶舒宪：《英雄与太阳》，上海社会科学院出版社，1991年；陕西人民出版社，2005年新版。
② Jacquetta Hawkes, *Man and the Sun*, New York: Bandom House, 1962.
③ 李福清：《神话与鬼话——台湾原住民神话故事比较研究》，"文学人类学论丛"，社会科学文献出版社，2001年，第119—156页。

羿神话的知识准备可以说相当优越。

然而,叶兆言的重述神话作品《后羿》,不能从比较神话学方面获得穿透性的认识,只好沿用当代作家面对历史题材所惯用的"戏说"路子,把后羿再造为远古西戎国一个阉割未净,仍然保留性能力的阉人,把后羿与嫦娥的关系再造为母子乱伦的关系,使得整个"重述"走到"性而上"的方向。下面就是书中描绘的滑稽场景:

> 羿孩子气地告诉嫦娥,他要娶她,因为儿子是不能娶母亲的,所以嫦娥就不应该是他的母亲。
>
> 嫦娥觉得他的想法很有趣,说:"你竟然想要娶我?"
>
> 羿一本正经地说:"我已经娶了你了。"
>
> 嫦娥笑了起来,她知道羿是个阉人,在那方面也许永远也不会开窍:
>
> "是吗?你都已经娶了我了,我怎么不知道?"①

毋庸讳言,中国当代重述神话的这种非学术的戏说倾向是与国际的新神话主义潮流相背离的。若是一味地迎合大众读者的趣味,片面追求市场销量,那么我们的重述神话就会剑走偏锋,助长"无知者无畏"的时髦价值观。而作品的文化含量也无法同乔伊思、托尔金、丹·布朗等学者型作家的作品相提并论。

再比如,我们要重述华夏共祖黄帝有熊氏的神话,或者是鲧、禹化熊的神话,那就首先要理解熊这种猛兽在比较神话学视野中的象征意蕴。由此不难发现,古老的熊图腾崇拜及仪式行为,对世界文学的贡献具有根本的性质。俄罗斯著名的神话学家梅列金斯基《英雄史诗的起源》,就介绍过如下一种惊人观点:古希腊的荷马史诗起源于熊图腾祭祀仪式。"如果说史·奥特朗在自己的理论著作中从整体上论证了希腊史诗源于宗教仪式,那么其他几位新神话派信徒则指出史诗中的一些人物及情节直接取自于宗教仪式。例如,米罗在分析希腊英雄的偶像之后得出结论,称阿喀琉斯和奥德赛就是那些死而复生的神灵,或者是希腊水手中的圣者,而与这些人物有关的故事情节恰恰是人们在春天举行的庆祝通航仪式的写照。斯盖尔别特勒则

---

① 叶兆言:《后羿》,重庆出版社,2007年,第82页。

认为《奥德赛》的基本故事情节源于祭祀睡熊的仪式。此类例子可谓不胜枚举。"

荷马的《奥德赛》究竟是怎样和熊图腾仪式发生关联的,熊图腾信仰为什么把熊视为生命再生的象征？梅列金斯基没有展开详述,我们在美国批评家赖斯·卡彭特(Rhys Carpenter)的《荷马史诗中的民间故事、小说和传奇》(加州大学出版社,1946年)一书中,可以找到满意答案。卡彭特连同他的大作至今还不为我国学界所知。西方文学的开端之作荷马史诗如何受到熊图腾神话的影响,当然也不为我国的外国文学研究者和大学教授们关注。这应该说是文学研究界运用图腾批评的一个典范。

卡彭特的基本依据就是：奥德修斯的祖父阿尔克西奥斯(Arkeisios)是母熊生下的儿子。和我国鄂伦春族的熊母生人神话、朝鲜熊图腾神话讲述的檀君诞生一样,阿尔克西奥斯有着神熊遗传的血统。围绕着男主人公的叙事通常讲到他的离家出走和消失,经过一段时间后又回到家园。《奥德赛》就反映了这个叙述模式。其原型就在于熊的冬眠(消失)与复出。阿尔克西奥斯的父亲刻法罗斯离家出走8年,乔装外乡人归来考验妻子是否忠贞的神话情节,和奥德修斯离家20年,乔装乞丐归来考验妻子佩奈罗佩(又译"珀涅罗珀")的情节如出一辙。包括英国史诗《贝奥武甫》在内的一大批作品,也是遵循同样的原型模式。据德国学者潘泽尔(F. Panzer)考证,《贝奥武甫》的情节来源于一个流传极广的民间故事,题目可叫做"熊之子"。在欧亚大陆各民族间流传的"熊之子"故事覆盖了20多种语言,大约滋生出两三百个变体故事①。我们在《太平广记》的第442卷"畜兽"部分、第388卷"悟前生"部分看到的几部小说《子路》、《熊胆》、《升平入山人》、《黄秀》,讲述主人公离家消失、入山化熊一类故事,看来也是同一熊图腾原型的置换产物吧。这也反过来印证了鲧、禹化熊的神话是原型传统的产物,化熊本身则是复生或者生命改换形态的象征。

对于熊神话,我们有了这样的象征解码知识和通观效果,当然会有助于理解黄帝与熊的潜在关系,从而给重述黄帝神话的任务带来蕴涵深刻的知识储备空间。如果再能进一步结合考古发现的新石器时代玉雕"熊龙"形

---

① Rhys Carpenter, *Folktale*, *Fiction*, *and Saga in the Homeric Epics*, Berkley and Los Angeles: University of California Press, 1946, pp. 138 – 139.

象,以及5 000年前的辽宁牛河梁女神庙中供奉的熊头骨,是否足以在汉民族"龙的传人"熟知神话背后复原出失落的神话——"熊的传人"呢?

综上所述,现代的比较文学和比较神话学所取得的丰硕成就,为今人重新理解和创作神话,提供了前所未有的整体透视眼光和象征知识的储备。而人类学与考古学的新进展,口传与非物质遗产保护运动重新发现的民间活态神话、仪式、节庆等,也是当代作者、研究者超越古人的得天独厚的知识资本。如何不拘一格地重新学习,广泛涉猎,提升个人创作的学术含量,是我们有理由期待中国的乔伊思或托尔金能够出现的根本前提。

(原载《中国比较文学》2007年第4期)

《阿凡达》与文化寻根思潮[①]

谢谢宁波市图书馆"天一讲堂"给我这样一个交流的机会。今天和大家交流的题目是《阿凡达》与文化寻根思潮。就像这个题目所标明的,主要是对 2010 年年初在国内公映的一部影片《阿凡达》,做一个大背景的梳理和分析。这部影片在世界上迄今也是最流行的,当然它还要被作为一个文化产品来看待。

单从票房而论,这部影片应该说是全世界自有电影业以来,最具有影响力的一部作品。虽然《阿凡达》被搬上银幕才不过半年多时间,但是它把众多纪录都打破了。我既非专门从事电影研究,也不是拍摄方面专家。那我将会从哪个角度讲这部影片呢?我要讲的是与《阿凡达》原创者背后相关的文化思潮运动,及其对我国的文化产业、符号经济之路的启示。

其实在《阿凡达》之前,早已经有了文化寻根的系列作品出现,只是可能大部分的观众、读者没有把它们联系起来看。今天我就把它们联系起来重新解读。首先提及的,同样是在全球引起巨大轰动的电影——《指环王》。它一共有三部曲,当时拍摄外景地在新西兰南岛。那里给全球观众提供了神话中的"中土世界"的现实风貌。为什么讲《阿凡达》先要联系到《指环王》呢?因为《指环王》的原著小说有着极其重要的文学地位,它是 20 世纪中后期以来,西方文化寻根思潮的里程碑之作。《指环王》原著作者托尔金是牛津大学中古英语教授,他写了很多小说,主要是以神话、寓言的形式来表达他的文化寻根思想。当然如果没有电影《指环王》,教书匠托尔金也许并不会引起大家的关注。

在大家熟悉的文学传统中,经常出现一类"宝物"类叙事,即人类所有的个体都希望、祈求能够得到的宝物或圣物,它与神圣和信仰相关联,具有神奇力量。在小说《指环王》中的"宝物"就是一枚金戒指。不过,它被赋予负

[①] 本文根据作者于 2010 年 6 月 26 日,在宁波市图书馆"天一讲堂"的演讲,整理修改而成。

面的、邪恶力量,所以又叫"魔戒"。与那些常见的"宝物"主题一样,谁拥有了它,谁就拥有了无与伦比的力量,同时伴随着私心、占有欲。于是"魔戒"本身及其对它的争夺,带给人间流血、屠杀、种族灭绝等灾难。只有把这个"魔戒"从人类社会中销毁掉,人与人之间的和谐才能够重新实现。简言之,《指环王》套用了一个很常见的文学主题。那么,它的思想魅力在哪里呢?——这就源于它的寓言式叙事和比喻魅力。"魔戒"到底比喻什么呢?做比较文学的学者通过《魔戒》原作者托尔金一系列的论文、讲课记录和表达的观点,找到了他所要寓言的东西。实际上"魔戒"就象征着唯利是图的资本主义社会。也就是说,在现代资本主义社会的现实土壤中,存在着对资本主义社会有强烈不满,对其进行否定、批判的人,他们要重新寻找方向,用创作隐喻现实。

遗憾的是,这类创作的思想张力,在中国却往往被归入儿童文学的范畴,好像跟成人没关系一样。如此一来,小说出版时成人也不屑或看不懂,因为所谓"成人"的思想貌似深沉,不屑于反思儿童读物的虚构世界。然而,令人诧异的是,看看今天的欧美学术界,在西方社会研究《指环王》、研究托尔金已成为一门专门的学问。在美国的大学还出了一本杂志,名字就叫《托尔金研究》(Tolkien Studies),专门研究他的思想和创作。这种现象似乎让我们这些"成人"们不解,毕竟,《魔戒》在中国主要是少儿们爱看,成人一般看个热闹——那还是托了电影上映的福。

殊不知,从《指环王》开始,国人要理解这些"诧异"和"不解",就必须要探讨其背后深层的文化因素,要介绍西方社会中 20 世纪以来的文化寻根思潮。否则,对于从《指环王》到《阿凡达》这类作品,我们就无法真正理解其思想魅力;对原创者的知识、时代背景,还有他所受的影响一无所知,甚至要在本土打造有类似影响力的文化产品,几乎是不可能的。

以下,我将分几个方面来介绍相关背景与基本知识。

一、现代性危机与"文化资本"时代

《阿凡达》可以说是自有人类以来最成功的一部文化产品。称其为"产品",因为它是今天的电影工业者按照市场营销原则打造出来的"商品"。这种市场行为绝不是某一个艺术家(像蒲松龄写《聊斋》一样)写一本书,有人看就看，没人看就算了。与之相反，作为一部商业电影，《阿凡达》是有预算、有投资，并且用了14年的时间创造出来的。无疑，它是我们今天学习文化产业、推进文化转型最好的典范和标杆。《阿凡达》也成为影视行业获得市场回报的最佳力作。无论从投入与产出的比例来看，还是从社会影响来看，从任何方面看都可谓是一部资本大获成功的文化产品。针对此，我在这里要强调的是，正是因为这是个文化资本的时代，所以，最重要的不在资本，而在文化，以及什么样的"文化"才能带来"资本"。

什么是文化资本的新时代？资本主义到今天已经走过了300年左右的历史，它的实质，非常简单地概括，就是把前资本主义时代所没有释放的所谓生产力给释放出来。这靠什么？靠的就是大量地攫取自然资源。在资本主义出现之前，人们也烧煤，但是规模非常小；石油、钢铁也一样。总之，大自然提供的一切资源，都处在所谓的原生态状态下，人类没有不可再生式的掠夺。可是，300年来的资本主义通过人为无节制消耗自然资源所推动的工业革命、工业主义，形成了我们今天所谓的现代社会。

资本主义的原理，最基本的一条准则就是要扩大生产力，获得剩余价值。为了实现这样的目的，第一个条件就是要无限制地攫取自然资源。资本家们为什么要"无限制"获取？因为人口是不断增加的、产业是不断升级的：刚开始是手工作坊，而后变成集约化，最后变成跨国公司，这样逐渐扩大、组织起来的胃口和贪欲是永远无法满足的，于是形成各方面的危机。换言之，这一切都是因为自然资源的有限性而造成的。其实，《阿凡达》的导演卡梅隆所塑造的地球人形象，就是对资本主义现存的生产、生活方式所做出的一种宣判。大家不妨想想，卡梅隆对当下的社会生产方式究竟是肯定的还是否定的？毫无疑问，卡梅隆对地球人、对现实资本主义生产、生活方式做了一个彻底的否定性宣判，毫不留余地的、彻彻底底的否定。

所以，在关注《阿凡达》票房的同时，更要透视其背后的文化因素。对文化资本有兴趣的人士，更不可看不到"文化"，只追求"资本"，那就是缘木求鱼、舍本逐末，完全丢掉了文化的反思与批判的力量。地球的资源是有限的，任何一种矿物质，包括石油和煤，总量就那么多，而人口则在增加、在膨胀。如何批判人类社会的无限欲望，人类对物质的贪婪追求？这就是从《指环王》到《阿凡达》的作者们都在思考的核心问题。例如《指环王》把贪欲对象化为一个魔戒，人人都对其痴迷，忘记了人之所以为人的道理。我们不可以再在过去两三百年竭泽而渔式的生产基础上，来发展人类的未来，用今天的话说，这是不可持续的。所以必须寻找替代性的资源。什么东西最好？有人说太阳能，有人说核能，但是这些"替代"都有负面作用，任何一次技术的进步都要增加一层风险。它们还称不上是"最好"的替代性资源。如果对这一点理解不透，不妨关注一条最近的新闻：墨西哥湾的石油泄漏事件。本来开采石油是为人们服务的，但是现在搞得得不偿失。虽然英国石油公司总裁拍出200亿美元放在那儿，好像能补偿污染一样，这能补偿得了吗？这是钱的问题吗？这是生意人、资本家思考问题的方式，只有金钱、只是经济。正是要纠偏这些现象，卡梅隆的眼光才远远超出了这类地球上的"经济"人，他要叩问：地球人为什么会陷入如此的危机和窘境？如何解决与超越？他对之思考并进行了强烈批判，并在电影中创造了一个地球上没有的外星空间——"潘多拉"。

在批判之后，何去何从？这就是要从主要依靠消耗自然资源的原始资本时代，进入今天的文化资本新时代。这种转型的最主要意义，就是要用文化资本替代自然资源的开掘和消耗。也就是说，以后用什么东西来拉动经济增长？这就是对文化资源的再发现。在经历了300多年的资本主义发展后，西方已经充分认识到这个转型的必要性。所以我们看到，在第一、第二世界国家，当我们刚刚改革开放的时候他们就转型了，比如以好莱坞、迪斯尼为代表，不再注重使用廉价劳动力、粗放型、大量耗费自然资源、高污染的产业。这些他们不要了，先转给"四小龙"——韩国、台湾、香港、新加坡，先向他们转；然后我们改革开放了，身边的榜样就是四小龙，于是我们一会儿建汽车厂，一会儿搞电器。汽车产量我们赶上来了，世界最大的电视机、电冰箱产地现在就是中国。我们宣传推广"中国制造"实际上是把第一世界转给"四小龙"的，我们再接过来。可是人家却早已经转向低能耗、不用廉价劳动力、集约型、只用创意、点子就能赚钱的产业，这就是成功的文化资本和符号经济创造。针对中国国情，也许有人会认为，我们目前的"消耗性"发展是不得已而为之，这些是求"发展"的必经之路。但是，我们也应该强调后发优势，那就是充分汲取教训，少走或不走弯路，否则就会在不知不觉中充当麻木的看客。比如举个例子：

1997年的中国，有一件大事，被英国殖民者霸占了近一个世纪的香港回归了。就在这个时候，发达国家的文化资本就开始打主意了——这就是众所周知的迪斯尼乐园。迪斯尼在香港建游乐园的时候,我看没有人反对。但是不要忘了,香港迪斯尼的修建初衷绝对不是只瞄准香港的几百万人口,而是这个"东方之珠"背后更为广阔的大陆市场。他们知道中国有4亿儿童,在已经"回归"了的香港先建一个滩头阵地。事实也证明,香港的迪斯尼乐园成为大陆游客的必经之地,甚至是主要游玩场所。这些实际上既是西方文化产业的战略布局,又带有后殖民时代的文化扩张。"迪斯尼"式的文化战略,已经不再是八国联军时代的军事武装入侵了,而是用软性的、带有诱惑力的文化产品。显然,迪斯尼的试探和成功在中国没有遇到不同意的声音,大家都当做好事,因为地方经济马上拉动了,相关的产业链、商业贸易都带动了,何乐而不为呢?但是这样想的全是"经济"人的账,没有人从文化传播、文化利益、从民族的文化产业的保护角度来看这个问题,所以现在上海的迪斯尼也是一片叫好之声,我看这个是需要大家好好反思的。当然,我不是要让大家成为狭隘的民族主义者,而是恰恰要超越保守和怡然自得心理,要用"文化资本"的眼光来审视这些热门的文化现象,更从中反思中国本土"文化"如何才能真正成为资本和产业?

在"审视"和"反思"中,最需要警醒的问题是:我们引入了西方各行业的资本巨鳄之后,再来扶植本土的文化产业谈何容易?很多本土品牌的衰落就是血的教训!大家常讲我国周边的军事战略形势十分严峻,但是经济背后的文化安全却被极大地忽略了,这太值得深思。虽然全球化使我们必须要引进那些外来文化产业,但警惕性决不能放松,而且是各行各业的,中国制造不能只是利润率微薄的"硬件",还要有"软件"——文化产品。文化推广不能只是靠圣哲先贤们的精神思想,还要有拿得出去的文化精品。这些就是文化资本时代的竞争力所在。换言之,全球化中的文化资本时代所要竞争的核心,就是各自的"文化"。

其实,我们国家的高层最近几年开始意识到这个问题,主流媒体一再强调文化软实力,文化立国、文化兴省,浙江省也比较早就提出了"文化兴省"的口号,但是具体应该怎么做?这个工程实践起来非常困难。因为,这场向"文化资本"的转型之战,实际上就是为过去那两三百年耗费了过多的自然资源,做一个补偿或者赎罪。换用时髦的说法,要转化成"低碳生活",或叫节能减排的生活,总而言之,"转型"的目的就是尽量减少对自然资源的破坏性使用。毕竟,自然资源的总量就那么多,要想人类持续发展,就必须要保住它。最近一两年才听说有资源税,因为地球上的任何资源都不是属于任何一个小利益集团的,而应该是属于人类的。石油和煤都是上亿年才能形成,人类有汽车以来才一百年,地下储藏的油已经烧了一半多了,这是非常可怕的一件事情。

我们思考的这些"转型"问题,谁想到了对策?《指环王》的作者托尔金和《阿凡达》的作者卡梅隆,都想到了。所以前者虚构出"中土世界"与"魔戒"来批判人类的贪欲;后者想出一个完全不消耗自然资源的一种高级生命体,想象他们栖居在如诗如画的到潘多拉星球。作者的思考是非常深切的,虽然他们不是在写学术论文,也没有用理论的语言讲,但是他们塑造的形象,及其传播力量是非常巨大的。

由此可见,从实体经济向文化产业的转型,也可以概括成从物质经济向非物质经济,或者叫符号经济,或者叫虚拟经济的转型,这是 300 年来第一次,不是哪个人、哪个国家、哪个公司,而是全球性的。意识到早一些的可以引领潮流,意识到晚一些就完全被牵着走。借用现在的主流话语,以文化资本的开发、利用为经济引擎的时代,这就是"科学发展观"。在"科学发展观"的教育之前,大家只知道发展是好的,根本不讲节能减排的问题,不知道什么是粗放型的经济,实际上这不单单是中国自身的问题,这更是资本主义的市场逻辑问题。刚才已经说过,其实,现代社会中的资本主义逻辑是先把发展的破坏性,从第一世界交给亚洲"四小龙",然后又转移到我们这里。试想,倘若我们幡然醒悟后,要把这一棒再交下去,还有人接手么?中国现在仿佛一个世界级工厂,"中国制造"不断在各个领域成为世界第一的同时,也带来了无数的问题。如产能过剩,只有用关停并转的手段来消化过剩的产能,或者是将其转移别国。在这种情况下,世界上还有哪些大国有资源,而且劳动力比我们还廉价?显然没有。我们只好自己消化。这样,我们既面临拉动经济的问题,又面临消化产能过剩的问题。真是一种两难的局面。同时还要面临发达国家新一轮的文化产品输出问题。那么我们该怎么办?

首当其冲的一步,就是要先认真观察西方社会在这方面的实践与利弊。西方的文化产业者们付诸"文化寻根"行动来弥补现代性危机,他们在反思自身文明的同时也带有着人类的视野,这就给我们提供了有价值的借鉴。这些文化寻根的思想者们都是写文学作品、拍电影的,没有打着哲学家、政治领袖的旗号出现,他们的观念不是个人的,而是一个普泛的文化思潮的产物,只不过是他们利用了大众传媒的手段和传播力,产生了空前的影响。一言蔽之,他们所要纠正的、要反对的就是把地球变成一个新荒原的工业主义或者说是高耗能的、自杀式的发展方式。这样一来,便不难理解《阿凡达》的创作背景,以及对我们的启发价值。

二、文化人类学与《阿凡达》

追根溯源,《阿凡达》的编导者,詹姆斯·卡梅隆所依据的思想观念的背景就是文化人类学。一个导演凭什么把地球人整个否定掉,然后设想出一个外星的理想世界作对照？就是因为他读了大量的文化寻根的书,特别是文化人类学的书。文化人类学研究的是什么？文化人类学的起源就是随着西方殖民主义者占领了各地的殖民地,发现了许多的原始人而开始的。人类学最早是研究所谓原始人、蒙昧人,或者说是原住民的。他们大部分身上不会穿正装,或者穿得很少,赤身裸体；有的连农作物都不种,靠的就是打猎,采一些野果子为生。人类学称之为"狩猎采集社会"。人类学家最初是研究他们的,所以如果在卡梅隆创造的纳威人身上要找地球上原型的话,那就是借用的人类学家所研究的这些原始人。卡梅隆把他们不同的特征通过想象嫁接到一起：身材三米高,深肤色,长着尾巴,打猎为生,信仰自然神灵……

人类学告诉我们,人类从猿进化到人,也就是从四足动物变成两足动物,从树上下来到直立行走,到今天是300万年。如果把这300万年用生产生活方式来划界的话,可以说299万年是原生态的,只有1万年以来开始背离了原生态,这就是我们用人类学的思想来对卡梅隆的作品做这样一个诠释的基础。

那么前299万年人类是什么样的呢？就是刚才说的,不会种农作物、不会种大米、不会种谷物的这样一个生产方式,纯粹靠老天爷提供的自然物品来生存。狩猎就是捕捉动物,采集主要是野生植物。为什么说有299万年？因为今天的人类学家、考古学家发现地球上有很多进入农业社会的最早村落,用现代科学的测年方法,大约都是1万年前左右的。也就是说人类在1万年前是不生产粮食的,1万年前的时候世界上少数地方开始生产粮食,然后这种生产技术,或者说农耕文化逐渐扩散、逐渐传播,于是今天世界上大部分的地方都有粮食生产,只有深山老林,远离文明的一些偏远地方还保留着狩猎和采集的生活。像日本的北海道有阿伊努人,在中国的大兴安岭里有鄂伦春、鄂温克族,在民族学家刚去的时候,他们还不种粮食,只是打猎、采集。

如果把人类发展的前299万年看成是原生态的,而最近的1万年的农业是人工的,就会清楚一个问题——农作物、谷物是从野生的植物驯化而来的。我们可以称之为"次生态"。它的出现将改变和终结原生态。农业出现以后,作物不是大自然给的,而是改变了大自然野生植物的生长规模和周期,人工制造出了需要吃的粮食——300万和1万相比,就是1/300,哪一种社会是可持续的,哪一种社会是不可持续的,在人类学的时间标尺下一眼就看明白了。原生态才是可持续的。人们从开始种下第一粒种子,产生第一粒粮食,到今天也就是1万年的事。在浙江河姆渡出土的是7千年前的大米,但是这不是最早的,最早的在湖南、江西发现了将近1万年前的人工驯化的水稻。

近300年来的这个社会又怎么样?人们所接受的一切观念都是这300年来产生的,把它看成是天经地义的,了不得的,肯定是进步的,是向前发展的,却根本不去反思。换个角度看,这300年是造孽的历史,是人类犯下原罪的历史,我可以引出一系列知识界精英的看法,特别是20世纪以来的思想界。过去只从好的方面来看待生产发展、产量提高、进步进化,人们早就开始忽略自然世界的限度。可是卡梅隆看到了,而且是高度自觉地看到了,所以他认为地球已经没有希望了,虽然他过于悲观了一点,但是他绝非在开玩笑。在他之前,20世纪70年代已经产生了"罗马俱乐部"——那是世界各国的知识界和政府退职的要员们集体思考人类问题的集会,他们发出了一个报告,报告的题目叫《增长的极限》。人类都想增长,都想发展,以为是永恒的好事情,最后发现不行,一旦到了极限非常危险。从文化人类学眼光看,人类作为一种文化动物,只有到了20世纪才真正地达到了文化的自觉。过去习惯说"人是能够劳动的生物","人是政治动物、理性动物"等。到了20世纪产生了文化人类学,能够从300万年的进化来判断人的所以然,才告诉人们人是文化动物。也就是说地球上已知其他一切生物都是没有文化的,那么人能不能凭借自己的文化来拯救自己呢?这就是我们讲的核心。

所以,我们才把文化产业与符号经济看做带有救世的战略性质。但现在的问题是,文化产业在现今我国经济中占的比重还是微乎其微的,第一世界国家文化产业的发达程度已经远远超出我们的想象,第二世界国家也正在转型。这就是为什么韩国人要拍一部《大长今》,却完全用中国明朝的文化礼仪风貌来占领中国的电视市场的原因。这是文化战略思考,都想把自己本国的文化品牌打出来,寻找消费市场。在这种情况下,中国的电影制作人,中国的电视剧、中国的文化产业的从业者们眼光相对来说比较短浅,只有"经济"人的思考,只有投入多少钱能够产出多少,根本没有再向深层次去挖掘"文化"之所以然。为什么美国人的一部《功夫熊猫》能比中国人自己拍的还要考虑文化特色和市场号召力呢?毋庸置疑的是,真正的"功夫"和武侠文化,必须由我们国人自己去阐释和转化为"资本"。然而,太多的地方和国人还被蒙蔽在工业发展的迷雾中。

我在陕西生活了20多年,2007年又回到陕西参加一个学术会,主办方非常热情,请与会者再次参观司马迁的故乡——陕西的韩城。大家一路坐在中巴车里,看到的却都是冒着浓烟的烟囱。这种景象虽然在宁波肯定已经看不到了,可是在西部的有些地方,冒上烟已经不错了,有的地方还没有资格冒烟。冒着浓烟的司马迁的故乡说明了什么?说明那里还在走向工业主义,也就是西方人300年前做的事。在D·H·劳伦斯小说中批判的景象,在这里很多地方还刚刚开始。那里的天空虽然不是阴天,是晴天,却仍然什么都看不清,整个感觉是灰色的,因为旁边全是大大小小的炼煤厂、炼焦厂。以至于当地老百姓有一种职业,拿着簸箕笤帚坐在路边,车开过去一颠簸,碎煤渣就落下来,然后扫一扫,今天的收入就够了。那是个让人触目惊心的煤灰世界,过了黄河就是山西,整个都是产煤区。这就是正奔向工业主义的现实景观!中国大地上随处可见类似景象。比如河南郑州,走出郑州可以看到宋代的帝王陵墓,陵墓旁边保留着距今1 000年左右北宋时代的石刻,旁边种的就是麦地,完全在庄稼地的包围之中。出了庄稼地,河南的现代工厂一样是烟囱的森林,冒着烟的不冒烟的,电线杆子一排排的笔直站着,似乎在眺望更为壮观的工业时代。同时,河南又是著名的传统文化大省,其中各县市很热衷申报文化之乡等评估项目。所谓"文化搭台,经济唱戏",文化仅仅是噱头,是没有文化自觉的表现。

这些触目惊心的景观无时不在鞭笞和鞭策着我们。"文化寻根"要寻什么?在我看来,文化寻根就是寻一个已经被后人遗忘了很久的文化大传统,这个传统还是今天人们赖以生存的基础。同时,更是要寻一种生产和生存方式的变革,追问曾经的"根"为什么会变成今天这样,还有什么文化传统能被追溯和"复兴"?

三、神话复兴与文化寻根

接下来就看看西方国家是如何"文化寻根"的?《指环王》、《阿凡达》等文化产品是怎样打造出来的?它们在国际上又是怎样流行的?包括卡梅隆的灵感又是从哪来的?

卡梅隆在1977年看了一部电影,就此决意改变自己的职业生涯。他原来是干什么的呢?他是电影学院毕业,专业搞电影的吗?或者他是大资本家、独立制片人吗?都不是。卡梅隆是开大卡车的司机,而且年轻时据说学习的是物理专业,他的传奇经历,听起来本身就够拍电影的。吸引他进入电影行业的影片就是大家熟悉的《星球大战》。西方的文化产业,有一个不成文的规则是,一定要利用传统的文化资源来不断重新打造今天的文化产品。所以编剧、导演、制片人首先要下工夫做研究,把研究工作放在第一位。这跟今天读学位要写论文是一样的,没研究以前随便写出来的东西是没有生命力的。研究首先是学习已有的经典作品。好莱坞经常要翻拍,甚至把世界各地的成功剧本拿过去,重新拍过。表层原因是电影文化之间的学习与再传播,深层原因是把文化产品重新打造成文化资本,占领市场。

《星球大战》的导演叫卢卡斯,他编导的这一系列电影成为电影史上的经典,也是成功的商业电影,在世界上培养了大批的星战迷,并催生了周边的星战产品,成为一种独特的文化现象。饶有兴味的是,虽然电影《指环王》晚于《星球大战》产生,但乔治·卢卡斯当初却也受到了托尔金的影响。为什么一部电影让卡梅隆一个卡车司机能够改行?因为卢卡斯用他所学到的西方神话学的知识,再造出一个外星的新神话世界。《星球大战》一听就是外星的,但是展现外层空间的大战,故事模型用的却是西方文学中惯用的英雄历险模式,这从哪得来的?就是从美国最著名的神话学家约瑟夫·坎贝尔那里学来的。

卢卡斯在《星球大战》开拍以前就向神话学大师——坎贝尔请教。坎贝尔认为,现代社会人类陷入了精神的饥荒,拯救的希望就是为现代人重新找回他丢失的灵魂,寻找的方式是什么?那就是要重新回到神话的世界。请注意,坎贝尔讲的"神话",同汉语语境中理解的意义有很大差别。在中国大学中,只有中文系从事神话的教学与研究是合法的。这里面的学科逻辑是,文学的源头来自神话,所以文学、神话可以看成是一类,是虚构的故事而已,这样神话就归属于文学下面的民间文学了。这种归类的源头是20世纪前期的学科引进与定位问题。至20世纪初,西学东渐以来,中国神话界对神话的接受就一直有一个错位问题。其实,神话不仅仅是属于文学的,更不是所谓的民间文学专有的对象。

科学不是从来就有的,哲学也不是从来就有的。在此之前,神话是人类进入科学和哲学思维时代之前,普遍的思维和感知方式,那是当时人类用以理解和解释周围世界的产物。神话学家认为,神话的原型模式广泛存在于人类意识之中。故而,作为一种可以被普遍接受的集体无意识形式,神话题材和内容就被商业电影人充分利用。根据这点,就像卢卡斯套用英雄神话模式来表现当代社会一样,卡梅隆对此心领神会,他一定要塑造出一种完全按照神话的思维方式来生存的纳威人,在他们那里没有空洞的哲学理论、科学技术、抽象思维、三段论,有的是什么?有的是人与自然的沟通,人与神灵的沟通,那就是一个神话的世界。所以,不能仅仅认为《阿凡达》是文学的或者民间文学的产品。它通过表现人类文化的原初形态,来展望救赎现代性危机的道路所在。它更说明:神话和神话式信仰与生存,既是人类文化原初的精神生存方式,更是不应被科技所淹没、替代的永恒家园。按照坎贝尔的话来说,神话是我们赖以生存的东西。你可以否定传统,你不能把你的精神、把你的魂都丢掉,否则你就完全变成失魂落魄的行尸走肉。

这样的一种后现代思想,从美国的学院派,从神话学家那里,传播到了好莱坞的导演那里,以文化资本的方式运作出来。现在全世界都看到了,《星球大战》、《指环王》、《阿凡达》等商业大片的巨大影响,文化产业的投入和产出比,是实体经济的老眼光所无法想象的。要想获得最大多数人的认可,不是意识形态,不是武力强加,而是带有普遍性的心灵触动和深层记忆的唤起。那就要靠复苏人类童年的神话思维。当然,不同的文化,神话思维的表现形式也不尽相同。文化寻根的学术意义和符号意义即在于此。

在坎贝尔之后,有一位英国女性神话学者名叫凯伦·阿姆斯特朗,非学院派的人士、不是专业从事神话研究的人可能不熟悉,但是她的思想对人们理解从《指环王》到《阿凡达》这样的文化产品,是最有帮助的。如果说卡梅隆是用形象来表达神话精神,那么阿姆斯特朗就是用理论来表达类似思想。她写了一本书,叫《神话简史》,讲的就是人类的现代社会如何抛弃了神话的时代,把神话看成是荒诞的、不合理的,用今天的理性取代了它。因此,人类文化才发生了危机,所以现在的文化寻根就是要把丢掉的灵魂重新找回来,怎么找?停留在书本和理论上不行,实际上要为文化产业招魂。

下面这几段都是阿姆斯特朗的话:

> 一种超验性的体验从来就是人类经验的一部分。我们寻求心醉神迷的那一时刻,那时我们的内心深受触动,并且在一时间超越我们自身而飞升起来。宗教曾是获得心醉神迷狂喜状态的一个最传统的方式,但是如果人们在神庙、圣殿或教堂或修道院中不再能发现它,那么就会到别处去寻找它:在艺术、音乐、诗歌、摇滚、舞蹈、毒品、性或体育运动中去寻找。

> 如同诗歌与音乐那样,神话能够唤醒我们进入狂喜状态,即便是面对死亡,或者是在我们面临毁灭之际所感到的绝望之中。如果一个神话丧失了这样的功能,它就已经死了,变成了毫无用处的空壳。

> 因此,认为神话是一种低劣的思维方式,当人类达到理性的阶段时,便可以抛弃掉,这是完全错误的。

如果人们在神庙、教堂中不能再发现精神归宿,就会到别处去寻找它。人不是纯粹的,像蚂蚁、蚊子一样的生物,一定要有精神的需求、精神的生活和精神的归宿,而且精神的能量要影响到他生命的质量。所以阿姆斯特朗说,人类找不到这种出神的那一刻,一定要到别处去寻找他。

今天人们不了解,为什么和我们毫无关系的南非世界杯足球赛,所有人都在谈论。很显然,现代人精神没有地方寄托了,怎么办?传媒整天都在播报,即使没有中国人踢球也要热闹,这毕竟是替代性的,因为体育有激烈的对抗,一场球赛会被宣称为国与国之间的"生死战"。有什么生死战?其本质,不就是人类的孩子在一起玩游戏?当然,其中有一些经济利益是真的,比如像广告、转播费,还有赌球的。不过究其根本,那些还是"玩"。因为现实中普遍的战争没有了,人类的欲望无法释放,一定要转换渠道去寻找。今天的青年,很多人进了歌厅就不愿意出来,还有人进了网吧痴迷到网络世界中,为什么?都是源于有精神寄托在其中。有人说21世纪是精神疾病爆发的世纪,越是发达的国家精神疾病的比例就越高,为什么?这就是现代性危机中的精神空虚表现。据统计,我国抑郁症患者的比例已经达到西方发达国家的水平,精神的呵护没有跟上物质生产的发展。

可是,我们物质生产的发展本质是什么呢?中国企业的利润往往就维持在5%—10%,靠的还是粗放型、高投入、低效率的生产。我们中国人生产8亿件衬衫,换来的利润够买一架空中客车飞机。大家想想,8亿是什么数字概念?要多少纽扣多少染料,要耗多少劳动力,要污染多少土地?目前的这种生产经营方式,不改是绝对不行的。在这样的情况下,神话得以作为新的文化资本在国际上首先得到重视。最近几年国内也开始引起重视,但是很遗憾形似而神不似,电影的名字叫《神话》,电视剧也叫《神话》,网络游戏也叫《神话》,什么都叫"神话",但是有没有让你出神?让大家信服?基本是没有,因为没有思想,没有对现实的关照,无非是弄一点噱头来吸引眼球。

2005年江西省政府举办了一个中国傩文化艺术周。"傩",就是戴着鬼面跳舞驱邪治病,俗称跳神。由省领导挂帅的傩文化艺术周,至少把我们曾经彻底否定为迷信的民间信仰当做文化来看了。他们从世界范围请来了30个跳神表演队,其中包括近邻韩国的表演队。韩国表演队中有一位最重要的成员,70多岁高龄,胸前挂着一排一排的勋章,跟开国上将一样。可她就是一个跳神的,用咱们的话说是一个大巫婆,却满戴着国家授予的勋章。可见中韩两个不同的国度,对传统文化的看法差距如此之巨大。从韩国请来的这个跳神表演队,在北方叫萨满,宗教学上称为萨满教,南方则叫傩。2005年春南昌的这个场景让我们思考,如何把自己本土已经失掉的文化之根再续上,还要请外国的同类现象来做参照。传统文化的东西不能一概而论为迷信,过去失落的现在需要重新找回来。这里有强烈的文化反思和寻根意味。

这场源于西方的文化寻根运动,同我们讲的新神话主义,关系非常密切。下面就在理论上提示几个要点:

(一)何谓启蒙

对于现代性的反思,学界代表人物有福柯、萨义德等,这都是学院派的。人类的精神状态、思考方式从现代进入后现代,一般被看成20世纪后期的事。后现代思想提出的问题是:这个世界如果有问题,如果病入膏肓,是从什么时候开始患病的,人们如何来治疗它。首先,关键问题就是何谓启蒙。300年前为资本主义鸣锣开道的启蒙思想家哪里去了?当时认为人类只要摆脱了中世纪基督教的统治,进入生产力大发展的时代,民主社会就会实现,人类未来的目标就三个词:自由、平等、博爱,这是启蒙时代写在旗帜上的。为什么今天人们要问何谓启蒙,难道今天的人看不懂两三百年前人说的话了吗?不是看不懂,而是当年启蒙精神发展到今天的现实结果使他们对所谓启蒙的合理性、合法性提出了质疑。

人类真的是向自由、平等和博爱在迈进吗?不说别的,看看两次世界大战就明白了,人与人之间的仇杀、大规模杀伤力的武器、无辜而死的冤魂的数量,从来没有如此惊人。所以有一位英国历史学家,也是20世纪著名的历史学家——霍布斯鲍姆用一个词概括20世纪:新野蛮时代。面对白骨和血泊的事实,启蒙时代以来的关于人类永远进步、永远向好的历史观,全部被否认了。人类为什么进入了所谓的新野蛮时代,为什么而仇杀?说到底,就是因为人口太多,地球的空间太小,资源太有限,为了生存就要争夺。每一个人的欲望都在膨胀,但是能够满足欲望的资源和手段是有限的。

这些思想家们认为所谓现代性,就是启蒙以来建构的这种理想,永恒进步的观念出了问题。在它的蒙蔽之下,人类的精神家园变成了荒原,在歧路上渐行渐远。今天的人必须重新觉醒,所以后现代知识观——倡导重新寻找替代性的知识和方向。法国思想家利奥塔写了一本书,名字叫《后现代状况》。他认为人类的知识现在看来有两类:一类是西方人在大学中传授的,写在百科全书里的,借此授予硕士、博士学位的那一套东西,他称其为"科学知识";另一类没有写在百科里,大学里也没有它的地位,只有民间还在传承。那是什么知识?请到非物质文化遗产展览上看一看,就是那些知识,过去根本没有当回事儿的东西。今天看来,它们是在文化中还活着的、还传承着的,但是却没有合法的地位。利奥塔把它们叫做"叙述知识",一般都以神话传说如"梁祝"这样的方式被传承着。所以,利奥塔认为人类除了科学还有这一部分,而且这一部分知识的覆盖面要远远大于所谓西方的科学知识。所谓"科学"只是在西方社会中产生的,通过西方的经济和武力的强势把这样的文化传播到了世界各地,它的知识背后所代表的文化价值是纯粹西方的,或者说根子上是西欧的。而"叙述性"的知识,包括千千万万的后发展社会和无文字社会,也就是人类学家研究的所谓原住民、原始社会,他们则真正代表了全体人类童年时代的美好的精神信仰。这也就是卡梅隆喜欢这些人并且把他们搬上银幕加以赞颂的原因。

再看卡梅隆的影片，大家会发现他确实在领会后现代大师们所反思的，究竟什么是科学知识，什么又是神话的叙事知识，孰优孰劣？当地球人开始克隆生命，开始掌握最先进的超导武器时，电影中的纳威人却什么也没有，只有天上飞来飞去的像凤凰一样的伊卡拉，只有同自然万物乃至整个星球一样的同母亲树的紧密联系。他们只有生活在神幻的祖先时代的这些东西。电影中貌似迷信、巫术的内容通过以上"反思启蒙"角度的梳理，就不再让人感到奇异，卡梅隆只是把原来抽象的理论与思想完全形象化了。

（二）人类学写作

人类学写作也是卡梅隆创作的渊源所在。什么叫人类学写作？人类学最初是研究那些原始人的，好多作家、艺术家也开始不表现西方社会，偏偏要表现所谓的被殖民者，所谓落后的、生产力低下的、原始的社会。这样的写作方式一开始被认为是带有一点异国情调味道的文学。到20世纪后期变成了反对西方主流文化的新潮流。英语世界中最畅销小说的作者中有两位——卡斯塔尼达和莱德菲尔德，他们代表的就是人类学写作，即反对启蒙运动以来现代性的资本主义的生活方式，他们的榜样是谁？如果在美国，那就是被殖民者镇压和屠杀，几乎要灭绝，最后少数幸存下来的印第安人，也就是影片《与狼共舞》中看到的人物形象。今天的人类学写作不是把他们拿来猎奇、点缀一下，而是觉醒的文明人、大学教授、知识分子们要重新洗心革面，向原住民的文化保有者学习。他们没有文字、没有百科全书，也没有大学教育，"知识"基本上是掌握在巫师、萨满的手里，用口传的方式传承下去的。

卡斯塔尼达原来是美国加州大学人类学系的博士候选人，本来要拿博士学位。他要做的博士研究课题是印第安人的草药治病系统原理是什么。他找到了印第安社会中幸存的一个巫师，向他请教草药知识。但是在调研的过程中，他发现印第安巫师所代表的这种精神，恰恰是现代社会中所没有的——人与自然和谐的精神，这就是治病原理——与所谓"科学"格格不入。所以他不写论文了，拜倒在新的师父脚下，要重新理解何谓"人"。这是一个西方白人知识分子向所谓原始人学习人类学写作的最好例证。他这样写作一写就写了七八部小说，一发而不可收，每一部的发行量在英语世界都是500万册左右。这发行量证明文化寻根运动在整个西方社会的接受程度和普及程度。从另一个角度说,也许正是西方过于成熟的资本主义文明,早已滋生了这样一种普遍的"寻根"情结。

(三)活态神话的复兴

作为对传统文化的再认识,"神话复兴"是一个知识的解放和再生产运动,本不受经济利益的直接驱动。人们今天大谈的"口传文化"、"非物质文化遗产"等热门领域,是芬兰著名的人类学家、民俗学家劳里·杭柯提出的。为什么要把口传和非物质文化遗产挂在一起呢?过去人们只认为书本的知识是唯一的知识,现在看来民间活态的知识,这些世世代代口头传承的知识同样是后人值得珍惜的文化遗产。所以叫口传与非物质文化遗产。这些流传数千年的神话虽然是口头的、无形的、非物质的,但却保留着大量的文化信息,绝非凭空虚构的"故事"。

这种重新寻找本土文化遗产的运动,由联合国发起。联合国教科文组织受到人类学家的影响,提出保护非物质文化遗产的全球计划。中国是最早加入非物质文化遗产保护公约的国家之一,因此我国新的考核政绩的指标,跟当地的文化遗产保护联系起来了,这不能说是坏事。但是目前真正能理解非物质活态文化保护和文化寻根精神的人,则太少了。

2007年,一个山区的贫困县——河北涉县,引起了世人关注。大家都知道中国神话有几大女神,首屈一指的就是女娲娘娘。《红楼梦》开篇就讲女娲炼石补天剩下一块石头,才有了贾宝玉。这女娲是从哪来的?不研究神话的人,一般对此不去深究。在中国的大地上,除了古书中零碎的记载以外,可以说有千千万万女娲的祭拜场所,叫女娲庙或者叫娲皇宫。在河北涉县的山崖上,山顶下方石壁上保留着隋代始建的娲皇宫。中国的建筑大师看了以后说这是奇迹。首先建造是奇迹,那山上没土,全是石头,没法打地基,是靠缆索把建筑绑在石头上的。是今天人造的吗?当然不是,是1 000多年前隋朝时始建的。难得在涉县这样一个偏远的地方保留了隋代的娲皇宫。当地的老百姓每年的3月3日到3月15日要来祭拜。他们心目中的女娲,不是今天在大学语文或者中学课文里讲的文学故事中的女娲,而是活态的物质文化遗产。这跟课堂上讲的、当童话教给学生的想象的故事是不一样的,女娲在此是虔诚信仰的对象。2007年这个地方打造了女娲文化节,当地的旅游和经济收入随之见效。目前,女娲庙还有很多,但是能找到地面上仍存的,唐代以前修建的则基本没有了。隋代的娲皇宫,在穷乡僻壤保存下来,它代表着什么? 代表着民间的香火没有中断。这样的遗产对于学院派来说是不大知道的。在960万平方公里的国土上,野火烧不尽,要找的话还是很多的。这种活态神话传递的文化信息,再佐证其他文字和实物图像材料,有可能告诉后人中国神话的现实土壤是怎样的。这又岂止是文献历史所能提供的? 这就叫做神话历史。不过,国内这类活态神话的真正复兴,还需要相当程度的知识动员与文化觉醒。

四、文化寻根的理论与现实意义

以上所谈的人类学和文化寻根思潮到底有什么意义呢? 其一,是诊治现代文明病的。现代有什么"文明病"? 只要看看深圳的富士康公司的"十九连跳"(自杀)事件,就知道了。花季青年为什么一个接着一个地跳楼,那么容易轻生? 这不得不说是一种精神危机的表现,已经"危机"到难以解救的地步。

对此,人类学家和文化寻根的作家、思想家们给出了一个共同的诊断: 今天的社会正在变成社会"恐龙"。为什么要把今天的人类比做社会恐龙呢? 恐龙,曾几何时是地球上最大的生物,而且是无敌的。但是而今安在哉? 除了到自然博物馆看看化石,看看恐龙蛋,活着的早已经没有了。可见,并不是最强大的、技术最厉害的、最能打仗的就了不起,也许貌似最强大的,却一样是不可持续发展的。相反,蚂蚁、苍蝇,亿万年还持续到今天,这就是现在考察文化寻根的新的标尺。刚才讲了人类进化的300万年可分为两个阶段,一个是原生态的,毫不破坏自然,用中国老百姓的话,"棒打狍子瓢舀鱼,野鸡飞到饭锅里"。那时大自然的物产是不断再造的,根本不存在吃完的问题。随后进入农业社会,尤其是工业社会,人类可以大规模生产粮食了,这时候人口就迅速膨胀起来。今天的地球上生活着65亿人,如果大家都按照这种高耗能的、不环保的方式追求自己的生活目标,那人类整体的寿命肯定是要大打折扣,难以持续的。首先应该觉悟到,这不是什么慈悲为怀不杀生的问题,而是人类整体存续的问题。这个整体的问题,我们把299万年不伤害自然资源的生活方式,叫做原生态社会,把1万年前发明农业以来的叫次生态社会,把300年以来的工业主义叫反生态社会。为什么要把300

年来的社会定为反生态社会呢？40亿年中,地球上从来没有发生过整体生态毁灭的威胁,恐龙再厉害,灭不了其他一个物种,它连个苍蝇也灭不了,它能吃小动物,但是不会危及其他生物的生存。也就是说,地球生命整体丝毫不受威胁。进入农业社会以来,生命的物种开始减少了。到了近300年以来的工业社会,每天或者是每小时,都有物种在灭绝。为什么哥本哈根会议不欢而散？人们只是考虑自己国家的利益,没有从整个地球的生命(包括人类自身)承受着前所未有的威胁的角度出发。今天的人类已经掌握核武器,足以把人类和整个星球毁灭多少次以上。恐龙被动地灭绝了,人类比恐龙高明,却又不知不觉中地选择走向灭亡之旅,这绝不是危言耸听。

所以这些文化寻根的思想者、作者们,不是跟工业化社会过不去,受了什么刺激非要写原始的、落后的,他们意识到这个危机只有从病根上诊治,要提倡所谓后现代,重新启蒙。他们不是追问和反思究竟什么是启蒙吗？事实上,人不可能按照自由、平等、博爱这个永恒的理想向前走。为什么是这样的？因为资源总量的有限性和人的需求的无限性是无法解决的终极矛盾。启蒙运动所宣扬的理性根本上是一种人为建构。现代性所建立的生活方式,在反生态现实中的理性,实质上都是非理性的。所以这些理论家、文学艺术家们做的工作,就是在默默无闻地帮助人们重新意识到这样的悖论,然后为人类社会寻找一个未来的发展方向。这正是寻根文化思潮的意义,人类要从"根"上去寻找救治精神危机的良药。

有听众会说,你讲《阿凡达》讲了半天,怎么没有从影片开始入手？我想,从影片开始讲是一种常规教学的标准模式：比如把故事复述一遍,讲作者通过什么,表达了什么。这些内容,大家完全可以去众多影评中查到。我更关注的是影片背后的思潮和文化深层因素。我更愿意告诉大家：为什么会产生这样一部作品,它的真正意义在哪里？正如我刚才所讲,在《阿凡达》背后,是半个世纪以来西方的一个思想和文化运动。影片的成功不只是个人的功绩,单凭卡梅隆自己的天才和毅力,他也许很难拍出一部获得如此广泛影响的作品。

所以,最后,我再把包括《阿凡达》在内的几部作品联系起来,结合上述理论做一小结。

讲座一开始谈及《指环王》时,就已说及"魔戒"象征着人类贪欲,象征着资本主义生产方式,中土世界的人们面对魔戒的诱惑难以自拔,但是如果不把它毁掉，人类社会就永远无法摆脱争夺和杀戮。这是《指环王》的作者给出的哲理，虽然是以神话的形式，里面却有深刻的现实思考。而且，看看奋起反抗的树精们的力量，《指环王》中隐喻的生态保护意识昭然若揭。

第二部作品是《哈利·波特》。罗琳的书已经全部出齐了，电影还差一部。看起来好像这是孩子最爱看的东西，是写给孩子的，被当成儿童文学。但是，很明显，成人群体的高度认同也在为该书和电影的成功推波助澜。罗琳虽然不是学院派的，但她的知识资源绝不简单。在她的知识背景中，如果要给她找一个导师，那就是《指环王》的作者托尔金。按照罗琳自己的说法，她从小读托尔金的书，那时候没有电影，只有小说，读《指环王》读得入了迷，尤其是其中魔幻的世界。《指环王》第一次塑造了一个穿着白袍的叫甘道夫的正面巫师形象。巫师在基督教的文化中是永恒的反面形象。巫婆、巫师们是恶魔的代表，历史上的教会曾有残酷迫害女巫的运动。因为信仰者一般都不容忍一切异教，认为这些都是邪恶的、反动的。《指环王》却破天荒地塑造出正面的巫师。这一点对罗琳可谓醍醐灌顶。看看《哈利·波特》主人公的父亲母亲是干什么的，马上就明白了，他们都是巫师，男的是男巫，女的是女巫，波特的父亲为了对抗伏地魔而遇害，他的母亲为了保护儿子，自己也牺牲了。罗琳把基督教的所谓献身、仁爱精神，体现在巫师那里，这是一次正名、一次平反的努力。《哈利·波特》这样的作品，把巫师的后代放在一个魔法学校展开叙事，学徒们可以从现实世界进入魔法世界，两个异质的空间被对照起来。作者之所以要放弃现实，要到这个魔法学校中寻找真爱、温情，就是要表明资本主义现实的利欲熏心、尔虞我诈，已经把人性异化了。作者通过把资本主义的现实之阴暗、腐朽，与运用想象构造出的魔法世界的希望尚存相对立，正是表现了文化寻根思潮的深刻影响。

另一方面，《哈利·波特》的作者要替所有被以女巫的罪名而遭杀害的人平反昭雪。《哈利·波特》写出一部正面的巫师的新传，它成功了。这就表现了文化寻根派激进的反西方中心的倾向，是从西方内部去反对它。要在男性中心的神权背后寻找一个女神的传统，这一追就要追到刚才说的1万年前的农业社会。那个时候人类产生了一种观念，把具有繁殖、生产功能的东西叫做我们的母亲，那就是大地母亲这样一种神话观念。因为农民们发现大地中能够生产出农产品，和母亲可以生产出孩子来是同一种原理。按照神话思维，这是同样的生产力量在发挥作用。大地是母亲，人类的母亲也是母亲,两者之间是有着交相感应的神话关联的。

第三部作品是《达·芬奇密码》。这部作品没有讲巫术,也没有讲魔法,但与文化寻根思潮相契合的是,它也是对资本主义背后的西方主流价值观做反思和批判。放入思想史视阈,这是20世纪以来,和少数民族运动、后殖民运动、女性主义运动、生态运动同一个阵营的,都属于文化寻根浪潮。丹·布朗通过作品要找什么呢?他要寻觅的就是男性权威的宗教传统所压抑和遮蔽的女性崇拜的传统,这是圣殿骑士团秘密存在的真正根源。看过该影片的观众都知道,作品中的情节处处充满了象征,如倒金字塔、圣杯、五角星等。一切象征最后解释成一个符号——女神崇拜。想想卡梅隆《阿凡达》影片的最后,纳威人靠什么打败了地球人武装到牙齿的超级武器?母神显灵了,没有母神,纳威人、潘多拉世界肯定毁于一旦。

为什么大家都要抬出这个女神崇拜来?在这一点上,卡梅隆和丹·布朗完全是一个思想阵营的。他们很清楚今天人类的文明社会,没有例外,全部是父权制社会。父权制社会最大的特征是什么?女性处于一个从属的、被动的,或者是被看做是低等的地位。这是千百年来父权制意识形态不断建构出来的。更为久远的女神文明之根,需要被重新发掘出来,以拯救现代这日益走向暴力冲突的男权社会。法国的女性主义理论家波伏瓦的代表作就叫做 *the Second Sex*,翻译成中文是《第二性》。有人会说,第一和第二的排列不错嘛,金牌银牌。很遗憾不是这个意思,实际上说的是如果男人是原生的、第一等的,女人就是次生的、第二等的。

今天的这些文化寻根者们同样要站在被压迫的、被埋没的弱势一边,他们都是男性作家,却要写女神的威力,这本身属于文化寻根的阵营之一。他们针对的就是西方社会中男性中心主义的意识形态。基督教讲圣父、圣子、圣灵。父、子一听都是男性的身份。圣母玛丽亚倒是女性,但未婚,是圣灵感孕。在玛丽亚的背后还有一个更深远的崇拜女神的传统,甚至祭司都是女性的,把圣殿骑士团这样一种历史上曾经有过名称的组织拿来说事,丹·布朗写这部小说,仅调查的材料就可以摆半间屋子。《达·芬奇密码》每一页写成的书背后,撕掉的资料是十页以上。他绝不是躲在屋子里靠想象在写作,他是到处调研考察,所以写出来就像真的一样。用神话学的眼光看,于整个人类大传统而言,女神崇拜的文化之根是绝对真实的。女神崇拜的重要表现形式就是大地母神的形象,也是今天在早期的艺术中反复看到的符号形象。翻开西方艺术史、人类艺术史,凡是第一章都从两三万年以前开始讲,此时是旧石器时代末期。史前的维纳斯像,一看造型,巨腹丰乳,显然都是女性,代表一种生育、生命再生产的能量。这样一种现实不是虚构出来的。20世纪的考古发现表明,农业社会之前,人类普遍是崇拜女神的,农业社会开始也是崇拜女神的,为什么?因为女神代表大自然,代表土地,代表母亲。英文中"祖国"这个词,就叫motherland,就是"大地母亲"之意。中文中"祖"字已经变成男性化的符号了,但是咱们最早的土地神,不是土地公公,不是土地爷爷,而是土地奶奶,也是女性的。相比男性中心社会鼓吹暴力、战争和杀戮,女神所代表的世界是一个相对平等的、和谐的、自然的社会。这样一种文化寻根的对象与价值诉求被这些作者们当做是重新认同与复归。所以新的图腾、新的符号,代表了文化寻根新的价值观。

再来看《阿凡达》。影片的情节想象与《指环王》、《哈利·波特》、《达·芬奇密码》这一系列作品一样,都是来源于被西方社会主流价值观所忽略、所压抑着的,现在则要把它们重新复兴起来的价值诉求。

"阿凡达"这个名字采用的是古代印度的梵语,意思就是天神化身或者天神下凡。影片中的男主人公,他在现实社会中已经残疾了,卡梅隆让他在外星人那里重新找回了一个男人的价值和尊严。这样的写法不是卡梅隆的独创,只要熟悉西方文学传统的人,都明白这是一线贯穿的。D·H·劳伦斯的《查泰莱夫人的情人》,主人公就是一个坐在轮椅上的。怎么坐在轮椅上的?战争致残的。他的夫人就重新找了一位园丁——代表原始落后的粗野下人,并且私通了。这本小说讲的情人就从这儿来的。卡梅隆可以说站得更高远,他让一个在地球上伤残的人,代表另一个世界拯救者的身份。杰克有一种双重身份的转换。当他躺进那个太空舱睡着的时候,在此世界停止意识;醒来后,在那个世界就复活了——新的命运、新的开始。所以卡梅隆用了印度神话中所谓天神化身这样一个原型,来表达今天地球人如果还有救,那就是赶快转换你的文化身份,不要再按照地球人的方式去生存。

在《阿凡达》中,文化寻根的目光已经不是落在地球上了,地球上已经全部被污染了,怎么办?一定要想象一个与自《星球大战》以来的充满危险的外层空间世界有所不同的地方。原来的外层空间往往是什么?是高于人类的智慧生命,人类一般害怕的就是外星人的武器更先进、手段更残忍。在卡梅隆看来,外层空间不是可怕的,反而比人类要淳朴、纯真,或者说返璞归真的世界就在那儿。他用了人类学研究原始文化的诸多元素来打造纳威人的形象,肤色是深蓝色的,显然不是西方的白人,也不是亚洲的黄种人,较接近的是非洲部落民;原住民部落一般都是深肤色的;把他们的耳朵塑造成和某种野兽的耳朵一样;再把人类进化中已经蜕掉的尾巴还原,甚至脑后的大辫子还有连接大自然网络、沟通信息的功能,这是卡梅隆异想天开的地方。

按照西方文学传统,大凡写到原始人,都要写成一种与现实的文明社会相对立的、负面的形象,但是卡梅隆没有按照老路走,他塑造了在人格方面、在精神的生存状态方面都远远高于地球人的存在。纳威人表面上是原始的:生产、生活方式非常原始,他们的通灵活动类似萨满教,万事万物都有灵。卡梅隆利用了人类学研究原住民文化一个世纪以来的重要成果。这些原住民的世界与地球人形成对照,主要是要反衬地球人的邪恶和偏执,也就是说现代文明进入了病症阶段,它的症状是什么?按照影片的划分,可以把地球人看成是异化的人,纳威人是天真的没有异化的,或者叫原生态人。地球人中按照职业还可以分成很多种不同的异化的人,当然地球人不完全一样,有的还有天良,但是没有办法也被一种看不见的力量所驱使,成为贪欲的工具。地球上起决定作用的是金钱。以跨国公司的大老板为代表。军队是他雇佣的,用于武力掠夺资源和保护贸易;科学家是他雇佣的,研究出的克隆技术,能够造出纳威人的躯体。这些不是为了研究而研究,而是要到外层空间去寻找最值钱的能源。影片中把它叫做超导矿石,大家还记得它的价值几何吗?每公斤两千万美元。地球人为什么要到潘多拉去?不是什么钉子户和开发商的问题,而是地球人没有资源了,地球的资源消耗殆尽了,只有到外星去寻找替代品了,于是找到所谓潘多拉的超导矿石,战争就是这样引发的,一切为了利益。在地球人中,经济人占了绝对的主导地位,就是跨国公司老板。军事人,也就是以少校为代表的反派形象,他也是被金钱雇佣的。这个电影拍出来以后美国军方还提出抗议,说丑化了他们的形象,老让人想起越南战争、伊拉克战争,想起了所有的倚仗先进武器凌驾在原住民之上的。但是毕竟军事人不是要害的所在,他们是被金钱雇佣的。科学家同样被雇佣,不过只有这些科学家还有天良,他们不愿意为了钱而丧失人性去为虎作伥。这样的情节是作者有意安排的。地球人分为这几类,都同样没有办法摆脱唯利是图者的支配。

地球上没有资源了,要到外星去寻找替代资源,这好像看起来有点杞人忧天,但是如果没有今天方兴未艾的生态保护运动,卡梅隆绝对不会自己想象出这一点。在这背后有一个西方知识界的集体转向,转向原住民社会,重新向他们学习。这样的一些风向,从作家、艺术家那里,到知识界的人士,现在已经成了相当普遍的一种思潮,即重新回到原来被认为是原始、落后的人与文化那里去。现在他们被认为是新的榜样。为什么?因为终于发现只有他们代表的那种生存方式才真正是可持续的,我们生存的这种方式是没法持续下去的。

这就是卡梅隆借着这样一个知识转向告诉世人的道理,外星的生态人重新教育地球上异化的人,这教育意义是非常深沉的,不是儿童看看热闹,研究一下声光电新技术,看看3D效果就能理解的。需要深度思考和挖掘,才能够领会。卡梅隆借助人类学想象,塑造出的这种生态人就是要给地球人重新树立榜样。

最后的结局大家已经很清楚了,眼看着外星的生态人要被唯利是图的掌握高科技武器的地球人毁灭掉了,但就在这千钧一发时刻,卡梅隆动用了传统神话的力量、也就是丹·布朗《达·芬奇密码》所要寻找的女神文明的力量、生态世界的力量,最终战胜了地球人的入侵。这样的一种场景,在以前的文学中是没有的,也许哪个末流的作家写过,但是在主流的文学史上都是殖民者一方,代表着先进武器、高科技的一方获胜,没有例外。所以卡梅隆的这个影片的结局,虽然让很多观众出乎意料,但是他是有意而为之的。他为什么要让生态人获胜?他希望给地球人留下一线拯救的希望。虽然你们的资源已经耗竭了,虽然你们彼此之间已经唯利是图、不可救药,但是生态人还是留下了希望的种子。潘多拉星球的名称取自希腊神话中的人物。希腊神话中的潘多拉,她只要把盒子一打开,人间的灾祸、病菌都来了。但是神话还有一个细节,潘多拉盒子底下还有一样东西没有露出来,什么东西?就是"希望"。这就是卡梅隆借助外星世界的想象,留给人类的一线希望,这也是我对这部作品所透露出的人文关怀的理解。

今天就讲到这里,和大家进行交流,不对的地方,欢迎大家多批评,谢谢。

【附录:听众提问及回答】

天一讲堂:一部《阿凡达》让我们有了很多思考,尤其是对我们生存的环境、生存的地球有了更深的思考。您在刚才的讲座中也说到了好莱坞一系列大片引起了大家的关注。大家在看这些影片的时候都感觉到非常的震撼,因为这种高科技的影像技术让我们感受到了好莱坞影片的发展高度。中国很多导演也在学习他们的技术,也用了很多大制作、大投资,把后期也拿到好莱坞制作,但是没有一部影片有那样强大的影响力,是中国的导演没有文化吗?我们有5 000年文化积淀之下的中国导演,为什么没有一部让世界震惊的大片呢?

叶舒宪:不是没有文化,我们是文化大国,像你说的历史也悠久,而且文化未曾中断。但是从1905年废除科举、打倒孔家店开始,一切都以外来的为好。中国今天的大学里讲的东西80%以上都是从西洋的大学直接搬来的,所以我们生活在这样一种文化的根被遮蔽的语境中,不能要求在今天这个背景中成长出来的导演、制片人、作家,他们能够有像卡梅隆那样的文化背景。我们自己文化断根了。在这文化断根的一个世纪中,我们失去了传统的东西,今天人们刚刚意识到它的价值,所以这需要有一个过程。中国确实缺少像卡梅隆、丹·布朗、罗琳以及托尔金那样重量级的学者型的作家,一般都是电影学院毕业,学了一些影视制作方面的知识,有一些拍摄的经验或者做过演员,或者哪个演员演得好一点转行做制片,这样有点"近亲繁殖",只是在电影业的狭隘的渠道中做,眼睛只看着电影技术,这是不行的。刚才讲的每一部电影背后都和西方的思想文化运动息息相通。如果你进入不了这个运动,利用不了其成果,只用个人的才华是很难实现超越的。今天中国的现实比较浮躁,没有一个导演用14年拍一部影片,做不到。不说14年过去就该退休了,总得养家糊口吧,所以在我们今天比较浮躁的文化生态制度之中,容易产生出一些短命的,缺乏深度、没有内涵的东西。解决的办法很明白,把我们了解到的西方知识界的转型作为一种新的知识传播开来,把我们自己真正的文化之根找到,希望还是有的。

天一讲堂:您是神话学研究的专家,著作很丰富。我们大家都知道,无论中国还是外国都有很多神话。您个人比较喜欢中国的神话还是外国的神话?中外神话有什么异同?对我们现在有什么影响?

叶舒宪:本人是中文系毕业的,教外国文学18年,然后到社科院做专题研究,主要的研究方向是中国文化,希望在中国的上古文化中找到华夏文明的最重要的价值所在。本人写过《诗经》、《庄子》、《老子》的文化阐释，都是纯学院式的研究，带入了一些刚才介绍的后现代的思想和价值观念。如果说中国的神话和西方的神话各自有什么特点，我要说的就是，中国的神话是20世纪以来才开始研究的，在1902年以前，汉语中就没有"神话"这个词。这是非常奇怪的一个事情。古汉语中没有"神话"，那我们今天用的是哪来的呢？这是西学东渐以来，最初留洋日本的学者，用日文中的"神话"两个字翻译了英文的"myth"，然后汉语中才有了这个词。于是鲁迅、茅盾这些文学家们很热衷，认为文学的源头是从神话来的。

但是我们已经提到，把神话变成文学中的一类，就把它的80％给弄没了。说得严重一点，神话不是属于文学的，反过来文学是属于神话的。神话是与理性相对的，是人类还没有进入科学和哲学时代的基本思维和感知方式。到北京参观故宫，看到神话了吗？"紫禁城"这个名字就是神话。你看到紫颜色了吗？为什么叫紫禁城？它是一个神话观念的命名。东边日坛，西边月坛，南边天坛，北边地坛，说明什么？这里是中央，中央是什么意思？地上的中央对应天上的中央，叫紫薇宫，那是天上至高无上的天帝居住的地方。所以人间这里是在模拟天上的至高统治者，紫禁城的名称就是一个神话的命名。当你没有这个背景知识的时候，你根本不知道这说的是什么，而且这个词翻成英语，翻成任何一种语言，意思就没有了。

中国的神话，绝不仅仅是在古书中、在《山海经》里找点小故事给儿童看看的那种神话。中国整个文化都是被神话观念架构出来的，就连"天人合一"这样一种观念，也是如此。看《红楼梦》就明白了，先是女娲炼石补天，剩下一块石头变成了人间的《石头记》，然后儿女情长、功名富贵才开始上演。这样的一套讲述方法本身就是神话式的。所以中国的神话是弥漫性的。反过来解答为什么1902年以前中国人没有这个词，因为我们的神话太多，根本用不着一个词来标示它。到孔庙中有文圣人，到财神庙有财神，中国人少有不信神的。祖先都是神，关公之类英雄也被当成神。所以我们的文化是一个典型的用神话编码出来的文化，而全方位的神话研究，在中国才刚刚开始，一个巨大的重新认识中国文化的工作刚刚启动。谢谢。

天一讲堂：说到神话，还有这么一个问题，刚才在讲座中说到一系列的好莱坞大片是根基于西方的民间文学。刚才您也说到中国也有很多这样的神话,为什么在影视片中无法跟他们对等呢?

叶舒宪:这个问题回答起来比较长。简单而言,中国的神话不是古书中写下来的故事情节,不能仅把那些在今被视为儿童故事的题材称为"中国神话"。我一直主张,中国神话是一整套"天人合一"的思维方式,谁能找到这个,谁才能拍出代表中国文化的作品来。中国的神话观念,过去认为就是商周以来有一些神话,现在看来绝不仅仅是商周以来3 000年,因为在浙江出土了5 000—4 000年前的良渚文化,在余姚的良渚博物馆,大家一看国王和王后的形象都复原出来了。他们全部是用玉器装扮,三叉玉冠是头上戴的、手上拿的是象征王权的玉钺,这些全是神话观念的反映。上海世博会有一个震旦馆,展出的是台湾的大企业家、收藏家收藏的古玉。该馆告诉我们的就是中国的神话远远早于人们所知道的三皇五帝、伏羲女娲的故事,那应该是5 000年前就出现的。所以如果大家兴趣多一些,重新进入考古学家复原给我们的古老而全新的世界中探索,中国神话的探讨空间非常广阔。对导演、作者们来说,题材、象征和原型是取之而不尽的。

天一讲堂:说到文化寻根,一定是跟文化断根相对应的。中国也经历过几次这样的断根,这给我们造成什么样的不可弥补的后果?另外也请叶教授说一说,讲到文化寻根,我们的影视作品中有没有中国文化的寻根的作品?我们要寻到什么样的根?

叶舒宪:真的是不可弥补的损失。举一个简单的例子,前些年在伦敦索斯比拍卖行拍卖一个元代的青花瓷罐,拍出了约2亿(人民币)的天价。要说它的价值就代表了中国传统文化中艺术品的价值?未必!文化是无法用经济的价值来衡量的。尤其是在中国人的文化精神、灵魂的寻找方面,这个价值能用数值来算吗?没法估算。我们生活在一个真空之中,原来我们以为自己的文化是不好的,"五四"新文化运动以来,国人要割断传统的尾巴,生怕拖着自己不能前进。所以一定要打倒孔家店,认为《二十四史》里面只写了"吃人"。现在看来,本土文化价值还需要重新认识。至于怎么样重新认识的问题,已经摆在每一个公民的面前。当然学者们、专家们责无旁贷,只有全社会形成合力,保护、重新认识中国传统文化的工作才不至于流于形式。

天一讲堂：那么我们的根在哪里呢？

叶舒宪：我们的根，简单地说，在世界上相对来说生态环境比较差的地域，却滋生了一个生命力最强大的文明，就是中华文明。为什么说是生命力最强大呢？中华文明从时间上比，悠久比不过苏美尔、埃及。时间上没有人家早，最初的生态条件也比人家差，那边是尼罗河、底格里斯河，幼发拉底河，都是在灌溉农业基础上，然后建立了城市、国家。看看咱们河南、山西、陕西，这些地方的新石器遗址只有一种粮食，就是小米。浙江河姆渡文化这边7 000年前已经种大米了。但是孕育中原文明的地方是不产大米也不产麦子，只产小米的地方，因为土地无法灌溉，水利很差，小米则是一个耐干旱的农作物，我们的寻根就找到这儿了。在生产条件、自然条件相对比较差的情况下，却能够养育出一个生命力强大的文明，原因难以用一句话来概括。如果一定要概括，那就是它是一个多元文化的整合体。它既有当地的黄土文明的经验，又整合了南方的生产水稻的经验，又整合了从西边来的生产小麦的经验，又整合了西边的骑马民族游牧的经验，又整合了东边海洋文化的经验。所在中原文明的建构过程中，有时候是中原唱主角，有的时候是周边的少数民族唱主角，甚至少数民族入主中原，建立新的政权，这背后又产生了新的文化融合，所以它的文化基因是超多元的，这就跟生物育种的道理是一样的，避免了近亲繁殖，反而养育出了可以适应各种生态变化的、文化生命力持久的文明，这是我们今天能达到的一点初步的认识。

天一讲堂：说到寻根我们也要追根溯源，就会想起中国古代的道家，道家实际上是最早主张归根的，在这方面请叶教授说一下道家对我们现在的影响。

叶舒宪：道家传统的断裂也就在我们说的最近100年的文化革命过程中。起先打倒了孔家店，随后狠狠地打倒了道家店。老子、庄子在我们上学的时代还被看成是反动的，他们要"小国寡民"，人民少而禽兽众，一切人类社会的礼法都不要。今天我们看，那恰恰是跟卡梅隆塑造的原住民一样，代表一种生态的理想。今天西方思想者认为老子、庄子为首的道家同今日的后现代主义是息息相通的。因为西方人经历了破坏、毁灭，才发现又得重新走回去。现在再看2000多年前的道家圣人,他们是超前的智慧者,他们生活在春秋战国时代,但是他们提出的观念是有人类价值的,对他们的重新认识的运动正在展开。

(原载《天一讲堂》,中国文史出版社,2011年)

文化再启蒙：文化产业学科的观念基础

文化产业是在知识经济时代的现实需求下滋生的国际性新兴产业。在英国称"创意产业"，在美国称"版权产业"，前者突出文化创新设计的理念，后者则强调以知识产权输出为新盈利模式。由英美和发达国家领跑的文化产业在世界金融风暴和经济危机之后，更加彰显出其引导经济转型的新引擎意义，越来越受到各国政府的重视。我国学界也在 21 世纪以来的发展方式转型实践中，急迫地面对创建文化产业学科的理论难题。

新学科的建构离不开国际前沿理论的借鉴，但是以文化为核心理念的文化产业学科，毕竟不同于经济学、生物学、心理学等纯粹从西方"空降"下来的学科，必须有一个立足于本国文化传统的学术基础。其核心问题是一个文化再认识过程：如何在中国本土重新发现文化资源价值并将其转化为资本，打造出具有市场效应的文化产品。对于中国知识界而言，这确实是前所未有的时代要求。

近代以来的文化热几经起落，老的争论难题如"中体西用"还是"全盘西化"，如"传统文化的现代转换"等，大家都已耳熟能详，甚至有些审美疲劳了。不过以往的文化争论基本上局限在中西文化的优劣取舍之争方面，当年的现实问题还只是传统中国如何走向现代化，尚未出现文化如何引领经济转型的新时代责任。大家也都没有意识到：仅有 300 年历史的传统工业主义经济在资源枯竭时代不可避免地陷入穷途末路（国内目前已经公布的 44 个资源枯竭城市就是沉痛教训的明证），文化已经被重新赋予未来救世者的角色和功能。不是吗？中国在过去的百年里，大部分时光都在热衷于革自己文化的命。而在过去 30 年里，由革命转向生产，迅速变成依赖廉价劳动力和廉价资源的"世界工厂"。如今，面临单位 GDP 能耗超过发达国家一倍以上的尴尬现状，石油和铁矿石严重依赖进口而没有定价权，"世界工厂"已经不可持续。在粗放式的工业经济模式中形成的 650 座大中城市和 19 234

座小城镇,全都面临着如何向文化城市转型的重任。由此看来,国家第一关键词从"革命"到"生产",再到"文化",实在是不得已的。我们的学术界和教育界必须适应发展方式转型的现实需求,从工业主义时代形成的观念范式中解放出来,像当年热衷于现代化理论一样,开启一场文化启蒙的全民教育。

文化产品不同于工业产品的特殊性,决定着文化产业不同于传统产业的优势,那就是文化资源不像自然资源那样总量有限,它是取之不尽用之不竭的。文化产业的生产和消费模式也不同传统工业,其突出特点在于人与符号的互动关系,可以用"符号经济"或"非物质经济"等新术语来概括。符号具有巨大的附加值,其产业化的效益或利润率,是用中国生产8亿件衬衫的方式换回一架法国"空中客车"飞机的粗放式物质经济所无法想象的!看看2011年齐白石的一张画纸售出4亿元的事实,就可大致明白。

有鉴于此,文化产业新学科的建构首先要打破物质经济时代的观念范式和学术范式,特别需要以下两个相关学科的理论资源作为基石:一个是以"文化"为第一关键词的学科——文化人类学;另一个就是符号学(符号经济学)。令人遗憾的是,这两个学科在欧美都有很高的知识普及率,而在我国的高等教育中则只是点缀性的存在。目前拥有文化人类学系或能够开设符号学或符号经济课程的高校,屈指可数,与铺天盖地的市场营销、MBA一类热门专业相比,更显得凤毛麟角。显而易见,这是在我国发展文化产业的专业知识上的瓶颈,暴露了我们在学科专业设置方面既因袭守旧,又急功近利的弊端,与创建知识创新型国家的时代要求很不适应,亟须国家相关主管部门给予重视和调整。无法想象,一个拥有5 000年未曾中断的文化大传统和13亿人口的大国,在数以千计的高等学校中居然找不到多少以"文化"命名的系科和专业方向。目前少数高校中新设立的文化产业学科,不是挂靠在传媒学院,就是依托于艺术或设计专业,完全没有学科的独立性及自主性。学科补救措施的第一步,可以参照国际惯例,在本科教育中尽快普及文化人类学的学科知识,因为它对于引导文化自觉与文化自信,重新认识和发现本土文化资源,是必不可少的国际性显学。目前我们将文化人类学仅作为二级学科隶属于社会学,这是有悖学理的过时做法,迟早需要加以纠正,而迟不如早。

与文化人类学相关的符号学,也是方兴未艾的新兴学科。符号

(symbol)一词衍生于拉丁文 symbolum,意思是标签(ticket)或象征(token)。人类的一切精神活动都源于符号,符号是文化创造与文化传播的媒介。符号的魅力在于它的意义和延伸。一个符号具有其自身之外的隐喻或象征意义,并被用来产生一个由相互关联的意义构成的系统。人是这个星球上唯一的文化动物(cultural animal)和符号动物(symbolic animal),其最大奥秘在于人类构建出的"意义"和"象征"世界。20世纪60年代以来,符号学与人类学相互促进。一方面,文化人类学把符号学研究真正拓展到整个文化领域,作为交叉学科的符号人类学也应运而生,并在20世纪后期取得快速发展。符号人类学从符号现象入手研究和阐释文化,尤其关注仪式、神话、图腾、象征与宇宙观等方面的深层解读,涌现出诸如吉尔兹(Clifford Geertz)、利奇(Edmond Leach)、特纳(Victor Turner)、玛丽·道格拉斯(Marry Douglas)等有影响力的学者。在符号人类学的启示下,法国思想家、后现代主义的理论宗师鲍德里亚从改造马克思主义的立场出发,针对当代消费社会的现实变化,提出"符号的政治经济学"理论,希望在传统马克思主义对资本主义的政治经济学批判之外,拓展出符号批判的维度,揭示"消费暴力"所造成的异化新情况,开辟出"符号经济"这一新视野。

20世纪中期以来,电子技术革命、互联网世界的来临,更加突出地昭示出"符号"在社会系统中的关键地位。文化和符号从来也没有像今天这样为人所重视。可以说,非物质的符号经济,正是现代工业主义走向终结之际替代性的新经济发展方向所在。在人类整体性地进入"创意经济时代"的今天,如何认识文化资源、创造、运用"符号"的价值去驱动经济生活,减少对自然资源的依赖和对环境的污染,成为具有前沿性的焦点问题。环顾世界,当今400家最富有的美国公司中竟有72家是文化企业。美国的文化产业已经超过航天航空工业,居出口贸易额的第一位,占40%的国际贸易市场份额。以纽约为例,唯一能与华尔街经济效益相抗衡的只有文化产业。从20世纪90年代开始,美国的文化产业每年都以15%—20%的速度递增,目前产值高达每年4 000亿—4 800亿美元。美国是世界上公认的文化产业大国,其总体竞争力位居世界首位。为什么伴随着香港回归和长三角地区的龙头崛起,总是有美国迪斯尼的大举进驻?从投资和拉动的短期利益和当地利益看,国人都在为迪斯尼的到来而欢呼。若是从文化战略的长远格局看,这其实应该看做国人的新耻辱:一个有着数千年造神历史的神话大国(无法统计中国有多少座孔庙、财神庙、关公庙),她的 4 亿多儿童为什么不得不接受美国式的新神话教育呢？说到底，还是因为缺乏文化自觉和自信。

在我国，文化产业发展具有滞后性，这是不争的事实。假以时日，迎头赶上，是值得期待的。需要给予特别重视的是文化崛起的观念基础和理论研究。"十二五"期间，需要有相当一部分传统知识人转向所谓"创意阶层"。知识和观念的推陈出新的任务十分艰巨。人文学者需要有勇气进行自我反思。20 世纪 90 年代以来，符号经济迅猛发展的新现实，向传统的人文学科提出转换知识结构与知识功能的新课题。虽然主流媒体充斥着有关文化创意的种种讨论，可谓众声喧哗。可是，有不少人把文化产业的转型简单理解为产业上的转型，无需文化底蕴的修炼过程，甚至有人误解创意经济为"空手套白狼"。文化创意所需要的文化符号再造增值过程，有赖于深厚的人文素养和专业知识储备。切莫忘记：符号经济时代全球最畅销书《达·芬奇密码》的主人公兰登就是哈佛大学的"符号学"教授。如果看不出《哈利·波特》背后的凯尔特文化复兴底蕴，那还可以从直觉上欣赏魔法的热闹场景。如果不明白世界最成功品牌之一的"耐克"背后潜伏着古希腊神话的耐克女神，不知道"苹果"电脑品牌的"故事营销"背后有《旧约》的伊甸园苹果神话，要谈品牌打造的符号资本，就勉为其难了。开辟电影史上新神话时代的《星球大战》编导者当年如饥似渴地补习文学史知识的佳话，足以给时下滥用"神话"之名，而不解神话奥秘的那些跟风者们树立符号推广的范例。

事实证明，只有金融资本而缺乏文化资本的深入开掘，根本无法同国际文化产业的流行产品去竞争，而盲目跟风或只注重"文化搭台经贸唱戏"的思路也注定要在长期的文化战略角逐中落伍。目前国内出现的洋品牌造假现象，暴露出的就是资本的猖狂和有产业而缺文化的现状。业界需要反思：什么样的专业知识储备才能提供创意产品的"文化附加值"？如何从学理上厘清文化符号背后的学术传统和渊源？带着以上问题，中国文学人类学研究会学刊的创刊号《文化与符号经济》(广东人民出版社，2012 年)一书，希望提供国内人文学者在知识转型实践中的自我探索，包括观念和学科理论的建构，以及从《阿凡达》到"七夕节"的中外个案分析。

(原载《光明日报》理论版，2011 年 8 月 30 日)